NUR EIN HAUCH

POPPY J. ANDERSON

ÜBER DAS BUCH

J.T. Ashcroft liebt die Frauen. Und die Frauen lieben J.T.

Er ist nämlich nicht nur charmant und sieht verdammt gut aus, sondern schwimmt auch noch in Geld. Seinen Reichtum setzt er dafür ein, ein unbeschwertes Luxusleben zu führen, in dem es um feuchtfröhliche Partys, schnelle Autos und spontane Urlaubstrips ans andere Ende der Welt geht. Noch nie musste er Verantwortung übernehmen und denkt gar nicht daran, plötzlich damit anzufangen, nur weil eine seiner Exfreundinnen ihm mit einer Vaterschaftsklage droht.

Gayle Keaton ist eigentlich darauf spezialisiert, in Südamerika Entwicklungshilfe zu leisten, als sie den Job in einem New Yorker Heim für obdachlose Jugendliche annimmt und zufällig J.T. begegnet. Von ihm erwartet sie nicht mehr als einen unverbindlichen One Night Stand, schließlich ist sie nicht auf der Suche nach einer Beziehung und hat in ihrem Privatleben momentan genug um die Ohren. J.T. ist in ihren Augen genau der richtige Kandidat für eine heiße Nacht und etwas Ablenkung. Für mehr aber nicht.

Mit einer Frau, die nur Sex von ihm will und keine Ansprüche an ihn stellt, hat J.T. keine Erfahrung, aber genau das fasziniert ihn an der kühlen Gayle. Er macht es sich zur Aufgabe, sie besser kennenzulernen, und entdeckt dabei gleichzeitig etwas über sich selbst.

ALLE BUCHREIHEN DER AUTORIN

- Die New York Titans Reihe
- Die Fitzpatrick Reihe
- Die Hailsboro Reihe
- Die Ashcroft Saga
- Die Taste of Love Reihe
- Die Just Married Reihe

Hier erhältlich

1. Auflage Januar 2019

Covergestaltung: Catrin Sommer rausch-gold.com
Unter Verwendung von © LifestyleStudio – shutterstock.com
Korrektorat: SW Korrekturen e.U
poppyj.anderson@googlemail.com

Poppy J. Anderson

c/o copywrite Literaturagentur GmbH & Co. KG

Woogstraße 43

60431 Frankfurt/Main

PROLOG

„Deine Großmutter ist am Telefon, Gayle."

Schon wieder?

Gayle Keaton schnitt eine Grimasse und hob den Blick von ihrem Schreibtisch, auf dem Unmengen von Papieren lagen, um Paige anzusehen, die in der Tür stand und ebenfalls eine Grimasse schnitt – immerhin rief Gayles Grandma zum gefühlten fünfzigsten Mal an. Und das alles nur wegen einer Cocktailparty, die heute Abend zu Ehren ihres Großvaters gegeben wurde. Mittlerweile hatte Gayle den Eindruck, dass halb Charleston zu diesem Ereignis kommen würde.

Sie selbst hätte die Party nur allzu gerne geschwänzt, schließlich steckte sie bis zum Hals in Arbeit, kämpfte gegen ein ausgewachsenes Schlafdefizit an und hätte sich lieber in ihrem Bett verkrochen, als sich nach einem stressigen Tag im Büro in ein faltenfreies, unbequemes Kleid zu zwängen und unzählige Hände zu schütteln. Da sie jedoch seit einigen Wochen bei ihren Großeltern wohnte, konnte sie der Party ganz unmöglich fernbleiben. Das Verhältnis zu ihrem Großvater war momentan sowieso nicht das beste, und es wäre ihm gegenüber ein Affront gewesen, sich auf der Party nicht blicken zu lassen.

Eine Party der Schönen und Reichen der Stadt – Gayle wäre ein Zahnarztbesuch lieber gewesen.

Sie rieb sich genervt über die Stirn und warf einen kurzen Blick in ihre Tasse, die schon wieder leer war. Seufzend griff sie nach der Thermosflasche und goss etwas Ingwertee nach, von dem sie hoffte, dass er noch warm war. Kaffee wäre besser gewesen. „Sag ihr bitte, dass ich mich melde, sobald ich kann."

„Sie klingt dringend", warf Paige ein und verzichtete darauf, die Unordnung in Gayles Büro zu betrachten.

Sogar Gayle nahm das Chaos kaum noch wahr, das sie sozusagen geerbt hatte, als sie vor ein paar Tagen diese Stelle vorübergehend angenommen hatte, um wenigstens ein paar Stunden das Haus verlassen zu können. Sie wurde nicht einmal bezahlt.

Jedes Mal, wenn sie sich daranmachte, die alten Akten auszusortieren, die im Büro in mehreren Stapeln verteilt herumlagen, wartete schon eine neue Aufgabe auf sie. Und noch eine neue. Für Papierkram war sie nicht gemacht und entwickelte bereits eine heftige Aversion gegen bürokratische Hürden, die sie überall zu erwarten schienen. Lieber wäre sie wieder in Südamerika gewesen, um weiter an einem ihrer früheren Projekte zu arbeiten, anstatt hier an einen Schreibtisch gefesselt zu sein. Aber das war momentan nicht möglich.

Bei diesem Gedanken verzog sie den Mund und heftete ein paar psychologische Gutachten in die entsprechende Mappe. „So dringend wie es ihr Anruf heute Morgen war, als sie von mir wissen wollte, ob sie für mich ein Paar Strumpfhosen besorgen sollte, falls ich heute Abend ein Kleid tragen würde?"

Paige, die als Praktikantin bei *CharlestonsChildCare* unverzichtbar war, grinste fröhlich. „Nicht zu vergessen ihr dringender Anruf, um dir mitzuteilen, dass du pünktlich daheim sein sollst, damit du genügend Zeit hast, um dir die Haare zu waschen?"

„Ich liebe meine Grandma. Wirklich. Aber mit dieser Cocktailparty treibt sie mich in den Wahnsinn." Gayle öffnete die Schreibtischschublade rechts von ihr, legte die Mappe hinein und entdeckte eine Packung Schokokekse, die ihr entgegen lachten. Obwohl ihre Grandma sie erst vor wenigen Stunden dazu angehalten hatte, sich nicht den Appetit zu verderben, weil das Cateringunternehmen mit allerlei Köstlichkeiten aufwarten würde, griff sie nach einem der Kekse und stopfte ihn sich in den Mund. Mit vollem Mund erklärte sie an Paige gewandt: „Mein Großvater hat schon Dutzende Auszeichnungen bekommen – kein Grund, gleich so einen Aufstand zu machen."

„Deine Grandma ist stolz auf ihn. Nicht jeder wird vom Bürgermeister für seine besonderen Dienste gelobt."

Gayle hätte nun erwidern können, dass ihr Großvater nicht Krebs geheilt hatte, sondern als erfolgreicher Anlagenberater gerne Geld städtischen Projekten spendete, um Steuern zu sparen, aber sie ließ es bleiben. Stattdessen umschmeichelte sie die Frau, die nur ein paar Jahre älter war als sie: „Kannst du nicht für mich gehen? Der Champagner und die Häppchen sind umsonst."

Paige lachte leise und schüttelte den Kopf. „So verlockend es auch klingt, bekomme ich sicherlich keinen Babysitter auf die Schnelle. Außerdem hätte ich nichts zum Anziehen. Nein, nein – geh du hin und amüsiere dich."

„Wir beide sollten irgendwann einmal über die Definition von Amüsieren sprechen", brummte sie und beobachtete gleich darauf, wie Paige ihr Büro verließ und zurück zu ihrem Schreibtisch ging, um ihrer Großmutter auszurichten, dass Gayle sie zurückrufen würde, sobald sie konnte.

Was sie nicht tat.

Sie hatte genug zu tun und musste ohne Unterbrechungen arbeiten, wenn sie es pünktlich nach Hause schaffen wollte, um an der Party teilzunehmen.

Später auf dem Heimweg, als sie durch die bekannten Straßen der Nachbarschaft ihrer Großeltern fuhr und gleichzeitig erleichtert sowie verdrossen bemerkte, dass sie absolut pünktlich nach Hause kam, überlegte Gayle, dass ihr tatsächlich nicht der Sinn danach stand, den heutigen Abend auf einer Cocktailparty zu verbringen. Ihr Leben war in den letzten Monaten derart aus den Fugen geraten, dass sie momentan größere Sorgen hatte, als die Bekannten ihrer Großeltern zu begrüßen und sich mit einem angeschraubten Lächeln mit ihnen zu unterhalten. Gayle musste sich über ein paar Dinge klar werden und Entscheidungen fällen, aber dafür benötigte sie Ruhe. Vermutlich war es einfach an der Zeit, sich eine eigene Wohnung zu suchen.

Doch sobald sie daran dachte, bei ihren Großeltern auszuziehen und sich eigene vier Wände anzuschaffen, kam ihr New York in den Sinn. Was hatte sie diese laute, schmutzige und überbevölkerte Stadt gehasst, als sie dort vor ein paar Monaten ihr Lager aufgeschlagen hatte. Und jetzt vermisste sie sie schmerzlich. Sie vermisste so einiges, was sie mit New York verband, aber Gayle erlaubte sich nicht, allzu intensiv darüber nachzugrübeln.

Im Haus ihrer Großeltern herrschte bereits rege Betriebsamkeit, als sie dort ankam. Kellnerinnen in weißen Blusen, Küchenjungen mit schwarzen Schürzen und Köche mit weißen Hauben nahmen die unterste Etage in Beschlag, in der diverse Stehtische aufgebaut worden waren, und bereiteten alles für die Ankunft der Gäste vor. Als Gayle einen Blick in den Salon warf und die gut ausgestattete Bar sah, wusste sie, dass sie sich sicherlich nicht nach einer halben Stunde entschuldigen konnte, um nach oben zu fliehen. Das hier würde ein langer Abend werden.

„Miss Keaton?“ Gerade als Gayle die Treppe in die obere Etage erklimmen wollte, tauchte Greta, die Haushälterin, wie aus dem Nichts auf und hielt sie zurück. „Ihr Großvater hat mich gebeten, Ihnen zu sagen, dass er Sie in seinem Arbeitszimmer zu sprechen wünscht, sobald Sie nach Hause kommen.“

Das hatte ihr gerade noch gefehlt! Vermutlich wollte er für den heutigen Abend Benimmregeln für sie aufstellen, als wäre sie ein vorpubertäres Kind und keine achtundzwanzig Jahre alte Frau. Sie lächelte Greta freundlich an, stieg jedoch unbeeindruckt die Stufen hinauf. „Danke, Greta. Sagen Sie ihm doch, dass ich zu ihm komme, sobald ich fertig bin."

„Aber ..."

„Sie sind ein Schatz", flötete sie und beeilte sich, nach oben zu kommen.

Ihre Laune wurde nicht besser, als sie das Cocktailkleid bemerkte, das ihre Großmutter für sie besorgt und an die Außentür ihres Kleiderschranks gehängt haben musste. Ein dumpfer Kopfschmerz setzte hinter ihren Schläfen ein. Gayle hoffte, dass eine heiße Dusche dabei half, die Kopfschmerzen zu vertreiben, und betrat ihr Badezimmer, um ausgiebig zu duschen.

Als sie in ein großes, kuscheliges Handtuch gewickelt nach ein paar Minuten frisch geduscht zurück in ihr Schlafzimmer kam, hätte sie vor lauter Schreck fast einen Schrei ausgestoßen, denn sie war nicht allein. Mitten auf ihrem Bett lag ein gewisser arroganter, fantastisch aussehender Blondschopf und starrte sie finster an.

Erschrocken, panisch und erzürnt zugleich wich sie zurück und presste eine Hand gegen ihr wild schlagendes Herz. Es dauerte ein paar Sekunden, bis sie in der Lage war, etwas zu sagen. Selbst in ihren Ohren klang ihre Stimme kratzig, als sie ihn anfuhr: „Was zum Teufel tust du hier?"

„Das wollte ich eigentlich dich fragen, Gayle." Er musterte sie kühl. „Ich dachte, du wärst in Peru."

Für jemanden, der uneingeladen in ihrem Bett lag und mit einem Mal nach wochenlanger Funkstille in ihrem Schlafzimmer auftauchte, machte er einen ziemlich aufgebrachten Eindruck. Dabei hätte sie diejenige sein sollen, die wütend war!

„Wie bist du hierhergekommen?!"

„Mit dem Flugzeug."

Sie schnaubte, weil sie es hasste, wenn er sich dumm stellte. Denn eines war er sicher nicht: dumm. Von ganz allein verschränkte sie die Arme abwehrend vor ihrer Brust und maß ihn finster. „Was tust du hier in meinem Schlafzimmer, verdammt noch mal? Ich kann mich nicht erinnern, dich eingeladen zu haben!"

Eine blonde Augenbraue wanderte in die Höhe. „Und ich kann mich sehr wohl daran erinnern, in dein Schlafzimmer eingeladen worden zu sein. Sogar mehrmals."

„Für jemanden mit einem überdurchschnittlichen IQ stellst du dich wie ein Idiot an", beschwerte sie sich und prüfte gleichzeitig, ob das Handtuch noch an Ort und Stelle war. „Es ist lange her, dass du in meinem Schlafzimmer willkommen warst."

„So lange auch wieder nicht ..."

„Das hier ist Charleston und nicht New York", unterbrach ihn Gayle rüde. „Was willst du hier?"

„Mit dir reden."

„Zwischen uns ist alles geklärt."

Er antwortete nicht sofort und starrte sie stattdessen

eingehend an, bevor er geradezu freundlich erklärte: „Dein Großvater hat mich angerufen."

Gayle zuckte zusammen und hob den Kopf, während sie spürte, dass ihre Schultern vor Anspannung ganz steif wurden. „Wie bitte?"

„Wir hatten ein Gespräch", erläuterte er gedehnt.

„Worüber?"

„Über dich. Über mich." Abschätzend legte er den Kopf schief. „Über uns."

Ihre Kehle wurde trocken. „Es gibt kein Uns."

„Ja, das hattest du mir bereits bei unserem letzten Gespräch sehr deutlich gemacht."

Gayle presste die Lippen aufeinander und hätte ihn gerne angebrüllt, dass er derjenige war, der daran die Schuld trug, dass sie gegangen war, weil er nicht erwachsen werden und Verantwortung übernehmen wollte. Aber wem hätte das genutzt? Die Sache zwischen ihnen – was auch immer es gewesen war – funktionierte einfach nicht. „Dass du nach Charleston gekommen bist, ändert nichts, J.T."

Er antwortete nicht, sondern wiederholte seine Frage. „Wieso bist du nicht in Peru?"

„Das geht dich nichts an."

„Komisch. Das denke ich nämlich doch." Er erhob sich vom Bett und kam mit geschmeidigen Bewegungen auf sie zu. Am liebsten wäre Gayle geflohen. Stattdessen richtete sie ihren Blick auf seine Kehle, um ihm nicht ins Gesicht sehen zu müssen. Nervös trat sie von einem Bein auf das andere und kam sich plötzlich seltsam ungeschützt vor, lediglich mit einem Handtuch verhüllt vor ihm zu stehen. Gott, sie wünschte sich ...

„Hör zu“, erklärte sie an seinen Hals gewandt und machte eine fahrige Handbewegung. „Ich habe keine Ahnung, weshalb dich mein Großvater angerufen hat. Mein Leben geht ihn nichts an. Nur sieht er das nicht ein und ist verbohrt und schrecklich stur ...“

„Dann seid ihr ja schon zu zweit.“

Gayle hob den Blick und funkelte ihn wütend an, während sie das elektrisierende Magenflattern in ihrem Inneren ignorierte. „Und du hättest nicht herkommen sollen. Wenn du jetzt gehen würdest, könnte ich mich umziehen. Unten findet nämlich gleich eine Party statt.“

Wie die Gelassenheit in Person fuhr er sich durch sein Haar. „Eine Party klingt doch nett.“

„Du bist nicht eingeladen!“

„Deine Großeltern werden sicherlich nichts dagegen haben, wenn ich bleibe.“

Vor lauter Frustration hätte sie beinahe mit dem nackten Fuß aufgestampft. „Was willst du damit bezwecken? Wir haben Schluss gemacht, J.T. – vor Wochen! Wieso bist du jetzt hier, wenn ich dich vorher nicht interessiert habe?“

Dass sie sich mit dem letzten Satz verraten hatte, konnte sie an seiner Miene ablesen. Ganz automatisch verschloss sich ihr Gesicht. Sie wollte ihm nicht noch mehr Munition gegen sie liefern.

„Oh – ich war sehr interessiert an dir, aber ich dachte, dass du in Peru wärst und nicht bei deinen Großeltern in

Charleston.“ Seine freundliche Stimme täuschte nicht darüber hinweg, dass er unter Spannung stand. „Und zudem hatte ich nach unserem letzten Gespräch das Gefühl, dass *ich* dich nicht interessiert habe.“

„Bullshit“, brach es aus ihr heraus und sie machte einen Schritt zurück. Dabei stieß sie mit der Hüfte schmerzhaft gegen eine Kommode, blendete den scharfen Schmerz jedoch aus. „Du legst dir alles so zurecht, wie du es willst.“

„Kommt dir das nicht bekannt vor?“ Er schnarrte regelrecht und reagierte auf ihren Rückzug, indem er einen Schritt nach vorn machte. „Ich bin wenigstens hier, während du jedes Mal wegläufst, sobald dir etwas nicht passt oder es schwierig wird.“

Gayle schnappte nach Luft. „Wie kannst du ...?“

„Ich habe doch recht, nicht wahr? Oder weiß sie es mittlerweile?“

„J.T. ...“ Sein Name klang wie ein Krächzen aus seinem Mund.

„Du hast es ihr immer noch nicht gesagt.“ Er klang fassungslos.

Stumm schüttelte sie den Kopf.

TEIL I

Fünf Monate zuvor

1

„Was soll das heißen? Es ist erst elf!"

„Es ist sechs Minuten *nach* elf, und um elf Uhr machen wir die Küche dicht."

„Auf die paar Minuten kommt es doch nicht an, Carl! Sei ein Freund und wirf irgendetwas für mich in die Pfanne. Eier mit Speck oder ..."

„Keine Chance. Die Küche ist schon zu."

Gayle schaute von ihrem Handy auf und verfolgte mit mäßigem Interesse, wie der Barkeeper den Kopf schüttelte, ein Handtuch über seine Schulter warf und anschließend zum anderen Ende der Theke lief, um dort ein Bier zu zapfen. Der Mann, den er wortlos zurückließ und der, seinem flehenden Tonfall nach zu schließen, kurz vorm Verhungern stand, ließ sich mit einem Seufzen auf den Barhocker neben sie sinken und rief dem älteren Mann hinterher: „Dann gib mir wenigstens ein Bier, Carl! Oder ist es dafür auch schon zu spät?"

„Hast du eigentlich kein Zuhause, wo du abends etwas essen kannst?“

„Hey“, beschwerte sich der Mann neben Gayle und setzte sich dabei aufrecht hin, wobei er sie versehentlich am Ellenbogen berührte. „Normalerweise ist Wirten daran gelegen, ihre Stammgäste zu behalten, anstatt sie zu vergraulen und sie verhungern zu lassen.“

„Danke für den Tipp!“

Während sie den Disput zwischen den beiden Männern mit einem Ohr verfolgte und gleichzeitig versuchte, eine Mail zu lesen, schob sie dem jammernden Kerl neben sich ihren Teller zu, auf dem beinahe unangetastet ein Clubsandwich lag. Von den vier Hälften hatte sie lediglich eine gegessen und dann kapituliert. Wegen ihres morgigen Termins war sie ziemlich nervös, und wenn sie nervös war, bekam sie kaum einen Bissen hinunter. Gayle hoffte, dass der Typ neben ihr das Sandwich nahm, aß und etwas Ruhe gab, weil sie sich auf das konzentrieren wollte, was in der Mail stand. Ihr Spanisch war ziemlich gut, was angesichts der letzten Jahre, die sie immer wieder für längere Zeit in Südamerika verbracht hatte, eine Selbstverständlichkeit sein sollte. Aber weil ihre Gedanken um den morgigen Tag kreisten, sie hundemüde war und heute ziemlich viele Stunden im Auto gesessen hatte, fiel es ihr nicht so leicht, die offizielle Nachricht der Stadtverwaltung von Lima zu lesen und sofort zu verstehen.

Vielleicht sollte sie für heute einfach Schluss machen und sich morgen um den Papierkram kümmern.

Im Grunde war es nicht einmal ihre Aufgabe, sich

darum zu sorgen, was die Stadtverwaltung schrieb. Sie hatte zurzeit ganz andere Baustellen, die ihr Kopfzerbrechen bereiteten. Das Projekt in Peru fiel nicht mehr in ihren Aufgabenbereich, nachdem sie es an ihre Nachfolgerin übergeben hatte, aber die war noch neu, sehr jung und unerfahren – und Gayle hatte ihr angeboten, ihr bei Fragen zur Seite zu stehen. Leider hatte die blutjunge Entwicklungshelferin, die frisch von der Uni kam, sehr viele Fragen und meldete sich fast täglich bei Gayle, um sich bei jeder Entscheidung abzusichern. Und weil Gayle ein schlechtes Gewissen hatte, dass sie das Projekt zur Trinkwasserversorgung abgelegener Dörfer von heute auf morgen abgesagt hatte, um in die Staaten zu fliegen, las sie abends um kurz nach elf Uhr Regierungsbriefe, während sie in einer Bar saß. Wenigstens hielt sie das davon ab, allein in ihrem Hotelzimmer zu sitzen und nachzudenken.

Momentan hätte sie so ziemlich alles getan, um sich abzulenken und nicht allein in dem deprimierenden Zimmer zu sitzen, das sie heute gemietet hatte.

Während sie durch die Mail scrollte, dachte sie daran, dass sie bereits in einigen deprimierenden Hotelzimmern geschlafen hatte. Wenn sie beruflich unterwegs war, reiste sie in Gegenden, in denen es keine Fünf-Sterne-Hotels gab, die neben einem reichhaltigen Frühstücksbuffet auch einen Valet-Service anboten. Gayle konnte meistens froh sein, wenn es eine funktionierende Toilette und fließendes Wasser gab. Der Job als Entwicklungshelferin war nun einmal nicht glamourös. Und gut bezahlt war er auch nicht, was bedeutete, dass Fünf-Sterne-Hotels sowieso außerhalb ihrer Möglichkeiten lagen. Die Budgets ihrer Projekte waren immer so eng gesteckt, dass sie jeden Cent zweimal umdrehte und lieber in der billigsten Bruchbude abstieg, um die Ausgaben so gering wie möglich zu halten. In Connecticut war sie zwar eher privat als geschäftlich, aber alte Gewohnheiten ließen sich nur schwer abschütteln.

Das Motel, das sich gleich neben dieser Bar an einer Landstraße befand, war ebenso zweckdienlich, wie es ein teurer Countryclub gewesen wäre, den es in der näheren Umgebung sicherlich gab. In Gegenden wie dieser, die von einer Prachtvilla nach der anderen besiedelt war und in der haufenweise teure Geländewagen unterwegs waren, gab es immer einen Countryclub – vorzugsweise mit angeschlossenem Golfplatz. Gayle wusste, wovon sie sprach, immerhin war ihr Großvater seit über vierzig Jahren Mitglied eines Countryclubs. Er hätte sich sicherlich nicht besonders wohlgefühlt, wenn er in einem spartanisch eingerichteten Motelzimmer mit einem uralten Fernseher und einem ebenfalls uralten Duschvorhang unterkommen müsste.

Für Gayle war es dagegen völlig okay.

Ihr machte auch nicht die Einrichtung des Zimmers zu schaffen, sondern die verdammte Einsamkeit. Sie brauchte Ablenkung, um nicht an die letzten Monate, den morgigen Tag und alles andere zu denken, was ihr momentan zu schaffen machte. Seit sie aus Südamerika nach Hause geflogen war, schlief sie nicht sonderlich gut. Ständig lag sie nachts wach, zerbrach sich den Kopf und war am nächsten Tag wie gerädert. Nicht einmal Sport half. Mittlerweile lief sie jeden Tag mehrere Meilen, weil sie hoffte, dadurch den Kopf freizubekommen. Außer anfänglichem Muskelkater und etwas Gewichtsverlust war jedoch nichts dabei herausgekommen. Zwar war Gayle niemals so fit gewesen wie zurzeit, aber sie hätte lieber mehrere Stunden am Stück geschlafen, als die Kondition eines Marathonläufers zu besitzen.

Neben Sport hatte sie es mit warmer Milch, Rotwein und einschläfernden Filmen aus den Fünfzigerjahren versucht, aber nichts hatte geholfen. Obwohl sie müde war, lag sie nachts wach. Die einzige Möglichkeit, die ihr noch einfiel, um ihr Schlafproblem zu lösen, wäre Sex gewesen. Sie war sich sicher, dass sie nach einer Runde schweißtreibendem Sex wie ein Baby geschlafen hätte. Und abgesehen von der Tatsache, dass Sex eine großartige Form der Ablenkung darstellte und eventuell dazu beigetragen hätte, sie endlich Schlaf finden zu lassen, vermisste es Gayle, mit einem Mann zu schlafen.

Sie vermisste das Gefühl starker Männerhände auf ihrem Körper, das warme Kribbeln, das raue Bartstoppeln auf ihrer Haut hinterließen, und den Moment, in dem ihr Herz aussetzte, kurz bevor sie explosionsartig kam.

Gut ... um ehrlich zu sein, waren ihre letzten Orgasmen nicht sehr explosionsartig gewesen. Anstatt eines Feuerwerks hatte sie sich mit einer Wunderkerze begnügen müssen – mit einer Wunderkerze, deren Verfallsdatum seit Jahren überschritten war. Und manchmal hatte sich die Wunderkerze nicht einmal entzündet.

Natürlich hatte auch ihr Exfreund Robert, der in Paraguay für das Friedencorps gearbeitet hatte und den sie dort auf einer Konferenz kennengelernt hatte, gemerkt, dass sie nicht so viel Spaß wie er beim gemeinsamen Sex empfunden hatte. Als aufgeklärter, moderner Mann hatte er selbstverständlich *ihr* die Schuld dafür gegeben, dass sie nicht zum Höhepunkt kam. Robert hatte es auf ihren Stress, auf ihre Arbeit und sogar auf ihre Vorliebe für Schokoladenkekse geschoben. Dass er nicht gut im Bett war und an ihr herumgefummelt hatte wie ein fünfzehnjähriger Highschoolschüler, war ihm nicht in den Sinn gekommen.

Leider hatte es nach Robert niemanden mehr gegeben, der den enttäuschenden Sex mit ihm hätte wiedergutmachen können. Aber Gayle hatte *früher* großartigen, lustvollen Sex gehabt – wobei die Betonung auf *früher* lag. Seit ihrem letzten explosionsartigen Orgasmus war einige Zeit vergangen. Gedankenverloren starrte sie auf den Bildschirm ihres Handys und fragte sich, wie es dazu gekommen war, dass sie Robert nicht gleich nach dem ersten Mal in die Wüste geschickt hatte, anstatt mit ihm ganze zwei Monate zu verbringen. Neben dem schlechten Sex war er nämlich ein verdammter Nörgler gewesen. Und warum zum Teufel hatte sie nach ihm nicht längst mit einem anderen Mann geschlafen, der wusste, was er tat?

Vermutlich hatte ihr schlechtes Gewissen sie davon abgehalten, einen fremden Mann aufzureißen. Damals hatte sie nämlich ein Aufklärungsprojekt geleitet, das Schwangerschaften unter Teenagern bildungsferner

Bevölkerungsschichten verhindern und Geschlechtskrankheiten eindämmen sollte. Wie hätte Gayle guten Gewissens losziehen und mit einem Kerl ins Bett hüpfen sollen, wenn sie gleichzeitig jungen Mädchen dazu riet, nicht gleich mit jedem Mann zu schlafen, der ihnen gefiel?

„Ich will ja nicht stören, aber hast du den Teller zur Seite geschoben, weil das Sandwich ungenießbar ist oder weil ich dir leidtue und du mir netterweise etwas abgeben möchtest?"

Gayle brauchte einen kurzen Moment, bis die Bedeutung der Worte in ihr Gehirn drang. Seit sie angefangen hatte, über Sex nachzudenken, hatte sie nämlich ausgeblendet, was um sie herum geschah.

Ohne von ihrem Handy aufzuschauen, entgegnete sie mit einem Schulterzucken: „Bediene dich."

„Danke – du rettest mir das Leben."

Das fand sie zwar etwas übertrieben, antwortete ihm jedoch nicht.

Stattdessen schloss sie die Mail und löschte ein paar Werbenachrichten, während sie sich über sich selbst ärgerte.

Die kurze Episode mit Robert war seit einem Jahr vorbei, und seither herrschte in ihrem Sexleben Ebbe. Im Grunde war es nicht einmal existent. Verdammt, sie war achtundzwanzig Jahre alt und nicht achtundsiebzig! Ihr Großvater war achtundsiebzig und ganz sicher hatte er noch immer regelmäßig Sex, auch wenn sie über das Liebesleben ihrer Großeltern nicht allzu intensiv nachdenken wollte, immerhin war sie bei den beiden aufgewachsen. Dennoch war es ziemlich deprimierend, dass Senioren ihre Libido besser auszuleben wussten als sie.

Sie hatte seit einem Jahr keinen Sex gehabt, und erst jetzt fiel ihr auf, dass sie es vermisste, weil sie nach einer Methode suchte, um durchschlafen zu können. Mit ihr stimmte irgendetwas nicht!

Guter Sex war für sie seit dem College eine Selbstverständlichkeit gewesen. Und zuvor war es zumindest mittelmäßiger Sex gewesen, nachdem sie mit sechzehn ihre Unschuld an den Cousin ihrer Zimmernachbarin verloren hatte. Anders als man glaubte, gab es auf einem Mädcheninternat viele Möglichkeiten, Jungs kennenzulernen und sich mit ihnen zu verabreden. Und Maddox Billson hatte bei ihr aufs Ganze gehen dürfen, nachdem sie die Jungs vor ihm ständig in ihre Schranken verwiesen hatte. Seit dem College hatte es ein paar unverbindliche Flirts und eine zwei Jahre andauernde Beziehung gegeben, die in einer Verlobung geendet war – nun ja, sie *wäre* in einer Verlobung geendet, wenn Gayle Ja gesagt hätte. Das hatte sie jedoch nicht getan, sondern ihm einen Korb gegeben.

Stephen war drei Jahre älter gewesen, sah wahnsinnig gut aus und entstammte einer alteingesessenen Familie aus South Carolina, mit der ihre Großeltern seit Jahrzehnten befreundet waren. Er war intelligent, ehrgeizig und stand kurz davor, Partner in einer aufstrebenden Anwaltskanzlei zu werden. Sie beide verstanden sich gut, er flog sogar mehrmals nach Mexiko oder Guatemala, um sie dort zu besuchen, der Sex war großartig und Gayle war in ihn verliebt. Aber die Vorstellung, ihn zu heiraten,

Mrs. Stephen Putnam zu werden und über kurz oder lang ihren Job aufzugeben, um daheim das Hausmädchen zu beaufsichtigen und Gartenpartys zu organisieren, hatte sie panisch werden lassen. Sie hatte dieses Leben nicht führen wollen – vor allem nicht mit fünfundzwanzig Jahren. Stephen war mit ihrer Abfuhr nicht sonderlich gut klargekommen und hatte postwendend Schluss gemacht.

Wie Gayle von ihrer Großmutter erfahren hatte, war Stephens Verlobung mit einer anderen Frau acht Monate später verkündet worden und inzwischen war er tatsächlich verheiratet – und zum Partner in seiner Kanzlei aufgestiegen. Darüber empfand Gayle keinen Groll, sondern eher Erleichterung. Erleichterung darüber, dass sie es nicht war, die an seinem Arm langweilige Dinnerabende überstehen musste.

Ihre Grandma schien sie zu verstehen, da von ihrer Seite nie ein Vorwurf gekommen war, dass sie Stephen in die Wüste geschickt hatte.

Ihr Grandpa verstand es bis heute nicht und kannte keine Scheu, Gayle immer wieder darauf aufmerksam zu machen.

Aber er verstand so einiges nicht, was sie betraf. Darunter fielen insbesondere ihre Lebensführung und ihre Berufswahl. Erst vor zwei Wochen, als sie bei ihren Großeltern in Charleston gewesen war, war es zu einem großen Streit zwischen ihnen beiden gekommen, bei dem er ihr unter anderem vorgeworfen hatte, ihrer Mutter immer ähnlicher zu werden …

„Willst du wirklich nichts mehr abhaben?“, fragte der Mann neben ihr.

Seufzend schüttelte Gayle den Kopf und verstaute ihr Handy in ihrer Hosentasche, bevor sie nach ihrem Glas griff und einen Schluck Cola nahm. Vielleicht sollte sie zurück in ihr Hotelzimmer gehen, eine heiße Dusche nehmen und irgendeine stumpfsinnige Fernsehsendung schauen. „Nein, danke.“

„Kann ich dir ein Bier ausgeben, um mich zu revanchieren?“

„Die Cola reicht mir – danke“, erwiderte sie ohne große Begeisterung und drehte flüchtig den Kopf zur Seite, um ihren Sitznachbarn anzusehen, der offenbar die letzte Hälfte ihres Sandwiches gerade verschlang.

Und dabei hätte sie sich beinahe an ihrer Cola verschluckt!

Eigentlich war Gayle keine Frau, die sich von einem Paar blauer Augen, sinnlichen Lippen und einem verdammt gut aussehenden Gesicht beeindrucken ließ. Doch jetzt ertappte sie sich dabei, wie sie ihren Sitznachbarn anstarrte und dabei keinen klaren Gedanken fassen konnte. Schuld daran waren die blauesten Augen, die Gayle jemals zu Gesicht bekommen hatte. Und ein Gesicht, das zu schön für einen Mann war. Fein gemeißelte Gesichtszüge, hagere Wangen mit Grübchen, ein wohlproportioniertes Kinn, fast gerade Augenbrauen und ein blonder Haarschopf gaben ihm das Aussehen eines Hollywoodstars. Ihre Grandma, die ein Fan klassischer Filme war, würde bei seinem Anblick vermutlich schwören, dass er der Enkelsohn von Paul Newman und Ingrid Bergmann war.

Obwohl sie nicht viel auf Äußerlichkeiten gab, musste sie bekennen, dass sie niemals zuvor einen attraktiveren Mann gesehen hatte – und sie brauchte ein paar Sekunden, um ihre Gedanken zu ordnen und ihn nicht wie ein kichernder Teenager anzuschmachten. Dabei starrte er sie mit einem intensiven Blick aus seinen tief liegenden, dicht bewimperten Augen an und verzog seine Lippen zu einem Lächeln, während er in das Sandwich biss.

Dass sie ihn anstarrte, schien ihn nicht zu stören – ganz im Gegenteil. Er starrte nämlich zurück, saß mit lässiger Haltung neben ihr und machte nicht den Eindruck, sich unwohl zu fühlen. Dafür wirkte er zu zufrieden, wie er entspannt auf dem Barhocker saß, sich zurücklehnte und sich ihr wie selbstverständlich präsentierte.

Genetisch gesehen war der Mann ein echter Glückspilz, denn neben seinem gut aussehenden Gesicht verfügte er über die Art eines Männerkörpers, der auf gute Anlagen und sportliche Betätigung zurückzuführen war. Er war groß, schlank und athletisch. Trotz des dämmrigen Lichts der Bar und seiner lässigen Haltung auf dem Barhocker sah Gayle, dass sein Oberkörper unter dem perfekt sitzenden weißen Hemd muskulös und gut gebaut war. Dafür sprachen auch der kräftige Hals und seine großen Hände.

„Wenn man um fast halb zwölf Uhr abends in einer Bar sitzt, braucht man meistens etwas Stärkeres als eine

Cola“, erklärte er mit einem charmanten Lächeln, bei dem sich seine Lippen amüsiert kräuselten und Gayle zwei Reihen weißer Zähne sehen konnte. Entweder hatte er auch zahntechnisch betrachtet das große Los gezogen oder aber er hatte eine schöne Stange Geld hingelegt, um nun aller Welt seine makellosen Zähne präsentieren zu können. Dass er Geld besaß, obwohl er sich wie ein Verhungernder auf das kostenlose Sandwich gestürzt hatte, nahm Gayle angesichts der Rolex an seinem linken Handgelenk an. Von seiner Anzughose mit der scharfen Bügelfalte und den dunklen Lederschuhen einmal ganz abgesehen. Seine Kleidung war nicht auffällig, aber sie war von erstklassiger Qualität. Und vermutlich sauteuer.

Sie wollte sich von seinem Aussehen nicht blenden lassen, zuckte daher mit den Schultern und erwiderte unbeeindruckt: „Oder man ist einfach nur durstig und hat eine Vorliebe für puren Zucker.“

„Das kann natürlich auch sein.“ Er drehte sich in ihre Richtung und betrachtete sie voller Interesse. Um den dichten Wimpernkranz hätte Gayle ihn glatt beneiden können. „Kann ich dir dann wenigstens eine Cola ausgeben?“

Schweigend deutete sie auf ihr fast volles Glas und schüttelte den Kopf.

„Wenn du durstig bist, solltest du mich unbedingt ein weiteres Glas bestellen lassen.“

„Danke, ich bin noch versorgt“, konterte sie ruhig.

„Falls du es dir anders überlegst, lass es mich wissen.“

„Mhm.“

Obwohl sie gerade erst einen Schluck von ihrer Cola genommen hatte, hob sie das Glas wieder an ihre Lippen, trank von der Limonade und betrachtete ihn über den Rand hinweg. Er schaute weiterhin in ihre Richtung und schob gleichzeitig den Teller ein Stück beiseite.

„Kommst du aus der Gegend?"

„Nicht wirklich", antwortete sie, als sie das Glas zurück auf die Theke stellte und sich fragte, was er mit diesem Small Talk bezweckte. Nachdem er das Sandwich verdrückt hatte, sollte er eigentlich nicht länger hungrig sein und könnte wieder verschwinden. Tatsächlich sah er nicht wie ein Kerl aus, der mitten in der Woche um kurz vor Mitternacht in eine außerhalb gelegene Bar gehen musste, weil er nach Gesellschaft suchte. In das rustikale Interieur passte er nicht hinein. Vermutlich kostete das, was er trug, mehr als die monatlichen Stromkosten dieser Bar.

Nein, er passte ganz und gar nicht in diese Bar, machte jedoch nicht den Anschein, sich unwohl zu fühlen. Er wirkte eher, als wäre es für ihn selbstverständlich, hier zu sitzen, das Sandwich einer Wildfremden zu essen und sie mit dem interessierten Blick eines Mannes zu mustern, der höflicherweise darüber hinwegsah, dass sie müde, erschöpft und alles andere als repräsentabel aussah. Gayle hatte nämlich sehr wohl die dunklen Augenringe in ihrem Gesicht bemerkt, als sie heute in den Spiegel geschaut hatte.

„Machst du hier Urlaub?"

„Das kann man nicht unbedingt sagen."

Von ihrer knappen Antwort ließ er sich nicht verschrecken und lächelte sie weiterhin an.

„Schade. Ich hätte mich gerne als Reiseführer zur Verfügung gestellt“, bot er ihr zuvorkommend an. „Connecticut hat einige sehr schöne Orte zu bieten.“

„Da bin ich mir sicher.“

„Wieso werde ich den Eindruck nicht los, dass du skeptisch klingst?“

Gayle hätte ihm antworten können, dass sie nicht skeptisch klang, sondern müde, und dass die Aussicht, nicht schlafen zu können und vermutlich bald ein Magengeschwür zu haben, sie beschäftigte, aber so persönlich wollte sie gar nicht werden. Außerdem wollte sie nicht wie eine unhöfliche Zicke wirken. Und dazu kam, dass es ihr sogar ein wenig schmeichelte, dass der Mann ihr seine volle Aufmerksamkeit schenkte. Daher fragte sie nach: „Also kommst du aus Connecticut?“

„Nein, geboren und aufgewachsen in Maine.“

„Und jetzt lebst du hier?“

„Nein, ich ziehe momentan nach New York.“

„Früher hier gelebt?“

„Ich habe Familie in der Gegend. Selbst gelebt habe ich hier nicht.“

Sie runzelte die Stirn. „Bist du sicher, dass du einen guten Reiseführer abgeben würdest, wenn du weder aus Connecticut kommst noch hier lebst?“

Keinesfalls reuig zwinkerte er ihr zu und grinste dabei. „Ich bin mir ziemlich sicher, dass ich dir ein paar sehr interessante Dinge zeigen könnte.“

Der Spruch war dermaßen grauenvoll und abgedroschen, dass Gayle normalerweise nicht reagiert hätte. Aber in diesem Fall konnte sie ruhig eine Ausnahme machen. Anstatt ihn einfach stehen zu lassen und zu verschwinden, konnte sie genauso gut noch ein paar Minuten sitzen bleiben und sich mit ihm unterhalten. Alles war besser, als schlaflos in ihrem Hotelzimmer zu liegen und nachzudenken.

Gayle drehte sich nun ebenfalls in seine Richtung und fragte gelassen nach: „Und welche Dinge wären das? Du siehst nicht wie jemand aus, der sich übermäßig mit touristischen Angeboten beschäftigt."

„Und wie sehe ich aus?"

„Wie jemand, der glaubt, Frauen in Bars herumzubekommen, indem er ihnen eine Cola spendiert", entgegnete sie ehrlich.

Er lachte, wobei seine blauen Augen aufleuchteten. „Shit, du hast mich durchschaut."

„Ist das in Maine eine gängige Methode? Frauen mit Limonade abzufüllen und gefügig zu machen?"

„Sag bloß, du hast von der Maine'schen Anmachmethode noch nichts gehört?" Seine Empörung wirkte derart echt, dass er sich als Schauspieler hätte versuchen sollen.

Von ganz allein zuckten ihre Mundwinkel ein wenig. „Schuldig."

„Dann sollte ich dir wohl sagen, dass du etwas verpasst hast. Die Maine'sche Anmachmethode sucht seinesgleichen."

„Irgendwie kann ich mir nicht vorstellen, dass sie funktioniert."

Als sich seine Grübchen vertieften und er seine Augen auf ihren Mund richtete, konnte sich Gayle plötzlich nur allzu gut vorstellen, dass er einer Frau nicht einmal eine Cola ausgeben musste, um sie herumzukriegen. Ihr wurde auf jeden Fall plötzlich warm und kribbelig, sobald er sie mit diesem sinnlichen Lächeln bedachte, das ein paar schöne Stunden im Bett sowie einen explosionsartigen Orgasmus versprach. Vielleicht bildete sich Gayle das alles auch nur ein – sozusagen ein Wunschdenken, weil sie gerade noch über Sex nachgegrübelt hatte und sich wie eine alte Jungfer vorkam.

„Doch, sie funktioniert. Garantiert."

„Ist das so?"

„Aber ja." Er beugte sich vertraulich vor und kam ihr so nah, dass sie die dunkelblau schimmernden Flecken auf seiner Iris sehen konnte. Dazu kam der leicht würzige Duft nach Mann und einem betörenden Eau de Cologne, der ihr in die Nase stieg und sie sich unweigerlich fragen ließ, wie sie wohl für ihn roch. Hoffentlich hatte die Wirkung ihres Deos im Laufe des Tages nicht nachgelassen. „Als ich mich neben dich gesetzt habe, wolltest du eigentlich gehen, aber als ich dir anbot, dir eine Cola zu spendieren, dachtest du: *Hm, wie könnte ich zu einer Gratis-Cola Nein sagen? Außerdem scheint er ziemlich süß zu sein.* Also bist du geblieben."

„Ziemlich süß?"

„Das war die jugendfreie Version. Eigentlich hast du an etwas sehr viel Schmutzigeres gedacht."

„Du kannst ja wirklich Gedanken lesen", spottete sie belustigt und spürte gleichzeitig, wie Aufregung durch ihre Adern floss.

Mittlerweile war er so nah, dass er nur die Hand ein Stück ausstrecken musste, um ihr eine Haarsträhne aus der Stirn zu streichen. Diese Geste war intim und brachte Gayle für einen kurzen Moment ziemlich aus der Fassung. „Und jetzt gerade denkst du darüber nach, welche Unterwäsche du heute Morgen angezogen hast."

Gayle lachte unsicher auf, obwohl ihr tatsächlich etwas ganz Ähnliches durch den Kopf gegangen war. „Daran habe ich selbstverständlich nicht gedacht."

„Doch, das hast du."

„Ist das die Maine'sche Selbstüberschätzung?" Sie gab sich unterkühlt, spitzte die Lippen und lehnte sich zurück. Gleichzeitig wurde ihr warm. Noch wärmer als zuvor.

Amüsiert raunte er: „Mit meinem Heimatstaat hat das nichts zu tun, sondern mit meiner ausdrucksstarken Persönlichkeit."

Beinahe hätte sie gelacht. „Ausdrucksstarke Persönlichkeit?"

Er nickte gespielt ernst. „Sei ehrlich: Du hast mir das Sandwich nur aus einem speziellen Grund angeboten."

„Der da wäre?" Gayle verzog amüsiert die Nase.

„Was hättest du mit mir anfangen sollen, wenn ich vor Hunger ganz schwach gewesen wäre?"

Eingebildet war er wohl nicht. „Wenn ich ehrlich bin, wollte ich dich vorm Hungertod retten. Du klangst nämlich so, als würdest du im nächsten Moment zusammenbrechen."

Sein linker Mundwinkel zog sich in die Höhe. „Anscheinend ist mein Plan aufgegangen."

„Welcher Plan?"

Er lehnte sich ein Stück vor und flüsterte: „Einerseits war ich scharf auf dein Sandwich, und andererseits brauchte ich einen Aufhänger, um dich anzusprechen."

Gayle fixierte ihn und erwiderte seinen Blick. „Das soll ich glauben? Ich denke kaum, dass du einen Aufhänger brauchst."

„Soll das heißen, dass du mich charmant findest?"

„Ich denke, dass du dich für charmant hältst. Bei mir wirst du jedoch leider keinen Erfolg haben", informierte sie ihn, auch wenn sie gar nicht so sicher war, dass es stimmte. Er *war* nämlich charmant, und sie fühlte sich einsam und niedergeschlagen. Vielleicht war er genau die Aufmunterung und Ablenkung, die sie zurzeit gebrauchen konnte. Andererseits war sie niemals jemand gewesen, der einen wildfremden Mann in einer Bar aufriss ...

Mit einem breiten Lächeln gestand er: „Ich lasse es gerne auf einen Versuch ankommen, um bei dir Erfolg zu haben."

„Letzte Runde!" Die Stimme des Barkeepers drang durch den Raum. „Wir schließen gleich."

Fragend zog ihr Begleiter eine Augenbraue in die Höhe. „Möchtest du jetzt noch eine Cola haben, bevor Carl die Bar dicht macht?"

Für ein paar Sekunden nagte sie auf ihrer Unterlippe herum und überlegte angestrengt, was sie tun sollte, bis sie den Kopf schüttelte.

„Nein, keine Cola."

Sie konnte sich täuschen, aber so etwas wie Enttäuschung blitzte in seinem Gesicht auf. „Schade."

Gayle glitt von ihrem Barhocker und schaute ihn auffordernd an. „Hast du Lust auf Schokokekse?"

„Was?" Verwirrt blinzelte er.

„Schokokekse", wiederholte sie gelassen. „Ich habe in meinem Hotelzimmer eine ganze Packung. Und eine Cola lässt sich sicherlich auch auftreiben, wenn du darauf bestehst."

Er lachte leise und erhob sich ebenfalls von seinem Barhocker. Sie musste zu ihm aufschauen. „Soll das ein Angebot sein, dich in dein Zimmer begleiten zu dürfen?"

„Sieht ganz so aus", erwiderte sie ruhig, auch wenn sie innerlich bebte. „Wieso zahlst du nicht, damit wir endlich verschwinden können?"

2

Das Geräusch einer zuschlagenden Tür weckte ihn.

J.T. Ashcroft hob den Kopf und blinzelte verschlafen, während er sich in dem fremden Hotelzimmer umsah und sich einen Moment lang fragte, wo er sich befand. Er sah ein relativ spartanisch ausgestattetes Zimmer mit roten Vorhängen und Holzvertäfelung, dessen Einrichtung er in der vergangenen Nacht keine Aufmerksamkeit geschenkt hatte. Stattdessen hatte er der Frau seine volle Aufmerksamkeit gewidmet, die ihn mit in ihr Zimmer genommen hatte – und das bis in die frühen Morgenstunden hinein. Kein Wunder, dass er so müde war und wie erschlagen in dem zerwühlten Bett lag, über dem ein Ventilator hing. Diesen hatte er in den letzten Stunden gar nicht bemerkt. Und auch die alte, zerschlissene Reisetasche war ihm entgangen, die auf einem Stuhl lag und aus der diverse Kleidungsstücke heraushingen.

Um ehrlich zu sein, hatte er sich gestern Abend nicht

einmal umgesehen, als er das Zimmer betreten hatte, weil er zu jenem Zeitpunkt damit beschäftigt gewesen war, seine Begleitung auszuziehen und ins Bett zu befördern.

Als er seine Augen nun durch den tristen Raum wandern ließ, stellte er fest, dass das Motel direkt neben dem *Carl's* eine Renovierung gebrauchen konnte. Er war schon in besseren Hotelzimmern aufgewacht – aber auch in schlechteren.

Gestern war er nicht mit der Absicht bei Carl aufgetaucht, jemanden für die Nacht zu finden und in dessen Hotelzimmer zu übernachten. Tatsächlich war er einfach hungrig gewesen und hatte einen Zwischenstopp einlegen wollen, bevor er nach Manhattan fuhr. Vielleicht wäre ihm sogar der Gedanke gekommen, bei seiner Tante haltzumachen und dort zu schlafen, wenn ihm das heile Familienleben nicht auf den Keks gefallen wäre. Eigentlich hatte er nichts gegen seine Verwandtschaft.

Scheiße, er liebte die große, lärmende Bande, die sein Cousin mit dessen Frau sowie seine Cousine mit deren Mann in die Welt gesetzt hatten, und seine Tante betete er regelrecht an. Und sein Cousin Stuart stand ihm näher als seine eigenen Brüder, doch auch dieser war mittlerweile in festen Händen und plante, in naher Zukunft Ehemann und Vater zu werden. Früher wäre er nach einem verkorksten Besuch daheim in Maine bei Stuart aufgetaucht, um mit ihm um die Häuser zu ziehen, schöne Frauen kennenzulernen und Spaß zu haben. Heute war das nicht mehr möglich.

Heute konnte er Stuart nicht mehr erzählen, wie sehr

ihm seine Eltern auf den Keks fielen, weil sie versuchten, ihm ein schlechtes Gewissen zu machen, und davon sprachen, dass er sein Potenzial verkümmern ließ. Und weil sie ihn dazu drängen wollten, in ihrem Unternehmen zu arbeiten sowie sesshaft zu werden.

Sesshaft.

Der Begriff beschwor das albtraumhafte Bild eines Familienbettes, eines Minivans und eines karierten Pyjamas samt flauschiger Hausschuhe herauf. Sobald ein Mann sesshaft wurde, waren die Zeiten vorbei, in denen man um die Häuser zog, spontan mit seinen Kumpels nach Vegas flog, im Sommer die Mittelmeerküste besuchte und dank freigiebiger Frauen aufregenden Sex haben durfte. Man war Ehemann, Vater und Versorger. Anstatt das eigene Leben in vollen Zügen zu genießen, blieb man als sesshafter Mann zu Hause, veranstaltete Spieleabende mit anderen Paaren, sprach über Schulen, Sommercamps und Musikunterricht, ging mit seinem Labrador in die Hundeschule und konnte froh sein, wenn man einmal im Monat mit seiner Frau schlafen durfte. In der Missionarsstellung, während im Hintergrund die Elf-Uhr-Nachrichten liefen. J.T. kannte die Zahlen nicht, aber er war sich sicher, dass verheiratete Männer vermutlich seltener einen geblasen bekamen als der Heilige Vater.

Anstatt zu heiraten, könnte man sich eher kastrieren lassen. So wie er das sah, kam es eh auf das Gleiche raus.

Da konnte er sich auch sofort die Kugel geben.

„Hey."

„Hey", erwiderte er mit einem verschlafenen Murmeln,

drehte den Kopf nach links und begegnete dem Blick der Brünetten, die im Türrahmen lehnte, einen Arm um ihre Mitte geschlungen hatte und gleichzeitig an einem Kaffeebecher aus Pappe nippte.

Allem Anschein nach war sie schon länger wach als er und hatte sich bereits einen Kaffee geholt. Gemessen an ihrer Sportkleidung und dem Schweiß auf ihrer Stirn kam sie wohl gerade vom Joggen. Weshalb sie nach dem gestrigen Sexmarathon heute Morgen eine weitere Runde Sport getrieben hatte, war ihm schleierhaft. J.T. spielte gerne und ausdauernd Tennis und schwamm vierhundert Meter in unter fünf Minuten, außerdem lief er regelmäßig zehn Kilometer, um fit zu bleiben, aber selbst ihm stand ausgerechnet jetzt nicht der Sinn nach weiterer körperlicher Betätigung. Viel lieber hätte er noch eine Runde geschlafen.

Dass sie fit war und regelmäßig Sport trieb, hatte er sich bereits in der vergangenen Nacht gedacht. Man konnte einander nicht nackt sehen und miteinander diverse Stellungen ausprobieren, ohne dabei zu erkennen, ob sein Sexpartner in Form war und über einen sportlichen Körper verfügte. Und der Körper, den J.T. in den letzten Stunden kennengelernt hatte, war nicht nur verdammt sportlich, sondern auch wahnsinnig gelenkig. Der Sex mit ihr war nicht von schlechten Eltern gewesen – weiß Gott nicht! Sie beide waren auf ihre Kosten gekommen und hatten viel Spaß miteinander gehabt. Eigentlich hatte er mit so einer heißen Nacht gar nicht gerechnet, als sie beide in ihrem Hotelzimmer verschwunden waren, denn im Grunde war sie gar nicht sein Typ gewesen.

J.T. bevorzugte Frauen mit Kurven, tiefen Dekolletés, vollen Lippen und verführerischer Spitzenunterwäsche. Sie durften gerne hohe Schuhe tragen, zurechtgemacht sein und sich für ihn aufdonnern. Die Frau, an deren Namen er sich dummerweise nicht erinnern konnte und die mit Sicherheit auch seinen Namen vergessen hatte, weil sie in der letzten Nacht mehrmals den Namen ihres himmlischen Schöpfers, aber nicht seinen gerufen hatte, trug keine verführerische Spitzenunterwäsche. Außerdem war sie alles andere als aufgedonnert gewesen, als er ihr gestern Abend im *Carl's* begegnet war. Nicht einmal Make-up hatte sie getragen und war in zu großen Jeans, Boots und einem schlichten Shirt herumgelaufen. Nein, in sein Beuteschema hatte sie nicht gepasst, wenn er bedachte, dass sich unter seinen Verflossenen hauptsächlich Bikini-Models und Partygirls tummelten. Auch wenn er wie ein Arschloch klingen musste, gab J.T. zu, dass er Frauen wie ihr meistens keinen zweiten Blick schenkte.

Sicherlich könnte er jetzt behaupten, dass er gestern Abend nur mit ihr aufs Zimmer gegangen war, weil er einen frustrierenden Besuch bei seinen Eltern hinter sich hatte, momentan unter Stress stand und sich einfach hatte abreagieren wollen, aber das stimmte nicht.

Sie hatte ihn gereizt.

Ihr Verhalten hatte ihn förmlich dazu animiert, hinter die Fassade der kühlen Frau mit den etwas streng wirkenden Gesichtszügen zu schauen. Diese Distanziertheit, die sie ausgestrahlt hatte, war ziemlich sexy gewesen. Seit wann er abweisend wirkende Frauen mit einem energischen Kinn, scharf nach oben gezogenen Augenbrauen und einer undurchdringlichen Miene sexy fand, wusste er gar nicht. Aber er hatte sie dabei beobachten wollen, wie sie leidenschaftlich und weich wurde und sich an ihn klammerte, anstatt ihn abwägend anzuschauen und mit der Nase zu rümpfen.

So wie sie es jetzt schon wieder tat.

J.T. war gewissermaßen Experte, was One-Night-Stands betraf, und aus ihrer abwehrenden Körperhaltung sowie ihrer abwägenden Miene konnte er lesen wie in einem Buch. Vermutlich hatte sie nicht damit gerechnet, ihn noch hier vorzufinden, wenn sie von ihrer Joggingrunde zurückkam. Gestern Abend hatte sie ihn mit zu sich genommen, weil sie Sex von ihm wollte, aber jetzt war ein neuer Tag und sie hatte kein Interesse mehr an ihm. Damit kam J.T. klar, denn er hielt es selbst nicht anders. Aber deshalb würde er nicht aus dem Bett springen und zur Tür hinausstürzen.

„Warst du joggen?" Langsam setzte er sich auf und fuhr mit einer Hand durch sein vermutlich völlig zerzaustes Haar.

„Ja, aber nur für eine halbe Stunde. Ich habe gleich noch einen Termin."

Innerlich grinste er, denn es war offensichtlich, dass sie ihn loswerden wollte. „Was denn für einen Termin?"

„Eine Familienangelegenheit", erwiderte sie gelassen.

„Hör mal, es war ja heute Nacht sehr nett, aber ich habe ein paar wichtige Dinge zu erledigen."

„Willst du mich loswerden?" Er streckte seine Hand nach dem Kaffeebecher aus, aus dem sie gerade noch getrunken hatte, und nahm ebenfalls einen Schluck, nachdem sie ihm diesen gegeben hatte.

Sie antwortete mit einer Gegenfrage: „Willst du denn noch hierbleiben? Ich hätte dich nicht für einen anhänglichen Typen gehalten. Um ehrlich zu sein, war ich überrascht, als du heute Morgen noch hier warst."

„Tja, was soll ich sagen – ich brauchte anscheinend meinen Schönheitsschlaf."

Sie schnaubte und verzog anschließend den Mund.

Während J.T. den restlichen Kaffee austrank, beobachtete er sie über den Rand des Bechers hinweg und musste seinen gestrigen Eindruck revidieren. Spröde sah sie nun wirklich nicht aus, und dass sie keinesfalls distanziert war, konnte er nach einer Nacht mit ihr guten Gewissens behaupten. Nur allzu gut erinnerte er sich an die heiße Nummer in der Dusche. Und an der Wand. Nicht zu vergessen natürlich der Sex auf dem Boden, bei dem er sich beinahe die Knie aufgeschürft hätte. Zum Glück hatten sie es irgendwann ins Bett geschafft.

Selbst wenn sie ebenso wie er gerade an den heftigen und wahnsinnig befriedigenden Sex der letzten Nacht denken sollte, zeigte sie davon keine Regung. Ihre Miene war undurchdringlich, sogar ein wenig reserviert. Gleichzeitig erinnerte sich J.T. daran, dass sie so laut und heftig gekommen war, dass er zwischenzeitlich befürchtet hatte, jemand könne die Polizei rufen. Jetzt war von ihrer Leidenschaft nichts mehr zu sehen. Genauso gut hätte sie eine vollkommen Fremde sein können, die ihn im Fahrstuhl darum bat, einen Knopf zu drücken.

Sosehr er es auch versuchte, hinter ihre gelassene Miene und die vornehmen Gesichtszüge zu schauen, wusste er nur, dass sie ihn loswerden wollte. Das bedauerte er merkwürdigerweise, weil er es interessant fand, mit einer Frau die Nacht verbracht zu haben, die sich am nächsten Morgen zur Abwechslung *nicht* an ihn klammerte, seine Telefonnummer haben wollte und ihn fragte, wann sie sich wiedersehen würden. Leider hatte er die Erfahrung gemacht, dass Frauen nach einem One-Night-Stand immer davon ausgingen, am Anfang einer Beziehung zu stehen. Wie es aussah, stellte diese Frau eine Ausnahme dar.

Er beugte sich zur Seite und stellte den leeren Becher auf den Boden, bevor er das Bettzeug beiseiteschob und aufstand. Der Tatsache, dass er nackt war, schenkte er keine Aufmerksamkeit und schlenderte gemächlich zu seiner Kleidung, die noch dort auf dem Boden lag, wo er sie gestern eilig ausgezogen hatte. In aller Ruhe stieg er in seine Boxershorts und anschließend in seine Jeans. Gleichzeitig wollte er von ihr wissen: „Eine Familienangelegenheit in Connecticut? Dein Akzent klingt eher nach den Südstaaten."

Aus dem Augenwinkel konnte er sehen, wie sie den Becher aufhob und in den Abfalleimer warf. „Ich komme aus Charleston, lebe aber schon lange nicht mehr dort."

„Sondern?“

Seufzend erwiderte sie: „In den letzten sechzehn Monaten habe ich in Chile gelebt.“

„Was hast du dort gemacht?“

„Neugierig bist du wohl nicht, oder?“

Grinsend schlüpfte er in sein Hemd und knöpfte es zu. „Vielleicht will ich einfach mehr über die Frau erfahren, mit der ich die letzte Nacht verbracht habe.“

„Tatsächlich?“ Sie schnaubte und starrte ihn durchdringend an, wobei J.T. auffiel, dass sie keine Schönheit im klassischen Sinn war. Dafür waren ihre Gesichtszüge nicht weich genug, sondern regelrecht scharf. Sogar ein wenig hart. Im völligen Kontrast dazu und zu den steilen Augenbrauen standen ihre großen runden Augen, die ihn an die Porzellanpuppen seiner Großmutter erinnerten. Sie waren dunkelbraun, dominierten ihr Gesicht und verliehen ihrer Miene ein wenig Sanftheit. Anders als die niedlichen Sammelpuppen im Haus seiner Großeltern besaß die Frau vor ihm jedoch keinen süßen kleinen Schmollmund. Ihr Mund war ziemlich breit – ihre Lippen schmaler, als es das Schönheitsideal diverser Modezeitschriften suggerierte. Sobald sie sich jedoch amüsierte, krümmte sich ihr Mund zu einem hinreißenden Lächeln, das ihn nicht kaltließ. So war es in der letzten Nacht gewesen.

Jetzt lächelte sie nicht.

„Aber sicher“, entgegnete er lässig und stopfte sein Hemd in die Hose. Es fiel ihm nicht schwer, den Gentleman zu spielen. Frauen fühlten sich nach einem One-Night-Stand besser, wenn der Mann ihnen schmeichelte und vorgab, sich für sie zu interessieren. „Natürlich will ich mehr über dich wissen."

Skeptisch musterte sie ihn. „Dann sag mir doch, wie ich heiße."

Autsch.

Abgeklärt antwortete er: „Findest du nicht, dass wir über den Punkt hinaus sind, dem anderen unseren Namen zu nennen? Nach allem, was in der letzten Nacht hier passiert ist, hat es etwas Beleidigendes an sich, dass du mich das fragst."

„So?"

Er konnte sich täuschen, aber sie klang amüsiert.

„Natürlich", entgegnete er inbrünstig und schloss seinen Gürtel.

„Eigentlich denke ich, dass es eine völlig natürliche Frage ist, wenn ich von dir wissen will, wie ich heiße."

J.T. runzelte die Stirn und fuhr sich anschließend durch sein Haar. „Gut, dann sag *du* mir doch, wie *ich* heiße."

Nun verzog sie zum ersten Mal an diesem Morgen ihre Lippen zu einem Lächeln. Mit diesem Lächeln auf dem Mund sah sie verdammt niedlich aus. „Keine Ahnung. An deinem Namen war ich nicht interessiert", entgegnete sie zuckersüß und grinste. „Ich gehe jetzt unter die Dusche. Vergiss nicht, die Tür hinter dir zu schließen, wenn du gehst."

Und so kam es, dass J.T. barfuß in einem fremden Hotelzimmer stand und sprachlos zusah, wie die Frau, mit der er die letzte Nacht verbracht hatte, im Bad verschwand. Und er kannte noch immer nicht ihren Namen.

* * *

„ICH WILL mich ja nicht beschweren, weil ich Glückspilz deine alte Wohnung in Manhattan bekomme, aber ist Laurens Wohnung nicht etwas zu klein für euch beide und dieses pelzige Ungetier, das ihr einen Hund nennt?“

„Lass Lauren nicht hören, wie du Jasper nennst.“

J.T. verdrehte die Augen, während sein Cousin gut gelaunt in dessen Küche stand und den Abwasch machte. Besagter Hund schlief derweil auf der Couch und schnarchte. Wie J.T. soeben erfahren hatte, war Lauren unterwegs, um einen Hausbesuch bei einer trächtigen Stute vorzunehmen. Mehr hatte er gar nicht wissen wollen, denn schwangeren Wesen – selbst tierischen – ging er lieber aus dem Weg. Da die Verlobte seines Cousins Tierärztin war, bekam er aus dieser Richtung ziemlich viel zu hören. Ihre Praxis befand sich eine Etage unter der gemütlichen Wohnung, in die Stuart gezogen war und für die er sein großartiges New Yorker Loft aufgegeben hatte.

Während er an dem Kaffee nippte, den ihm sein Cousin gerade gegeben hatte, und er sich auf dem rustikalen Holzstuhl zurücklehnte, dachte J.T. daran, dass sich Stuarts Ansprüche in der letzten Zeit ziemlich verändert hatten. Er wirkte geradezu merkwürdig zufrieden in der kleinen Wohnung auf dem Land mit seiner Verlobten und mit dem lustigen Hund. Früher hatte sich Stuart nicht mit der Versorgung eines Hundes oder dem dreckigen Geschirr in seiner Küche beschäftigt, sondern war mit ihm um die Häuser gezogen. Sie beide hatten zusammen ausgiebig auf den Putz gehauen, waren überall unterwegs gewesen und hatten gemeinsam die wildesten Partys gefeiert. Und zwischen all den wilden Partys in Europa, feuchtfröhlichen Trips nach Cancún und Wochenendausflügen nach Las Vegas hatten beide es geschafft, Jura zu studieren und nicht von der Uni zu fliegen.

Insbesondere der letzte Teil war nicht immer leicht gewesen. Für keinen von beiden. Mittlerweile wirkte Stuart jedoch nicht länger wie ein Student, dem der Rausschmiss von seiner Uni drohte, weil er mit seinem Auto im angetrunkenen Zustand eine Runde über den Campus gedreht hatte. Und J.T. konnte nicht mehr von der Uni fliegen, weil er mit seiner Dozentin für Strafrecht ins Bett gegangen war.

Ihre wilden Studienzeiten waren vorbei.

Seit Stuart seine Anwaltszulassung erhalten hatte, konzentrierte er sich voll und ganz auf seinen Job und machte Karriere.

Seit J.T. zum Anwalt zugelassen worden war, konzentrierte er sich vor allem darauf, seine Freiheit zu genießen und keine Karriere zu machen. Dank einer Erbschaft seiner Großtante mütterlicherseits und einiger profitabler Investitionen konnte er sich sorglos zurücklehnen und musste nicht arbeiten. Natürlich ging alle Welt davon aus, dass er vom Geld seiner Familie lebte – der verwöhnte, jüngste Sohn einer schwerreichen Familie, der sich nicht die Finger schmutzig machte und zu fein war, um seinen Beitrag zu leisten. J.T. war es ziemlich egal, was man über ihn dachte. Er hatte sich von seinem Dad und seinen älteren Brüdern schon so oft anhören müssen, dass er sein Potenzial nicht nutzte und es verkommen ließ, dass Kritik an ihm abperlte. Für das Familienunternehmen interessierte er sich nicht, und sein Vater sowie seine Brüder und die rund fünfzigtausend Mitarbeiter kamen fabelhaft ohne ihn aus. Warum also sollte er dort arbeiten, wenn er es nicht wollte? Immerhin lag er niemandem auf der Tasche und war nicht darauf angewiesen, monatlich ein Taschengeld seines alten Herrn zu erhalten.

Um ehrlich zu sein, konnte er sich nichts Schlimmeres vorstellen, als in der Firma seiner Familie zu arbeiten, in Meetings zu sitzen und mit seinem Dad und seinen Brüdern über Kostenkalkulationen zu sprechen. Allein jedes Familienessen wurde über kurz oder lang zu einem Geschäftsessen, was ihm regelmäßig auf den Appetit schlug. Ein Job in der Firma hätte ihn höchstwahrscheinlich in eine Depression getrieben – oder in den Alkoholismus. Darauf konnte er verzichten. Und er konnte darauf verzichten, sich von seiner Familie ständig anzuhören, dass er keine Verantwortung übernehmen wollte, dass ihm das Pflichtgefühl gegenüber seiner Familie fehlte und dass er nichts aus seinem Leben machte. Sein Dad wollte ihn am liebsten in Maine sehen, wo er Tür an Tür mit ihm arbeiten sollte, um ihn unter seiner Fuchtel zu haben. Seine Brüder wollten vermutlich, dass er einem ebenso langweiligen Job nachging, wie sie es taten, damit sie sich nicht fragen mussten, wie viel schöner und angenehmer ihr Leben hätte sein können, wenn sie wie er auf *Ashcroft Aerospace* geschissen hätten. Und seine Mutter wollte ihn am liebsten als verheirateten Mann und Familienvater sehen.

Keines dieser Szenarien gefiel ihm.

Und das war auch der Grund, weshalb er gestern mit verdammt schlechter Laune von Maine nach Connecticut gefahren war. Ein Besuch daheim stand mittlerweile auf einer Stufe mit einer Darmspiegelung – ohne Narkose. Eigentlich war er davon ausgegangen, dass sein Universitätsabschluss der Freifahrtschein wäre, um das zu tun, was er wollte. Leider wurde es von Jahr zu Jahr schlimmer. Je älter er wurde, desto mehr Druck vonseiten seiner Familie empfand er. Und das passte ihm überhaupt nicht.

Zwar würde er es Stuart niemals ins Gesicht sagen, aber er wollte nicht den gleichen Weg einschlagen wie er, der ihm einen Bürojob, einen geregelten Arbeitstag und letztendlich eine Verlobung bescherte. Wenn J.T. heute seinen Cousin betrachtete, der sich für das Familienunternehmen den Arsch aufriss, an den Wochenenden Ausflüge der Pfadfindergruppe seiner Nichte beaufsichtigte und abends mit seiner Verlobten auf der Couch saß, dann wusste er, dass er für solch ein Leben nicht geschaffen war.

„Lauren ist nicht da, und ich glaube nicht, dass du mich bei ihr verpetzt“, erläuterte er ruhig und warf einen kurzen Blick auf seine Armbanduhr.

Diese Bewegung musste Stuart gesehen haben, als er

über seine Schulter schaute, weil er wissen wollte: „Was tust du eigentlich so früh hier? Ich dachte, du wärst in Maine."

J.T. zuckte mit den Schultern. „Sagen wir doch einfach, dass ich meinen Besuch zu Hause abgekürzt habe, um nicht den Verstand zu verlieren."

Sein Cousin grinste breit. „Was war es dieses Mal? Wollte Onkel Hank dir mal wieder einen Job andrehen?"

„So ungefähr." Er schnitt eine Grimasse. „Es fing mit der subtilen Anekdote darüber an, dass der Sohn seines Golfpartners zum Partner einer großen Anwaltskanzlei ernannt worden war, dann ging es weiter mit der Beschreibung der traumhaften Hochzeitsfeier irgendeines Bekannten und endete mit der typischen Litanei darüber, dass ich mich um einen Job, eine Frau und um Nachwuchs kümmern sollte. Als ich in die Runde fragte, ob ich mich bei der Gelegenheit auch schon um einen geeigneten Platz für mein eigenes Grab umsehen sollte, war die Stimmung merkwürdigerweise am Boden."

Stuart lachte heiser auf. „Tante Mildred war sicherlich begeistert!"

„Mom dreht völlig am Rad, weil sie das einzige Mitglied ihres Frauenvereins ist, das noch keine Enkelkinder hat. Seit Mitchums Scheidung und Calebs Coming-out bin ich offenbar ihr einziges Kind, das ihr den Traum erfüllen kann, Großmutter zu werden." Entnervt fuhr er sich durchs Gesicht. „Vielleicht sollte ich meinem Bruder unter die Arme greifen und ihm helfen, einen passenden Ehemann zu finden, damit die beiden anschließend ein paar Kinder adoptieren können."

„Oder du könntest deinen Eltern endlich erzählen, dass die Chance besteht, dass du in ungefähr zwei Monaten Vater wirst", warf Stuart leichthin ein.

Augenblicklich verfinsterte sich J.T.s Laune und er starrte den Rücken seines Cousins böse an. „Das Baby ist nicht von mir."

„Die Mutter des Babys sagt etwas anderes", erinnerte dieser ihn fröhlich.

Allein der Gedanke an den Ärger und den Stress, die ein Urlaub auf den Malediven vor ungefähr sieben Monaten mit sich gebracht hatte, schaffte es, dass ein dumpfes Grollen in ihm aufstieg. Er hatte ein paar schöne und vor allem unverfängliche Tage mit der blonden Kim verbringen wollen, die sich damals von ihrem Verlobten, einem Basketballspieler, getrennt hatte. J.T. hatte es für die perfekte Gelegenheit gehalten, Kim aufzumuntern und dabei auf seine Kosten zu kommen. Nach ein paar wirklich angenehmen Tagen waren beide ihrer Wege gegangen, bis er nur wenige Wochen später von ihrem Anwalt kontaktiert wurde. Interessanterweise war sie zur Zeit ihrer Reise gar nicht von ihrem Verlobten getrennt gewesen, was sich jedoch änderte, als dieser erfuhr, dass sie mit einem anderen Mann im Urlaub gewesen war. Außerdem behauptete sie, von J.T. schwanger zu sein, und erwartete von ihm, sie zu heiraten.

Er wusste nicht, was lächerlicher war.

Wenn sie schwanger war, dann nicht von ihm, weil er

kein Idiot war und immer ein Kondom benutzte. Wirklich immer. Und wenn sie tatsächlich von ihm erwartete, dass er sie heiratete, dann war sie eine Idiotin. Er würde sich nicht das Leben versauen, indem er eine Frau heiratete, die er kaum kannte und die sich wie ein zickiges Miststück benahm, wenn sie nicht das bekam, was sie wollte.

J.T. konnte nicht behaupten, dass er sie gut leiden konnte. Er hatte mit ihr schlafen wollen, und nachdem er sie in sein Bett bekommen hatte, war ihm aufgefallen, dass sie nicht die Art von Frau war, mit der er befreundet sein wollte. Vermutlich ging es Kim mit ihm nicht anders, aber weil ihr Verlobter mit ihr wegen ihrer eigenen Untreue Schluss gemacht hatte, suchte sie nach einer Kompensation. Und da kam er ins Spiel.

Verdammt, er konnte es kaum abwarten, dass das Baby endlich geboren wurde, damit er diesen beschissenen Vaterschaftstest hinter sich bringen konnte und anschließend seine Ruhe haben würde.

„Mir ist egal, was sie behauptet. Ich bin nicht der Vater."

„Wenn du das sagst", erwiderte Stuart zweifelnd.

„Ja, das sage ich. Keine Ahnung, wer der Vater ist, aber ich bin es sicherlich nicht", stellte er fest.

„Als dein Anwalt würde ich dennoch vorschlagen, dir Gedanken zu machen, wie es weitergehen soll, falls du wundersamerweise doch der Vater bist."

Naserümpfend grollte er: „Legst du es heute darauf an, mir den Tag zu versauen?"

„Eigentlich will ich nur ein guter Anwalt und Cousin

sein, indem ich dich auf alle Eventualitäten vorbereite." Stuart hatte sich umgedreht und die Arme vor der Brust verschränkt, während er J.T. sorgenvoll betrachtete.

„Wenn du ein guter Cousin sein willst, könntest du deinen Hintern abends ab und zu nach Manhattan schwingen, um mit mir ein Bier trinken zu gehen."

Stuart zog bedeutungsvoll eine Augenbraue in die Höhe. „Wann ist es jemals bei einem Bier geblieben?"

„Meinetwegen können wir auch zwei trinken."

Sein Cousin schnaubte. „Tut mir leid, aber abends bin ich in nächster Zeit verplant. Lauren und ich organisieren die Hochzeit ..."

„Tu, was du nicht lassen kannst, aber glaube nicht, dass ich mitkommen werde, wenn du dir ein Kleid für den großen Tag aussuchst, Prinzessin."

Stuart begann zu lachen und zeigte ihm gleichzeitig den Mittelfinger.

J.T. grinste. „Zwar bin ich kein Modeexperte, aber Seide steht dir sicherlich ziemlich gut. Das Kleid sollte nur keinen allzu tiefen Ausschnitt haben, damit du dir nicht die Brust rasieren musst. Und es sollte unbedingt zu dem Nasenring und der Kette passen, an der Lauren dich durch die Gegend führt."

Sein Cousin besaß Humor, weil er ihm den letzten Satz nicht krummnahm. Stattdessen entgegnete er gelassen: „Keine Sorge. Ich werde schon das richtige Brautkleid für mich finden und bei der Gelegenheit ein zauberhaftes Brautjungfernkleid aussuchen – für dich."

Mit einer Geste, als wolle er sich selbst erschießen,

antwortete J.T., bevor er nachdenklich wissen wollte: „Es wird also tatsächlich ernst zwischen euch?"

„Ja, das wird es." Ein törichtes Lächeln breitete sich auf Stuarts Gesicht aus. Er sah so töricht glücklich aus, dass es ihm vermutlich nicht einmal etwas ausgemacht hätte, wenn Lauren ihm wirklich einen Nasenring verpasst hätte, um ihn an einer Kette herumzuführen.

„Dann sollte ich dir vermutlich viel Glück wünschen. Oder doch lieber Hals- und Beinbruch?"

Stuart verdrehte die Augen. „Dasselbe gilt für dich und deinen Vaterschaftstest."

J.T. nahm einen letzten Schluck Kaffee und erhob sich anschließend. „Da brauche ich kein Glück, schließlich weiß ich, wie das Ergebnis ausfallen wird."

„J.T., ich denke wirklich, du solltest ..."

Er unterbrach ihn, indem er ihm die leere Tasse in die Hand drückte und erklärte: „Ich mache mich lieber auf den Weg, schließlich will ich noch kurz bei Tante Eleanor vorbeischauen, bevor ich nach Manhattan fahre und dort im Loft nach dem Rechten sehe."

Beide waren offenbar Meister darin, das Thema zu wechseln, denn Stuart fragte nach: „Brauchst du Hilfe beim Möbelschleppen?"

Er schüttelte den Kopf. „Dafür ist gesorgt, aber danke fürs Angebot."

Während Stuart ihn nach draußen begleitete, fragte sich J.T. gähnend, ob er bei seiner Tante eventuell noch ein Frühstück bekam, schließlich war er heute Morgen ohne eine Stärkung sozusagen vor die Tür gesetzt worden.

„Wann bist du heute Morgen eigentlich losgefahren, wenn du so früh hier auftauchst? Du musst doch mitten in der Nacht in Maine gestartet sein.“ Sein Cousin hatte wohl einen ähnlichen Gedanken gehegt.

„Eigentlich bin ich schon gestern Abend angekommen“, erwiderte J.T. leichthin und trat in den Hof hinaus, auf dem diverse Autos standen, die den Besitzern der Pferde gehörten, die im angeschlossenen Stall standen.

„Aha.“ Stuart klang zweifelnd. „Will ich wissen, wo du die Nacht verbracht hast, wenn du weder hier noch in Ashcroft Manor geschlafen hast?“

Aus der Brusttasche seiner Jacke zog J.T. seine Sonnenbrille heraus und setzte sie sich auf die Nase. „Wenn du es nicht wissen willst, warum fragst du dann?“

„Eigentlich habe ich gar nicht gefragt.“

Lächelnd öffnete er die Fahrertür seines Sportwagens und informierte seinen Cousin und besten Freund: „Sie war ziemlich süß und wahnsinnig heiß. Und das Beste ist, dass ich weder ihren Namen kenne noch sie wiedersehen werde.“

3

Gayle hatte sich in den letzten Tagen diverse Szenarien ausgemalt, wie dieses Treffen vonstattengehen würde, aber auf die Wirklichkeit war sie einfach nicht vorbereitet gewesen.

Sie hatte sich überlegt, wie sie reagieren würde, wenn man sie versetzte oder wenn sie mit einem Angestellten sprechen sollte oder wenn man sie unverrichteter Dinge wieder wegschickte. Sie hatte sogar darüber nachgedacht, was sie tun sollte, wenn sich ihre Gesprächspartnerin als arrogante Zicke herausstellte. Was sie jedoch nicht erwartet hatte, war eine sympathische Frau mit einem Kleinkind auf der Hüfte und etwas Mehl im Haar, die selbst die Tür öffnete, sie freundlich begrüßte und hereinbat.

Amy Ashcroft war ganz anders, als Gayle sie sich vorgestellt hatte, und in hilfloser Faszination konnte sie nichts anderes tun, als die Frau anzustarren, die sie bereits von Fotos aus dem Internet kannte. Die Frau, derentwegen sich Gayle beinahe zur Stalkerin entwickelt hätte.

„Hi, Sie müssen Gayle sein! Ich bin Amy, und das hier ist Abigail. Kommen Sie doch bitte herein."

Glücklicherweise schien Amy Ashcroft Gayles Schweigen und ihr Starren nicht sonderlich aufzufallen, weil sie zu sehr damit beschäftigt war, das pausbäckige Mädchen zu beruhigen, das an einem Stück Brot nagte und gleichzeitig protestierte, indem sie an der Bluse ihrer Mom zog. Gayle wusste, dass die Einjährige mit den dunklen Löckchen und den strahlend blauen Augen noch drei ältere Geschwister hatte – die achtjährige Audrey und die zwei Jahre alten Zwillinge Aaron und Alexander. Sie wusste, dass der Vater der Kinder Patrick Ashcroft war, Vorstandsvorsitzender von Ashcroft Enterprise und einer der reichsten Menschen der Ostküste.

Und sie wusste, dass Amy Ashcroft fünfunddreißig Jahre alt war, als Malerin arbeitete und ihre Kindheit in einem verschlafenen Nest namens Garrington bei ihrer Großtante verbracht hatte. Irgendwo in North Carolina.

Gayle war in South Carolina aufgewachsen.

Bei dem Gedanken, dass sie gar nicht so weit voneinander entfernt groß geworden waren, regte sich etwas in ihrem Inneren. Und sie beide waren in Indiana geboren worden.

Das Gefühl verstärkte sich, als Amy sie mit einem entschuldigenden Lächeln anschaute, das Gayle zittrig erwiderte. Sie hätte nicht gedacht, dass dieses Treffen sie derart mitnehmen würde, immerhin hielt sie sich selbst für ziemlich tough. Himmel, eigentlich war sie überhaupt nicht gefühlsduselig! Nicht einmal bei dieser schrecklichen Werbung für Hundefutternahrung, die die Menschen landesweit wegen eines gebrechlichen Beagles mit ergrauter Schnauze in Tränen ausbrechen ließ, war sie gerührt. Und sie verstand bis heute nicht, weshalb man wegen eines Zeichentrickfilms weinte, wenn mal wieder das Thema auf den anscheinend für eine ganze Generation traumatischen Augenblick kam, als Bambis Mutter getötet worden war. Es war doch nur ein Film!

Aber das hier war die Realität.

Sie stand tatsächlich der Frau gegenüber, von deren Existenz Gayle erst vor kurzer Zeit erfahren hatte und die selbst keine Ahnung hatte, wer Gayle eigentlich war. Und die auch nicht wusste, dass der heutige Termin im Grunde nur zustande gekommen war, weil Gayle sie hatte kennenlernen wollen.

„Heute ist es leider etwas chaotisch bei uns. Eigentlich wollte ich meine drei Jüngsten zu meiner Schwägerin bringen, damit wir beide uns in Ruhe unterhalten können, aber ihr Sohn hat sich in der Schule ein paar hübsche Läuse eingefangen." Amy verdrehte die Augen. „Und um ehrlich zu sein, hatte ich keine Lust, in den nächsten Tagen jedes verfügbare Kuscheltier und Textilstück in diesem Haus zu entlausen."

Gayle lauschte ihr, während sie die Eingangshalle betrat und sich ehrfürchtig umsah.

Von draußen hatte das Haus mit der breiten Freitreppe und dem parkähnlichen Anwesen bereits imposant ausgesehen, aber angesichts der wertvollen und perfekt aufeinander abgestimmten Inneneinrichtung wirkte es regelrecht einschüchternd. Gayle bemerkte einen Gauguin, der ihr gegenüber an einer Wand hing und mit einem schmalen gelben Rahmen versehen war.

Obwohl sie für Kunst kein besonderes Auge hatte, erkannte sie einen Gauguin, wenn sie ihn sah, schließlich hatte ihre Grandma sie früher in jede verfügbare Ausstellung geschleppt, die innerhalb und außerhalb von Charleston stattgefunden hatte. Daher wusste sie auch, dass die Bilder, die in dem Zimmer hingen, in das Amy sie führte, von Mary Cassatt stammten und dass das rahmenlose Gemälde über dem Kamin ein echter Turner war. Die anderen Bilder hatte die Frau gemalt, die ihre Tochter auf den Boden setzte und ihr einen Teddybären in die Hand drückte.

Angesichts der hochwertigen Gemälde hätte man den Raum mit den hohen Decken und den geschmackvollen Möbeln für den Ausstellungsraum eines Museums halten können, wenn nicht das Kinderspielzeug gewesen wäre, das auf dem dicken Aubusson-Teppich herumlag. Von den Kinderzeichnungen ganz abgesehen, die auf dem antiken Couchtisch verstreut waren. Und dann gab es noch die Kuscheldecke, die über dem Chesterfieldsofa lag und mit kleinen Enten bedruckt war.

Nein, wie ein Museum sah es hier wirklich nicht aus, sondern eher wie ein richtiges Zuhause.

Gayles eigenes Zuhause lag in Charleston, wo ihre Großeltern noch heute lebten und wo Gayle aufgewachsen war. Um ehrlich zu sein, hatte sie in den letzten Jahren so wenig Zeit in Charleston verbracht und in derart vielen Wohnungen überall in Südamerika gelebt, dass sie gar nicht mehr das Gefühl hatte, irgendwo ein Zuhause zu haben.

In Charleston war sie in einem Haus aufgewachsen, das zwar nicht so groß und herrschaftlich wie dieses hier war, aber das ebenfalls voll von Bildern an den Wänden, Kinderspielzeug, einer Schaukel im Garten und Famili-enerbstücken war. Es war das Haus ihrer Großeltern gewesen. Ihre Mutter war nie da gewesen, wenn man von den seltenen Besuchen absah, die dann erfolgt waren, wenn ihre Mom ausnahmsweise trocken gewesen war – was jedoch nie lange angehalten hatte.

Es war Gayles Großmutter gewesen, die ihre Halloweenkostüme genäht hatte, zu ihren Schulfesten gekommen war und ihre Hand gehalten hatte, als sie im Krankenhaus in der Notaufnahme mit einem gebrochenen Arm lag. Ihre Mom war immer betrunken oder in einer Entziehungskur gewesen, wenn alle einschneidenden Erlebnisse in Gayles Leben passiert waren.

„Ich hoffe, wir haben hier etwas Ruhe. Meine Schwiegermutter frühstückt gerade mit meinen Söhnen in der Küche. *Das* wollte ich Ihnen wirklich nicht zumuten", scherzte Amy und deutete auf ein Sofa, auf das sich Gayle sinken ließ, während sie versuchte, ausgerechnet jetzt nicht an den Alkoholismus ihrer Mutter zu denken.

„Ich hoffe, ich komme heute nicht ungelegen, wenn Sie

so viel zu tun haben“, hörte sie sich mit einer Stimme sagen, die in ihren eigenen Ohren fremd klang.

„Überhaupt nicht“, versicherte ihre Gastgeberin freundlich. „Ich habe mich sehr über Ihre Anfrage gefreut – vor allem, weil sie bedeutete, mich endlich wieder mit einer Erwachsenen über ein Erwachsenenthema zu unterhalten. Momentan drehen sich nämlich die meisten meiner Unterhaltungen ums Töpfchentraining, um Schlafenszeiten und um Kindersendungen im Fernsehen, die mir den letzten Nerv rauben.“ Sie winkte rasch ab. „Aber Sie sind ja nicht hier, damit ich mich darüber beschweren kann. Möchten Sie etwas trinken, Gayle?“

Sie schüttelte den Kopf, weil sie nicht glaubte, etwas hinunterzubekommen. „Nein, danke. Das ist sehr nett von Ihnen, aber ich brauche nichts.“

„Sind Sie sicher? Es ist noch ziemlich früh, und ich weiß gar nicht, ob Sie schon frühstücken konnten, immerhin wohnen wir etwas abseits. Heute Morgen gab es French Toast, die mein Mann zubereitet hat, bevor er ins Büro fuhr. Sie sind herzlich eingeladen, sie zu probieren, wenn Sie möchten.“

Obwohl Gayle erstaunt war, dass sie – eine absolut Fremde – zum Familienfrühstück eingeladen wurde, das Patrick Ashcroft selbst zubereitet hatte, zeigte sie es nicht und lächelte schwach. „Ich habe schon gefrühstückt“, log sie. „Aber danke für das Angebot.“

„Falls Sie Ihre Meinung ändern, lassen Sie es mich wissen. Also ...“ Amy, die ihr gegenüber auf einem Sofa saß, legte den Kopf fragend zur Seite. „Wie kann ich Ihnen helfen? Es geht um eine Jugendgruppe, richtig?"

Gayle brauchte ein paar Sekunden, bis sie sich auf das Thema konzentriert hatte, für das sie hergekommen war. Sie hoffte, sich nicht zu verhaspeln, als sie erklärte: „Eigentlich geht es um ein Jugendheim in Manhattan, das zurzeit saniert wird. Das *Youth Shelter NYC*."

„Ein Jugendheim?"

„Ja. Wir betreuen jugendliche Obdachlose. Als private Organisation erhalten wir keine staatlichen Zuschüsse und sind auf Spenden angewiesen. Momentan sind wir auf der Suche nach Möglichkeiten der Finanzierung und erhoffen uns Unterstützung durch gemeinnützige Stiftungen wie der Ashcroft Foundation. Und da es ein Kunstprojekt innerhalb der Jugendgruppe gibt, haben wir an Sie gedacht", führte sie aus. „Sie sind Künstlerin."

„Ein Heim für jugendliche Obdachlose?" Die blondhaarige Frau zwinkerte verwirrt. „Ich möchte nicht naiv wirken, aber ich nahm an, dass der Staat sich um Kinder in dieser Situation kümmert. Jugendliche Obdachlose ... das klingt schrecklich." Ihr Blick glitt kurz zu ihrer Tochter, die selig am Ohr ihres Teddybären kaute.

„Unsere Jugendlichen fallen meistens durch das Raster der Behörden. Oft sind es Ausreißer, die lieber auf der Straße leben als bei ihren Familien oder in einem staatlichen Heim."

Schockiert schaute die andere Frau sie über den Couchtisch hinweg an.

Ruhig erklärte Gayle weiter. „Die meisten Jugendlichen haben bereits eine Odyssee von verschiedenen Pflegefamilien und Heimen hinter sich und sind schließlich auf der Straße gelandet. Nicht selten kam es in ihrer Vergangenheit zu Misshandlungen. Die Jugendämter sind leider oftmals unterbesetzt, überarbeitet und überfordert – es gibt schlichtweg zu wenige Kapazitäten, um sich um Ausreißer zu kümmern."

Amy wirkte betroffen. „Das wusste ich nicht."

„Es ist ein Problem, das gerne unter den Teppich gekehrt wird", gab sie zu. „Keine Stadt und auch kein Bundesstaat gibt gerne zu, dass man Probleme mit Straßenkindern hat."

„Straßenkinder", sinnierte Amy halblaut. „Und ich dachte immer, dass es Straßenkinder nur in armen Ländern gäbe. Gerade wir als reiches Land sollten uns doch um unsere Kinder kümmern können."

Gayle strich sich eine Haarsträhne hinter das linke Ohr. „Der Staat ist nur zuständig, bis die Jugendlichen ihre Volljährigkeit erreicht haben. Danach sind sie auf sich allein gestellt. Meistens werden sie lediglich mit dem Nötigsten versorgt – Nahrung, ein Dach über dem Kopf und Kleidung. Aber es hapert insbesondere an einer Ausbildung, damit sie später in der Lage sind, sich selbst zu versorgen. Es ist ein Teufelskreis."

„Sie meinen, dass Kinder aus Fürsorgeeinrichtungen später als Erwachsene in Armut leben?"

„In den meisten Fällen. Wir bemühen uns darum, unseren Schützlingen eine Perspektive zu bieten. Einige konnten ihren Highschoolabschluss machen, nachdem sie ein paar Jahre nicht zur Schule gegangen waren, und haben feste Jobs. Ein Mädchen geht sogar aufs College und hat ein privates Stipendium erhalten."

„Das ist großartig", beteuerte Amy.

„Ja, das finden wir auch." Gayle lächelte.

Interessiert fragte Amy weiter: „Wie viele Jugendliche betreut Ihr Programm zurzeit?"

„Ungefähr vierzig. Durch die Sanierung des Hauses könnten wir die Zahl ungefähr verdoppeln, wenn wir genügend Spenden erhalten würden, um mehr Sozialarbeiter einzustellen. Es ist ein großes Vorhaben, aber wir hoffen, uns mit der Zeit erweitern zu können." Gayle atmete aus und bemerkte, dass Amy sie nachdenklich ansah.

Damit kein Schweigen zwischen ihnen aufkam, sprach sie schnell weiter. „Momentan bemühen wir uns darum, die Ausgaben der Sanierung so gering wie möglich zu halten. Glücklicherweise erhalten wir großzügige Unterstützung von Firmen aus der Nachbarschaft. Am letzten Wochenende verlegte eine Installationsfirma aus New Jersey kostenlos neue elektrische Leitungen."

Ihr Gegenüber nickte und schürzte dabei die Lippen. „Zu meinem Bedauern verstehe ich nicht viel von solchen Projekten, aber ich kann mir denken, wie viel Geld diese Aufgabe erfordert. Normalerweise hat sich meine Schwägerin um die Stiftungsarbeit der Familie gekümmert, aber seit sie ein Baby bekommen hat und überlegt, ihren Beruf auszuüben, möchte ich mich mehr einbringen."

Gayle schluckte kurz. „Wir wären Ihnen sehr dankbar,

wenn Sie darüber nachdenken würden, uns zu unterstützen."

Überrascht öffnete Amy Ashcroft den Mund. „Selbstverständlich wird die Stiftung das Projekt unterstützen, Gayle! Das steht außer Frage. Ich weiß nur nicht, was die beste Möglichkeit wäre, um Ihr Programm zu fördern. Normalerweise habe ich mit der Stiftungsarbeit nicht sehr viel zu tun und kümmere mich eher um meine Ausstellungen."

„Das weiß ich", antwortete Gayle, ohne großartig nachzudenken. „Ihre letzte Ausstellung in der neu gegründeten Stepway Gallery haben Sie schließlich selbst organisiert."

Wenn Amy überrascht war, wie genau Gayle über sie und ihre Ausstellungen Bescheid wusste, dann zeigte sie es nicht. Viel eher lachte sie. „Leider erstreckt sich mein Talent nicht auf die Organisation solcher Ausstellungen. Mein Schwager beschwert sich noch heute über die schlechte Auswahl an Getränken. Von den Häppchen ganz zu schweigen!" Neugierig schaute sie Gayle an. „Interessieren Sie sich für Kunst, Gayle?"

Dass ihre Grandma sie viel zu oft mit in Ausstellungen oder in Museen geschleppt hatte, zählte vermutlich nicht, oder? Ausweichend erwiderte sie: „Mein Job lässt mir leider nicht allzu viel Zeit, um Ausstellungen zu besuchen. Außerdem gibt es in den Gegenden, in denen ich meistens arbeite, gar keine Museen."

Belustigt konterte Amy: „Und ich dachte immer, dass New York für seine Museen und Galerien berühmt sei."

Gayle verzog den Mund und erwiderte wahrheitsgemäß: „Eigentlich bin ich Entwicklungshelferin und arbeite in Südamerika. Mein letztes Projekt war in Peru."

„Oh." Das schien sie zu überraschen. „Das klingt spannend. Was war das für ein Projekt, wenn ich fragen darf?"

„Es ging um die Trinkwasserversorgung abgelegener Dörfer."

„Und jetzt arbeiten Sie in New York für ein Jugendprojekt? Das klingt in meinen Ohren nach einer ziemlichen Abwechslung."

Bemüht gelassen antwortete Gayle: „Ich habe bereits vor ein paar Jahren für ein Jugendprojekt in Chicago gearbeitet, das dem in Manhattan geähnelt hat. Damals kam ich frisch von der Universität. Die damalige Stiftung kooperiert mit dem New Yorker Verein – daher kam der Kontakt zustande."

„Von Peru nach Manhattan ist es ein weiter Weg. Wollten Sie zurück in die Staaten und hier etwas Gutes tun?"

Plötzlich war da dieser Kloß, der ihr in der Kehle wehtat. Sie räusperte sich. „Meine Mutter ist gestorben. Deshalb bin ich vor einiger Zeit nach Hause geflogen und dachte, dass ich bei diesem Projekt helfen könnte, wenn ich schon einmal da bin."

„Oh, das tut mir leid." Ihr Gesichtsausdruck war voller Mitgefühl. „Mein herzliches Beileid."

„Danke." Gayle wusste selbst nicht, weshalb sie ausgerechnet mit Amy Ashcroft über ihre Mom zu reden begonnen hatte. Sie sprach nie über ihre Mom. Warum auch? Schließlich kannte sie sie nicht wirklich.

„Jetzt habe ich die Stimmung versaut“, murmelte Amy bedauernd. „Das hatte ich meinem Mann bereits gestern Abend vorausgesagt, aber er wollte nicht auf mich hören. Es tut mir wirklich leid.“

Mit einem schwachen Lächeln winkte Gayle ab. „Unsinn, das haben Sie nicht getan. Ich hätte einfach meine Klappe halten sollen.“

Offenbar mochte Amy ihre freimütige Art, weil ihre Mundwinkel zuckten. Bevor sie das trübsinnige Thema weiterverfolgen konnten, begann das kleine Mädchen unruhig zu werden und lauthals zu protestieren.

„Das hatte ich befürchtet.“ Amy seufzte und hob die Kleine auf ihren Schoß. „Sie ist ziemlich unleidlich, wenn sie Hunger hat, und Hunger hat sie eigentlich immer.“

Der letzte Satz brachte Gayle zum Lachen. „Ein gesunder Appetit. Beneidenswert.“

„Sie lachen.“ Amy küsste das kleine Mädchen auf die Stirn. „Als sie vier Monate alt war, nahm sie so schnell so viel zu, dass ihr Kinderarzt sie auf Diät setzen wollte. Und ich durfte mir Tag und Nacht das Gebrüll anhören, wenn sie hungrig war. Komischerweise hatte mein Mann zu der Zeit sehr viel zu tun und war häufig auf Geschäftsreise.“

Glucksend bekannte Gayle: „Was für ein Zufall.“

„Genau.“ Amy verdrehte die Augen. „Warum gehen wir beide nicht in die Küche, Gayle? Dann gebe ich den kleinen Schreihals bei meiner Schwiegermutter ab, wir holen uns einen Kaffee und setzen unser Gespräch fort.“

„Das klingt fabelhaft.“

„Sehr schön. Dann kommen Sie mal mit“, forderte

Amy sie auf, während sie sich erhob und den Raum verließ.

Gayle tat es ihr gleich und erklärte, als sie durch die imposante Eingangshalle liefen: „Sie haben ein wunderschönes Haus. Beeindruckend."

„Danke, aber das Lob gebührt meiner Schwiegermutter, die ein Händchen für Inneneinrichtung hat. Als ich zum ersten Mal hergekommen bin, war ich völlig erschlagen und eingeschüchtert, schließlich war ich winzige Apartments gewohnt. Tatsächlich habe ich mich in der ersten Zeit ab und zu verlaufen. Zum Glück passiert mir das heute nicht mehr", bekannte sie freiheraus.

Gayle antwortete mit einem Murmeln.

Langsam folgte sie Amy durch einen Flur, an dessen Wänden unzählige gerahmte Fotos hingen, die ihre Neugierde weckten. Absichtlich verlangsamte sie ihre Schritte und betrachtete unterdessen die Familienfotos, die die Ashcrofts zeigten. Für einen Moment kam sich Gayle wie ein Eindringling vor.

Während sie noch dabei war, sich ein Foto anzuschauen, das Amy zusammen mit ihrem Mann und ihrer ältesten Tochter auf einem Schlitten zeigte, öffnete Amy eine Tür und erklärte an jemand anderen gewandt: „Was tust du denn hier? Und wo ist Eleanor?"

Eine Männerstimmte antwortete: „Sie musste telefonieren, und ich habe mich – nett wie ich bin – dazu bereit erklärt, auf die beiden Teufelsbraten aufzupassen, die Patrick und du in die Welt gesetzt habt. Habt ihr Ahornsirup da? Ohne das Zeug schmecken die French Toasts grauenvoll trocken."

„Im Kühlschrank", seufzte Amy und klang fast schon genervt. „Bediene dich einfach. Wie immer."

Ein tiefes Lachen erklang, und Gayle hörte, wie ein Stuhl über den Boden gezogen wurde. Gleichzeitig betrat sie die geräumige Küche und entdeckte zwei dunkelhaarige, völlig identisch aussehende Jungen in Hochstühlen, die wirkten, als hätten sie sich eine Essensschlacht geliefert. Lächelnd ließ sie ihren Blick zurück zur Mutter der Zwillinge schweifen, die ihre Tochter in einen Sitz hob und dann an eine Kaffeemaschine trat. Diese stand neben dem geöffneten Kühlschrank.

Der Mann, der offenbar im Kühlschrank auf der Suche nach Ahornsirup war, machte einen Schritt zurück und präsentierte Gayle sein makelloses Profil, bei dessen Anblick sie nicht wusste, ob sie lachen, entsetzt oder verlegen sein sollte.

Das konnte doch nicht wahr sein!

„Eleanor meinte, dass Patrick für diese trockenen Dinger verantwortlich ist, die sich French Toasts schimpfen. Sag ihm doch bitte, dass er als Koch nicht begabt ist – oder noch besser: Schenk ihm einen Kochkurs."

„Ich werde es ihm ausrichten, J.T.", erwiderte Amy. „Falls du es noch nicht bemerkt haben solltest, aber ich habe einen Gast, also hör auf, über die Kochkünste meines Mannes herzuziehen."

„Verzeihung", entgegnete er lachend und schaute augenblicklich in Gayles Richtung.

Er erkannte sie sofort – anders war sein breites Grinsen nicht zu erklären.

Es war das Grinsen eines höchst zufriedenen Mannes, der eine erfreuliche Nacht hinter sich hatte, am Morgen danach aus dem Hotelzimmer hinauskomplimentiert worden war und keine drei Stunden später genau die Frau wiedertraf, die ihn ohne ein Frühstück weggeschickt hatte. Und die ihm nachts erlaubt hatte, Dinge zu tun, die man nicht vor anderen Menschen erwähnen sollte, falls man nicht mit dem Drehbuchautor eines Pornos zu tun hatte.

„Hallo."

„Hi", antwortete sie ruhig und ohne sich anmerken zu lassen, dass sie diese Begegnung nicht ansatzweise so gelassen wegsteckte, wie es vielleicht den Anschein hatte. Man sollte keine Zufallsbekanntschaft, die man in einer Bar getroffen und mit der man stundenlangen Sex gehabt hatte, ohne den Namen des anderen zu kennen, am nächsten Tag wiedersehen müssen, wenn man gerade einen nervenaufreibenden Termin hatte!

So etwas durfte einfach nicht geschehen!

Vielleicht schlug ihr Karma gerade zurück und rächte sich dafür, dass Gayle mit acht Jahren für den Durchfall des Pudels ihrer Großtante verantwortlich gewesen war, weil sie ihn mit dem widerlichen Käse gefüttert hatte, den sie selbst nicht hatte essen wollen. Es klang nicht halb so schlimm, wie es gewesen war, schließlich hatte der Pudel nicht nur den edlen Perserteppich ihrer Großmutter ruiniert, sondern einen respektablen Haufen auf den heiß geliebten Parkettboden im Arbeitszimmer ihres Großvaters gelegt – mitten ins Zimmer. Die Flecken waren heute noch zu erkennen.

Und noch heute schimpfte ihr Großvater über den Pudel, der seinen Parkettboden ruiniert hatte, der aus einem englischen Herrenhaus des 18. Jahrhunderts stammte, obwohl der schuldlose Hund seit knapp fünfzehn Jahren in den ewigen Jagdgründen ruhte. Bislang hatte Gayle nie den Mut gefasst, ihren Großeltern zu gestehen, dass sie Schuld an dem Durchfalldilemma trug.

Nun bekam sie dafür vermutlich die Quittung.

Aufmerksam betrachtete sie das Gesicht des Mannes, von dem sie wusste, wie er nackt aussah, aber sie wusste leider nicht, ob er so verrückt sein würde, ihre gemeinsame Nacht zu thematisieren, während sie zusammen mit Amy Ashcroft und ihren Kindern in der Küche standen. Gayle würde ihn ohrfeigen müssen, wenn er irgendetwas erwähnte, was die vergangenen Stunden in ihrem Hotelzimmer betraf. Oder ihn dorthin treten, wo es für Männer augenscheinlich am schmerzhaftesten war.

Amy schien die Spannung zwischen ihnen nicht zu bemerken, weil sie einander leichthin vorstellte, während sie Kaffee in zwei Tassen einschenkte und ihnen den Rücken zukehrte. „J.T., das ist Gayle Keaton. Gayle, das ist J.T. Ashcroft, der Cousin meines Mannes."

„Gayle. Aha." Seine Augen funkelten. „Ein hübscher Name, *Gayle*."

„Danke", erwiderte sie gelassen.

„Nett, Sie kennenzulernen." Offenbar bereitete es ihm kolossale Freude, hier mit ihr zu stehen, weil er sich nur mühsam ein Lachen verkneifen konnte. „Sie kommen mir so bekannt vor. Haben wir uns schon irgendwann einmal getroffen?“

„Daran könnte ich mich sicherlich erinnern.“

„Nein, wirklich“, beteuerte er. „Irgendwo müssen wir uns schon über den Weg gelaufen sein. Wenn mir nur einfiele, wo und wann.“

Gayle kniff die Augen zusammen und hoffte, dass ihr Blick Mord und Totschlag versprach, wenn er nicht mit dem Theater aufhörte. „Ich habe ein Allerweltsgesicht“, erklärte sie dumpf. „Sie müssen mich verwechseln.“

„Das denke ich nicht.“ Seine Mundwinkel kräuselten sich.

„Vermutlich gehört es sich nicht, Sie zu warnen, Gayle, weil es übergriffig wirken könnte, aber ich tue es dennoch“, warf Amy ein, drehte sich zu ihnen um und reichte ihr eine Tasse. „J.T. flirtet gerne und ist ständig auf der Suche nach bereitwilligen Opfern, um seine Verführungskünste an ihnen auszuprobieren.“

„Das dachte ich mir bereits“, konterte sie und nahm einen Schluck Kaffee – hauptsächlich, um ihre Nerven zu beruhigen. „Keine Sorge, ich bin geschäftlich hier und habe nicht die Absicht, Opfer seiner Verführungskünste zu werden.“

Während Amy fröhlich lachte, schenkte er ihr lediglich einen wissenden Blick. „Geschäftlich? Etwa als Kindermädchen für deine Racker, Amy? Dann sollte ich wohl öfter vorbeischauen.“

Mit einem Tonfall, der davon zeugte, dass sie den

Cousin ihres Mannes gerne auf den Mond schießen würde, bekannte Amy: „Wenn du es genau wissen willst, haben wir uns über ein Engagement der Ashcroft Foundation bei dem gemeinnützigen Verein unterhalten, bei dem Gayle arbeitet. Und wenn jemand ein Kindermädchen braucht, dann bist du es, J.T. Wärst du so freundlich und könntest ein paar French Toasts übrig lassen?", forderte sie ihn nach einem Blick auf seinen Teller auf.

„Was soll ich sagen", antwortete er großspurig. „Ich habe eine ziemlich anstrengende Nacht hinter mir und muss meine Kraftreserven auftanken."

„Keine Einzelheiten, bitte." Amy wandte sich an Gayle. „Sollen wir unseren Kaffee woanders trinken? Ich fürchte nämlich, dass Sie nicht mehr wollen, dass unsere Stiftung Ihr Programm unterstützt, wenn J.T. noch länger diverse Weisheiten von sich gibt."

Augenblicklich schnappte er nach Luft. „Hey ..."

„Gerne", warf Gayle in dem Bestreben ein, die Küche und vor allem J.T. so schnell wie möglich zu verlassen. Seine Anwesenheit brachte sie ziemlich durcheinander.

„Schade, Gayle", hörte sie ihn sagen, als sie Amy in einen anderen Raum folgte. „Ich hätte gerne weiterhin mit Ihnen geplaudert. Vielleicht hätten wir bei der Gelegenheit herausfinden können, woher wir einander kennen."

„Vergiss es, J.T.", rief Amy ihm fröhlich über die Schulter hinweg zu.

Gayle ignorierte ihn vollkommen und war froh, als Amy und sie im Wintergarten saßen und dort ihr Gespräch fortführen konnten.

Fast zwei Stunden später begleitete Amy sie zur Tür und verabschiedete sich von ihr, indem sie Gayle kurz umarmte und versprach, sich bald bei ihr zu melden. Die Umarmung brachte Gayle derart aus der Fassung, während sie zu ihrem Auto ging, dass sie J.T. erst bemerkte, als sie ihm genau gegenüberstand. Er musste auf sie gewartet haben und lehnte gegen ihr Auto. Wie sie das finden sollte, wusste sie nicht. Und sie fühlte sich einem Schlagabtausch mit ihm nicht gewachsen, nachdem sie die emotionale Begegnung mit Amy gerade hinter sich gebracht hatte.

„Was tust du denn hier?“ Sie kramte in ihrer Tasche nach dem Autoschlüssel und hoffte, dass ihre Hände dabei nicht allzu sehr zitterten. Mittlerweile war es Mittag und sie hatte noch immer nichts gegessen. Vielleicht hätte sie doch das Angebot annehmen und ein paar der trockenen French Toasts essen sollen.

„Während du mit Amy geredet hast, ist mir irgendwann eingefallen, woher ich dich kenne. Das wollte ich dir nicht vorenthalten.“

„Sehr komisch.“ Sie verzog den Mund und schaute ihm ins Gesicht. „Könntest du bitte zur Seite treten? Ich möchte losfahren.“

„Gestern Abend warst du zuvorkommender.“

„Gestern Abend war gestern Abend“, stellte sie fest. „Heute ist heute.“

Schmunzelnd wollte er von ihr wissen: „Stammt der Spruch aus einem Poesiealbum oder hast du ihn bereits urheberrechtlich schützen lassen?“

Ihre Schultern sackten hinunter. „Was willst du?“

Er antwortete nicht, sondern wechselte das Thema. „Ich dachte, du hättest heute Morgen eine Familienangelegenheit zu erledigen.“

Gayle zwinkerte verwirrt, bis ihr einfiel, dass sie ihm heute Morgen erzählt hatte, dass sie wegen einer Familienangelegenheit hier sei, als sie ihn hatte loswerden wollen. Kaum zu glauben, dass er sich daran erinnern konnte. „Irgendetwas musste ich doch sagen, um dich loszuwerden“, erwiderte sie unverblümt.

„Autsch.“ Er verzog den Mund und griff sich ans Herz. „Das verletzt mich zutiefst, immerhin habe ich geglaubt, dass unsere Nacht etwas Besonderes war.“

„Jetzt sag nicht, dass das hier der Anfang eines Heiratsantrages wird“, konterte sie trocken. „Für den Anlass bin ich nicht passend gekleidet.“

„Besondere Kleidung ist gar nicht nötig. Mir würde es reichen, wenn du dich ausziehst, *Gayle*.“

„In deinen Träumen, *J.T.*“, antwortete sie und betonte seinen Namen, wie auch er es gerade mit ihrem gemacht hatte.

Anstatt etwas zu erwidern, starrte er sie lediglich an – und das so lange, dass Gayle spürte, dass Nervosität und gleichzeitig Erregung in ihr aufstiegen.

Daher klang ihre Stimme auch ein wenig heiser, als sie möglichst gelassen meinte: „Falls du mich entschuldigen würdest, aber ich bin auf dem Weg nach New York.“

„Sehr schön.“ Er wirkte zufrieden und machte einen

Schritt zur Seite, sodass sie die Autotür aufschließen konnte.

Obwohl Gayle wusste, dass sie die Frage vermutlich bereuen würde, hakte sie nach: „Wieso ist es *sehr schön*, dass ich nach New York fahre?"

„Tja, ich fahre nach New York. Du fährst nach New York." Abwägend hob er abwechselnd seine Hände in die Höhe. „Es wäre doch gelacht, wenn wir uns dort nicht über den Weg liefen."

Das kommentierte sie nicht, sondern warf ihre Tasche ins Auto. „Wofür steht J.T. eigentlich?"

„Ich fürchte, wir kennen uns noch nicht gut genug, um dir das zu verraten."

Sie schnaubte und ließ sich auf den Fahrersitz sinken.

Bevor sie die Tür schließen konnte, hielt er den Türgriff in der Hand, beugte sich ein Stück zu ihr hinunter und raunte bedeutungsvoll: „Es war mir ein Vergnügen, Gayle. Bis bald."

Eigentlich wollte sie ihm sagen, dass es kein *Bis bald* gab, aber da schloss er bereits die Tür und lief mit den Händen in den Hosentaschen vergraben zurück zu dem beeindruckenden Haus, das man gut und gerne einen Palast hätte nennen können.

Gayle startete den Motor und fuhr nach einem letzten Blick zurück die Auffahrt hinunter, um das Anwesen zu verlassen. Das Anwesen, in dem ihre Schwester mit ihrer Familie lebte.

4

Eigentlich war J.T. davon ausgegangen, mehr Zeit in seinen Umzug investieren zu müssen, doch nun stand er in seiner neuen Wohnung, die er von seinem Cousin übernommen hatte, und sah, dass alles an Ort und Stelle stand. Alle Möbel waren längst geliefert und aufgebaut worden, seine Besitztümer hatten bereits einen Platz gefunden und sogar sein Billardtisch stand schon in dem Raum, den Stuart früher zum Arbeiten genutzt hatte.

Es gab nichts mehr zu tun.

Unschlüssig sah sich J.T. um und fragte sich, warum er nicht zufrieden war, sondern das Gefühl nicht loswurde, vor Langeweile umzukommen.

Barfuß lief er über den Holzfußboden und schnappte sich die Fernbedienung seines Fernsehers, den er einschaltete, und suchte sich einen Sportsender. Weil es früher Mittag war, liefen Berichterstattungen früherer Spiele, Diskussionen über mögliche Entlassungen erfolgloser Trainer und Spekulationen über verletzte Spieler. J.T. hörte nur mit einem Ohr zu, während er nach seinem Handy griff, sich auf seine Couch setzte und nachsah, ob er irgendwelche interessanten Mails bekommen hatte. Außer Benachrichtigungen über anstehende Kreditkartenabrechnungen, Werbemails diverser Hotels und der Erinnerung an neue Serien seines Streamingdienstes war nichts dabei. Nichts, was ihn interessiert hätte. Die neuen Serien interessierten ihn ebenfalls nicht.

Frustriert schloss er sein Mailfach und schaute nach, ob er irgendwelche Nachrichten von Freunden bekommen hatte. Bis auf eine dieser grauenvollen Kettenbriefe seiner Mutter hatte er keine neue Nachricht bekommen. Obwohl er wusste, dass er es bereute, las er den Kettenbrief und verzog gleichzeitig das Gesicht. J.T. konnte nur hoffen, dass das amateurhafte Gedicht über Schutzengel nicht von seiner Mom stammte. Seit sie ein Smartphone hatte, kam er fast täglich in den Genuss zweifelhafter Gedichte, die Shakespeare vermutlich in den Suizid getrieben hätten.

In seiner Verzweiflung öffnete er sogar die Startseite eines sozialen Netzwerks, bei dem er sich vor Jahren angemeldet hatte, um in Kontakt mit ein paar seiner alten Freunde zu bleiben, und scrollte durch die Timeline. Das letzte Mal, dass er sich hier angemeldet hatte, war ungefähr zwei Jahre her, und er erschrak beim Anblick einer seiner Exfreundinnen, die mit prallem Babybauch und Kurzhaarfrisur auf einem Foto posierte. Erst als er nachrechnete und feststellte, dass er ganz unmöglich der Vater sein konnte, weil er sie vor knapp anderthalb Jahren zum letzten Mal gesehen hatte, registrierte er auch den Ring an ihrem Finger. Irgendein anderer Idiot musste also für die Schwangerschaft und den hochkarätigen Ehering verantwortlich sein. Er konnte nicht sagen, dass er traurig darüber war.

J.T. legte seine nackten Füße auf dem Couchtisch ab und spürte, dass seine Laune im Keller war. Nicht etwa wegen seiner Ex, mit der er ein amüsantes Wochenende in Miami verbracht hatte. Vielleicht waren sie auch in San Diego gewesen. Ganz genau konnte er sich daran nicht mehr erinnern. Nein, seine Laune verdüsterte sich, weil seine Timeline voll von Hochzeitsfotos, Schnappschüssen diverser Babybäuche und Fotografien von Kleinkindern war. Was war passiert, seit er sich zum letzten Mal hier angemeldet hatte?

Das Profilfoto seines alten Studienfreundes Liam beispielsweise zeigte ein Paar Babyfüße.

Babyfüße?

Mit Liam war er vor ewigen Zeiten verhaftet worden, als sie in San Francisco zu viel gebechert hatten und in einer Stripbar gelandet waren – einer schwulen Stripbar, in der Liam auf die Bühne gehüpft war und sich bis auf seine Socken komplett entblättert hatte. Wegen Erregung öffentlichen Ärgernisses waren sie zusammen in einer Zelle gelandet. Der Liam, der an jenem Abend vor diversen männlichen Zuschauern blankgezogen hatte und sich am nächsten Tag die Nummer einer hübschen Polizistin geben ließ, hatte jetzt ein Profilfoto, das Babyfüße zeigte?

Und noch schlimmer als Liam war Owen, denn sein Hintergrundbild zeigte ein Hochzeitspaar, das mit dem Rücken zur Kamera stand und in Richtung der untergehenden Sonne sah.

Was zum Teufel!

J.T. hatte nicht einmal gewusst, dass Owen eine Freundin hatte. Geschweige denn, dass er verheiratet war! Vor vier Jahren waren sie gemeinsam nach Südafrika geflogen, um dort Fallschirm zu springen und mit Haien zu tauchen. Und um ihren Trip perfekt zu machen, hatten sie ein paar spanische Models kennengelernt, die dort für ein Fotoshooting gewesen waren. Owen war gleich mit zwei von ihnen in seinem Hotelzimmer verschwunden und erst am Nachmittag des nächsten Tages wieder herausgekommen. Die Fotos, die er damals gemacht hatte, waren alles andere als jugendfrei gewesen. Mit einem verliebten Hochzeitspaar, das sich einen Sonnenuntergang ansah und dabei Händchen hielt, hatten sie nichts zu tun gehabt.

Weder Liam noch Owen waren in einem Alter, in dem man sein Leben beendete und sesshaft wurde. Mit Anfang dreißig sollte man auf den Putz hauen und die Dinge tun, die man ein paar Jahre später nicht mehr tun konnte, weil man dann zu alt dafür war. Dinge, die Spaß machten und weder Hochzeitsfeiern noch Babywindeln beinhalteten.

Er loggte sich aus und konnte nur den Kopf schütteln, wenn er daran dachte, was aus seinen coolen, witzigen und draufgängerischen Freunden geworden war. Vielleicht hätte er sie angerufen, wenn er nicht befürchten musste, dass sie ihn mit Themen wie Sitzordnungen für Hochzeiten und Vorteile des Stillens vollquatschten. In diese Kategorie fielen auch seine Freunde Parker und Malcolm, denn Parker hatte erst vor wenigen Wochen geheiratet und Malcolm befand sich seit Kurzem in dem unerträglichen Stadium eines frisch Verliebten.

J.T. ging seine Kontaktliste durch und verwarf die Idee, Stuart anzurufen oder auf einen Sprung bei ihm im Büro vorbeizuschauen. Sein Cousin war ein echter Workaholic und war vermutlich gerade zu beschäftigt, um etwas Zeit mit ihm zu verbringen. Außerdem konnte J.T. auf eine weitere Standpauke verzichten, was die Vaterschaftsklage betraf, die im Raum stand. Jedes Mal, wenn Stuart anfing, darüber zu reden, verschlechterte sich J.T.s Laune rapide, und heute hatte er keine Lust, auch noch darüber zu sprechen.

Statt also seinen Cousin anzurufen, wählte er die Nummer ihres gemeinsamen Kumpels Dixon – dem letzten Junggesellen neben ihm aus ihrer illustren Runde. Bei Dixon konnte sich J.T. sicher sein, dass er nicht plötzlich ein kitschiges Profilbild eines Paares vor einem Sonnenuntergang als sein Hintergrundbild verwenden würde, weil er seine Freiheit und Ungebundenheit ebenso liebte wie er.

„Hey, altes Haus, wie geht's dir?", rief J.T. fragend in sein Telefon, sobald sich sein Freund am anderen Ende der Leitung gemeldet hatte.

„Gut – wenn man davon absieht, dass ich mit Mitte

dreißig an einem Magengeschwür verrecken werde, wenn dieser Stress anhält."

„Welcher Stress?"

„Stress im Büro, Stress mit meinen Mandanten, Stress mit dem Computersystem ... Such es dir aus. Ich bin so was von urlaubsreif", klagte er angespannt und mit einem Seufzen.

„Gut, dass du es erwähnst", entgegnete J.T. zufrieden. „Für dein Problem habe ich die perfekte Lösung. Du kommst am Wochenende nach New York und ziehst mit mir um die Häuser. Ich bin sicher, ich bekomme eine Reservierung bei Delmonico's und kann ein paar Karten fürs Footballspiel am Sonntag besorgen. Du liebst doch das Porterhouse Steak und kannst nicht Nein sagen, wenn es um Football geht."

Dixon schwieg ein paar Sekunden, bis er ungläubig wissen wollte: „Ich soll am Wochenende nach New York kommen?"

Eigentlich war J.T. von einer anderen Reaktion ausgegangen. Jedoch ließ er sich von Dixons Zurückhaltung nicht entmutigen. „Ja, klar. Von Washington bis New York sind es mit dem Flieger nur anderthalb Stunden. Wenn du am Freitagnachmittag herfliegst, könnten wir abends etwas essen gehen und anschließend einem neuen Club einen Besuch abstatten, der in SoHo eröffnet hat. Was sagst du dazu?"

Er konnte hören, wie Dixon ins Telefon schnaufte und wie im Hintergrund auf einer Computertastatur herumgetippt wurde. „Ich kann am Wochenende ganz unmöglich nach New York kommen, J.T.“

Er hörte wohl nicht recht! „Jetzt sag mir nicht, dass du mir wegen einer Frau einen Korb gibst!“

„Scheiße, nein“, empörte sich sein Kumpel. „Ich habe einen Berg Arbeit vor mir.“

Beinahe hätte J.T. die Augen verdreht. „Ernsthaft? Es geht um deinen Job?“

„Natürlich!“

„Seit wann müssen Anlageberater am Wochenende arbeiten?“

„Seit sie Partner in ihrer Firma werden wollten“, lautete die knappe Antwort. „Momentan reiße ich mir den Arsch auf, um den Partnern zu beweisen, dass ich ihr Mann bin und bessere Zahlen als mein Kollege abliefere, der natürlich auch Partner werden will. Er ist ein Jahr länger bei der Firma, aber ich habe einen Mandanten, der der Firma beinahe doppelt so viel Geld gebracht hat wie die Hälfte seiner Mandanten. Aber darauf darf ich mich nicht ausruhen. In ein paar Wochen entscheidet sich, wer von uns beiden nominiert wird. Bis dahin muss ich mich voll und ganz auf meinen Job konzentrieren.“

J.T. verzog den Mund und legte seinen Kopf in den Nacken. „Zwei Tage in New York werden dich schon nicht umbringen.“

„Auf keinen Fall.“

„Komm schon, Mann! Lass mich nicht hängen.“

„Verdammt, du hast keine Ahnung, wie lange ich schon auf diese Beförderung scharf bin.“

Das war sein Problem? „Scheiß drauf.“ Er lachte.

Dixon seufzte ärgerlich. Ein paar Stimmen erklangen irgendwo im Hintergrund. Ein Telefon klingelte und dann schlug eine Tür zu.

„Bist du noch dran?"

„Ja", entgegnete Dixon merklich abgelenkt. „Warte kurz ... okay."

J.T. setzte dazu an, seinen Freund davon zu überzeugen, dass ein Wochenende in New York in dieser Situation genau das Richtige war, um seine Kraftreserven aufzufüllen. „Um auf unser Wochenende hier in New York zurückzukommen ..."

„Krieg das jetzt nicht in den falschen Hals, J.T.", unterbrach Dixon ihn, „aber fall jemand anderem mit einem Party-Wochenende auf den Sack, aber verschone mich."

Geradezu verdutzt öffnete J.T. den Mund. „Was?"

„Ich kann nicht einfach springen, wenn du anrufst, und meine Beförderung riskieren, weil du einen draufmachen willst. Meinen Job nehme ich sehr ernst, auch wenn du das nicht verstehen kannst. Bis bald." Dann legte dieser Idiot einfach auf.

Obwohl sich J.T. eigentlich als ziemlich gutmütigen Zeitgenossen beschrieben hätte, stand er jetzt kurz davor, seinem Kumpel ein blaues Auge verpassen zu wollen. Wütend warf er sein Handy auf die Couch. Dixon hatte noch nie eine Chance ausgelassen, um sich zu amüsieren und einen draufzumachen. Verflucht, er hatte geradezu wie ein Spießer geklungen!

Als J.T. zum Kühlschrank ging, um sich eine Flasche Wasser zu holen, und darüber nachdachte, ob er einfach allein um die Häuser ziehen sollte, fragte er sich, was mit seinen Kumpels los war und wieso sie alle das Bedürfnis hatten, zu ihren eigenen Vätern zu werden.

* * *

„GAYLE, muss ich wirklich heute beim Abwasch helfen? Ich könnte bestimmt jemanden finden, der mit mir seinen Dienst tauscht."

„Gibt es einen Grund, weshalb du heute nicht beim Abwasch helfen kannst, Jody?", wollte sie von dem fünfzehnjährigen Mädchen wissen, das in der Tür zum Büro stand und ihr seit ungefähr einer halben Stunde in den Ohren lag, dass es ganz unmöglich abwaschen konnte, während Gayle damit beschäftigt war, den Aktenschrank neu zu sortieren. Das katastrophale Chaos innerhalb der Akten, die weder alphabetisch sortiert noch datiert waren, brachte Gayle beinahe um den Verstand. Dazu kam der Lärm einiger Handwerker im Stockwerk über ihnen, ein paar Mahnungen fälliger Rechnungen und die Auseinandersetzung zweier vierzehnjähriger Jungen, die sich beim heutigen Mittagessen erst gestritten und dann geprügelt hatten. Zusammen mit Jodys Nörgeleien konnte der Tag eigentlich nur besser werden.

Komischerweise erinnerte sich Gayle schlagartig daran, weshalb pubertierende Jugendliche ihr schon auf den Keks gegangen waren, als sie selbst noch ein Teenager gewesen war.

„Nö ... das heißt, ich glaube, ich habe eine Allergie gegen das Spülmittel.“

„Netter Versuch“, entgegnete sie trocken, zog eine alte Akte hervor, die schon Staub angesetzt hatte, und blickte Jody über die Schulter hinweg an. Bedeutungsvoll nickte sie in die Richtung von Jodys Fingernägeln, die akkurat lackiert und mit kleinen Strasssteinchen verziert waren. „Ich schätze, dass keine Allergie hinter deinem plötzlichen Unwillen steckt, beim Abwasch zu helfen, sondern dass du dir Sorgen um deine Nägel machst.“

„O Mann, Gayle, bitte ...“

„Keine Chance.“ Sie schüttelte den Kopf und erklärte ruhig, geduldig und fest: „Hier haben alle die gleichen Rechte und Pflichten. Jeder ist mal mit dem Abwasch dran, und heute bist du das.“

Wie nicht anders zu erwarten, verzog Jody den knallpink geschminkten Mund zu einer Schnute.

Obwohl sie eine ziemliche Nervensäge war, konnte Gayle sie verdammt gut leiden und musste sich zusammenreißen, um angesichts der leidenden Miene nicht zu lachen. Sie hatte eine Schwäche für Underdogs und für Kinder, die nicht wussten, wo sie hingehörten, und dennoch nicht aufgaben oder sich unterkriegen ließen. Zähe Kinder wie Jody, die einer gewalttätigen Mutter davongerannt war, in ein völlig überfülltes Kinderheim gesteckt wurde und zu einer Pflegefamilie kam, in der sie sich ein Zimmer mit zwei anderen Pflegekindern teilen musste und zu wenig Essen bekam, bevor sie von dort abhaute, weil eines der anderen Pflegekinder ihr bis ins Badezimmer folgte und sich nachts zu ihr ins Bett legte.

„Können wir nicht eine Ausnahme machen?"

„Nein, aber wir können sicherlich ein Paar Gummihandschuhe für dich auftreiben", konterte sie betont freundlich und schnappte sich ein paar Akten, die sie auf einen Stuhl legte – die einzig freie Fläche in diesem Büro, wenn man vom Boden einmal absah.

Offenbar gab Jody auf, weil sie einen lauten, genervten Seufzer ausstieß, bevor sie murrte: „O-okay! Meinetwegen."

„Danke." Grinsend sah sie zu, wie Jody verschwand, und entschied sich nach einem Blick durch das Büro, die Akten auf dem Boden zu sortieren. Andernfalls hätte es einfach nicht genügend Platz gegeben.

Also hievte Gayle alles auf den Boden, kniete sich anschließend hin und begann, die alten Akten zu sortieren, während sie gedanklich überlegte, wann sie heute Feierabend machen konnte. Sie war als Koordinatorin eingestellt worden, die sich um den reibungslosen Ablauf der Renovierung und die finanziellen Belange der Jugendeinrichtung kümmern sollte. Im Klartext hieß das, dass sie das Mädchen für alles war. Sie traf sich mit potenziellen Spendern, beschwichtigte Nachbarn, wenn sie sich über herumlungernde Teenager beschwerten, alphabetisierte Akten und schlichtete Streitereien zwischen den Jugendlichen. Außerdem verschaffte sie ihren weiblichen Schützlingen Termine bei Frauenärzten, kümmerte sich um eine Drogenberatung und ging schon einmal mit den Jugendlichen zu Vorstellungsgesprächen oder in die Schule, falls es dort Probleme gab. Was sie jedoch nicht tat, war, in der Einrichtung zu schlafen. Dafür waren Sozialarbeiterinnen und Sozialarbeiter zuständig, die sich mit der nächtlichen Betreuung abwechselten.

Obwohl Gayle in ihrem Job aufging und ihre jetzige Arbeit sehr schätzte, war sie froh, abends ein bisschen abschalten zu können und rauszukommen. Ihre jetzige Bleibe war ein winziges, möbliertes Apartment in Brooklyn, aber dort hatte sie wenigstens ihre Ruhe und musste nachts nicht mit einem Ohr darauf lauschen, ob die Chaoten über den Flur schlichen und trotz Sperrstunde ausgehen wollten.

Sie hatte gerade erst die alten Akten vor sich ausgebreitet, als hinter ihr ein Geräusch zu hören war, als ob jemand gegen ihre offene Tür klopfen würde. Gayle fragte sich, ob Jody es nun auf die höfliche Art versuchte, schließlich riss das Mädchen Türen normalerweise einfach auf, ohne vorher anzuklopfen.

Ohne sich umzudrehen, erklärte sie: „Falls du mir weismachen willst, dass du keine Handschuhe gefunden hast, bin ich mir sicher, dass wir ein paar Kondome finden, die du dir über die Hände ziehen kannst."

„Ich kann mich täuschen, aber zieht man Kondome normalerweise nicht über einen anderen Körperteil?"

Beim Klang der tiefen Stimme riss Gayle den Kopf nach oben und hätte sich fast den Hals verrenkt, als sie sich hastig umdrehte und J.T. im Türrahmen stehen sah. Groß, gut aussehend und aufrecht stand er mit den

Händen lässig in den Hosentaschen vergraben vor ihr und amüsierte sich offensichtlich köstlich.

„Du hättest mir in unserer Nacht ruhig erklären können, dass ich jahrelang etwas falsch gemacht habe, indem ich die Kondome nicht über meine Hände gezogen habe. Vielleicht hätte ich früher im Sexualkundeunterricht besser aufpassen sollen!"

Gayle zwinkerte verwirrt und spürte gleichzeitig, dass ihre Wangen brannten – und das war ihr schon seit Ewigkeiten nicht passiert. Normalerweise errötete sie nicht, wenn über Sex gesprochen wurde. Vielleicht lag ihre Verlegenheit daran, dass sein Auftauchen sie kalt erwischt hatte, dass sie nicht damit gerechnet hatte, ihn wiederzusehen – schon wieder –, oder es lag daran, dass er so verdammt gut aussah, während sie sich heute Morgen nicht einmal richtig gekämmt hatte. Sein blondes Haar dagegen war kunstvoll zerzaust, sein Gesicht war sonnengebräunt und unter seinen blauen Augen lagen keine Ringe, wie es vermutlich bei ihr der Fall war. Nein, J.T. sah verdammt gut aus, und Gayle konnte sich denken, dass er das auch wusste, immerhin bewegte er sich mit der Gewissheit eines Mannes, Frauen allein mit einem Lächeln ins Bett zu bekommen. Gayle konnte aus eigener Erfahrung sagen, dass er das ziemlich gut hinbekam.

Eventuell lag ihre unerwartete Verlegenheit, ihn wiederzusehen, auch daran, dass der Sex mit ihm so gut gewesen war und dass sie in der vergangenen Nacht von einer Wiederholung des Ganzen geträumt hatte. Als heute Morgen ihr Wecker geklingelt hatte, war sie regelrecht frustriert gewesen, dass sie geweckt wurde, weil der Traum so wahnsinnig aufregend gewesen war und sie nicht wollte, dass er endete.

Sie schluckte gegen ihre trockene Kehle an und wollte von ihm wissen: „Was tust du denn hier?“

„Ich war in der Gegend und dachte, ich komme auf einen kleinen Sprung vorbei.“

Zweifelnd maß sie ihn und ließ ihn wissen, dass sie ihm diese Version nicht abkaufte. „Du warst hier in der Gegend? In der Lower East Side?“ Sie ließ ihre Augen demonstrativ über seinen Körper wandern und begutachtete dabei seine Kleidung, die wahrscheinlich eine hübsche Stange Geld gekostet hatte, denn der Sitz seiner Jeans war makellos und der Pullover, den er unter dem olivgrünen Kurzparka trug, bestand mit großer Sicherheit aus Kaschmir. Und es würde sie nicht wundern, wenn die Uhr an seinem linken Handgelenk eine Rolex war. „Ich wusste gar nicht, dass Porsche hier eine Zweigstelle hat.“

Anstatt beleidigt zu sein, lachte er auf. „Tut mir leid, dich enttäuschen zu müssen, aber ich fahre keinen Porsche.“

„Dann einen Ferrari?“

Seine Augen funkelten vor Vergnügen. „Ich bevorzuge Autos mit einer Rückbank.“

„Um dein übergroßes Ego zu transportieren?“

„Apropos übergroß …“

Gayle kniff die Augen zusammen und schnitt dabei eine Grimasse. „Wolltest du etwas Bestimmtes, J.T.? So gerne ich auch mit dir plaudere, habe ich heute ziemlich viel zu tun."

„Das sehe ich." Er betrachtete das Aktenchaos zu seinen Füßen. „Nachdem Amy mir nach eurem Gespräch erzählt hat, worum es hier geht, war ich neugierig."

Auch das kaufte sie ihm nicht wirklich ab, aber das musste sie ihm ja nicht auf die Nase binden. „Was hat Amy denn gesagt?"

Er betrat ihr Büro und hockte sich wie selbstverständlich hin, um eine Akte in die Hand zu nehmen, die er neugierig musterte. Und Gayle hielt für einige Sekunden den Atem an, weil er ihr nun so nah war, dass sie seine dichten Wimpern betrachten und gleichzeitig den verlockenden Duft seines Aftershaves riechen konnte.

„Sie hat gesagt, dass ihr hier ein Heim für obdachlose Jugendliche betreibt, das zurzeit saniert wird und das auf Spenden angewiesen ist, weil ihr keine staatliche Unterstützung erhaltet", entgegnete er ruhig, während er die Akte öffnete. „Und sie hat mir erzählt, dass sie darüber nachdenkt, unter der Schirmherrschaft der Ashcroft Foundation etwas auf die Beine zu stellen, um Gelder für euer Projekt zu sammeln."

Obwohl sie überrascht war, dass er tatsächlich zu wissen schien, worum es hier ging, zeigte sie es nicht. „Das stimmt."

„Außerdem war ich neugierig auf dich." Ohne aufzusehen, fuhr er fort: „Für jemanden, der kein Problem damit hatte, einen Mann in einer Bar aufzureißen, wirktest du ganz schön nervös, als ich dich zusammen mit der Frau meines Cousins gesehen habe. Normalerweise schüchtert Amy niemanden ein – dafür ist sie gar nicht der Typ."

Sie riss ihm förmlich die Akte aus der Hand. „Die brauche ich noch."

Nun sah er sie an – so lange und intensiv, dass Gayle befürchtete, er könnte wissen, was sie gerade dachte. Wieso war ihr sein intelligenter Blick bislang nicht aufgefallen?

„Sieht so aus, als bräuchtest du hier Hilfe", kommentierte er schleppend.

„Ich komme zurecht", versicherte sie ihm und musste mit ansehen, wie er sich aus seinem Parka schälte. „Was tust du da?"

Wie selbstverständlich erhob er sich, warf die Jacke über die Lehne des Stuhls und hockte sich anschließend wieder zu ihr. „Wonach sieht es denn aus?"

„Es sieht danach aus, als ob du mir beim Sortieren der Akten helfen wolltest, auch wenn ich nicht weiß, warum du das tun willst."

„Vielleicht weil mich deine Arbeit interessiert?"

Irgendwie nahm sie ihm seinen letzten Satz nicht ab, denn J.T. wirkte nicht wie jemand, der sich für ein Jugendzentrum interessierte, das sich um obdachlose Jugendliche kümmerte. Viel eher wirkte er wie jemand, der keine Sorgen hatte, wenn man davon absah, dass er die perfekten, maßgeschneiderten Felgen für seinen Sportwagen suchte.

„Tatsächlich?" Misstrauisch rümpfte sie die Nase.

„Ja." Nun zuckten seine Mundwinkel. „Außerdem

besteht die Hoffnung, dass ich dich nach Feierabend nach Hause begleiten darf, wenn ich mich vorher als hilfsbereiter, netter Kerl erweise."

„Daher weht der Wind." Beinahe hätte sie geschmunzelt. „Auch auf die Gefahr hin, dass du mich mit der Arbeit allein lässt, muss ich den verlockenden Vorschlag ablehnen. Heute Abend werde ich viel zu müde für das sein, was dir vorschwebt."

„Und was schwebt mir vor? Eigentlich wollte ich dich nur nach Hause begleiten, um dir einen sicheren Heimweg zu garantieren. Woran du immer denkst."

Nun musste sie wirklich lachen. „Mein Heimweg ist die Linie F – die wirst du sicherlich nicht kennen."

J.T. schnappte empört nach Luft. „Zufälligerweise bin ich mit der Linie F hergekommen."

„Na klar ..."

„Du glaubst mir nicht?"

Skeptisch schaute sie ihm ins Gesicht. „Du fährst mit der U-Bahn?"

„Solange ich nicht mit ihr fliegen kann, bleibt mir wohl nichts anderes übrig, oder?"

Gayle rümpfte die Nase. „Das ist nicht dein Ernst."

„Willst du meine Metrokarte sehen?" Er schien sein Portemonnaie zücken zu wollen.

„Schon gut, schon gut", wehrte sie ab.

„Nur zur Info: Meine Haltestelle ist die dreiundzwanzigste Straße. Falls du mich irgendwann einmal besuchen willst, bist du herzlich willkommen. Und jetzt sag mir doch, wonach diese Akten geordnet werden sollen."

Ehe sie sichs versah, saßen sie beide auf dem Boden ihres Büros und sortierten alte Akten erst den Jahren nach und dann alphabetisch. Auch wenn Gayle es nicht zugegeben hätte, war er ihr eine große Hilfe. Außerdem entpuppte sich die Arbeit mit ihm als sehr nett und angenehm, weil J.T. ein witziger Zeitgenosse war. Aber das hatte sie schon vor einigen Tagen herausgefunden, als sie ihn in einer Bar in Connecticut kennengelernt hatte.

„Ist das hier etwa ein polizeiliches Vernehmungsprotokoll?"

Beim Klang seiner entrüsteten Stimme warf Gayle einen kurzen Blick auf die Akte in seinen Händen. Weil diese schon fast zehn Jahre alt war und sie den Jungen nicht kannte, der mittlerweile Mitte zwanzig sein musste, erwiderte sie lediglich: „Kann schon sein."

Er blätterte in der Akte herum. „Das kann doch nicht dein Ernst sein!"

„Eigentlich schon. Jugendkriminalität unter Straßenkindern kommt häufig vor. Ein paar der Jugendlichen hier haben bereits eine Strafakte und ..."

„Das meine ich nicht", unterbrach er sie und runzelte düster die Stirn. „Der Junge hätte ohne einen Anwalt niemals vernommen werden dürfen, also war das Geständnis auch nicht gültig. Ganz davon abgesehen, dass es sich um einen harmlosen Diebstahl gehandelt hat und das Diebesgut nicht einmal bei ihm aufgefunden werden konnte. Jeder halbwegs intelligente Pflichtverteidiger hätte bei dieser Anklage ein Bagatelldelikt rausschlagen können und wäre mit einer Verwarnung davongekommen! Der Junge hatte nicht einmal Vorstrafen."

„Und woher weißt du das? Von *Law and Order*?"

„Nein, das lernt man im Grundstudium."

Gayle zog die Augenbrauen in die Höhe. „Du hast Jura studiert?"

„Mhm." Er war noch immer in die Akte vertieft. „Harvard und dann NYU."

Harvard? Selbst sie wusste, dass Harvard so ungefähr die beste Jura-Fakultät des Landes, wenn nicht sogar der Welt hatte. Um dort studieren zu können, durfte man nicht auf den Kopf gefallen sein. „Du siehst nicht aus wie ein Anwalt."

„Ich praktiziere auch nicht." Er schloss die Akte und sortierte sie anschließend ein.

„Und was tust du dann?"

Sein schwaches Lächeln konnte sie nicht wirklich überzeugen. „Momentan sortiere ich Akten ein. Das ist doch schon mal was."

5

J.T. HATTE Gayle zwei Tage gegeben, um sich bei ihm zu melden. Was sie natürlich nicht getan hatte. Schon als er ihr seine Handynummer aufgeschrieben hatte, war ihm klar gewesen, dass sie ihn nicht anrufen würde. Und ihm war ebenfalls klar, dass sie ihn nicht aus dem Grund mied und nicht anrief, weil er sie nicht interessierte, sondern weil sie widerspenstig und stolz war.

Ja, Gayle Keaton war nicht sehr leicht zu beeindrucken.

Also musste er schwere Geschütze auffahren, denn merkwürdigerweise *wollte* J.T. sie beeindrucken. Gayle hatte etwas an sich, was ihn interessierte und neugierig machte. Sie war anders als die Frauen, mit denen er normalerweise ausging und mit denen interessante Gespräche oftmals Mangelware waren – Frauen, mit denen J.T. ins Bett ging und zu denen er anschließend keinen Kontakt mehr hatte. Bei Gayle hingegen ertappte er sich dabei, dass er sie wiedersehen wollte, was bislang eher selten der Fall war, wenn er erst einmal mit einer Frau geschlafen hatte. Gayle war klug, besaß einen trockenen Humor und hatte etwas zu erzählen.

Und sie besaß ein Gesicht, das ihn faszinierte. Obwohl sie keine klassische Schönheit war, wirkte ihr Gesicht so ausdrucksstark und anziehend auf ihn, dass es fast schon verrückt war.

Nachdem sie sich also nicht bei ihm gemeldet hatte, entschloss er sich, selbst aktiv zu werden, und wartete zwei Tage nach seinem letzten Besuch in der Jugendeinrichtung, in der sie arbeitete, auf ihren Feierabend. Glücklicherweise hatte er einen Blick auf den Dienstplan geworfen, der in ihrem Büro an einer Pinnwand geklebt hatte, und glücklicherweise war sie sogar pünktlich.

J.T. stieß sich von der Hauswand ab, gegen die er sich gelehnt hatte, als sie das Haus verließ und gerade in ihre Jacke schlüpfte. Grinsend schlenderte er auf sie zu und beobachtete dabei, wie sie sich eine Mütze über den Kopf zog. Es war Anfang November und heute ziemlich kalt, weshalb auch er eine Winterjacke trug.

„Hey, Gayle!"

Sie drehte sich zu ihm um und wirkte erstaunt, ihn hier zu sehen. „Hey ... Warst du mal wieder zufällig in der Gegend?"

„Nicht wirklich", erwiderte er, während sie ihren Rucksack schulterte. „Eigentlich bin ich hier, um dich zum Essen einzuladen."

Damit schien sie nicht gerechnet zu haben, weil sie für einen Moment stockte. „Was?“

„Ein Essen. Nach deiner Arbeit wirst du doch sicherlich Hunger haben.“

Nachdenklich verzog sie den Mund. „Du tauchst bei meiner Arbeit auf, um mich zum Essen einzuladen?“

„Meinetwegen können wir auch wieder Akten sortieren, wenn dir das lieber ist, aber dann müssten wir wohl eine Pizza bestellen, weil ich ziemlichen Hunger habe.“

„Ich habe keine Ahnung, was du hiermit bezwecken willst, J.T.“

Das wusste er selbst nicht genau. „Was soll ich damit bezwecken wollen?“, erwiderte er lässig. „Ich dachte, dass es nett wäre, mit dir einen Happen essen zu gehen. Das ist alles.“

Sie maß ihn neugierig. „Nur ein Essen?“

„Nur ein Essen.“

„Keine Hintergedanken?“

Abwehrend hob er beide Hände. „Hey ... du warst diejenige, die mich bei unserem ersten Treffen in ihr Hotelzimmer eingeladen hat. Ich glaube daher, dass du diejenige mit den Hintergedanken bist.“ Als sie nicht sofort antwortete, grinste er: „Gib dir einen Ruck, Gayle. Es sind auch nur fünf Haltestellen – Linie J.“

Weniger als zwanzig Minuten später hielt er ihr die Tür auf, um mit ihr ins Delmonico's zu gehen, dem angeblich ersten Restaurant New Yorks. Manche bezeichneten es sogar als eines der ersten Restaurants der USA. Berühmte Personen wie Königin Victoria von England und Charles

Dickens sollten hier bereits gegessen haben, und Mark Twain feierte sogar seinen Geburtstag in diesem Restaurant. Außerdem galt es als der Geburtsort der Eggs Benedict. J.T. wusste nur, dass man nirgendwo sonst derart gute Steaks bekam. Und abgesehen davon war das prunkvolle Restaurant mit den livrierten Kellnern sowie dem exzellenten Service wie dazu gemacht, auf Frauen Eindruck zu machen, wenn man sie hierher ausführte.

Den gleichen Gedanken musste auch Gayle haben, weil sie ihn fragte, nachdem man ihnen die Garderobe abgenommen und sie zu ihrem Tisch geführt hatte: „Bringst du öfter Frauen hierher, um sie zu beeindrucken?"

„Tatsächlich bist du die erste", antwortete er und konnte sehen, wie sich Gayle in dem großen Raum umsah, dessen Decke mit Stuckornamenten verziert war und von der mehrere Kronleuchter hingen. Dazu kamen sorgfältig eingedeckte Tische und dunkle Holzpaneele an den Wänden, die ungefähr zur Mitte reichten und über denen edle Tapeten mit stilvollen Mustern zu sehen waren. „Bisher war ich hier mit meinem Cousin oder ein paar Freunden."

„Aha." Sie nahm die Speisekarte entgegen, die ein diensteifriger Kellner ihr reichte, bedankte sich bei ihm und fragte dann J.T.: „Soll ich mir darauf etwas einbilden, dass ich die erste Frau bin, mit der du dich hier blicken lässt?"

„Unbedingt." Auch er nahm die Speisekarte entgegen und fuhr scherzhaft fort: „Und du kannst dir nicht vorstellen, wie dankbar ich dir bin, dass wir nicht in eines dieser grauenvollen vegetarischen Restaurants gehen müssen, auf die Frauen meistens bestehen, um getrocknete rote Bete oder noch Schlimmeres zu essen."

Gayle schnalzte mit der Zunge: „Ist dir nicht in den Sinn gekommen, dass ich Vegetarier sein könnte?"

Gelassen öffnete er seine Speisekarte. „Noch vor ein paar Tagen hast du ein Clubsandwich mit Bacon und Truthahn gegessen. Ich schätze daher, dass du kein Problem damit hast, ein Steak zu essen."

„Erwischt." Sie lachte fröhlich. „Eines muss man dir zugestehen: Du hast ein verdammt gutes Gedächtnis."

J.T. räusperte sich und ließ seinen Blick währenddessen beiläufig über die Vorspeisenaufzählung in seiner Speisekarte schweifen. „Glaub mir, ich habe noch ein paar andere Talente."

„Oje", seufzte sie. „Kommst du jetzt wieder auf jene Nacht zu sprechen?"

„Tatsächlich wollte ich erzählen, dass ich einen ziemlich passablen Orientierungssinn habe, wahnsinnig gute Drinks mixe und früher Stepptanzstunden hatte. Wieso kommst *du* denn immer wieder auf jene Nacht zu sprechen?"

Lustigerweise röteten sich ihre Wangen, und sie schaute ihn über den Rand ihrer Speisekarte vorsichtig an. Wenn nicht der Sommelier an den Tisch getreten wäre, hätte J.T. das Thema vermutlich vertieft.

„Wissen die Dame und der Herr schon, was Sie essen werden, damit ich Ihnen einen Wein empfehlen kann?"

Fragend schaute J.T. zu Gayle, die die Speisekarte schloss und an den anderen Mann gewandt erklärte: „Ich nehme das Filet Mignon mit dem Spinat. Medium-rare, bitte."

„Sehr wohl. Und der Herr?"

„Für mich das Rib Eye mit den Waldpilzen. Rare, bitte."

„Sehr gerne. Zu Ihren beiden Gerichten könnte ich Ihnen einen Bordeaux, Château Clinet, empfehlen – Jahrgang 2005 aus dem Pomerol mit einer reifen Fruchtnote, die durch eine feine Holzwürze abgerundet wird. Oder falls Ihnen ein italienischer Wein mehr zusagt, würde ich einen Barolo, Pio Cesare, aus dem Piemont oder einen Amarone aus Venetien empfehlen. Insbesondere der Barolo harmoniert besonders gut zu einem kräftig schmeckenden Fleisch."

Da J.T. kein Weinexperte war und teuren Wein kaum von einem billigen Tropfen unterscheiden konnte, wollte er gerade dem Kellner die Wahl überlassen, als Gayle wissen wollte: „Wenn Sie einen Wein aus dem Pomerol empfehlen können, haben Sie dann eventuell einen Château Nenin da? Vorzugsweise aus dem Jahr 2010?"

„Das haben wir in der Tat – Jahrgang 2010."

Fragend schaute Gayle J.T. an. Er hob ahnungslos die Hände. „Mach du nur."

Lächelnd reichte sie dem Mann ihre Speisekarte. „Dann bitte den Château Nenin."

„Sehr wohl. Eine exzellente Wahl, Ma'am."

„Ein Château ... was?“, fragte er, sobald der Kellner gegangen war und sie beide allein waren.

„Nenin“, entgegnete sie wie selbstverständlich. „Das ist ein Weingut im Südwesten Frankreichs, nicht klassifiziert, aber mit Bestnoten versehen und bei Weitem günstiger als andere Weine der gleichen Qualität. Und 2010 war ein fast genauso guter Jahrgang wie 2009, nur dass die Weine dieses Jahres erschwinglich sind.“

Überrascht musterte er sie. „Bist du etwa Weinkennerin?“

Sie schüttelte den Kopf. „Mein Großvater ist der Weinexperte in der Familie und kennt kaum ein anderes Thema. Da bleibt einiges hängen. Geschenke für ihn zu besorgen, ist ziemlich leicht – entweder wird es eine Flasche Wein oder ein Buch über Weine. Als er sechzig wurde, schenkte meine Großmutter ihm eine Rundreise durch Frankreich, um sich diverse Weingebiete anzusehen. Gott, war das langweilig.“

J.T. lachte leise und spielte mit der Stoffserviette herum, die er neben seinen Platz gelegt hatte. „Das klingt ja fast so, als wärst du dabei gewesen.“

Gayle verzog den Mund zu einem schwachen Lächeln. „Nun, das war ich auch.“

„Tatsächlich? Du hast deine Großeltern auf deren Reise begleitet?“

Er konnte sich täuschen, aber Gayle wirkte für einen Moment unsicher, bis sie leise seufzte und den Kopf schief legte. Geradezu zurückhaltend erklärte sie ihm: „Ich bin bei meinen Großeltern aufgewachsen und habe sie deshalb begleitet. Mit zehn Jahren war ich vermutlich zu jung, um fast drei Wochen in der Obhut eines Babysitters zu bleiben."

Neugierig forschte er in ihrem Gesicht, während sie den Blickkontakt abbrach und den Kellner anlächelte, der ihnen beiden Wasser einschenkte. Prompt nahm sie einen hastigen Schluck.

„Du bist bei deinen Großeltern aufgewachsen?"

„Ja, in South Carolina. Um genau zu sein in Charleston."

„Ich wusste gleich, dass du aus dem Süden stammst."

„Ja, den Akzent wird man nur schwer los." Sie räusperte sich. „Deine Familie kommt aus Maine?" Es war allzu offensichtlich, dass sie das Gespräch auf ihn lenken wollte.

„Nördlich von Portland. Mein Dad kommt ursprünglich aus New York und entschied sich nach dem College, nicht in der Firma seines Vaters zu arbeiten, sondern sich in Maine etwas eigenes aufzubauen. Dort lernte er meine Mom kennen, heiratete sie und gründete nicht nur seine Firma, sondern setzte meine Brüder und mich in die Welt."

„Du hast Brüder?"

„Zwei Ältere – Mitchum und Caleb."

„Sind sie dir ähnlich?"

Beinahe hätte er gelacht. Stattdessen zuckten seine Mundwinkel. „Ganz und gar nicht. Ich bin die Nachhut. Das jüngste Kind, das aus der Reihe tanzt."

„Soll heißen?" Nun war sie diejenige, die ihn interessiert und neugierig ansah.

„Mitchum war acht, als ich geboren wurde. Caleb sieben. Das machte mich ganz automatisch zum nervigen kleinen Bruder."

„Wie meinst du das?"

Ratlos zuckte er mit den Schultern. „Ich war der Jüngste von uns und wurde ziemlich verwöhnt – der Nachzügler, dem ständig alles nachgesehen wurde, während vor allem Mitchum von unserem Dad streng erzogen wurde. Du weißt schon: der älteste Sohn. Der *Stammhalter*. Ich dagegen hatte Narrenfreiheit und habe das total ausgekostet. Als ich in die Schule kam, waren die beiden schon Teenager und ..." Er unterbrach sich. „Das willst du sicherlich nicht hören."

„Doch", beteuerte Gayle und lehnte sich ein Stück über den Tisch in seine Richtung. „Das möchte ich unbedingt hören. Familiengeschichten interessieren mich sehr."

J.T. verdrehte seine Augen. „Echt? Du willst die langweiligen Geschichten über meine Brüder hören?"

Gayle verdrehte nun ihre dunkelbraunen Augen. „Wenn man ohne Geschwister aufgewachsen ist, findet man Geschichten über Brüder oder Schwestern generell nicht langweilig. Ich wollte immer eine ältere Schwester haben."

„Gegen eine ältere Schwester hätte ich auch nichts einzuwenden gehabt. Wenn sie mit ihren Freundinnen Pyjama-Partys veranstaltet hätte, hätte ich durchs Schlüsselloch geschaut und mir einen BH geklaut, um an ihm zu üben."

Glucksend konterte sie: „Hier tun sich ja gerade Abgründe auf! Vermutlich hätte ich mir eher einen älteren Bruder wünschen sollen, damit ich vor Jungen wie dir sicher gewesen wäre."

Damit hatte sie wahrscheinlich nicht einmal unrecht. „Sei froh, dass du nicht mit meinen Brüdern aufgewachsen bist. Beide konnten richtige Ärsche sein, wenn sie wollten."

„Vermutlich weil du der nervige kleine Bruder warst."

„Vermutlich", stimmte er lachend zu. „Und eine Petze war ich auch."

„Wie meinst du das?"

Halb belustigt, halb beschämt fuhr er sich durch sein Haar. „Mein Dad lud meine Mom irgendwann zu einem Entspannungswochenende nach New York ein – du weißt schon: Theater, Abendessen, eine Hotelsuite. Und das alles ohne drei Söhne, die außer Rand und Band waren. Ich muss ungefähr neun gewesen sein, und meine Brüder veranstalteten ohne das Wissen unserer Eltern eine Party, zu der ich nicht eingeladen war. Ich sollte auf meinem Zimmer bleiben und Trickfilme sehen."

„O-oooooo."

„Genau." J.T. verzog das Gesicht. „Um mich zu rächen, rief ich im Hotel meiner Eltern an und erreichte den Concierge, der meinen Eltern mitteilte, dass zu Hause ohne ihr Einverständnis eine Party stattfand. Was soll ich sagen ... zwei Stunden später löste der Polizeichief der Stadt die Party auf und Mitchum und Caleb bekamen von unserem Dad den Anschiss ihres Lebens."

Gayle gluckste heiter auf. „Du kleiner Mistkerl!“

„Hey, ich war erst neun“, verteidigte er sich.

„Ein Wunder, dass dich deine Brüder am Leben gelassen haben.“

„Wunder gibt es immer wieder.“ Er kniff die Augen zusammen. „Im Nachhinein tat es mir ziemlich leid. Ich hatte nicht nur meinen Eltern das Wochenende ruiniert, sondern auch Caleb das erste Mal versaut, weil der nämlich mit seiner Freundin in seinem Zimmer verschwunden war, um Sex mit ihr zu haben. Damals stand er noch auf Frauen.“

„Was?“

„Damals stand Caleb noch auf Frauen“, wiederholte J.T. wie selbstverständlich. „Mein Bruder hat sich vor ein paar Monaten geoutet. Wenn ich es recht bedenke, könnte es sein, dass sein ruiniertes erstes Mal mit einer Frau etwas damit zu tun hat, dass er heute schwul ist.“

„Es gehört vermutlich mehr dazu, schwul zu werden, als eine gesprengte Party unter Teenagern.“

„Da magst du recht haben.“

Geradezu zögerlich wollte Gayle von ihm wissen: „Und wie ist das für dich?“

„Was meinst du?“

Unsicher legte sie den Kopf von rechts nach links und zurück. „Ich meine ... wie ist das für dich, dass dein Bruder schwul ist?“

Nachdenklich schürzte er die Lippen und fuhr mit dem Finger den Rand seines Wasserglases nach. „Er ist mein Bruder. Für mich hat sich nichts geändert, nur weil er auf Männer steht. Er ist noch immer das Familienmitglied mit dem schlechtesten Musikgeschmack und mit dem größten Talent, was das Kochen betrifft. Aber wenigstens haben wir endlich eine Erklärung für seine fast schon fanatische Körperpflege. Es ist eine wahre Obsession!"

Schmunzelnd betrachtete sie ihn. „Was haben deine Eltern gesagt?"

„Für beide ist es völlig okay, dass Caleb schwul ist. Ich denke, dass sie es schon längst ahnten – wie wir alle. Mom hofft vermutlich, dass Caleb von nun an mit ihr diverse Musicals besuchen wird, und Dad ist eh wahnsinnig stolz auf ihn, weil er seinen Job im Familienunternehmen so gut macht und sehr ambitioniert ist."

„Und du? Bist du auch ambitioniert, was das Familienunternehmen betrifft?"

„Ich bin sehr ambitioniert, wenn es darum geht, nichts mit dem Familienunternehmen zu tun zu haben", entgegnete er ehrlich.

„Woher kommt's?"

Sinnierend starrte er vor sich hin. „Vielleicht liegt es wirklich daran, dass ich von meinen Eltern mehr verwöhnt wurde als meine Brüder, für die schon in der Highschool feststand, dass sie später in der Firma unseres Vaters arbeiten würden. Ich durfte immer das tun, was ich wollte, und ich wollte nie dort arbeiten. Mitchum und Caleb verbrachten ihre Semesterferien stets in Maine, um dort unserem Dad über die Schulter zu schauen. Ich verbrachte meine Semesterferien damit, herumzureisen,

Partys zu machen und Spaß zu haben. Irgendwie gefiel mir das besser."

Vielleicht hätte er sich nicht derart verantwortungslos und chaotisch beschreiben sollen, aber Gayle machte nicht den Eindruck, davon abgestoßen zu sein. Irgendwie wirkte sie viel eher so, als würde sie ihm gerne zuhören. Mit dieser Wendung hatte er ehrlicherweise nicht gerechnet, als er sie zum Essen eingeladen hatte. Und womit er ebenfalls nicht gerechnet hatte, war, dass er eines der entspanntesten und angenehmsten Gespräche der letzten Zeit mit ihr hatte.

„Das klingt so, als hättest du noch nicht das gefunden, was dir Spaß machen könnte – beruflich gesehen."

„Kann schon sein", relativierte er beiläufig. „Aber du hast anscheinend bereits das gefunden, was dir Spaß macht. Wie bist du Sozialarbeiterin geworden?"

„Eigentlich bin ich Entwicklungshelferin", warf Gayle ein.

„Entwicklungshelferin." Er nickte nachdenklich. „Warst du deshalb in Chile?"

Auf ihren verwirrten Blick hin erklärte J.T.: „Du hast an jenem Morgen in deinem Hotelzimmer davon gesprochen, dass du in den letzten sechzehn Monaten in Chile warst."

„Und daran kannst du dich noch erinnern?"

Er tippte sich gegen die Stirn. „Das gute Gedächtnis habe ich von meiner Mom geerbt. Sie vergisst nie etwas."

Mit einem winzigen Lächeln fuhr sie fort: „Ja, ich war beruflich in Chile. In den letzten Jahren habe ich hauptsächlich in Südamerika gearbeitet."

„Und wie bist du an diesen Beruf gekommen? Ich kenne nicht allzu viele Entwicklungshelfer."

Gayle strich sich eine Strähne ihres braunen Haares, die sich aus ihrer Frisur gelöst hatte, hinter das Ohr. „Im vorletzten Jahr der Highschool gab es ein Projekt, bei dem Spenden für eine Partnerschule in Costa Rica gesammelt wurden. Ich trug mich dafür ein und bin mit ein paar anderen Schülern sowie den betreuenden Lehrern nach Mittelamerika geflogen, um die Spenden dorthin zu bringen. Eigentlich dachte ich, dass sich das Projekt gut auf meiner Collegebewerbung machen würde, aber dann wurde irgendwie mehr daraus." Sie zuckte mit den Schultern. „Von da an interessierte mich die Arbeit in der Entwicklungshilfe, und ich informierte mich immer mehr, bis ich mich dazu entschied, beruflich in diese Richtung zu gehen. Außerdem wollte ich aus Charleston raus. Etwas von der Welt sehen. Und so weiter."

Genau dieses Bedürfnis verstand J.T. besser als viele andere, schließlich war es bei ihm nie anders gewesen und ein Grund, weshalb er nicht bei *Ashcroft Aerospace* arbeitete. Er hatte ebenfalls seiner Heimatstadt entfliehen wollen.

Er wollte gerade ansetzen und sie weiter nach ihrem Job fragen, als zwei Kellner an den Tisch traten. Der eine servierte zwei winzige Amuse Gueule sowie Brot und Butter. Der andere entkorkte fachmännisch die Weinflasche und wollte einen kleinen Schluck zum Probieren in J.T.s Rotweinglas geben.

Kopfschüttelnd deutete er auf Gayle. „Lassen Sie lieber

die Dame den Wein probieren. Sie versteht davon viel mehr als ich."

Er konnte sich täuschen, aber das Lächeln, das sie ihm darauf schenkte, eröffnete ihm eine Reihe interessanter Möglichkeiten.

* * *

GAYLE WUSSTE NICHT, was sie geweckt hatte, aber sie wusste augenblicklich, dass sie nicht allein in ihrer Wohnung war, als sie ihre Augen öffnete. Und sie wusste, dass sie gestern großen Mist gebaut hatte.

Nun, ein One-Night-Stand war vermutlich kein großer Mist, wenn er eigentlich sehr nett, ausdauernd und befriedigend gewesen war, aber Gayle hatte gestern nicht die Absicht gehabt, mit J.T. im Bett zu landen. Schon wieder.

Konnte man es überhaupt noch einen One-Night-Stand nennen, wenn man mit demselben Mann schon zum zweiten Mal eine Nacht verbracht hatte? Vermutlich nicht.

Am liebsten hätte sie sich stöhnend die Decke über den Kopf gezogen und sich irgendwo verkrochen. Nicht einmal dem Alkohol konnte sie die Schuld an dieser Entgleisung geben. J.T. und sie waren nicht ansatzweise betrunken gewesen, als sie zusammen nach einem fantastischen Essen und einem köstlichen Dessert in die U-Bahn gestiegen und nach Brooklyn gefahren waren – in ihre Wohnung. Es war der ganze Abend gewesen, der sie dazu verleitet hatte, J.T. schon wieder mitzunehmen. Sie hatten viel Spaß gehabt, ihre Gespräche waren lustig und interessant gewesen und sie hatte sich in seiner Gegenwart sehr wohlgefühlt. Außerdem hatte es ihr geschmeichelt, mit einem Mann wie J.T. zu Abend zu essen und dabei seine Aufmerksamkeit zu haben. Er hatte ihr zugehört, über ihre Scherze gelacht und sie angeschaut, als fände er sie nicht nur wahnsinnig interessant, sondern auch hübsch.

Keine Frage, er wusste, was er tun musste, um Frauen zu verführen. Und sie hatte sich ohne Zögern darauf eingelassen.

Als sie Geräusche aus der Küche hörte, die sich direkt an den Wohnraum anschloss, in dem auch das Bett stand, auf dem sie lag, hob Gayle den Kopf und konnte sehen, wie J.T. nur mit seinen knappen Boxershorts bekleidet die Kaffeemaschine bediente. Obwohl sie nicht stolz darauf war, dass sie gestern alle Bedenken, ob es eine gute Idee war, ihn mit zu sich nach Hause zu nehmen, über Bord geworfen hatte, kam sie nicht umhin, ihre Augen über seine halb nackte Gestalt wandern zu lassen.

Automatisch biss sich Gayle auf die Unterlippe und konnte spüren, wie es in ihrem Magen rumorte und wie ihr warm wurde. Er sah nämlich verflucht heiß aus und machte nackt eine gute Figur. Eine sehr gute Figur. Sie schluckte und betrachtete seine langen Beine, die schmalen Hüften und den kräftigen Oberkörper sowie seine muskulösen Arme. Gestern hatte er ihr erzählt, dass er in der Schwimmmannschaft seiner Highschool gewesen war und gerne Tennis spielte. Das sah man ihm an, denn sein Kreuz war breit, seine Beine bestanden aus wohl proportionierten Muskeln und seine Arme konnten einfach zu keinem Schwächling gehören. Dazu kam, dass seine Haut sonnengebräunt war. J.T. war ein schöner Mann. Das musste er wissen. Und er musste ebenfalls wissen, dass er wirklich talentiert war, was sein Können im Bett betraf.

Spätestens nach der letzten Nacht musste er es wissen, weil sie laut und ausdauernd seinen Namen gestöhnt hatte. Bei der Erinnerung an gewisse Dinge, die ihr im Eifer des Gefechts über die Lippen gekommen waren, wurde sie knallrot. Man stöhnte einem Mann schließlich nicht Dinge ins Ohr, die man normalerweise nur in einem Porno zu hören bekam, wenn man ihn erst vor wenigen Tagen kennengelernt hatte. Im Grunde hatte sie noch nie solche Dinge gestöhnt.

„Du hast fast keinen Kaffee mehr da."

Aus ihren Gedanken gerissen begegnete sie seinem Blick, mit dem er zum Bett schaute, als hätte er die ganze Zeit gewusst, dass sie schon wach war und seither über ihn nachdachte. „Ich weiß", erwiderte sie und setzte sich langsam auf. Obwohl es vermutlich längst zu spät war, um halbwegs sittsam zu erscheinen, zog sie die Beine an die Brust und wickelte die Bettdecke um ihren Körper. J.T. trug immerhin Boxershorts, aber sie war völlig nackt.

„Guten Morgen", begrüßte er sie nun und klang dabei, als wäre es normal, dass er in ihrer Küche stand und Kaffee kochte, nachdem sie die letzte Nacht miteinander verbracht hatten. „Hast du gut geschlafen?"

Gayle spekulierte, ob es sich bei seiner Frage um eine

Fangfrage handelte, weil sie beide schließlich kaum zum Schlafen gekommen waren. Jedenfalls fühlte sie sich keineswegs erholt oder ausgeschlafen, und sie dankte dem Himmel, dass sie heute erst mittags zur Arbeit gehen musste. „So ziemlich“, entgegnete sie daher schwammig.

„Ein paar interessante Bücher hast du hier im Regal stehen.“ Während die Kaffeemaschine lief, schlenderte J.T. zu dem Buchregal, das neben der Eingangstür stand und bis obenhin vollgepackt war. Gayle hatte bislang noch keine Zeit gefunden, sie sich genauer anzuschauen, weil sie schließlich erst seit wenigen Wochen ihre Zelte in New York aufgeschlagen hatte und kaum Zeit zum Lesen fand. Davon abgesehen hatte sie ein Faible für historische Romane, die sie auf ihrem E-Book-Reader las.

„Das sind nicht meine Bücher, sondern gehören der Vermieterin.“

„Bist du sicher?“ Er zog ein Buch heraus. „*Grundlagen der Chakra-Reinigung*.“

Gayle ahnte Schlimmes. „Die gehören mir nicht. Stell sie wieder ins Regal.“

Er ignorierte sie und schnalzte mit der Zunge, sobald er das Buch umdrehte und den Klappentext in Augenschein nahm „Hier steht: *Bereits im alten Atlantis war man sich der Wichtigkeit eines gesunden Energiehaushaltes bewusst und behandelte Patienten in eigens konzipierten Kliniken, um eine Harmonie der Chakren herzustellen*.“ J.T. schaute sie bedeutungsschwer an. „Im alten Atlantis? Schwärmt deine Vermieterin für Jason Momoa alias Aquaman oder hat sie einfach nur einen an der Klatsche?“

Anstatt ernst zu bleiben, lachte Gayle auf und sah zu, wie er das Buch wieder ins Regal stellte.

„Wenn sie an Chakren und Atlantis glaubt, hat sie vielleicht auch das Kamasutra hier. *Das* wäre doch eine spannende Lektüre.“ Sehr intensiv begutachtete er das Regal, als suchte er tatsächlich nach einer Ausgabe der indischen Liebeslehre.

„Sehr komisch“, murmelte Gayle. „Und nur zu deiner Info: Meine Vermieterin ist um die sechzig.“

„Du weißt ja, was man über ewige Hippies sagt.“ Er grinste vielsagend.

„Nein, das weiß ich nicht.“ Sie räusperte sich und versuchte, nicht ständig auf seinen Hintern zu starren, den sie durch den dünnen Stoff seiner Boxershorts sehr gut erkennen konnte. „Könntest du bitte das Bücherregal meiner Vermieterin in Ruhe lassen?“

„Wieso? Willst du, dass ich wieder zu dir ins Bett komme?“ Er ließ endlich vom Regal ab, drehte diesem den Rücken zu und erhob sich zu seiner kompletten Größe. Gleichzeitig schaute er Gayle interessiert an.

„Nein, dafür bin ich heute zu nüchtern“, log sie und erhielt gleich darauf die Quittung, indem J.T. fröhlich lachte und sie offenbar sofort durchschaut hatte.

„Aber sicher, Süße.“

„Wie auch immer.“ Sie vollführte eine saloppe Handbewegung. „Du machst mich nervös, wenn du in den Büchern meiner Vermieterin herumkramst.“

Er wirkte zufrieden und verschränkte die Arme vor der Brust. „Nach der letzten Nacht wirst du nervös, wenn ich mir das Bücherregal deiner Vermieterin ansehe?“

Darauf antwortete sie nicht, sondern fragte bemüht unbeeindruckt: „Wie spät ist es überhaupt?“

„Kurz vor acht.“

„Kurz vor acht?“ Sie rieb sich müde über das Gesicht. „Dann hätte ich noch gut eine Stunde schlafen können!“

„Sag doch gleich, dass du im Bett bleiben willst.“ Wie selbstverständlich fuhren seine Hände zum Bund seiner Boxershorts, als wollte er sie hinabschieben.

„Nein, das wollte ich nicht damit sagen“, widersprach sie mit einem Seufzen. „Lass die Hosen oben und dreh dich um, damit ich aufstehen kann.“

Belustigt schüttelte er den Kopf. „Unter keinen Umständen drehe ich mich um. Dieses Schauspiel will ich nicht verpassen.“

Ärgerlich presste Gayle die Lippen aufeinander und war sich seiner Augen bewusst, die sich auf sie gerichtet hatten. Obwohl es albern war, krabbelte sie in ihre Bettdecke gewickelt vom Bett und wäre beinahe hingefallen, als sie den ersten Schritt machte. Sein Lachen verfolgte sie, als sie sich zusammen mit der Decke in das kleine Badezimmer quetschte und die Tür vernehmlich schloss. Wieso ihr Herz dermaßen schnell und aufgeregt klopfte, konnte sie nicht sagen.

Nachdem sie eine kurze Dusche genommen, sich die Zähne geputzt hatte und in die Kleidungsstücke geschlüpft war, die sich glücklicherweise in ihrem Badezimmer befunden hatten – ein altes Sweatshirt ihres

Colleges und alberne Pyjamashorts mit aufgedruckten Hundepfoten –, verließ sie das Badezimmer und stellte fest, dass J.T. noch da war. Auch er hatte sich mittlerweile angezogen und saß mit einer Kaffeetasse in der Hand am winzigen Tisch in ihrer ebenfalls winzigen Küche. Merkwürdigerweise war Gayle froh, dass er nicht einfach verschwunden war, auch wenn sie das nie zugegeben hätte.

Er hob den Kopf. „Kaffee?"

„Bleib ruhig sitzen", forderte sie ihn auf und trat an die Kaffeemaschine heran, um sich ebenfalls eine Tasse einzuschenken. „Danke fürs Kaffeemachen."

„Nichts zu danken."

Gayle gab Milch in ihre Tasse, drehte sich um und lehnte sich gegen die Arbeitsfläche hinter ihr. Bevor sie einen Schluck nahm, murmelte sie: „Und danke fürs gestrige Essen."

J.T. streckte seine Beine von sich und nickte betont ernst. „Wenn wir schon dabei sind, uns zu bedanken: Hast du nicht etwas vergessen?"

Sie leckte sich einen Tropfen von der Unterlippe und murmelte ungläubig: „Du willst, dass ich mich für den Sex bedanke?"

„Nein, eigentlich dachte ich, dass du dich dafür bedanken willst, dass ich mein Dessert mit dir geteilt habe, aber wenn du glaubst, dich bei mir für den Sex bedanken zu müssen ... Gern geschehen."

Sein großspuriges Lächeln kommentierte sie nicht und hoffte, dass sie nicht schon wieder errötete, weil das wirklich peinlich war. Normalerweise gehörte sie nicht zu den Frauen, die vor Verlegenheit rot anliefen. „Hast du heute nichts vor?“

„Willst du mich wieder loswerden?“

Das konnte Gayle nicht beantworten. Einerseits war die letzte Nacht nichts anderes als ungezwungener, bedeutungsloser Sex gewesen, der damit endete, dass Mann und Frau am nächsten Tag ihrer Wege gingen. Andererseits war J.T. ein angenehmer Gesprächspartner. „Ich will meine Wäsche machen, bevor ich zur Arbeit muss.“

„Mit anderen Worten stehe ich dir im Weg.“ Er klang nicht eingeschnappt oder beleidigt, sondern amüsiert.

„Das habe ich nicht gesagt.“

„Schon gut.“ Er erhob sich und stellte seine Tasse in die Spüle. „Dann mache ich mich lieber auf den Heimweg.“

Unschlüssig folgte Gayle ihm in den Wohnraum und beobachtete, wie er in seine Jacke schlüpfte. „Tja, dann komm gut nach Hause.“

„Werde ich.“ Er drehte sich zu ihr um, schloss den Reißverschluss und zog sie plötzlich an sich, um sie zu küssen.

Überrascht öffnete Gayle den Mund und legte ihre Hände gegen seine Brust, während seine Lippen ihre bedeckten und er ihr einen leidenschaftlichen, feuchten Kuss gab, den sie bis in ihre Fußsohlen spürte und bei dem sie die Augen schloss. Er schmeckte nach Zahnpasta und Kaffee und nach schwerer Lust, die ihr in den Kopf stieg und ihr Blut erhitzte. Erst langsam und gemächlich und dann feurig und wild knabberte er an ihren Lippen, leckte an ihnen und sog anschließend ihre Zunge in seinen Mund. Am liebsten hätte Gayle ihn verschlungen und konnte ein Stöhnen gerade noch unterdrücken, als er ihr langsam den Mund entzog. Gayle blinzelte und spürte, wie trocken ihre Kehle war. Hoffentlich schwankte sie nicht, als er sie losließ und einen winzigen Schritt nach hinten machte.

„Mir hat noch nie eine Frau beim Sex Dinge anvertraut, von denen du gestern gesprochen hast“, raunte er schwer atmend und heiser und schien sich gleichzeitig auf ihre Kosten zu amüsieren. „Danke für diese neue Erfahrung.“

Verlegen und überrumpelt starrte sie ihn an, während er sich von ihr losmachte und die Wohnungstür öffnete, durch die er nach draußen trat.

Mit kratziger Stimme hielt sie ihn zurück, nachdem sie sich gefangen hatte. „J.T.?“

„Ja.“ Fragend hob er den Kopf und blieb stehen.

Gayle schenkte ihm ein freundliches Lächeln und winkte ihn zu sich. Sein breites Grinsen sagte genug. Es war mehr als offensichtlich, dass er sich für unwiderstehlich hielt und davon ausging, dass sie sich sozusagen einen Nachschlag holen wollte. Sie wartete, bis er direkt vor ihrer Wohnungstür stand und den Kopf nach vorn beugte, bevor sie verführerisch raunte: „Die Haltestelle der Linie F findest du zwei Blocks nördlich.“

Und es bereitete ihr eine innere Freude, ihm die Tür vor der Nase zuzuschlagen.

6

„Stören wir?“

Gayle hob den Kopf und sah Amy zusammen mit ihrer ältesten Tochter Audrey, die sie bislang nur von Fotos kannte, in der Tür zu ihrem Büro stehen. Vor lauter Schreck wäre sie beinahe aufgesprungen. Augenblicklich begann ihr Herz zu rasen, denn seit ihrem Treffen vor fast einer Woche hatte sie Amy weder gesehen noch gesprochen. Stattdessen hatte sie die Mail einer Stiftungsmitarbeiterin bekommen, die besagte, dass sie ab sofort für die Zusammenarbeit verantwortlich sei und sich von nun an um die Organisation kümmern würde. Kurzum: Gayle hatte nicht damit gerechnet, von Amy in nächster Zeit zu hören. Sie hatte sich sogar gefragt, ob sie sie noch einmal zu Gesicht bekommen würde.

Und nun stand sie hier, trug einen dunkelblauen Mantel und lächelte sie freundlich an. Das hübsche Mädchen an ihrer Seite sah sich neugierig um.

Rasch stand Gayle auf und hoffte, dass sie halbwegs repräsentabel aussah, nachdem sie den Vormittag bereits damit verbracht hatte, zusammen mit ein paar Jugendlichen diverse Räume von Tapetenresten zu befreien.

„Natürlich stören Sie nicht“, beteuerte sie eifrig und lief um ihren Schreibtisch herum, um die beiden zu begrüßen. Dabei kam sie sich linkisch und gekünstelt vor und wollte gleichzeitig vor der Frau einen guten Eindruck machen, von der sie wusste, dass sie ihre Schwester war, auch wenn Amy Ashcroft nicht wissen konnte, dass sie beide denselben Vater hatten. „Wie nett, dass Sie bei uns vorbeischauen. Mit Ihrem Besuch hatte ich gar nicht gerechnet.“

„Es war auch eher eine spontane Idee.“ Sie legte dem Mädchen neben sich eine Hand auf die Schulter. „Das ist meine Tochter Audrey.“

„Hallo, Audrey“, begrüßte sie das hübsche Mädchen mit dem Pferdeschwanz, das in eine dicke Winterjacke eingepackt war und eine Tasche mit aufgedruckten Ponys in den Händen trug. „Ich bin Gayle. Schön, dass du uns mit deiner Mom besuchen kommen willst.“

Es traf sie wie ein Schlag, als Audrey sie anlächelte, dabei eine Zahnlücke präsentierte und in Gayle die Erinnerung an ein Foto hervorrief, das ihre Großmutter in einem Album verwahrte, auf dem Gayle ungefähr im gleichen Alter gewesen war und ebenfalls eine Zahnlücke gehabt hatte. Die Ähnlichkeit zwischen den beiden Lächeln war geradezu erschreckend und traf Gayle unvorbereitet.

Bislang hatte sie nicht gefunden, dass Amy und sie sich in irgendeiner Form ähnlich sahen, denn Amy war blond, hatte blaue Augen und war ungefähr zehn Zentimeter kleiner, während Gayle braunes Haar, dunkelbraune Augen und eine eher sportliche Figur hatte. Nein, wie Geschwister sahen sie überhaupt nicht aus. Aber in Amys Tochter konnte sich Gayle entdecken, und das war irgendwie unheimlich und beruhigend zugleich.

„Hallo", entgegnete die Kleine fröhlich. „Mom und ich waren im Krankenhaus und wollten uns danach dieses Haus ansehen, weil Mom schon so viel davon gesprochen hat. Wohnen hier wirklich Kinder?"

„Ja, das tun sie", antwortete sie freundlich, nachdem sie sich gefangen hatte, und schaute anschließend besorgt zur Mutter des Mädchens. „Sie waren im Krankenhaus? Ich hoffe doch nicht, dass es etwas Ernstes ist."

Amy winkte ab und fuhr ihrer Tochter liebevoll durch den Pferdeschwanz. „Nur eine regelmäßige Routineuntersuchung. Audrey geht es fabelhaft. Und weil wir so früh fertig waren, dachten wir, dass es nett wäre, vorbeizuschauen und uns ein wenig bei Ihnen umzusehen, wenn das für Sie okay ist."

„Selbstverständlich ist das okay", beteuerte sie. „Um ganz ehrlich zu sein, tun Sie mir sogar einen Gefallen, weil der Papierkram mich fast um den Verstand bringt und ich unbedingt eine kleine Ablenkung brauche."

„Dann scheinen wir ja gerade rechtzeitig gekommen zu sein."

„Unbedingt", stimmte Gayle zu und begann damit, die

beiden herumzuführen und ihnen die Räumlichkeiten zu zeigen.

Sie starteten die Führung in der obersten Etage, in der gerade noch renoviert wurde, um den ältesten Kindern mehr Privatsphäre zu geben, indem aus zwei großen Schlafsälen mehrere kleinere Zimmer gemacht wurden, in denen die Jugendlichen zu zweit wohnen konnten, und gingen in den Aufenthaltsraum dieser Altersgruppe, der momentan eher als Lager für diverse Materialien verwendet wurde. Einen erheblichen Teil des Tages hatte Gayle dort mit einigen der Jugendlichen verbracht. Sie hatten alte Tapeten von den Wänden entfernt und sich von einem ehrenamtlichen Helfer zeigen lassen, wie man Wände neu verputzte.

Zu Gayles Freude hatte sich der sechzehnjährige Robby sehr interessiert, geschickt und engagiert gezeigt. So engagiert, dass ihr Helfer, ein benachbarter Handwerker mit eigenem Betrieb, ihm vorgeschlagen hatte, in den nächsten Tagen vorbeizuschauen, um bei ihm in der Firma auf Probe zu arbeiten. Robbys Miene war unbezahlbar gewesen, als er nicht nur für seine Arbeit gelobt wurde, sondern zusätzlich auch noch die Chance auf einen Job bekam. Gayle wusste, wie wichtig es für Kinder wie Robby war, eine Aufgabe zu haben und wertgeschätzt zu werden. Aus diesem Grund war es Gayle und den übrigen Sozialarbeitern wichtig, dass die Jugendlichen sich bei der Renovierung einbrachten und mithalfen. Für das Selbstwertgefühl ihrer Schützlinge war es immens wichtig.

All das erzählte sie auch Amy, als sie sich zusammen mit Audrey in jenen Räumen umsahen. Vor allem die Achtjährige zeigte sich sehr interessiert und stellte viele Fragen, die sich fast ausschließlich um die jugendlichen Bewohner des Heims drehten. Keine Frage – das Mädchen war wissbegierig und warmherzig und ganz anders, als Gayle noch vor Kurzem befürchtet hatte.

Dass die Ashcrofts in Geld schwammen, war allgemein bekannt. Allein das imposante Anwesen, in dem Audrey und ihre Geschwister aufwuchsen, sprach für sich. Manche Sprösslinge sehr reicher Eltern wurden so sehr verwöhnt, dass sie den Sinn zur Realität verloren, aber Gayle fand ganz und gar nicht, dass die Achtjährige verwöhnt oder abgehoben wirkte. Sie war freundlich, höflich und ordentlich gekleidet – jedoch nicht mit teuren Marken, die man nur in einem Geschäft kaufen konnte, vor dessen Türen ein Wachmann stand. Außerdem war sie begeisterungsfähig.

Als Gayle ihr und ihrer Mom in der unteren Etage die Seminarräume zeigte, in denen Unterricht, Aufklärungsstunden sowie das Kunstprojekt und Berufsvorbereitungskurse stattfanden, war Audrey insbesondere von den Zeichnungen und Bildern fasziniert, die an diversen Tafeln hingen. Und an den Schlafräumen, die bereits renoviert waren, lobte sie die bunten Wände.

In der untersten Etage, in der sich auch Gayles Büro sowie das Krankenzimmer befand, führte sie die beiden Besucher durch den großen Aufenthaltsraum, die Küche und den Speisesaal, in den sie sich setzten, um einen

Kaffee zu trinken. Audrey bekam einen Kakao, trank diesen eifrig und wurde anschließend auf Jody aufmerksam, die heute dafür zuständig war, im Speisesaal die Tische abzuwischen. Offenbar hatte sie ihre Nagellackfarbe bereits gewechselt, da ihre Nägel knallgrün waren.

Auch Audrey musste es bemerkt haben, da sie an Jody gewandt meinte: „Wow! Deine Nägel sind wunderschön!"

„Danke." Forsch und keineswegs eingeschüchtert, wie die Fünfzehnjährige nun einmal war, blieb sie neben Audreys Stuhl stehen und streckte ihre Hand aus. „Die Farbe heißt *Wild Witch*. Ich mag den Metallglanz ganz besonders."

„Ich auch."

Als wäre es das Normalste auf der Welt, fuhr Jody fort: „Den gibt es bei Sephora. Die Verkäuferin war ein richtiges Biest, also hat meine Freundin ihn mitgehen lassen ..."

Gayle räusperte sich vernehmlich und schaute Jody bedeutungsschwer an.

Jody zuckte nicht einmal mit der Wimper, als sie dem kleinen Mädchen erklärte: „Aber ich habe ihr natürlich gesagt, dass so etwas illegal ist, also haben wir ihn zurückgebracht und ordnungsgemäß bezahlt. Wie es sich gehört."

Innerlich verdrehte Gayle die Augen, denn Jodys Rechtschaffenheit war ihr neu. Amy schmunzelte in ihre Tasse. Und Audrey nickte ernst.

„Du bist echt hübsch. Du solltest Model werden", schlug der Teenager dem Mädchen vor.

„Ich bin erst acht“, warf Audrey ein. „Und ich will mal Tierärztin werden oder Hundetrainerin.“

„Cool.“ Jody zog ein kleines Nagellackfläschchen aus ihrer Jeanstasche, von dem Gayle annahm, dass es sich um ihre unrechtmäßig erworbene Beute handelte. „Soll ich dir deine Nägel lackieren?“

Das hübsche Mädchengesicht glühte auf, als sie sich zu ihrer Mutter umdrehte. „Mom, darf ich?“

„Natürlich darfst du.“ Sie lächelte Jody an, die mal wieder aussah, als wäre sie heute mit dem Kopf voran in einen Farbeimer gefallen. „Das ist sehr nett von dir.“

„Setzt euch doch an den anderen Tisch“, schlug Gayle vor, als Audrey aufsprang, weil sie sich denken konnte, dass Amy ihre Tochter im Blick behalten wollte und es nicht gut finden würde, wenn sich die beiden in den Aufenthaltsraum verkrümelten.

Während sich die beiden Mädchen an den benachbarten Tisch setzten, beugte sich Gayle ein wenig vor und versicherte Amy: „Jody ist ein liebes Mädchen. Vielleicht etwas ungestüm, aber sehr herzlich. Sie wird Audrey sicherlich keine Flausen in den Kopf setzen und zur Diebin machen.“

Prustend winkte Amy ab. „Ein geklauter Nagellack macht sie noch lange zu keiner Verbrecherin. Ich glaube, in dem Alter hätte ich auch zur Diebin werden können, wenn es um Nagellack oder andere coole Dinge ging. Nur gab es in der winzigen Ortschaft, in der ich lebte, kein Geschäft, das Nagellack verkauft hat, und meine Großtante hätte mich vermutlich in ein christliches Resozialisierungsprogramm gesteckt, wenn ich beim Stehlen erwischt worden wäre. Meine Möglichkeiten waren also von vornherein sehr eingeschränkt."

„Sie sind bei Ihrer Großtante aufgewachsen?"

„Mütterlicherseits", erwiderte Amy auf Gayles Frage, obwohl diese bereits die Antwort darauf gekannt hatte. „Sie lebt noch immer in dem kleinen Ort in North Carolina, aber wir haben kaum Kontakt. Zu Weihnachten telefonieren wir meistens für ein paar Minuten. Unser Verhältnis ist nicht sehr eng, obwohl ich mit sechs oder sieben Jahren zu ihr gekommen bin, nachdem meine Mom gestorben war."

„Das tut mir leid zu hören."

„Danke." Amy strich sich eine Haarsträhne beiseite, die ihr in die Stirn gefallen war. „Vor allem als Teenager war es für mich problematisch, bei meiner sehr viel älteren Großtante zu leben, die keinerlei Verständnis für ein Mädchen mit fünfzehn Jahren hatte. Damals habe ich mir oft gewünscht, meine Mom bei mir zu haben, die verstanden hätte, dass ich mit Lippenstift herumexperimentieren, meine Haare abschneiden und mit Jungs ausgehen wollte. Meine Großtante Hazel ist alleinstehend, kinderlos und mit Herz und Seele Kirchgängerin – mit der Pubertät konnte sie überhaupt nichts anfangen."

Gayle fuhr sich mit der Zunge über die trockene Unterlippe und stieß heiser hervor: „Ich weiß genau, was Sie meinen." Irgendein Teufel ritt sie dazu, ihr zu verraten: „Mit zwei Jahren bekamen meine Großeltern das Sorgerecht für mich und zogen mich auf. Insbesondere mein

Großvater war sehr streng und hatte kein Verständnis für meine *Phasen*, wie er es nannte."

Amy nickte. „Großtante Hazel nannte es immer *Marotten*. Meine Schulfreundinnen durften ins Kino gehen, kauften sich von ihrem Taschengeld Ohrringe und trugen im Sommer Shorts und Spaghettiträgertops. Ich musste mit meiner Tante zu den Konzerten des Kirchenchors gehen, durfte mir keine Ohrlöcher stechen lassen und trug freiwillig keine kurzen Hosen, weil meine Großtante einen Anfall bekommen hätte, wenn ich auf die Idee gekommen wäre, meine Beine zu rasieren. Wenn ich mit ihr darüber sprechen wollte, hieß es immer nur: *Du und deine Marotten*."

„Mein Großvater sagt noch heute zu mir: *Ist das schon wieder eine deiner Phasen?* Ich könnte jedes Mal regelrecht aus der Haut fahren, wenn er das letzte Wort so bedeutungsvoll betont – als wäre ich nicht zurechnungsfähig." Sie seufzte auf. „Mit vierzehn oder fünfzehn geriet ich ständig mit ihm aneinander."

„Das kommt mir bekannt vor."

Gayle lächelte schwach. „Um ehrlich zu sein, war ich kein einfaches Kind. Weil er so streng war, rebellierte ich, woraufhin er noch strenger wurde und ich noch mehr rebellierte. Als ich schließlich in ein Internat kam, wurde es zwischen uns leichter."

In Amys Gesicht sah Gayle, dass sie verstand, was sie ihr zu erklären versuchte. „Wenn man sehr streng erzogen wird, kommt es oft vor, dass man rebelliert."

Schulterzuckend erwiderte Gayle mit einem Murmeln:

„Ich glaube, er ... er war vor allem deshalb so streng zu mir, weil er vermeiden wollte, dass ich wie meine Mom werden würde."

Das hatte sie eigentlich nicht sagen wollen, weil Amy im Grunde völlig fremd war und Gayle sowieso nie über ihre Mom sprach, doch jetzt saß sie hier und besprach ausgerechnet mit ihrer Halbschwester das schwierige Verhältnis zu ihren Großeltern und zu ihrer Mutter, die sie seit Jahren nicht gesehen hatte. So hatte es nicht laufen sollen.

„Darf ich fragen, was mit Ihrer Mutter war? Sie ist gestorben, nicht wahr?"

„Ja." Sie schluckte schwer. „Vor ein paar Monaten. An Leberzirrhose. Sie war ... Alkoholikerin." Das letzte Wort brachte sie nur mühsam über die Lippen.

Als Kind hatte sie nicht gewusst, warum sie bei ihren Großeltern aufwuchs und nicht bei ihrer Mom, die zwei Jahre nach Gayles Geburt so verantwortungsvoll gewesen war, ihre Tochter ihren Eltern zu geben, als sie aufgrund ihrer Sucht nach Alkohol Gayle nicht mehr versorgen konnte. Jedenfalls redete sich Gayle ein, dass es das Verantwortungsbewusstsein ihrer Mutter gewesen war, weshalb sie in die Obhut ihrer Großeltern gekommen war. Vielleicht war es auch purer Egoismus gewesen, weil sie ein unbeschwertes Partyleben führen wollte ohne ein Kleinkind im Schlepptau.

„Das muss schwer für Sie gewesen sein", unterbrach Amy ihre Gedanken. „Alkoholismus ist eine Krankheit, die ich niemandem wünsche."

Gayle nickte und sagte nichts, weil sie nicht wusste, was sie hätte antworten sollen. Immerhin konnte sie ganz unmöglich erwidern, dass sie wütend auf ihre Mom war, weil sie nicht stark genug gewesen war, um auf Alkohol zu verzichten und für sie da zu sein. Oder dass sich ihr Mitleid in Grenzen hielt, weil ihre Mom eine Wahl gehabt hatte, ihrer Sucht nachzugeben oder nicht. Ihre Mom hatte sich für den Alkohol entschieden und gegen ihre Tochter, die zwar ein schönes Zuhause gehabt hatte und von ihren Großeltern aufgezogen worden war, die trotz aller Strenge warmherzig und liebevoll gewesen waren – aber sie waren nun einmal nicht Gayles Eltern.

Sie waren nicht ihre Mom und ihr Dad.

Nein, Gayle hatte nie eine Mom und einen Dad gehabt. Sie hatte nach dem Tod ihrer Mutter lediglich alte Briefe und Formulare gefunden, aus denen hervorgegangen war, dass Gayles Vater ein Mann namens Benjamin Spencer gewesen war – ein Witwer aus Indiana, den ihre Mom bei den Anonymen Alkoholikern kennengelernt hatte. Ebenfalls ein Alkoholiker und der Vater der Frau, die Gayle gegenübersaß, sie mitfühlend ansah und kein Wort darüber verlor, dass auch ihr Dad Alkoholiker gewesen war. Aber wer sprach schon gerne darüber, dass seine Eltern alkoholkrank waren? Gayle hatte es nie getan.

Um das Thema zu wechseln, fragte sie die andere Frau: „Möchten Sie noch einen Kaffee haben, Amy?“

„Nein, danke. Ich habe schon so viel Kaffee intus, dass ich heute Nacht vermutlich kein Auge zutun werde.“

„Dann vielleicht ein Wasser?“

Lächelnd schüttelte sie den Kopf. „Erzählen Sie mir lieber, was ich tun kann, um Ihren Verein und dieses Haus zu unterstützen. Ich finde, Sie leisten hier großartige Arbeit."

* * *

Eigentlich war J.T. nicht der Typ, der sonntags in den Schoß der Familie heimkehrte, um an einem harmonischen Essen im Kreise der Menschen teilzunehmen, mit denen er die gleiche DNA teilte. Seine Sonntage waren für Brunch mit Freunden, feuchtfröhliche Besuche diverser Footballspiele im Stadion oder für grauenvolle Kater auf seiner Couch reserviert.

An diesem Sonntag hatte er jedoch nichts zu tun und fand, dass ein ordentliches Essen bei seiner Tante in Connecticut gar nicht schlecht klang. Außerdem mochte er seine Tante Eleanor, mit der er bereits diverse Tennisspiele bestritten hatte und die ihn im Gegensatz zu seiner Mom nicht damit nervte, endlich sesshaft zu werden, eine nette Frau zu heiraten und Kinder in die Welt zu setzen. Abgesehen davon hatte er etwas mit seinem Cousin zu bereden, der sicherlich ebenfalls dort sein würde.

Und wie es aussah, hatte auch sein Cousin etwas mit ihm zu bereden.

Anders war es nämlich nicht zu erklären, dass Stuart ihn beiseite zog, als J.T. den Eingangsbereich des Hauses betrat, und ihn ins angrenzende Zimmer bugsierte, das zwar leer, jedoch voll von Kuscheltieren und Spielzeug der Kinder seines ältesten Cousins war.

„Ich habe dich auch vermisst", beteuerte er mit einem gespielt sehnsuchtsvollen Seufzen, während Stuart die Tür schloss. „Aber seit wann bestehst du auf ein abgeschiedenes Plätzchen, um mir einen Schmatzer zu geben?"

Stuart schnitt eine Grimasse. „Sei kein Arsch ..."

„Hey, du verletzt meine Gefühle, Cousin!"

„Das bezweifle ich." Stuart stieß sich von der Zimmertür ab und kam auf ihn zu. Sogar in seinem Freizeitlook – Jeans und Pullover – wirkte er wie ein Anwalt, als er besorgt die Stirn runzelte und erklärte: „Ich habe heute einen Anruf von Kims Anwalt bekommen. Er wollte uns darüber in Kenntnis setzen, dass Kim zwei Tage lang zur Beobachtung im Krankenhaus war und heute wieder entlassen wurde. *Seine* Diagnose lautete: durch Stress verursachte Schwangerschaftsprobleme, die er auf deine Weigerung zurückführt, die Vaterschaft zu akzeptieren."

J.T. schnaubte und verschränkte die Arme vor der Brust. „So ein Schwachsinn!"

Stuart zuckte mit den Schultern. „Das wollte ich ihm so direkt nicht ins Gesicht sagen. Bezeichnend war es, dass er sich weigerte, mir den Krankenhausbericht zukommen zu lassen, und von Schweigepflicht und Patientengeheimnis faselte."

Seine gute Laune war dahin. „Also wissen wir nicht einmal, ob sie wirklich in einem Krankenhaus war." Zuzutrauen war es Kim. Da war sich J.T. sicher.

Sein Cousin verzog den Mund. „Wie auch immer. Ihr

Anwalt ermahnte mich regelrecht, dass weder du noch ich in Kontakt zu Kim treten sollen, um sie nicht aufzuregen und Stress zu verursachen ..."

J.T. schnappte nach Luft und schob anschließend den Unterkiefer nach vorn. „Was für ein Wichser! Seit Tagen ruft Kim *mich* pausenlos an und schickt *mir* ständig Nachrichten aufs Handy. Ganz sicher suche ich nicht den Kontakt, sondern sie!"

„Sie schreibt dir?"

„Ständig." J.T. stieß den Atem aus. „Ich öffne die Nachrichten nicht, aber sie beginnen alle mit einer Drohung, wenn sie im Display aufleuchten. Vielleicht besorge ich mir eine neue Nummer."

Ganz der Anwalt riet Stuart ihm: „Du solltest unter keinen Umständen antworten."

„Das habe ich auch nicht vor."

„Und du solltest die Nachrichten nicht löschen für den Fall ..."

„Ich bin doch nicht blöd, Stuart", unterbrach J.T. ihn mit bemüht ruhiger Stimme. „Kannst du ihrem Anwalt ausrichten, dass sie bitte mit dem Scheiß aufhören und mich nicht belästigen soll?"

„Ich werde es versuchen." Stuart rieb sich über die Stirn. „Am besten setze ich heute Abend einen offiziellen Brief auf, in dem wir beteuern, dass wir es bedauern, dass Kim gesundheitlich angeschlagen ist, und dass hinsichtlich des ärztlichen Rates, Stress zu vermeiden, auch von ihrer Seite davon abgesehen werden sollte, Kontakt zu dir zu suchen. Somit haben wir etwas Schriftliches, und sie und ihr Anwalt werden uns in einem etwaigen späteren Prozess keinen Strick draus drehen können, dass du dich nicht für ihren Gesundheitszustand interessiert hättest."

Ein etwaiger späterer Prozess ...

„Verdammt, Stuart, ich bin nicht der Vater", presste er hervor.

„J.T. ..." Sein Cousin rümpfte die Nase. „Du kannst nicht wirklich sicher sein. Wenn das Ergebnis nicht so ausfällt, wie du annimmst, dann müssen wir vorbereitet sein. Für den Ernstfall."

Tatsächlich schaffte es sein Cousin, ihm nicht nur den Tag, sondern auch die ganze Woche zu versauen. Die Vorstellung, dass er wirklich der Vater sein könnte, schob er von sich. Er hatte Kondome benutzt. Immer. Wenn sie gerissen wären, hätte er es gemerkt. Nein, er war ganz unmöglich für das Kind verantwortlich, mit dem Kim schwanger war.

Er öffnete den Mund, um Stuart zu sagen, dass es keinen Ernstfall geben würde, als jemand an die Tür klopfte und gleich darauf seine Cousine Barbara den Kopf hereinsteckte, um sie neugierig anzuschauen.

„Findet hier ein Geheimtreffen statt, von dem wir nicht wissen dürfen?"

Sie traf den Nagel auf den Kopf, aber das würde er sicherlich nicht zugeben. Unter keinen Umständen sollte jemand aus der Familie mit Ausnahme von Stuart wissen, dass seine Ex ihm momentan das Leben schwer machte und ihn zu einem Vaterschaftstest zwang. „Nein, nichts in der Art. Stuart brauchte nur jemanden, bei dem er sein

Herz ausschütten konnte. Frühzeitige erektile Dysfunktion ist schließlich ein heikles Thema."

Seine Cousine lachte fröhlich, während Stuart ein Gesicht machte, als würde er ihm am liebsten mit Anlauf in den Arsch treten. Stattdessen schlug er ihm kräftig auf die Schulter und trompetete los: „An wen hätte ich mich auch wenden sollen, wenn nicht an dich – du hast schließlich schon länger Erfahrung mit diesem heiklen Thema."

„Das war wohl ein Eigentor, J.T.", kommentierte Barbara und zwinkerte ihm zu. „Das Essen ist beinahe fertig, also solltet ihr euch nicht mehr allzu lange gegenseitig euer Leid klagen."

„Schon verstanden."

„Erektile Dysfunktion", murmelte Stuart abschätzig, als sie beide Barbara eine Minute später folgten. „Du hast echt eine Macke."

„Sagt der Mann, der bald Tanzstunden nehmen wird, weil er heiraten will." J.T. tippte sich bedeutungsvoll an die Stirn. „Wer von uns beiden hat hier bitte die Macke?"

Stuart antwortete nicht, was vielleicht auch daran lag, dass sie das Esszimmer betraten, in dem sich bereits die gesamte Familie versammelt hatte.

J.T. begrüßte seine Tante mit einem Kuss auf die Wange, klopfte Barbaras ältestem Sohn auf die Schulter und zerzauste das Haar seines jüngeren Bruders, bevor er in die Runde winkte und sich neben Barbaras Mann James setzte.

„J.T., wie kommen wir zur Ehre deines Besuchs?",

wollte sein ältester Cousin wissen, der einem seiner Zwillingssöhne gerade ein Lätzchen umband.

Er schnitt dem Kleinen, von dem er nicht wusste, ob es sich bei ihm um Aaron oder Alexander handelte, eine Grimasse, über die der Zweijährige lachen musste. „Ach, weißt du, Patrick, ich habe gehört, dass du heute nicht kochst, also dachte ich, es wäre doch schön, ein bisschen Zeit mit der Familie zu verbringen."

Wenn nicht die Kinder anwesend gewesen wären – da war sich J.T. sicher –, hätte Patrick ihm bestimmt den Mittelfinger gezeigt. Als verantwortungsvoller Vater würde er das jedoch nie tun. Grinsend zog J.T. seine Serviette über den Schoß. „Was denn? Lass uns lieber nicht darüber reden, wie deine French Toasts geschmeckt haben."

„Woher willst du denn wissen, wie meine French Toasts schmecken?"

„Ich kam letzte Woche vorbei, nachdem du das Frühstück gemacht hattest und schon auf dem Weg zur Arbeit warst. Beinahe hätte ich mir einen Zahn abgebrochen", beschwerte er sich. „Das Zeug konnte man nur mit Unmengen Ahornsirup hinunterbekommen."

Sein Cousin runzelte grimmig die Stirn. „Dafür, dass du ein kostenloses Frühstück abgegriffen hast, beschwerst du dich ziemlich laut."

„Ganz davon abgesehen, dass du meinen Gast beinahe verschreckt hättest", warf Amy ein, die eine riesige Schüssel Salat auf den Tisch stellte.

Ah – sie sprach von Gayle. Ganz automatisch begann er zu lächeln und musste an den Kuss denken, den er ihr zum Abschied gegeben hatte. Das war weniger als vier Tage her und erinnerte ihn daran, dass er seither ziemlich oft an sie gedacht hatte. Sogar sehr oft.

„Nicht alle Frauen halten dich und dein Flirten für unwiderstehlich, J.T.“, ermahnte sie ihn mit einem ernsten Blick.

Es fiel ihm schwer, die unschuldige und unwissende Miene beizubehalten und nicht großspurig zu grinsen. Amy konnte schließlich nicht wissen, dass er bei Gayle längst Erfolg gehabt hatte. Sogar zwei Mal. Und er plante bereits ein drittes Mal.

„Dein Gast? Von wem sprichst du?“ Stuarts Verlobte Lauren hievte eine Auflaufform auf den Tisch, die verdächtig nach einer mit Käse überbackenen Lasagne aussah. J.T.s Magen begann vor Hunger zu rumoren.

„Von Gayle Keaton, die sich an die Familienstiftung gewandt hatte, weil sie auf der Suche nach Unterstützung für ein Projekt war – ein Jugendheim mitten in New York, das sich um obdachlose Jugendliche kümmert und zurzeit renoviert wird. Wir hatten ein sehr nettes Gespräch und dann kreuzte J.T. auf.“ Sie stöhnte und setzte sich anschließend neben ihre Sprösslinge. „Dein Flirten war mir echt peinlich, J.T. Glücklicherweise ließ sich Miss Keaton davon nicht abschrecken. Als ich vor ein paar Tagen mit Audrey vor Ort war, um mir das Heim anzuschauen, verlor sie kein Wort über dich und dein Benehmen. Ich hatte mir schon ein paar Entschuldigungen überlegt, die ich hätte vorbringen können.“

„Entschuldigungen?“ Stuart klang, als würde er lachen.

„Wie hättest du denn entschuldigen wollen, dass J.T. mit jeder Frau flirtet, die ihm über den Weg läuft?"

J.T. verzog den Mund. „Ich flirte nicht mit jeder Frau, die mir über den Weg läuft!"

Es war fast schon so, als hätte ihn niemand gehört.

Amy begann damit, Salat auf diverse Teller zu laden, und verkündete gut gelaunt: „Vielleicht ein traumatisches Erlebnis aus seiner Kindheit? Eine Kompensation für fehlende soziale Interaktion während der Pubertät? Oder massive sexuelle Verwirrung?"

„Du wolltest J.T. eine Homosexualität andichten?" Lauren schien dies wahnsinnig komisch zu finden. Die rothaarige Verlobte seines Cousins grinste von einem Ohr zum anderen.

„Ist Onkel J.T. auch schwul?", wollte der elfjährige Hamilton wissen und blickte ihn neugierig an. „So wie Onkel Caleb?"

„Nein, ich bin nicht schwul wie Onkel Caleb", entgegnete er ruhig. „Deine Tante wollte nur einen Witz machen."

„Tommy Montford aus meiner Parallelklasse sagt, dass sein älterer Bruder sagt, dass Schwule Hinterlader sind", warf der neunjährige Scott ein und blickte J.T. aus unschuldigen Kinderaugen fragend an. „Was meint er damit, Onkel J.T.?"

Schweigen breitete sich am Tisch aus, das von entsetzten bis belustigten Räuspern begleitet wurde. Keiner der anderen Erwachsenen schien sich dafür zuständig zu fühlen, das Wort zu ergreifen oder Scotts

Frage zu beantworten. Nicht einmal die Eltern des neugierigen Grundschülers. Diese Aufgabe war allem Anschein nach ihm in den Schoß gefallen, aber er würde einen Teufel tun und das Thema vertiefen. Was er machen konnte, war, das Thema zu wechseln und etwas Interessanteres zu finden, was Scott beschäftigen würde.

„Äh, Buddy, was würdest du davon halten, wenn wir nach dem Essen …“

„Ich weiß, was ein Hinterlader ist“, unterbrach Audreys piepsige Stimme seinen Vorschlag, als sie geradezu triumphierend erklärte: „Das ist doch ganz einfach! Bei uns am Stall *laden* wir das Stroh immer *hinter* den Boxen ab. Also Hinterlader.“

„Aber was hat das mit Schwulen zu tun?“ Scott rümpfte seine Nase und klang nicht zufrieden.

„Das weiß ich nicht“, gab seine um ein Jahr jüngere Cousine fröhlich zu und wandte sich an ihre Mutter. „Mom, was bedeutet schwul?“

„Grundgütiger.“ Das kam von J.T.s Tante Eleanor. Es hätte nicht viel gefehlt und sie hätte sich vermutlich bekreuzigt.

„Schwul bedeutet, dass ein Mann einen Mann liebt“, erklärte J.T. und fuhr so gelassen wie möglich fort: „Und Hinterlader ist ein Wort, das etwas Gemeines bedeutet.“

Audrey schnappte empört nach Luft. „Etwas Gemeines? Es ist doch nicht schlimm, wenn ein Mann einen Mann liebt.“

„Da hast du recht“, entgegnete Patrick seiner Tochter. „Es ist überhaupt nicht schlimm.“

„Ich glaube, das Essen wird kalt." Das kam nun von Barbara, die nach dem Portionierlöffel griff und wahllos Lasagnestücke auf die Teller der anderen schaufelte. „Hier, Scott, du isst doch so gerne Lasagne, mein Schatz."

Der Kleine grummelte: „Und was ist jetzt ein Hinterlader?"

Sein älterer Bruder verdrehte die Augen und war vor Verlegenheit rot angelaufen. Offenbar wusste er ganz genau, was mit dem Begriff gemeint war. J.T. hätte beinahe gelacht, verlegte sich jedoch darauf, nach seiner Gabel zu greifen und zu essen zu beginnen.

7

Sie sah wohl nicht recht!

„J.T., bist du das?"

„Hey, du kommst ziemlich spät zur Arbeit."

Gayle stellte die beiden Taschen ab und blinzelte verwirrt, weil sie nicht glauben konnte, dass der Mann mit dem Pinsel in der Hand und den Farbklecksen an der Stirn J.T. Ashcroft war. Verwirrt sah sie sich im Zimmer der zweiten Etage um, das heute genau wie die übrigen Räume nebenan gestrichen werden sollte, und fragte sich, warum ausgerechnet J.T. hier stand und ein zartes Rosa an die Wände pinselte. Seit ihrer gemeinsamen Nacht in der letzten Woche hatte sie ihn weder gesehen noch gesprochen. Und nun strich er an einem Montagmorgen hier die Wände, trug alte Kleidung und benahm sich, als würde er hierhergehören.

„Seit wann arbeitest du als Anstreicher?", wollte sie von ihm wissen und ließ eher beiläufig die Augen über seine Rückansicht wandern. Die alten, ausgeblichenen Jeans standen ihm ganz ausgezeichnet und das verwaschene Shirt rutschte ein paar verlockende Zentimeter hoch und entblößte seinen nackten unteren Rücken über dem Bund seiner Jeans, als er sich streckte, um eine Stelle weiter oben zu streichen.

„Seit Amy gestern erzählt hat, dass ihr heute damit anfangen wollt, die Räume zu streichen. Ich dachte, vielleicht könntet ihr Hilfe gebrauchen." Er schaute sie über die Schulter hinweg an. „Es ist schon zehn Uhr. Wo bist du so lange geblieben?"

Sie verschränkte die Arme vor der Brust, während er in aller Ruhe weiterpinselte. „Wir brauchten noch etwas Klebeband und Folie, die ich besorgen musste. Du willst uns also beim Streichen helfen?"

„Mhm."

Skeptisch musterte sie seinen Rücken. „Wieso?"

„Wieso nicht?"

Am liebsten hätte sie frustriert geseufzt, weil seine Antwort keine Antwort war und Gayle zu gerne gewusst hätte, was hinter seinem Engagement steckte.

„Du solltest dich lieber beeilen und dich umziehen, bevor wir ohne dich fertig sind", informierte er sie lässig. „Jody und ein paar andere Mädchen streichen bereits das andere Zimmer, und ich bin mir ziemlich sicher, dass alle Räume rosa werden, falls du nicht ein Machtwort sprichst."

Gayle verzog das Gesicht, erhob jedoch keinen Einwand und schnappte sich ihre Tasche, bevor sie sich eilig in ihrem Büro umzog und sich nur wenige Minuten später zu J.T. gesellte, nachdem sie bei den vier Mädchen, die im angrenzenden Zimmer damit beschäftigt waren, die Wände zu streichen, nach dem Rechten geschaut hatte. Glücklicherweise hatten sich auch ein paar Jungen bereit erklärt, beim Streichen zu helfen, und pinselten ein helles Blau an die Wände eines anderen Zimmers.

J.T. erwies sich als ziemlich geschickter Maler, der auch kein Problem damit hatte, auf dem Boden zu knien, um Abdeckfolie anzubringen, und der die schwere Leiter durch die Gegend schleppte, damit sie es nicht tun musste. Er war tatsächlich eine große Hilfe, auch wenn sie das nicht zugegeben hätte. Und als sie auf die Leiter kletterte, die er festhielt, weil der Boden an jener Stelle etwas uneben war, kam er nicht einmal auf so dumme Ideen, wie ihr auf den Po zu glotzen oder eine Bemerkung darüber zu machen, dass die Jeans, die sie trug, ein paar Löcher an ziemlich delikaten Stellen hatte. Nein, das alles tat er nicht. Stattdessen tätschelte er ihren Po, als sie die Leiter hinunterstieg, und ließ seine Hand ein paar Sekunden zu lang auf der Rundung ihres Hinterns liegen, als dass es angemessen gewesen wäre. Zwar fühlte es sich gar nicht schlecht an, aber es war dennoch nicht angemessen.

„J.T.", zischte sie ihm zu und bemerkte zu ihrer Erleichterung, dass niemand Zeuge seiner Berührung geworden war.

„Was denn?" Unschuldig schaute er sie an. „Habe ich irgendetwas falsch gemacht?"

„Das weißt du genau."

„Tue ich das?“ Selbstverständlich grinste er. Der Mann grinste schließlich immer und schien sich köstlich zu amüsieren. „Kläre mich doch bitte auf.“

„Du hast mir an den Hintern gegrabscht“, raunte sie ihm empört zu.

„Ich habe lediglich die Gunst der Stunde genutzt.“ Er bückte sich, griff nach einer der Farbrollen und versenkte sie im Eimer, wo er sie zuerst in die Farbe tauchte und anschließend über das Farbgitter abstrich. „Du hast nun einmal einen verdammt süßen Po, den ich in den letzten Minuten permanent vor Augen hatte. Meine Beherrschung kennt Grenzen.“

Weil er es nicht sah, erlaubte sie sich ein Lächeln und merkte, wie empfänglich sie für dieses Kompliment war.

Und weil er sich noch immer bückte, fackelte Gayle nicht lange und gab ihm einen forschen Klaps auf seinen Hintern, während sie säuselte: „Auch meine Beherrschung kennt Grenzen, Mr. Ashcroft, schließlich weiß ich, wie fantastisch du nackt aussiehst.“

„Äh … soll ich vielleicht die Tür schließen?“

Entsetzt wirbelte Gayle herum und sah Jody im Türrahmen stehen – ein wissendes und obercooles Lächeln auf den Lippen, bei dessen Anblick Gayle am liebsten im Erdboden versunken wäre. Sie war hier im Heim schließlich die Verantwortliche, die Respektsperson, die …

„Ja, das wäre nett“, hörte sie J.T. sagen, als wäre es in seinen Augen wirklich eine gute Idee, wenn Jody wieder ginge und die Tür schließen würde.

„Kommt gar nicht infrage“, widersprach Gayle laut und hob mit so viel Würde, wie sie noch zusammenkratzen konnte, den Kopf. „Die Tür bleibt auf. Mr. Ashcroft und ich haben nur herumgealbert.“

„Das habe ich gesehen.“ Das Mädchen, das heute Lidschatten in allen Farben des Regenbogens aufgetragen hatte, nickte verständnisvoll. „Herumgealbert. Schooooon verstanden.“

Gayle knirschte mit den Zähnen. „Wolltest du etwas Bestimmtes, Jody?“

„Es ist schon fast eins und wir sind mit dem Zimmer fertig. Können wir nach unten gehen und was essen?“

„Sicher.“ Sie winkte schwach. „Macht ruhig eine Pause.“

„Supi! Äh ... soll ich jetzt die Tür ...?“

„Bis später, Jody“, unterbrach sie das Mädchen mit fester Stimme. Jodys Kichern war durch die ganze Etage zu hören. Gayle war sich ziemlich sicher, dass sie ihren Freundinnen sofort erzählen würde, was sie gesehen hatte. Das hatte ihr gerade noch gefehlt! Kichernde Teenager, die hinter ihrem Rücken über ihr Liebesleben tratschen würden.

Dass nicht nur die im Heim wohnenden Teenager über sie und ihr Liebesleben tratschten, erfuhr Gayle nicht einmal eine Stunde später, als sie zusammen mit J.T. im Speisesaal saß und zu Mittag aß. Glücklicherweise waren die Jugendlichen bereits mit dem Essen fertig und hatten sich entweder wieder darangemacht, oben weiterzustreichen oder im Aufenthaltsraum abzuhängen, weil das

Gekicher der letzten halben Stunde nicht auszuhalten gewesen war. Wirklich entspannen konnte sich Gayle jedoch nicht, weil sie sich J.T.s aufmerksamer Augen bewusst war, mit denen er sie beobachtete, während sie beide über zwei Tellern Mac'n'Cheese saßen, die zumindest J.T. voller Hingabe in sich hineinschaufelte.

„Hey, Gayle." Ihre Kollegin trat an den Tisch, an dem sie beide saßen, und schaute neugierig in J.T.s Richtung. Gayle konnte ihr daraus keinen Vorwurf machen, immerhin waren Männer in diesem Jugendheim rar gesät. Die einzigen männlichen Sozialarbeiter, die hier arbeiteten, waren Pedro, Sam und der alte Ed – und keiner von ihnen sah aus wie J.T. Der alte Ed war an die sechzig und ziemlich korpulent um die Leibesmitte, Sam war schwul und Pedro besaß die Statur und das Gesicht eines Preisboxers. Von daher konnte sie Donnas interessierten Blick verstehen.

„Donna, hi." Sie deutete auf J.T., der den Kopf gehoben hatte und Donna ein freundliches, jedoch unverbindliches Lächeln schenkte. „Das ist J.T. – er hat sich heute netterweise dazu bereit erklärt, uns beim Streichen der Wände zu helfen."

„Das ist ja nett. Vielen Dank, J.T."

„Nichts zu danken. Das tue ich doch gern."

Donna nickte feierlich und wandte sich an Gayle, um sie zu fragen: „Se dice, que os estabais besando arriba."

„No lo hicimos", widersprach sie sofort und warf J.T. einen unauffälligen Blick zu, der mit leichter Verwirrung zwischen beiden hin und her sah – so wie es jemand tat, der nicht wusste, warum man in seiner Gegenwart die Sprache wechselte, und der nicht verstand, was um ihn herum gesprochen wurde. Das war auch besser so, schließlich musste er nicht wissen, dass Donna sie gerade darüber aufgeklärt hatte, dass das Gerücht im Umlauf war, dass sie beide in der oberen Etage miteinander herumgemacht hatten.

„Pues si me preguntas a mi, ha sido bastante estúpido de tu parte. Esta buenísimo", erklärte Donna, was so viel hieß, dass Gayle dumm war, wenn sie nicht mit ihm schlief, weil J.T. ziemlich heiß war.

„Podrias callarte la boca, for favor?" Anstatt auf Donnas Bemerkung zu antworten, bat sie ihre Arbeitskollegin lieber darum, die Klappe zu halten. Insgeheim hoffte sie, dass Donna endlich ging, bevor es wirklich peinlich wurde.

„¿Porque? No está entendiendo ni una palabra. Si no, no nos estría mirando tan confundido." Überfreundlich strahlte sie ihn an, obwohl sie soeben erklärt hatte, dass er verwirrt aus der Wäsche schaute und daher kein Wort von dem verstand, was sie beide einander erzählten.

Und Gayle musste bekennen, dass J.T. wirklich verwirrt aus der Wäsche schaute. Ganz offensichtlich verstand er kein Wort von dem, was sie beide besprachen. Und auch nicht, dass Donna ihr gleich darauf auf Spanisch riet, mit ihm zu schlafen – im Büro, das sich abschließen ließ.

Gayle dachte gar nicht daran, mit ihm hier im Büro zu schlafen! „No me voy a ir a la oficina con él." Und ein kleines Teufelchen brachte sie dazu, an Donna gewandt hinzuzufügen, dass sie längst mit ihm geschlafen hatte.

Daraufhin schnalzte Donna mit der Zunge und wollte neugierig wissen, wie es gewesen war.

Mit einem Seitenblick auf J.T. erwiderte sie: „Bastante bien."

J.T. räusperte sich und erklärte nebenbei: „Eigentlich fand ich den Sex ziemlich phänomenal und nicht nur *ganz gut*. Offenbar werde ich mir beim nächsten Mal mehr Mühe geben müssen. Ist das Büro denn frei?"

Donna klappte förmlich der Unterkiefer auf und Gayle kniff die Augen zusammen und zog den Kopf ein.

Scheiße.

„Ähm … ich glaube, ich werde oben gebraucht", verabschiedete sich Donna rasch. „Hat mich gefreut, J.T."

„Und mich erst!"

Woher kam es nur, dass Gayle in seiner Gegenwart regelmäßig im Boden versinken wollte? „Du sprichst Spanisch?", fragte sie ihn mit schwacher Stimme und schielte vorsichtig über den Tisch, als sie begriff, dass er jedes Wort der Unterhaltung zwischen Donna und ihr verstanden hatte.

„Ja, tue ich." Zufrieden schob er sich eine Gabel Nudeln in den Mund.

„Und wieso hast du nichts gesagt?"

Er zuckte mit den Schultern, kaute und schluckte den Bissen hinunter, bevor er fröhlich antwortete: „Wo bliebe denn dann der Spaß?"

* * *

„Hast du es ernst gemeint, dass der Sex mit mir ganz okay war?"

„Musst du ausgerechnet jetzt davon anfangen?" Gayle klang geradezu leidend. „Falls du es noch nicht bemerkt hast, aber wir stehen vor dem Müllcontainer!"

„Ach, und ich habe mich schon gewundert, woher der betörende Duft kommt", scherzte er und hievte einen Sack mit Tapetenresten in den Müllcontainer, der in der Gasse neben dem Haus stand, in dem sich das Jugendheim befand. Es roch tatsächlich gewöhnungsbedürftig, die Gasse selbst war abartig schmutzig, und es hätte ihn nicht gewundert, wenn sich etwas in dem vollen Container bewegt hätte. J.T. rechnete fast damit, gegen mindestens eine Ratte kämpfen zu müssen, die ihr Zuhause verteidigte, und die Gasse hätte problemlos als Drehort für einen Krimi dienen können.

Die Beseitigung von Müll stand nicht sehr weit oben auf der Liste der Dinge, die er in seiner Freizeit tun wollte, aber weil er Gayle nicht die Knochenarbeit hatte überlassen wollen, war er seit rund zwanzig Minuten damit beschäftigt, schwere Müllsäcke in die Gasse zu schleppen und in den Container zu stopfen. Heute Abend hatte er sich eine lange, heiße Dusche mehr als verdient.

Weshalb er heute Morgen in die Lower East Side gefahren war, um dabei zu helfen, die Räume mit neuer Farbe zu versehen, konnte er nicht einmal genau sagen. Nachdem Amy gestern beim Familienessen davon erzählt hatte, war ihm die Idee nicht mehr aus dem Kopf gegangen. Vielleicht war ihm einfach langweilig gewesen. Vielleicht hatte er sich von Kims Vaterschaftsklage ablenken wollen. Oder vielleicht hatte er auch einfach nur Gayle wiedersehen wollen, nachdem sie sich schon wieder nicht bei ihm gemeldet hatte.

Vielleicht war es auch eine Mischung aus allem.

„Um ganz ehrlich zu sein, hat es meinen Stolz angekratzt, dass du der Meinung bist, unser Sex wäre nur ganz okay gewesen. Warum gibst du mir heute Abend nicht die Chance, dir zu beweisen, dass ich besser als nur ganz okay sein kann?" Er stopfte den Sack in den Container, betete zu Gott, dass er keine Ratten aufschreckte, und warf Gayle einen forschenden Blick zu. „Ich finde, es ist nicht fair, mich so in der Luft hängen zu lassen."

„Ts!" Sie verdrehte ihre dunkelbraunen Augen. „Willst du mich mit dieser Ansprache davon überzeugen, mit dir zu schlafen?"

„Funktioniert es denn?"

„Nein."

Er lachte, weil er wusste, dass sie nicht die Wahrheit sagte. Bei den letzten zwei Malen war nicht viel nötig gewesen, damit sie mit ihm schlief. „Warum nicht?"

„Du bist nicht so unwiderstehlich, wie du denkst."

„Ich halte mich nicht für unwiderstehlich", stellte er fest, runzelte die Stirn und griff nach dem nächsten Müllsack, der sich anfühlte, als wären Steine darin. „Der Sex war richtig gut. Oder sehe ich das falsch?"

Gayle gestand nach ein paar Sekunden Schweigen: „Nein, du siehst es nicht falsch."

„Du hattest Spaß. Ich hatte Spaß."

„So kann man es nennen."

„Warum also nicht wiederholen?", wollte er pragmatisch wissen und stopfte auch diesen Müllsack in den Container.

„Weil daraus eine Gewohnheit wird."

„Eine Gewohnheit?" J.T. runzelte die Stirn.

„Ja, meinetwegen eine Regelmäßigkeit."

„Also ich kann an regelmäßigem Sex nichts Schlimmes finden."

Gayle seufzte schwer. „Ich bin nicht auf der Suche nach einer Beziehung", stellte sie fest.

Erstaunt blickte er sie an. „Denkst du denn, dass ich auf der Suche nach einer Beziehung bin?"

„Nein", erwiderte sie ruhig. „Das denke ich nicht. Aber meiner Erfahrung nach wird aus regelmäßigem Sex schnell etwas Verbindliches, und das will ich vermeiden."

Er drehte sich zu ihr um und war zwischen Belustigung und Verwirrung hin- und hergerissen. Normalerweise war er derjenige, der einer Frau erklärte, dass er nichts Verbindliches und keine Beziehung eingehen wollte. Und nun waren die Rollen merkwürdigerweise vertauscht, weil er sich vorkam, als müsste die Frau ihm erklären, dass die Sache zwischen ihnen keine Zukunft hatte. Das war ... ungewohnt.

„Mir gefällt mein Leben ziemlich gut, wie es ist", fuhr Gayle fort. „Ich brauche keinen festen Job, kein Häuschen samt erschwinglicher Kreditrate und keinen Lebensplan, der mich an einen Ort bindet. Ich mag es, meine Jobs und meine Wohnorte zu wechseln, wenn ich es will. Ein fester Freund würde mich nur daran hindern, das zu tun, was mir gefällt."

In J.T.s Ohren klang ihre Philosophie genau richtig, auch wenn es ihn aus irgendeinem Grund störte, dass sie ihm mehr oder weniger einen Korb gab. „Würdest du wieder mit mir schlafen, wenn ich dir verspreche, keinen Ring zu kaufen und keinen Immobilienmakler zu beauftragen, uns ein Häuschen im Grünen mit mindestens drei Kinderzimmern zu suchen?"

Ihre Mundwinkel zuckten. „Mal sehen."

„Was heißt *mal sehen*?"

Gayles Gesicht glühte vor Belustigung, und J.T. war sich sicher, dass sie es genoss, ihn in der Luft hängen zu lassen, als sie gespielt unschuldig erklärte: „Du bist ein ziemlich guter Helfershelfer. Wir könnten Hilfe gebrauchen, wenn die neuen Möbel geliefert und aufgebaut werden müssen."

Er zog eine Augenbraue in die Höhe. „Das klingt nicht nach einem Sex-Date."

Darauf antwortete sie nicht, sondern meinte betont fröhlich: „Und in ein paar Tagen veranstalte ich mit einigen Jugendlichen einen Ausflug nach Queens, bei dem eine weitere Begleitung ganz gut wäre. Du bist herzlich eingeladen."

„Auch das klingt nicht nach einem Sex-Date."

Sie lachte heiter auf. Und J.T. ertappte sich dabei, wie

er lächeln musste, weil er ihr Lachen verdammt ansteckend fand.

Ein plötzliches Geschrei aus Richtung der Straße, lautes Hupen und noch mehr Geschrei unterbrach sie beide. Augenblicklich zog Gayle unwirsch ihre Augenbrauen in die Höhe, drehte sich um und lief zur Straße. J.T. warf den letzten Müllsack in den Container und folgte ihr zur Straßenseite des Gebäudes. Vor dem Eingang zum Jugendheim hatten sich eine Handvoll Jugendliche versammelt, die wild durcheinanderbrüllten, während ein wutschnaubender Mann im Anzug vor ihnen stand, gestikulierte und ebenfalls brüllte. Gleich hinter ihm stand eine Mercedes S-Klasse, deren Motor lief und der mit den Vorderreifen auf dem Bordstein stand – genau vor der Eingangstür des Heimes.

Nachdem J.T. das Auto gemustert hatte, das brandneu war und vermutlich weniger als fünftausend Meilen runterhatte, fiel ihm der hagere Junge in der dünnen Jacke und den ausgetretenen Turnschuhen auf, der hinter den anderen Jugendlichen stand, sich ängstlich duckte und an beiden Knien blutete. Irgendwie wurde er den Eindruck nicht los, dass die anderen Kinder ihn zu beschützen versuchten.

„Was ist hier los?“ Gayles autoritäre Stimme drang über den Bordstein, während sie zu den Jugendlichen trat, die laut protestierend auf den Mann zeigten, der es allem Anschein nach auf den hageren Jungen abgesehen hatte.

„Was hier los ist?“ Seine Miene verzog sich zu einer Fratze. „Sind Sie für diesen Sauhaufen verantwortlich?“

Gayle zuckte mit keiner Wimper, als sie sich vor die Jugendlichen stellte und mit professioneller Ruhe erwiderte: „Mein Name ist Gayle Keaton und ich betreue die Jugendlichen aus dem *Youth Shelter NYC*. Gibt es hier ein Problem, Sir?"

„Ein Problem!" Er spuckte vor lauter Aufregung. „Sie werden gleich ein Problem haben, wenn ich die Polizei rufe und diese Saubande wegen Sachbeschädigung verhaften lasse!"

Auf diese Ankündigung begannen die Jugendlichen noch lauter zu werden, während der Junge, der sich hinter ihnen versteckte, den Kopf einzog und blass wurde. Interessiert verfolgte J.T. das Geschehen.

Derweil bemühte sich Gayle darum, Ruhe zu schaffen und ihre Schützlinge im Zaum zu halten. „Ruhe jetzt! Ich verstehe kein Wort, wenn ihr so laut seid."

Vermutlich galt diese Ermahnung auch dem aufgebrachten Mann, dessen Gesicht mittlerweile zornesrot war. Aber ihn kümmerte es offenbar nicht, weil er drohte: „Ich werde Schadensersatz fordern! Die Polizei ..."

„Vielleicht könnten Sie mir erst einmal sagen, was passiert ist, Sir", unterbrach Gayle seine Wutrede.

„Dieser kleine Mistkerl hat gegen mein Auto getreten! Rechts vorne gegen die Felge!"

Ein Mädchen schnappte nach Luft. „Aber nur, weil der da ihn fast angefahren hätte!"

„Wir haben genau gesehen, wie er Nate überfahren wollte!", brüllte ein Junge lauthals. „Und er war viel zu schnell!"

Der Mann gestikulierte wild. „Die Gören sind einfach über die Straße gelaufen, obwohl hier kein Fußgängerübergang ist! Sie dürfen hier gar nicht über die Straße laufen, also muss ich auch keine Rücksicht auf sie nehmen."

J.T. warf einen Blick auf die einspurige Einbahnstraße in der verkehrsberuhigten Zone, auf der Autos parkten, und konnte Bremsspuren entdecken, die hinter dem Mercedes zu sehen waren.

„Er ist nicht einmal stehen geblieben, als Nate über die Straße lief!" Das kam von Jody, die den Jungen geradezu abschirmte. „Wir sind hier über die Straße gelaufen und er kam mit quietschenden Reifen um die Ecke gerast und hupte, anstatt zu bremsen! Nate musste zur Seite springen, sonst wäre er Matsch geworden."

Das war vielleicht sehr bildlich gesprochen, aber J.T. konnte sich denken, was das Mädchen meinte. Neugierig schlenderte er zum Auto, bückte sich und betrachtete den Reifen sowie die Felge, die der Junge angeblich attackiert haben sollte. Er konnte keinen einzigen Kratzer entdecken. Stattdessen hatte er die blutigen Knie des Jungen gesehen, und sicherlich hatte er noch mehr abbekommen.

„Sie da! Fassen Sie mein Auto nicht an", wies der erzürnte Mann ihn an. „Der Wagen kostet mehr, als Sie in fünf Jahren verdienen!"

Wortlos erhob sich J.T., fixierte den Idioten und schlenderte anschließend zu Gayle, die offenbar nicht wusste, was sie tun sollte. Mit einer lässigen Handbewegung zog er sein Handy hervor und schoss ein Foto vom Nummernschild des Wagens.

„Was machen Sie da?!" Der andere Mann geiferte regelrecht.

„Ich fotografiere das Nummernschild, falls Sie auf die Idee kommen sollten, einfach abzuhauen, bevor die Polizei eintrifft und Ihre Personalien aufnehmen kann", entgegnete J.T. gelassen.

Der Mann stockte einen Moment und wirkte verwirrt, bevor er brüllte: „Die Polizei wird *seine* Personalien aufnehmen! Wegen Sachbeschädigung!"

„Nate hat nur gegen das Auto getreten, weil der da gehupt und ihn angeschrien hat, nachdem er ihn fast über den Haufen gefahren hätte", protestierte ein anderer Junge.

J.T. starrte den Mann an und erklärte freundlich: „Das mit der Anzeige wegen Sachbeschädigung können Sie mit den Beamten klären, nachdem sie unsere Anzeige wegen fahrlässiger Körperverletzung, Gefährdung des Straßenverkehrs und Nötigung aufgenommen hat."

„Körperverletzung?!"

„*Fahrlässige* Körperverletzung", betonte J.T. leichthin. „Sie haben den Bremsspuren zufolge das Tempolimit überschritten und haben es Ihrer eigenen Aussage zufolge nicht für nötig gehalten, auf unbeteiligte Verkehrsteilnehmer, nämlich Fußgänger, Rücksicht zu nehmen. Wenn Nate nicht zur Seite gesprungen wäre, hätte er sogar lebensbedrohliche Verletzungen davontragen können, womit wir beim versuchten Totschlag wären."

Plötzlich weiteten sich die Augen des Mannes vor Schreck. „Was zum Teufel ..."

„Natürlich wird ein hoher Schadensersatz sowie ein Schmerzensgeld auf Sie zukommen", fuhr J.T. fort. „Aber eine ungefähre Summe kann ich erst beziffern, wenn Nate im Krankenhaus untersucht wurde."

Dem Mann war jeglicher Wind aus den Segeln genommen worden, und auch die Jugendlichen standen in ehrfürchtigem Staunen auf dem Bürgersteig und konnten wohl nicht glauben, was gerade passierte.

Der Anzugträger schluckte schwer und winkte nervös ab. „Das ist albern ... Es ist nichts passiert."

Mit harter Stimme antwortete J.T.: „Er hat sich beim Sturz die Knie aufgeschürft, blutet und ist vermutlich traumatisiert. Sie sollten lieber Ihren Anwalt anrufen, während ich die Polizei informiere."

„Jetzt spielen Sie mal nicht den Anwalt ..."

„Den muss ich nicht spielen, schließlich *bin* ich Anwalt und Nates Rechtsbeistand." Über die Schulter hinweg fragte er den völlig verdutzt wirkenden Jungen: „Nicht wahr, Nate?"

„Äh ... ja."

Es war befriedigend, mitzuerleben, wie der Mann zu schwitzen begann und schneeweiß wurde. Dazu kamen die nervösen Schluckbewegungen an seiner Kehle und der unsichere Blick, den er J.T. und abwechselnd Nate schenkte. Es war offensichtlich: Er bekam Muffensausen. Und zwar gehörig.

„Es war keine ... keine Absicht ...", beteuerte er mit

wackeliger Stimme. „Ich … ich stehe unter Zeitdruck und …“

„Nate hätte sterben können“, warf Jody melodramatisch ein. „Er könnte jetzt schon tot sein! *Matsch*. Matsch mit dem Abdruck eines Mercedessterns an der Stirn!“ Es hätte nicht viel gefehlt und sie hätte sich an die Brust gefasst und wäre zu Boden gegangen. An dem Mädchen war offensichtlich eine Schauspielerin verloren gegangen.

Auch wenn es nicht möglich schien, wurde der Fahrer noch panischer als zuvor. „Aber … aber …“

„Nate, sollen wir die Polizei rufen, damit du Anzeige gegen diesen Mann erstatten kannst?“, fragte J.T. den Jungen mit den abgerissenen Klamotten und dem verschreckten Gesicht, während der Mercedesfahrer schwankte und kurz vor einem Nervenzusammenbruch zu stehen schien. „Oder reicht es, wenn er sich bei dir entschuldigt und verspricht, ab sofort rücksichtsvoller und insbesondere langsamer zu fahren?“

J.T. konnte aus dem Augenwinkel sehen, wie der andere Mann den Atem anhielt und auf Nates Antwort wartete.

Der erwiderte mit schüchterner Stimme: „Eine Entschuldigung reicht.“

„Okay, deine Entscheidung.“ J.T. schaute den Mercedesfahrer auffordernd an. „Sie haben das Wort.“

„Es … es tut mir wirklich leid. Ich wollte niemanden verletzen. Wirklich“, beteuerte er und schnitt eine Grimasse. „Entschuldige bitte.“

„Schon okay“, murmelte Nate und senkte den Kopf, als wäre er verlegen.

Als der Mann unschlüssig hin und her sah, schlug J.T. forsch vor: „Wie wäre es, wenn Sie ihm die Hand geben?“

Der zerlumpte, zerrupfte Nate machte ein Gesicht, als wäre ein Alien vor ihm gelandet, als der Anzug tragende Mercedesfahrer ihm die Hand reichte und verlegen um Entschuldigung bat.

Kaum war er davongefahren, verkündete Jody: „Tja, wenn wir es clever anstellen, kriegen wir ihn jetzt auch noch wegen Fahrerflucht dran. Was würdest du davon halten, wenn wir dir die Nase brechen, Nate, um das Schmerzensgeld in die Höhe zu treiben?“

J.T. lachte dröhnend und hoffte, dass er Jody niemals gegen sich aufbringen würde.

8

Obwohl Gayle backtechnisch nicht sehr bewandert war, stand sie in der winzigen Küche ihres gemieteten Apartments und bereitete einen Haselnusskuchen mit Schokoladenglasur vor, den sie morgen mit zur Arbeit nehmen wollte. Eines der Kinder feierte morgen nämlich seinen Geburtstag und sollte seinen Lieblingskuchen bekommen. Sicherlich wäre es leichter gewesen, in der Magnolia Bakery vorbeizuschauen und eine der wunderschönen Kreationen zu kaufen, für die die Menschen sogar einmal um den Block Schlange standen, aber Gayle wusste, was es den Kindern bedeutete, einen selbst gemachten Kuchen zu bekommen. Viele von ihnen hatten noch nie einen Geburtstagskuchen bekommen.

Gerade als sie die gemahlenen Nüsse mit dem Mehl vermischen wollte, klingelte ihr Telefon.

„Hallo, Schätzchen! Hier spricht Grandma."

„Hi, Grandma", erwiderte sie leichthin und wusste

nicht, ob sie sich freuen sollte, von ihrer Großmutter zu hören, oder ob sie auf der Hut sein musste. Sie liebte ihre Grandma sehr, aber in der letzten Zeit war das Verhältnis zu ihren Großeltern kompliziert geworden – insbesondere zu ihrem Großvater. „Schön, von dir zu hören", erklärte sie leichthin ins Telefon hinein. „Wie geht's dir?"

„Das wollte ich eigentlich dich fragen", entgegnete ihre Großmutter amüsiert. „Uns geht es sehr gut. Dein Grandpa ist den lieben langen Tag auf dem Golfclub und ich gestalte den Garten um. Ansonsten gibt es nichts Neues."

„Das klingt doch nett", schwindelte Gayle.

„Und bei dir, mein Schatz? Was macht deine Arbeit? Hast du dich mittlerweile eingelebt?"

Weil ihre Großmutter im Gegensatz zu ihrem Großvater echtes Interesse an ihrer Arbeit zeigte, erwiderte Gayle auskunftswillig: „Die Arbeit macht großen Spaß, und die Jugendlichen sind großartig. Wir haben einige sehr talentierte, intelligente Kinder dabei, die es mit ein wenig Förderung und Unterstützung weit bringen können. Außerdem ist die Renovierung des Hauses im vollen Gange."

„Habt ihr mittlerweile genügend Spenden, um die Renovierungskosten bezahlen zu können?"

„Wir arbeiten daran", informierte sie ihre Großmutter, ohne zu sehr ins Detail zu gehen. Sie wollte ihren Großeltern nicht auf die Nase binden, dass sie ausgerechnet bei ihrer Halbschwester auf Spendensuche gegangen war, um sie kennenzulernen. Weder ihr Grandpa noch ihre Grandma wussten von Amy. Sie wussten nur, dass Gayle nach dem Tod ihrer Mutter deren Papiere und Unterlagen gesichtet hatte, um mehr über sie und über ihren Vater zu erfahren, dessen Namen sie nicht einmal gekannt hatte. Vor allem für Gayles Großvater war das Thema ein rotes Tuch, und sie beide hatten sich furchtbar gestritten, als Gayle beiläufig erwähnt hatte, dass sie mehr über ihre Eltern wissen wollte.

Ihr Großvater wollte partout nichts mehr mit seiner Tochter und deren Leben zu tun haben, wie er Gayle klargemacht hatte, als ihre Mom gestorben war. Er war hart und unversöhnlich gewesen und hatte davon gesprochen, dass ihre Mutter eine Enttäuschung gewesen war. Und dass er nicht wissen wollte, wer Gayles Vater gewesen war. Er hatte ihn einen Versager genannt. Und Gayle hatte er gegenüber erwähnt, dass sie froh sein sollte, nicht von ihnen aufgezogen worden zu sein.

Seine Worte hatten sie verletzt. Und sie hatten sie wütend gemacht.

Sie war furchtbar wütend gewesen, weil ihr Großvater nicht verstand und nicht verstehen wollte, warum Gayle wissen wollte, woher sie kam und wer ihre Eltern waren. Und sie war wütend gewesen, weil sie wusste, dass ihr Großvater nicht so hartherzig war, wie er erschienen war. Er war verletzt und unglücklich gewesen und nie darüber hinweggekommen, was mit seiner Tochter geschehen war, weshalb er so rigoros abgelehnt hatte, über Gayles Mom zu reden. Aber Gayle hatte ein Recht darauf, mehr über ihre Eltern zu wissen.

Ihre Großmutter hatte sie verstanden, aber sie hatte

nicht für sie Partei ergriffen, sondern hatte zwischen ihnen vermitteln wollen. Das hatte sie immer getan.

Stets hatte sie die Wogen zwischen ihnen geglättet.

Als Gayle in der Grundschule aufmüpfig gewesen war, als Gayle in der Highschool während der Pause mit einer Zigarette erwischt wurde, und als Gayle nach der Schule beschloss, nichts *Vernünftiges* zu studieren, sondern Entwicklungshelferin zu werden, war es immer ihre Großmutter gewesen, die zwischen ihr und ihrem Großvater vermittelt hatte. Aber für Gayle hatte es sich in diesem Fall wie Verrat angefühlt.

Verrat an ihr.

Und Verrat an ihrer Mutter.

„Ich bin sicher, dass ihr die Renovierungskosten durch die Spenden hineinbekommen werdet. Du hast ein Talent dafür, Menschen davon zu überzeugen, für eine gute Sache Geld zu geben. Anders lässt es sich nicht erklären, dass sogar Großonkel Rupert für dieses Impfprogramm in Afrika gespendet hat, obwohl er ein erklärter Feind der modernen Medizin ist."

Gayle lächelte schwach. „Ich erinnere mich. Das ist schon etwas her."

„Damals warst du gerade im ersten Jahr am College und bist für Thanksgiving nach Hause gekommen." Ihre Großmutter räusperte sich und klang unsicher, als sie langsam fortfuhr: „Da wir schon von Thanksgiving sprechen, mein Schatz ... Grandpa und ich würden uns so sehr freuen, wenn du in diesem Jahr nach Charleston kommen würdest."

„Grandma ...“ Gayle spürte, wie sich ihr Magen zusammenzog. An Thanksgiving hatte sie noch gar nicht gedacht, und der Gedanke, in diesem Jahr mit ihren Großeltern, ihrem Großonkel Rupert sowie einigen anderen Verwandten am Tisch zu sitzen, als wäre alles in bester Ordnung und nichts geschehen, gefiel ihr nicht. Seit ihre Mom tot war, fühlte sich Gayle, als gehöre sie nicht mehr zu ihrer Familie. Sie war schon immer ein Sonderfall gewesen – der rebellierende Teenager, die alternative Studentin und die exzentrische Entwicklungshelferin – und nun bewahrheitete sich dieser Eindruck. Gayle kam sich entwurzelt vor. Identitätslos.

Woher sollte man wissen, wer man war, wenn man nicht einmal wusste, woher man kam?

„Gerade nach allem, was in letzter Zeit geschehen ist, sollten wir alle zusammen feiern. Die ganze Familie.“

Wie konnte ihre Grandma davon sprechen, dass die ganze Familie zusammen feiern sollte, wenn ihre eigene Tochter, Gayles Mutter, fehlte und auch nie wieder dabei sein würde? Gerade weil sie nie Teil der Familie gewesen war, empfand Gayle ihr Fehlen nun als Verlust.

„Ich habe hier so viel zu tun, Grandma“, wiegelte sie ab. „Wir organisieren gerade mit der Kunstgruppe ein größeres Projekt, und ich kann nicht sagen, wo wir terminlich stehen. Außerdem werden wir mit den Jugendlichen bestimmt zu Thanksgiving etwas machen. Du weißt schon ... ein leckeres Essen, ein nettes Beisammensein. So etwas in der Richtung.“

„Gayle.“ Ihre Großmutter klang enttäuscht. „Wir

hätten uns so sehr über deinen Besuch gefreut. Bist du sicher, dass du nicht herkommen kannst? Nur für den einen Tag?“

Sie biss die Zähne zusammen. „Der Flug dauert fast drei Stunden, dann die Fahrten zum Flughafen und zu euch nach Hause ... Das wäre alles sehr umständlich und ein zu großer Aufwand.“ Und weil sie ihre Großmutter nicht enttäuschen wollte, fügte sie rasch hinzu: „Aber zu Weihnachten könnte es klappen, Grandma.“

„Weihnachten.“ Sie seufzte. „Bis dahin ist es noch so lang hin. Wir vermissen dich, Liebling.“

„Ich vermisse euch auch“, murmelte sie mit belegter Stimme, obwohl sie wusste, dass sie nicht ehrlich war. Am meisten vermisste sie es nämlich, sich nicht wie ein Fremdkörper zu fühlen.

* * *

Als es an seiner Tür klingelte, kam J.T. gerade aus der Dusche und fragte sich, wer unangekündigt bei ihm aufkreuzte. Der Postbote konnte es nicht sein, schließlich wurde die Post sowie Pakete unten beim Pförtner abgegeben. Zudem hatte er in letzter Zeit nichts bestellt. Er konnte nur hoffen, dass Kim nicht seine neue Adresse herausgefunden hatte und ihm nun auflauerte. Auf diese Konfrontation hatte er überhaupt keine Lust.

Vielleicht hätte er sich doch eine neue Nummer besorgen sollen.

Wen er nicht erwartet hatte, war sein ältester Bruder,

der mit einer Aktentasche in der einen und mit einer Tüte vom Mexikaner um die Ecke in der anderen Hand vor seiner Wohnung stand. J.T. hatte keinen blassen Schimmer, was Mitchum in New York zu tun hatte, aber er ließ ihn herein – auch, weil er mexikanisches Essen liebte.

„Was treibst du in New York? Und jetzt sag mir nicht, dass du mich besuchen und dir meine neue Wohnung anschauen wolltest."

Mitchum betrat wie selbstverständlich die Küche, warf seinen Kaschmirmantel über einen der Barhocker und stellte die Tüte auf die Arbeitsfläche, die er gleich darauf auszupacken begann. „Ich hatte einen Termin an der Wall Street und dachte, ich schaue bei dir vorbei. Es ist erst zwölf, also habe ich mir gute Chancen ausgemalt, dich noch zu Hause zu erwischen." Typisch für Mitchum war der lange Blick, den er ihm über seine Schulter hinweg schenkte und der ihm wohl signalisieren sollte, dass er ein Faulpelz und Schmarotzer war, weil er gemütlich zu Hause mit einem Handtuch um die Hüften herumspazierte, anstatt wie er zu arbeiten und dabei einen spießigen Anzug zu tragen, der modern gewesen war, als *Der Pate* gedreht wurde. Teil eins!

Von Mitchums Andeutung ließ sich J.T. nicht beirren, sondern fragte gelassen nach: „Was hast du mitgebracht?"

„Enchiladas und Tamales."

Er nickte in Richtung des rechten Küchenschrankes. „Teller sind dort. Ich ziehe mir kurz was an. Bediene dich ruhig."

Als er zwei Minuten später wiederkam, hatte

Mitchum das Essen auf zwei Teller verteilt, zwei Bierflaschen aus dem Kühlschrank genommen und saß auf einem der Barhocker, während er eine Enchilada verschlang.

J.T. ließ sich auf den gegenüberstehenden Barhocker gleiten und zog den Teller zu sich, der anscheinend für ihn bestimmt war. Schweigend begann er zu essen und fragte sich, was sein Bruder wirklich von ihm wollte und wann Mitchum bemerken würde, dass J.T. das T-Shirt trug, das er vor gut zehn Jahren auf einem Konzert der Reunion-Tour von The Police gekauft hatte. Mitchum als bekennender Sting-Fan war ganz versessen auf jenes Konzert gewesen und war letztendlich doch nicht hingegangen, weil irgendein Geschäftstermin dazwischengekommen war. Dass J.T. hingegangen war, dafür ein paar Vorlesungen geschwänzt hatte und sogar in den Backstagebereich gekommen war, nahm Mitchum ihm noch immer übel. Und J.T. hatte regelmäßig seine Freude daran, es seinem Bruder unter die Nase zu reiben.

Geschwister waren doch wirklich etwas Schönes.

„Nette Bude."

„Danke."

„Will ich wissen, was sie dich gekostet hat?"

„Nein, willst du nicht", antwortete J.T. leichthin. „Aber sei unbesorgt, ich konnte die Maklerin mit sexuellen Gefälligkeiten zufriedenstellen und auf diese Weise die Provision sparen."

Mitchum schnaubte und wischte sich mit einer Papierserviette, auf der ein paar Maiskolben abgedruckt waren, etwas Salsasauce von der Unterlippe. „Ein Talent muss schließlich jeder haben."

Anstatt darauf zu antworten, aß er in aller Ruhe eine Tamales, nahm einen Schluck von seinem Bier und betrachtete zwischendurch seinen Bruder, der auf die vierzig zuging und in den letzten Monaten eine Besessenheit an den Tag legte, was die Firma betraf, dass es nur schwer mit ihm auszuhalten war. Vermutlich hatte seine Ex deshalb die Scheidung eingereicht. Oder er hatte angefangen, wie ein Besessener zu arbeiten, weil sie die Scheidung eingereicht hatte. J.T. war in diesem Fall noch nicht sicher, was die Ursache und was die Wirkung war. Mitchum und er hatten kein so enges Verhältnis, als dass er gewusst hätte, woran die Ehe seines Bruders gescheitert war. Er wusste nur, dass es Mitchum gutgetan hätte, es lockerer anzugehen und sein Leben ab und zu zu genießen.

„Mom lässt ausrichten, dass Dad und sie über einen Kurzurlaub über Thanksgiving nachdenken."

„Mhm." Neugierig hob er den Kopf und fühlte gleichzeitig eine Welle der Erleichterung in sich aufsteigen, weil er offenbar in diesem Jahr nicht nach Maine fahren musste, um mit seiner Familie Thanksgiving zu feiern. Das letzte Familienessen im Haus seiner Eltern hatte ihm gereicht. „Über Thanksgiving?"

„Ja, Mom hat Dad davon überzeugt, dass er eine Erholung braucht."

„Und wo soll es hingehen?"

Mitchum zuckte mit den Schultern. „Dad will auf die

Bahamas und Mom nach Barbados. Also wird es wohl Barbados werden.“

J.T. wischte sich ebenfalls den Mund mit einer Serviette ab. „Wenn Mom wirklich nach Barbados will, sollten sie in drei Monaten fahren, dann ist das Wetter besser und die Regenwahrscheinlichkeit ist niedriger als jetzt.“

Eigentlich hatte J.T. angenommen, dass sein Einwand hilfreich sein könnte, aber Mitchum bekam seinen Kommentar selbstverständlich in den falschen Hals. Sein Bruder verengte die Augen und machte ein Geräusch, das J.T. gar nicht anders als ziemlich abfällig verstehen konnte. „Ja, sicher.“

J.T. hatte keine Lust, sich mit Mitchum zu streiten, gleichzeitig wollte er sich von ihm nicht herumschubsen lassen. Möglichst gelassen hakte er daher nach: „Habe ich etwas Falsches gesagt?“

„Nur weil du in der wunderbaren Position bist, jederzeit Urlaub zu machen, und keine Rücksicht auf irgendwelche Verpflichtungen nehmen musst, gilt das noch lange nicht für uns arbeitende Menschen.“

Es war nicht das erste Mal, dass Mitchum einen Kommentar wie diesen zum Besten gab. „Komm mal wieder runter“, blaffte er ihn an. „Dad ist kein kleiner Angestellter, der nur siebzehn Tage Urlaub im Jahr bekommt, verdammt! Ihm gehört der Laden, und wenn er mit Mom nach Barbados fliegen will, dann kann er das das ganze Jahr über tun.“

„Das war ja klar, dass du das sagen würdest! Du hast überhaupt keine Ahnung von der Arbeit in der Firma ...“

„Ich muss auch keine Ahnung davon haben, wie es in der Firma läuft. Der gesunde Menschenverstand sagt mir, dass Dad tun und lassen kann, was er will."

„Du bist ja der Meister darin, zu tun und zu lassen, was du willst", höhnte er.

Der Appetit war ihm vergangen, also schob er seinen Teller zurück und fixierte Mitchum. „Wieso bist du eigentlich hier, wenn ich nicht einmal eine harmlose Bemerkung zu Moms und Dads Urlaub machen kann, ohne dass du gleich ausflippst?"

„Ich flippe aus, weil du so verdammt egoistisch bist und nicht deinen Teil leistest!"

„Ich bin egoistisch?" Ungläubig runzelte er die Stirn. „Inwiefern soll ich egoistisch sein, verdammt noch mal?"

„Während du ständig auf Achse bist, dich überall auf der Welt amüsierst und deine Zeit mit sinnlosem Scheiß vergeudest, reißen wir uns für *Ashcroft Aerospace* den Arsch auf!"

Langsam wurde er richtig wütend. „Niemand verlangt von dir, dich in der Firma zu Tode zu schuften, Mitchum. Das ist dein Problem."

„Und dein Problem ist, dass niemand irgendetwas von dir verlangt hat. Du hast nie gelernt, Verantwortung zu übernehmen, und du wirfst deine Begabung in die Mülltonne, ohne etwas damit anzufangen." Die Augen seines Bruders glühten förmlich vor Wut. „Verflucht, du hast mehr auf dem Kasten als Dad, Caleb oder ich! Beim PSAT-Test hattest du die höchste Punktzahl aus dem ganzen County, und dein Examen hast du mit Auszeichnung gemacht, ohne dich dafür anstrengen zu müssen! Du könntest so viel erreichen, und was tust du? Du tingelst durch die Weltgeschichte ohne Ziel und ohne Aufgabe."

Mitchums Vorwürfe nagten an ihm, auch wenn er ihm das niemals gezeigt hätte. „Wer bist du? Dad?"

„Nein, Dad hat es schon lange aufgegeben, dir Verstand einbläuen zu wollen", grollte sein Bruder. „Weißt du eigentlich, dass Dad sich nur deshalb nicht aus dem Geschäft herauszieht, weil er noch immer hofft, dass du einsichtig werden und mit uns zusammenarbeiten könntest?"

J.T. ballte beide Hände zu Fäusten. „Schieb das nicht mir in die Schuhe! Ich habe nie gesagt, dass ich bei *Ashcroft Aerospace* arbeiten werde."

Mitchum explodierte beinahe. „Du besitzt keinerlei Pflichtgefühl der Familie gegenüber!"

Auch seine Stimme wurde merklich lauter. „Komm mir nicht mit Pflichtgefühl der Familie gegenüber! Die Familie hat nichts damit zu tun, dass ich nicht in der Firma arbeiten will!"

„Aber du arbeitest *überhaupt* nicht!"

„Weil ich es nicht muss", spie er hervor. „Ich muss nicht von morgens bis abends in einem Büro sitzen, über Zahlenkolonnen brüten oder Vertragstexte aufsetzen und dabei vor die Hunde gehen. Oder meine Ehe ruinieren", fuhr er fort. „Ich liege der Familie nicht auf der Tasche ..."

„Nein, du liegst lieber auf der faulen Haut und denkst nicht einmal darüber nach, irgendetwas in deinem Leben zu erreichen." Mitchum schüttelte mit dem Kopf. „Du machst es dir so einfach ..."

„Falsch, du machst es dir so schwer, Mitchum." J.T. erhob sich von seinem Barhocker und fuhr sich unbeherrscht durchs Haar. „Weißt du, was ich glaube? Ich glaube, du bist wütend und eifersüchtig, weil du insgeheim unglücklich mit deinem Leben und deinem Job bist und bei mir siehst, dass es auch anders geht."

Sein Bruder antwortete nicht sofort, sondern starrte ihn ein paar Sekunden lang an. Von jetzt auf gleich schien seine Wut abgeflaut zu sein. Langsam erhob er sich ebenfalls, griff nach seiner Aktentasche und nach seinem Mantel. „Du hast recht, ich bin nicht Dad. Ich bin dein Bruder – dein Bruder, der weiß, wie du tickst, und der nicht verstehen kann, dass ausgerechnet du derart lethargisch und unmotiviert bist, was dein Leben betrifft." Er musterte ihn kurz. „Ich bin nicht wütend und auch nicht eifersüchtig. Ich bin besorgt, J.T. Besorgt, weil mein kleiner Bruder irgendwann vor die Hunde geht, wenn er keine Aufgabe und kein Ziel vor Augen hat."

Dummerweise wusste J.T. nicht, was er darauf hätte sagen sollen.

„Ruf Mom an", befahl Mitchum ihm leise. „Sie freut sich, von dir zu hören. Den Weg nach draußen finde ich allein."

9

„Seit wann interessierst du dich für Kunst?"

Gayle warf dem Mann an ihrer Seite einen neugierigen Blick zu und beobachtete, wie er auf die Frage reagierte, die nicht von ihr stammte, sondern von der Frau seines Cousins, deren blonde Augenbrauen in die Höhe gezuckt waren, als er zusammen mit der Gruppe Jugendlicher aus dem *Youth Shelter NYC* die alte Fabrikhalle betreten hatte, die zu einem riesigen Atelier für verschiedene Künstler umfunktioniert worden war.

Wie die Ruhe selbst erwiderte J.T.: „Ich hielt es mal wieder für an der Zeit, meinen Horizont zu erweitern, Amy. Und Kunst ist dafür ziemlich gut geeignet."

Dass Amy ihren forschenden Blick zwischen J.T. und ihr hin und her wandern ließ, sagte Gayle alles, was sie wissen musste. Es war offensichtlich, was Amy dachte. Und das war, dass J.T. sie ins Bett kriegen wollte und aus diesem Grund mit ihr und der Jugendgruppe des Heims bis nach Queens gefahren war. Mit der U-Bahn.

Gayle hätte Amys Neugier lustig gefunden, wenn ... nun ja ... wenn es sich nicht um Amy gehandelt hätte. Sie wollte, dass ihre Halbschwester nicht schlecht über sie dachte. Deshalb würde sie ihr auch nicht auf die Nase binden, dass J.T. und sie längst miteinander im Bett gewesen waren. Zwei Mal, um genau zu sein, und dass Gayle zu ihrer Schande sehr oft daran dachte, wie gut es gewesen war.

Und wie gut es vielleicht beim dritten Mal sein würde, wenn sie sich dazu entschließen sollte, wieder mit J.T. ins Bett zu gehen.

„Aha." Amy klang nicht sehr überzeugt, warf ihm einen letzten irritierten Blick zu und lächelte Gayle schwach an. „Schön, dass Sie gekommen sind, Gayle."

„Schön, dass Sie uns eingeladen haben", entgegnete sie mit einem Anflug von Nervosität, die sie immer empfand, sobald sie auf Amy traf. Der heutige Termin war da keine Ausnahme. Sie hatte in der vergangenen Nacht bereits unruhig geschlafen und viel wach gelegen. Zwar hatte Amy ihr niemals den Eindruck vermittelt, ihretwegen nervös sein zu müssen, aber Gayle konnte das Gefühl leider nicht auf Knopfdruck abstellen – zumal sie heute mit rund einem Dutzend Jugendlichen unterwegs war und hoffte, dass keiner von ihnen etwas anstellte.

„Ein paar der Künstler sind heute hier. Ich dachte, Sie würden diejenigen gerne kennenlernen, deren Kunstwerke auf der Spendengala ausgestellt und versteigert werden“, informierte Amy sie und hakte sich wie selbstverständlich bei ihr ein, während sie die Halle betraten.

Gayle schluckte schwer, denn so nah war sie Amy nie gewesen. „Das ... das klingt großartig. Die Kids werden begeistert ... sein.“

„Spendengala?“ Die Frage kam von J.T., der sich ihnen angeschlossen hatte und gleich hinter ihnen die Halle betrat.

„Die Ashcroft Foundation veranstaltet eine Spendengala, um den *Youth Shelter NYC* bei dessen Renovierung zu unterstützen. Die Besucher können diverse Kunstwerke hiesiger Künstler ersteigern, und die Einnahmen kommen anschließend dem Jugendheim zugute.“

„Das klingt nach einer netten Party. Bin ich auch eingeladen?“, wollte er spitzbübisch wissen und küsste Amy auf die Wange.

„Nur wenn du dein Scheckbuch mitbringst“, antwortete sie äußerst unbeeindruckt und löste sich von Gayle, bevor sie sich an die Jugendlichen wandte, die heute mitgekommen waren und zum Kunstprojekt des *Shelters* gehörten. „Hallo zusammen! Ich bin Amy, und ich freue mich, dass ihr heute hergekommen seid, um euch zusammen mit uns ein wenig umzusehen. Wie ihr vielleicht schon wisst, war dies früher eine Fabrik für Maschinenteile, die mittlerweile umfunktioniert wurde und heute vielen hier ansässigen Künstlern als Atelier dient. Zurzeit arbeiten einige Künstler an sehr interessanten Projekten, die ihr hier zu Gesicht bekommen könnt. Und vielleicht erhaltet ihr Anregungen für eure eigenen Arbeiten, von denen ich durch Gayle schon viel erfahren habe."

„Danke, dass wir heute hier sein dürfen", wiederholte Gayle und registrierte erleichtert, dass sich die Jugendlichen ebenfalls bedankten, auch wenn die meisten von ihnen dabei murmelten. Es war offensichtlich, dass sie von der riesigen Fabrikhalle, die in unterschiedliche Bereiche unterteilt war, beeindruckt, wenn nicht sogar eingeschüchtert waren.

„Falls ihr Lust habt, könnt ihr euch auch gerne mit den Künstlern unterhalten, die heute hier sind, um euch zu treffen und euch die Kunstwerke zu zeigen, die bei der Spendengala in wenigen Wochen versteigert werden. Sie beantworten gerne alle eure Fragen und stehen euch mit Rat und Tat zur Seite", fuhr Amy fort.

Angesichts der neugierigen Blicke ihrer Schützlinge wurde Gayle ganz warm ums Herz. Sie hatte den Jugendlichen bisher noch nichts von der Spendengala erzählt, die die Ashcroft Foundation auf die Beine stellte, um das Heim finanziell zu unterstützen, und bei der diverse Kunstwerke ersteigert werden konnten. Sie selbst war erst vor zwei Tagen von der Nachricht überrascht worden, als Amy sie angerufen und ihr erzählt hatte, dass die Vorbereitungen bereits auf Hochtouren liefen. Diese Spendengala war etwas Großes und eine reelle Chance für das Heim, in die schwarzen Zahlen zu kommen sowie in der nächsten Zeit finanziell durchatmen zu können. Von einer Stiftung wie der Ashcroft Foundation mit derartigem

Aufwand protegiert zu werden, kam einem Sechser im Lotto gleich.

„Eine Spendengala?“ Das kam von Jody, die sich fasziniert umsah und nur wenig eingeschüchtert wirkte.

„Ja, eine Spendengala“, antwortete Gayle. „Die Ashcroft Foundation hat sich netterweise bereit erklärt, eine Gala auszurichten, bei der Spenden für die Renovierung des *Shelters* gesammelt werden.“

Sie fand, dass dies eine großartige Neuigkeit war, aber Jody dachte anscheinend an etwas ganz anderes. „Etwa wie bei der Met-Gala?“

„Eigentlich noch cooler als bei der Met-Gala“, erwiderte Amy mit einem Lachen in der Stimme. „Wir haben eine hippe Galerie im Meatpacking-District gefunden, es wird eine After-Show-Party geben, die Presse wird Fotos schießen und …“ Sie zwinkerte den Jugendlichen zu. „Ihr dürft alle kommen und dabei sein, wenn ihr möchtet.“

Wie nicht anders zu erwarten, war die Begeisterung über diese Nachricht sehr groß – größer als über die Tatsache, dass Geld für die Renovierung gesammelt wurde.

Fragende Gesichter wandten sich Gayle zu, als wollten sie von ihr eine Bestätigung hören, dass sie tatsächlich dabei sein durften. Sie hob die Hände in die Höhe und nickte gottergeben. Hinter ihr hörte sie J.T.s heiseres Lachen. Räuspernd stellte sie klar: „Weil es eine Überraschung sein sollte, habe ich absichtlich nichts verraten. Ja, ihr dürft dabei sein, wenn ihr euch benehmt und dem *Shelter* keine Schande macht.“

Das aufgeregte Tuscheln der Kids ließ ihre Mundwinkel zucken. Die Eröffnung, dass sie bei einer Gala dabei sein durften, schien ihnen noch mehr zu gefallen als der Geburtstagskuchen, den Gayle vor ein paar Tagen mitgebracht hatte.

„Sie sehen ziemlich glücklich aus“, kommentierte Amy, als sie sich neben sie stellte und ebenfalls die Jugendlichen betrachtete, die wild miteinander diskutierten und ganz versessen darauf waren, Pläne für die Spendengala zu schmieden. Gayle konnte es ihnen nicht verübeln, schließlich wusste sie, aus welchen Verhältnissen sie stammten und dass eine Party – und erst recht eine Gala – völlig außerhalb ihrer Vorstellungskraft lag.

„Sie sehen vor allem sehr aufgedreht aus.“ Seufzend verzog Gayle den Mund. „Ich ahne Schlimmes.“

„Ach was! Das wird eine großartige Veranstaltung, und die Kids müssen unbedingt dazustoßen, schließlich geht es um sie. Warten Sie es nur ab, Gayle.“

Darauf erwiderte sie nichts und ließ Amy den Vortritt, als sie damit begann, die Jugendlichen herumzuführen. Unauffällig schlenderte sie hinter ihnen her, beobachtete dabei, wie natürlich Amy mit den Kids umging, und warf ab und zu einen Blick auf J.T., der sich mit ein paar der Jungs unterhielt, während sie sich umsahen.

Gayle kam nicht umhin, ihre Schützlinge zu betrachten, die erst ein wenig zurückhaltend und geradezu schüchtern um die Ausstellungsstücke schlichen, aber dann nach und nach auftauten. Und es machte Gayle stolz, wenn sie sah, dass die Jugendlichen sich sogar mit den anwesenden Künstlern unterhielten und ein bisschen fachsimpelten. Weil sie wusste, was viele der Kinder hinter sich hatten, bedeutete es ihr umso mehr, wenn sie nun aus sich herausgingen und Freude an der Beschäftigung mit Kunst fanden. Hier wurden sie und ihre Meinung wertgeschätzt, sie waren etwas Besonderes und besaßen ein Talent. Sie wurden nicht wie bedeutungslose, obdachlose und schmutzige Straßenkinder behandelt, die man nicht in seiner Nähe haben wollte.

Es tat ihnen gut, durch das Kunstprojekt eine Aufgabe zu haben und sich ausleben zu können. Kreativ zu sein und zu entdecken, dass sie talentiert waren, nachdem sie früher gehört hatten, dass sie nichts waren, nichts konnten und nichts besaßen, war wichtig.

Gayle kannte die Akten der Jugendlichen und wusste, wovon sie sprach.

Sie waren vernachlässigt worden und hatten immer das Gefühl gehabt, ungeliebt und ungewollt zu sein. Was sie brauchten, waren Fürsprecher. Menschen wie Amy, die gerade mit einem Mädchen vor einer Skulptur stand, ihr zuhörte und sie freundschaftlich anstupste, bevor beide in fröhliches Lachen ausbrachen. Und sie brauchten Fürsprecher wie J.T., der sich für Nate stark gemacht und sich für ihn vor einem rasenden Idioten mit einem Mercedes eingesetzt hatte. Gayle würde Nates Gesichtsausdruck niemals vergessen, als er begriffen hatte, dass ein Erwachsener ihn in Schutz nahm und ihn verteidigte, ohne ihn überhaupt zu kennen. Ein Erwachsener, der ihm geglaubt hatte – dem verlumpten Straßenjungen und nicht dem Mann mit dem Anzug und dem teuren Wagen.

Der Augenblick hatte ihr fast das Herz gebrochen.

Gleichzeitig war ihr J.T. seit jenem Moment noch sympathischer. Vielleicht war sie tatsächlich davon ausgegangen, dass er nur deshalb vorbeigeschaut und beim Renovieren geholfen hatte, um bei ihr einen Stein im Brett zu haben, damit sie wieder mit ihm schlief. Aber als er verkündet hatte, Nates Rechtsbeistand zu sein, waren keine hintergründigen Motive im Spiel gewesen.

Auch wenn J.T. sich gerne wie ein verwöhnter, reicher Idiot verhielt, der nur sein Vergnügen im Sinn hatte und damit beschäftigt war, Frauen aufzureißen, steckte viel mehr in ihm.

Er hatte sich geradezu kämpferisch gegeben – für einen Straßenjungen, den er nicht kannte.

Das rechnete sie ihm hoch an.

Sie rechnete es ihm auch deshalb hoch an, weil sie in den vergangenen Wochen oft darüber nachgedacht hatte, was aus ihr geworden wäre, wenn ihre Großeltern sie nicht aufgenommen und aufgezogen hätten. Viele der obdachlosen Jugendlichen, die Gayle kennengelernt hatte, kamen aus einem Elternhaus, in dem Alkoholismus oder Drogenabhängigkeit ein Thema war. Nates Mutter war drogenabhängig gewesen und seinen Vater hatte er nie kennengelernt. Als seine Mutter an einer Überdosis starb, war er neun Jahre alt und kam in eine Pflegefamilie, in der ihm Gewalt angetan wurde. Er lief weg und landete irgendwann auf der Straße. Das hätte auch Gayle passieren können.

Anstatt in einem schönen Haus mit einem vollen Kühlschrank aufzuwachsen und zu einer Privatschule zu gehen, hätte sie wie Jody oder Nate oder all die anderen Kinder von einer Pflegefamilie zur nächsten kommen können, bevor sie vor Gewalt und Missbrauch davonlief und ohne Perspektive auf der Straße landete. Sie hätte ebenfalls vom Alkoholismus ihrer Mutter betroffen sein können.

Ihre Großeltern besaßen Geld und gehörten zur amerikanischen Oberschicht, aber das war bedeutungslos, wenn es um Alkoholismus oder Drogensucht ging. Auch reiche Menschen konnten abhängig werden und abstürzen.

„Woran denkst du?“ J.T. tauchte plötzlich neben ihr auf.

Der Kloß in ihrem Hals war nur schwer abzuschütteln, als sie sich darum bemühte, so unverfänglich wie möglich zu antworten und nicht ihren trübsinnigen Gedanken nachzuhängen. „Ach, ich hoffe nur, dass die Kids nichts Dummes anstellen.“

„Sie benehmen sich vorbildlich. Und die Skulpturen oder Bilder sind eh zu groß, um sie mal eben in die Jackentasche zu stecken. Glaub mir, ich habe es schon probiert.“

Trotz der deprimierenden Gedanken, die sie gerade noch gehabt hatte, musste sie lächeln. Dafür war sie J.T. dankbar und sah ihm ins Gesicht. Seine blauen Augen wirkten durch das helle Sonnenlicht, das durch die Oberlichter der Halle schien, unglaublich klar. „Für dich trage ich keine Verantwortung, solltest du wegen Diebstahl verhaftet werden.“

„Soll das heißen, dass du keine Kaution für mich stellen würdest?“

„Ganz sicher nicht", erwiderte sie vergnügt. „Aber da die Frau deines Cousins anwesend ist, würden die Cops sicherlich ein Auge zudrücken."

„Mhm". Seine Stimme nahm einen neugierigen Klang an, als er abrupt das Thema wechselte. „Apropos Amy: Wieso wirkst du eigentlich immer so nervös, wenn du sie triffst?"

Gayle zuckte unmerklich zusammen. „Wie kommst du denn darauf?"

„Ich habe dich beobachtet, als du dich mit ihr unterhalten hast." Er klang sowohl ungläubig als auch belustigt. „Fast hätte ich erwartet, dass du einen Knicks vor ihr machst."

„Unsinn", murmelte sie.

„Das ist kein Unsinn. Ich hatte den Eindruck, dass du dich sehr um ihre Sympathie bemüht hast."

J.T. kam der Wahrheit sehr nahe, ohne zu wissen, *weshalb* Gayle darauf bedacht war, von Amy gemocht zu werden. „Es geht schließlich um ein wichtiges Projekt. Natürlich soll sie uns mögen."

„Keine Sorge." Er schmunzelte. „Du musst dich nicht bei ihr einschleimen. Sie ist Feuer und Flamme für die Spendengala und das Jugendheim. Amy wird ihre Unterstützung sicherlich nicht zurückziehen, auch wenn du nicht ihre neue beste Freundin wirst."

* * *

„O MEIN GOTT, seht ihr das?“, kreischte plötzlich jemand los. „Die Cheesecake Factory!“

J.T. verzog bei den durchdringenden Tönen, die nur Teenager oder kastrierte Kater von sich gaben, das Gesicht und bat um temporäre Taubheit. Leider wurden seine Gebete nicht erhört, weshalb er nun – nur wenige Sekunden später – aufgeregte und geradezu euphorische Schreie hörte. Die komplette Gruppe benahm sich wie ein paar Junkies auf Speed oder heranwachsende Mädchen, die auf ein Justin-Bieber-Konzert gingen. Und das wegen eines Ladens, der Käsekuchen verkaufte?

„Können wir bitte, bitte reingehen?“

„O ja! Bitte!“

„Das wäre echt geil!“

Geil? Seiner Meinung nach waren Käsekuchen vieles: lecker, sättigend und manchmal sehr nötig. Aber geil? Die Jugend von heute war ziemlich merkwürdig.

Auch wenn J.T. Käsekuchen nicht geil fand, musste er jedoch zugeben, dass der Gedanke an ein Stück Kuchen und eine Tasse Kaffee etwas für sich hatte. Sie waren fast drei Stunden in dem Atelier gewesen, hatten sich herumführen lassen und die Jugendlichen hatten sogar mit ein paar Künstlern an Skizzen zu einer Skulptur gearbeitet. Und jetzt nach einem fast zwanzigminütigen Fußmarsch zur U-Bahn-Station klang ein Stück Käsekuchen tatsächlich himmlisch. Daher öffnete er den Mund, um der Gruppe mitzuteilen, dass sie unbedingt die Cheesecake Factory besuchen sollten, als Gayle den Kopf schüttelte und bedauernd erklärte: „Tut mir leid, Leute, aber ich fürchte, daraus wird heute nichts."

Diese Ankündigung zog enttäuschte Mienen und protestierende Laute nach sich. Auch J.T. spürte, wie sich Enttäuschung in ihm breitmachte – und Hunger.

Er blieb stehen und sah Gayle ins Gesicht. „Warum nicht? Ich habe ziemlichen Hunger und den anderen sowie dir sollte das nicht anders gehen."

„Hast du eine Ahnung, was das kostet? Für ein einziges Stück Kuchen bezahlt man dort bereits fast zehn Dollar", flüsterte sie ihm zu. „Auf meinem Schreibtisch stapeln sich die Rechnungen und müssen bezahlt werden. Ich kann wirklich nicht mal eben so zweihundert Dollar für Kuchen und Kaffee ausgeben."

„Das ist dein Problem?" J.T. konnte nicht fassen, was er dort hörte, drehte sich zu den enttäuschten Jugendlichen um und rief ihnen zu: „Los, Leute! Wir besorgen uns jetzt erst einmal einen schönen Tisch und schlagen uns dann die Bäuche mit Käsekuchen voll."

„J.T.", zischte Gayle ihm zu, während die Jugendlichen bereits laut grölend und ausgelassen über den Bürgersteig sprangen. „Ich kann nicht so viel Geld ..."

„Aber ich kann das."

„Nein, das kannst du nicht."

„Keine Sorge." Er legte einen Arm über ihre Schulter. „Es ist Wochenanfang, also habe ich noch genügend Taschengeld auf dem Konto, um die Rechnung bezahlen zu können."

In ihrem Gesicht konnte er normalerweise lesen wie in

einem Buch, und auch jetzt sah er, wie sie mit sich rang. O ja, Gayle konnte sehr stolz sein, aber sie besaß auch gesunden Menschenverstand, was er daran erkennen konnte, dass sie sich geschlagen gab und nickte.

„Okay, meinetwegen. Aber es muss eine Ausnahme bleiben!"

Das kommentierte er nicht weiter, sondern zog sie vergnügt mit sich.

Obwohl sich das Restaurant, das insbesondere für seine fünfzig Sorten Käsekuchen bekannt war, direkt im Queens Center, einem Einkaufszentrum, befand, gab es einen Seiteneingang, durch den man auch von der Straße hineingelangen konnte. J.T. konnte das nur recht sein, weil es bedeutete, dass sie nicht ewig und drei Tage durch eine laute und überfüllte Mall laufen mussten, um endlich in den Genuss eines Stück Kuchens zu kommen.

Sie bekamen gleich einen Tisch, obwohl sie fünfzehn Personen waren, und vertieften sich in die umfangreiche Speisekarte, die neben Käsekuchen alles bot, was das Herz begehrte – von Hamburgern bis zu Quinoa-Salaten.

„Ich glaube, ich nehme den Käsekuchen mit den Oreo-Keksen", beschloss ein Junge, der J.T. gegenübersaß und mit großen Augen die Speisekarte betrachtete. „Oreo-Kekse sind einfach supergeil!"

„Ts!" Jody verdrehte die Augen auf eine Art und Weise, wie es nur Teenager können. „Hast du mal gelesen, wie viele Kalorien das sind? Eintausendsechshundertzwanzig! Da bleibe ich lieber beim stinknormalen Käsekuchen, der hat nur achthundertdreißig."

„Nimm doch gleich den Low-Carb-Käsekuchen – der hat nur sechshundertzehn.“ J.T. ahmte ihr Augenverdrehen nach, bevor er seine Speisekarte zuklappte und fröhlich verkündete: „Ich nehme den Kürbis-Pekannuss-Käsekuchen, und es ist mir scheißegal, wie viele Kalorien der hat.“

Die Jugendlichen lachten auf. Einer von ihnen fragte ihn zweifelnd: „Kürbis-Pekannuss-Käsekuchen? Schmeckt das denn?“

J.T. zuckte mit den Schultern. „Wir werden es sehen. Aber ich stehe auf Kürbiskuchen und weil in wenigen Tagen Thanksgiving ist und ich in diesem Jahr ohne den Kürbiskuchen meiner Mom auskommen werden muss, bin ich mal mutig und probiere ihn.“

Jody, die sich anscheinend für den besonderen Ausflug pinke Kunstwimpern auf die Augenlider geklebt hatte und neonorangenen Lidschatten trug, betrachtete ihn zweifelnd. „Hoffentlich musst du nicht kotzen, wenn wir mit der U-Bahn zurückfahren.“

„Keine Sorge“, beruhigte er das Mädchen. „Wenn ich kotzen muss, dann nur auf Gayle. Ihr werdet verschont bleiben. Versprochen.“

„Vielen Dank“, erwiderte Gayle, die am anderen Ende des Tisches saß und eine Grimasse schnitt.

Während sie kurze Zeit später ihre Kuchenstücke verspeisten und Kaffee oder Kakao dazu tranken, herrschte himmlische, gefräßige Ruhe, die nur durch gelegentliche Kommentare der Jugendlichen unterbrochen wurde, weil sie kundtun wollten, wie gut ihnen ihr Stück

Kuchen schmeckte. Als er den Kopf hob und sah, dass Gayle ihn mit einem dankbaren Lächeln ansah, beschlich ihn das Gefühl, heute alles richtig gemacht zu haben.

Auf dem Weg zur U-Bahn-Station gingen sie dieses Mal durch das Einkaufszentrum, was eine ziemliche Herausforderung war, wenn man mit einem Dutzend Jugendlicher unterwegs war. J.T. begriff, weshalb er nie auf die Idee gekommen war, Lehrer zu werden. Irgendwie empfand er plötzlich Respekt vor all seinen Lehrern, die ihm früher auf den Keks gegangen waren. Während er darum bemüht war, die Teenager im Blick zu behalten, fiel ihm Jody auf, die vor einem Geschäft stehen geblieben war und sehnsuchtsvoll ins Schaufenster starrte. Sobald er neben ihr stand, zuckte er regelrecht zusammen, denn auf den Postern, die dort hingen, waren die Models knallbunt angemalt worden. Im Gegensatz zu ihnen sah Jody wie eine keusche Nonne aus.

„Alles gut hier?"

„Mhm." Das Mädchen blies offenbar Trübsal und seine Schultern sackten hinunter. „Ich trauere gerade nur."

„Trauern?" Beinahe hätte er gelacht. „Wieso?"

„Weil ich Gayle versprochen habe, nichts mehr zu klauen. Ich mag Gayle. Ich will das Versprechen nicht brechen."

„Finde ich gut, dass du so denkst."

„Aber ich mag auch den lilafarbenen Lippenstift mit Metalliceffekt. Nicht so sehr wie ich Gayle mag, aber ... na ja."

Sie sagte nichts weiter, aber ihre Blicke sprachen für

sich, als eine Gruppe fröhlicher Teenager aus dem Geschäft kam, die alle eine der schwarzen Papiertaschen in den Händen trugen, in denen sich das befand, was sie im Laden gekauft hatten. Obwohl J.T. kein Verhaltensexperte fünfzehnjähriger Mädchen war, ahnte er, dass Jody dazugehören wollte. Vermutlich wollte sie auch mit ihren Freundinnen durch das Einkaufszentrum schlendern, mit einer dieser Taschen aus dem Laden kommen und einen schönen Nachmittag verbringen. Und klauen wollte sie sicherlich nicht. Sie wollte ein normales Mädchen sein.

Er war kein Fan von lilafarbenem Lippenstift mit Metalliceffekt, dennoch erklärte er leichthin: „Der Lippenstift ist ziemlich cool."

„Sehr cool. Und er würde perfekt zu meinem silbernen Nagellack passen." Sie errötete und war so ehrlich, ihm zu gestehen: „Den habe ich geklaut und wäre fast erwischt worden. Danach habe ich Gayle versprochen, das nie wieder zu tun. Also werde ich auch nicht mehr klauen."

„Komm mal mit." Kurz entschlossen packte er ihre Hand und zog sie in das Geschäft hinein, das voller aufgedrehter Teenager, lauter Musik und stark geschminkter Verkäuferinnen war. Er fühlte sich an den Film *Mad Max – Jenseits der Donnerkuppel* und *Die Rocky Horror Picture Show* erinnert. Eine der Verkäuferinnen schnappte er sich und fragte sie nach dem Lippenstift aus der Auslage im Schaufenster.

Sobald die Verkäuferin ein Regal ansteuerte, um den Lippenstift zu holen, zog Jody ihn am Ärmel und schüttelte voller Ernsthaftigkeit den Kopf. „Das ist nicht in

Ordnung. Ich habe keine zwanzig Dollar, um den Lippenstift zu bezahlen."

„Du sollst ihn ja auch nicht bezahlen. Ich mache das." Er zog sein Portemonnaie hervor und fragte sich, weshalb ein winziger Lippenstift zwanzig Dollar kostete. Scheiße, vielleicht hätte er ein Kosmetikunternehmen gründen sollen ...

„Nein, das geht nicht. Ich kann den Lippenstift nicht annehmen."

„Aber er passt perfekt zu deinem Nagellack", hielt er dem Mädchen vor und legte einen Zwanzig-Dollar-Schein neben die Kasse, als die Verkäuferin mit dem eingepackten Lippenstift zurückkam. „Tu es mir zuliebe", raunte er. „Ich will nicht, dass du dein Versprechen brechen musst. Okay?"

„Okay." Sie lächelte schüchtern. „Danke. Und danke auch für den Kuchen."

„Sehr gern geschehen", erwiderte er und verfolgte gleich darauf, wie Jody andächtig die kleine schwarze Papiertasche entgegennahm.

Später in der U-Bahn ergatterte er zusammen mit Gayle einen Platz und setzte sich neben sie.

„Ich habe es gesehen", bemerkte sie unvermittelt und saß so dicht neben ihm, dass es eine Schande war, dass sie in eine dicke Daunenjacke eingepackt war, weil draußen winterliche Minusgrade herrschten.

Ahnungslos betrachtete er ihr Profil. „Was hast du gesehen?"

„Dich und Jody vor dem Kosmetikgeschäft. Du hast ihr nicht wirklich etwas gekauft, oder?“

J.T. konnte nicht sagen, in welcher Stimmung Gayle war, und gab sich daher völlig gelassen. Er wollte nicht, dass das angenehme Gefühl, das er empfand, weil sie so dicht nebeneinander saßen, wieder verflog. „Doch, das habe ich. Einen Lippenstift. Willst du mir deshalb den Kopf abreißen?“

„Nur wenn die Farbe nicht stimmt.“

Woher kam das denn? „Hey, der Lippenstift hat einen Metalliceffekt.“ Er spielte den empörten Trendsetter und dozierte: „Das ist verdammt hip, falls du es nicht weißt. Jedes Mädchen trägt das heute.“

„Gott sei Dank bin ich kein Mädchen mehr“, schwor sie inbrünstig.

„Dem schließe ich mich an“, antwortete er mit einem leisen Lachen und verstieg sich darauf, wie nebenbei mit ihr zu füßeln und sich enger an sie zu schmiegen. „Gott sei Dank!“

„Nur zu deiner Info, J.T., ich durchschaue dich“, raunte sie, machte jedoch keine Anstalten, von ihm wegzurücken.

„Inwiefern durchschaust du mich?“, wollte er wissen und ergriff ihre Hand, um sie beiläufig zu massieren. Zu schade, dass Gayle Handschuhe trug. „Das klingt ja fast schon so, als würdest du mir unlautere Absichten unterstellen. Dabei bin ich ein netter Kerl.“

„Ich habe auch nie das Gegenteil behauptet.“

Weil sie merklich zufrieden klang, betrachtete er ihr

Profil und sah das winzige Lächeln, zu dem sich ihre Mundwinkel kräuselten. „Was?"

„Nichts." Sie stieß ihn gutmütig in die Seite, um gleich darauf wieder dicht an ihn heranzurutschen. „Danke für das, was du heute getan hast. Vor allem der Besuch in dem Restaurant hat den Kindern viel bedeutet."

Es war nur ein Käsekuchen gewesen. Wenn er daran dachte, welche Unsummen er schon für irgendeinen Mist ausgegeben hatte, kam er sich wie ein doppelzüngiger Mistkerl vor. Verlegen winkte er daher ab: „Das war doch eine Selbstverständlichkeit."

„Nein, das war es nicht. Viele der Kids waren vermutlich noch nie in einem Restaurant. Für sie war das heute etwas Außergewöhnliches."

Wie von selbst schaute er hinüber zu Nate. Der hagere Junge saß ein paar Plätze weiter und unterhielt sich mit einem anderen Jungen. Während des Restaurantbesuchs war J.T. aufgefallen, dass der zurückhaltende Teenager sich anfangs unwohl gefühlt haben musste – fast schon so, als wäre er niemals zuvor in einem Restaurant gewesen und wüsste nicht, wie er sich dort verhalten sollte. Und den Käsekuchen hatte er bedächtig gegessen. Voller Genuss und Staunen.

Nate ging ihm seither nicht aus dem Kopf. Sein Gesichtsausdruck, als er den verdammten Käsekuchen gegessen hatte, machte J.T. unerklärlicherweise zu schaffen.

Mit heiserer Stimme erklärte er Gayle, während er noch immer Nate betrachtete: „Mir ist etwas aufgefallen."

„Ach ja? Was denn?“

„Es geht um Nate.“

„Was ist mit ihm?“ Auch Gayle hob den Kopf und schaute zu dem Teenager hinüber.

„Er trägt die gleichen ausgetretenen Turnschuhe wie vor ein paar Tagen.“ J.T. runzelte die Stirn und rutschte unwillkürlich auf seinem Sitz hin und her. „Ebenso wie seine Jacke, die viel zu dünn ist. Draußen ist es arschkalt. Er wird sich in der Jacke den Tod holen.“

Gayle antwortete mit einem kleinen Seufzen. „Du hast recht. Ich werde ihm sagen, dass er sich in der Kleiderkammer eine Jacke und ein paar Winterschuhe aussuchen soll.“

Erschrocken und entrüstet zugleich starrte er Gayle an. „Kleiderkammer?“

Sie schaute ihn mit ihren dunkelbraunen Augen an. „Was denkst denn du, woher die Kids neue Kleidung bekommen? Bestimmt nicht von Macy’s oder Saks.“

„Neu werden die Sachen sicherlich nicht sein, wenn sie aus der Kleiderkammer stammen“, brummte er und erinnerte sich betreten an seine Highschoolzeit, als er ständig neue Kleidung bekommen hatte, weil er mal wieder größer geworden war oder einfach neue Klamotten hatte tragen wollen.

„Nein, aber sie sind gepflegt und gut erhalten. Es sind Spenden hilfsbereiter Mitbürger.“

Eine gute Sache, aber für Jugendliche sicher kein Grund zur Freude. „Ich kann mir nicht vorstellen, dass Teenager gebrauchte Sachen mögen.“

„Niemand mag gebrauchte Sachen, wenn er nicht gerade ein Antiquitätenliebhaber ist“, informierte sie ihn gelassen. „Aber uns und den Kids bleibt nichts anderes übrig.“

J.T. antwortete nicht mehr. Schweigend saß er neben Gayle, überließ sich dem tröstlichen Gerumpel der U-Bahn und dachte über das nach, was sie gerade erzählt hatte.

Zurück beim Jugendheim bedankten sich die Teenager bei ihm für den Kuchen, als sie vor dem Haus standen, und auch Gayle schenkte ihm ein strahlendes Lächeln, als sie sich auf die unterste Treppenstufe stellte und sich zu ihm umdrehte. Ihre Wangen waren von der Kälte gerötet und sogar ihre Nase hatte einen rötlichen Schimmer. Ihre Augen funkelten. Und plötzlich wurde aus der Frau, deren Gesichtszüge er bei ihrer ersten Begegnung als streng und spröde empfunden hatte, zur hübschesten Frau, die er jemals gesehen hatte.

„Noch einmal vielen Dank, J.T., wir alle ...“

Weil sie auf einer Stufe über ihm stand, waren ihre Gesichter auf gleicher Höhe. Also war es ein Leichtes für ihn, ihre Oberarme zu umfassen und Gayle an sich zu ziehen. Er unterbrach sie, indem er seinen Mund auf ihren presste und ihr einen tiefen Kuss gab, der augenblicklich jede Kälte vertrieb, die auf den Straßen New Yorks herrschte. Nein, kalt war ihm nicht mehr.

Stattdessen wurde ihm warm.

Obwohl sie den Kuss nach einer Sekunde erwiderte und sich sogar an ihn schmiegte, als wolle sie unter seine

Jacke kriechen, beendete J.T. den Kuss schweren Herzens. Sie war so unglaublich weich, duftete wunderbar und schmeckte noch besser. Aber aus Rücksicht auf die johlenden Jugendlichen, die Zeuge dieses Kusses wurden, hielt er es für ratsamer, etwas Abstand zwischen sie beide zu bringen. Auch wenn es ihn fast umbrachte.

„Gut gemacht", brüllte einer der Teenager hinter ihnen.

Lächelnd verfolgte J.T. aus nächster Nähe, wie sich Gayle verlegen wand, und sagte sich, dass es eine sehr gute Entscheidung gewesen war, sie zu küssen. Er hatte sowieso pausenlos daran denken müssen.

„Ich würde ja sagen: Ruf mich an", flüsterte er belustigt gegen ihre Lippen, streichelte kurz über ihre Wange und ignorierte das Pfeifen und Gegröle der Kids. „Aber das tust du ja aus Prinzip nicht."

Dann löste er sich von ihr, winkte den Teenagern zu und machte sich wieder auf den Weg zur U-Bahn-Station. Der Tag war ein voller Erfolg.

10

Thanksgiving bei ihren Großeltern war meistens eine etwas steife Angelegenheit mit einem gut durchdachten Festmahl im offiziellen Esszimmer, dessen Möbel aus einer altenglischen Manufaktur stammten, wie ihr Großvater nicht müde wurde, zu erzählen, und mit der ganzen Familie. Dazu gehörten Tischgebete genauso wie festliche Kleidung sowie die grauenvolle Preiselbeersauce, die lediglich Großonkel Rupert schmeckte.

In diesem Jahr feierte sie Thanksgiving in New York und hatte trotz der Befürchtung, dass es mit den ganzen Jugendlichen chaotisch werden könnte, ein entspanntes, lustiges und keineswegs steifes Fest.

Als es langsam auf den Abend zuging, spülten die Kids sogar freiwillig ab.

Und Gayle stand vor einem übrig gebliebenen Kürbiskuchen, bei dessen Anblick sie ein warmes Gefühl verspürte – nicht etwa, weil sie ganz versessen auf Kürbiskuchen gewesen wäre. Um ehrlich zu sein, war sie kein großer Fan dieses Gerichts. Nein, sie war es nicht, aber sie kannte jemanden, der es war und der nach eigener Aussage in diesem Jahr ohne den Kürbiskuchen seiner Mom auskommen würde.

Daher packte sie den Kuchen ein, machte für heute Feierabend und nahm zur Abwechslung die U-Bahn Richtung Uptown – Linie F. An der dreiundzwanzigsten Straße stieg sie aus und hoffte, dass er zu Hause war, als sie nach ihrem Handy griff und seine Nummer wählte. Während es klingelte und sie darauf wartete, dass er den Anruf entgegennahm, begann Aufregung gepaart mit Nervosität durch ihre Adern zu pulsieren. Ein bisschen albern kam sie sich tatsächlich vor, mit einem Kuchen im Gepäck bei ihm aufzuschlagen, ohne dass sie verabredet gewesen wären. Vermutlich hatte er längst Pläne für den heutigen Tag. Vielleicht hatte er sogar ein Date mit einer anderen Frau. Aber der Kuss ...

Der Kuss, den er ihr erst vor drei Tagen gegeben hatte, verfolgte sie bis in ihren Schlaf. Sie musste ständig an ihn denken. Und an J.T. – und weil sie es nicht länger ausgehalten hätte, ihn nicht zu sehen, stand sie jetzt mitten in Manhattan an einer Straßenecke, fror sich den Allerwertesten ab und lauschte mit klopfendem Herzen, ob er an sein Telefon ging.

„Gayle?“ Seine Stimme klang ungläubig. „Rufst du mich tatsächlich an?“

„Sieht ganz so aus, oder?“

Er lachte, und nur das Geräusch verursachte ihr eine wohlige Gänsehaut.

Bevor er etwas sagen konnte, wollte sie von ihm wissen: „Hast du heute Abend schon etwas vor?"

„Nein, habe ich nicht. Heute Morgen habe ich mir mit Amys und Patricks Kindern die Parade angeschaut, und jetzt bin ich zu Hause und schaue mir ganz traditionell ein Footballspiel an."

„Das passt ja wunderbar", erwiderte sie in der Hoffnung, dass er ihr die Erleichterung nicht anhörte. „Ich stehe nämlich dreiundzwanzigste Ecke sechste und wollte dir eine Kleinigkeit von den Jugendlichen vorbeibringen", schwindelte sie. „Gibst du mir deine Adresse?"

„Ist nicht dein Ernst." J.T. klang ungläubig. „Du bist hergekommen?"

„Ja." Sehr lässig schlug sie ihm vor: „Wenn du Lust auf ein Stück Kürbiskuchen hast, solltest du dir also schnell etwas anziehen und all den Frauen absagen, die du für heute eingeladen hast."

Wieder lachte er, keinesfalls beschämt oder ertappt, und gab ihr seine Adresse durch.

Nur zwei Blocks von der U-Bahn-Station entfernt lag seine Wohnung, die sich in einem anscheinend ziemlich teuren Wohnhaus inklusive Portier befand. Gayle hatte erwartet, dass J.T. in einer hübschen Wohnung leben würde, aber das Loft, das sie betrat, war riesig, exklusiv und besaß eine spektakuläre Aussicht auf die Hochhäuser der Stadt. Auch wenn sie zur Untermiete in einem Winzlingsapartment in Brooklyn wohnte, war sie nicht naiv und kannte die Immobilienpreise New Yorks. Für eine Wohnung in dieser Lage, mit dieser Größe und mit dieser Ausstattung durfte man kein armer Knauserer sein.

„Schöne Wohnung“, kommentierte sie, als sie in den offenen Wohnbereich trat und sich aus ihrer Jacke schälte.

„Das Lob gebe ich gerne weiter. Mein Cousin ist nämlich für die Auswahl an Möbeln, Wandfarben und für die meisten Einrichtungsgegenstände verantwortlich“, entgegnete er und schloss die Wohnungstür, bevor er hinter sie trat.

„Ist dein Cousin Innenausstatter?“

Das fand J.T. offenbar lustig, weil er gluckste, während er ihr die Jacke abnahm. „Nein, er ist ... *Überraschung* ... Anwalt. Aber das hier war noch vor ein paar Monaten seine Wohnung.“

„Hat sie ihm nicht mehr gefallen?“ Sie drehte sich zu ihm um und musterte ihn ein paar Sekunden lang, während er damit beschäftigt war, ihre Jacke in einem unauffälligen Wandschrank, der als Garderobe fungierte, zu verstauen.

Gayle mochte es sehr, wenn er derart salopp wie jetzt gekleidet war – Jogginghosen und ein altes Shirt aus Harvard. Außerdem war er barfuß und sein blondes Haar wirkte zerzaust. Wenn er in alter Kleidung herumlief, dann kam sich Gayle in seiner Gegenwart nicht allzu fehl am Platz vor. Und das hatte vor allem damit zu tun, dass er nun einmal ein ausgesprochen schöner Mann war.

So schön, dass man sich als Frau mit einem durchschnittlich hübschen Gesicht und einem normalen unspektakulären Körper im Vergleich zu ihm benachteiligt fühlen konnte.

J.T. sah wie die Ausgeburt eines griechischen Gottes aus. Oder wie ein Mann, der als Schauspieler zur ersten Riege Hollywoods gehören sollte, um von Millionen kreischender Frauen angebetet zu werden. Er sah nicht nur verdammt gut aus, sondern war intelligent, witzig und charmant. Und Gayle wusste, dass sie aussehenstechnisch nicht an ihn heranreichte. Dafür fehlten ihr größere Brüste, ein Schmollmund und eine blonde Löwenmähne. Früher als Teenager hatte sie darüber geklagt, dass sie keine Stupsnase, kein süßes Puppengesicht und keine blonden Locken hatte, aber heute legte sie keinen Wert darauf, wie jemand auszusehen, der auf Hochglanzmagazine gehörte. Dennoch war es ihr lieber, wenn J.T. nicht auch noch wie ein hochbezahlter Schauspieler angezogen war. Dann kam sie sich in seiner Nähe nicht allzu unzulänglich vor.

„Mein Cousin, Stuart, ist zu seiner Freundin gezogen", erklärte er leichthin und schloss die Schranktür. „Sie ist Tierärztin in Connecticut und eigentlich ganz in Ordnung. Zusammen leben sie jetzt in ihrer Wohnung, die über ihrer Praxis liegt. Die beiden wollen heiraten."

Den letzten Satz hatte er mit so viel Unverständnis betont, dass Gayle schmunzeln musste. „Du klingst nicht begeistert. Magst du sie nicht?"

„Eigentlich ist es doch egal, ob ich sie mag, schließlich muss ich sie ja auch nicht heiraten." Er zuckte mit den Schultern. „Nein, ich mag sie. Lauren ist wirklich nett, und

Stuart ist über beide Ohren in sie verliebt. Mir leuchtet nur das Konzept der Ehe nicht ein."

Da war er vermutlich nicht der einzige Mann – und sie nicht die einzige Frau. „Ewige Treue?"

„Unter anderem." J.T. verzog den Mund und führte sie wie selbstverständlich in die Wohnung hinein, bis sie in einer Küche standen und er eine Flasche Wein aus einem Schrank nahm. „Ist Rotwein okay?"

Rotwein klang fantastisch. „Immer her damit", erwiderte sie vergnügt und packte den Kuchen aus ihrer Tasche aus. Während sie auf einen der Hocker an der Küchentheke kletterte, sah sie ihm beim Entkorken der Weinflasche zu. „Du hast *unter anderem* gesagt. Was missfällt dir sonst an der Ehe?"

Er entfernte das Etikett, das über dem Korken der Flasche befestigt war, und plauderte nebenher: „Nimm einfach meinen Cousin als Beispiel. Stuart ist einunddreißig und verplant sein ganzes Leben, indem er bis zu seinem Tod mit einer Frau zusammen sein will. Ist das nicht etwas voreilig?"

„Die meisten Ehen halten heutzutage sowieso nicht so lange." Gayle entfernte die Folie, mit der der Kuchen bedeckt war. „Die Scheidungsrate ist wahnsinnig hoch."

Nachdenklich nickte er und drehte gleichzeitig den Korkenzieher in den Flaschenhals hinein. „Meinetwegen, aber es geht mir um die Absicht dahinter. Niemand vermutet, dass er sich wieder scheiden lässt, wenn er sich dazu entschließt, zu heiraten, oder? Nein, mein Cousin ist felsenfest davon überzeugt, dass seine Ehe für immer sein wird. Ich meine … Ist das nicht beängstigend? Wie kann man mit Anfang dreißig alles aufgeben, was man schätzt, weil man sein restliches Leben mit nur einer Person teilen will? Wenn man verheiratet ist und Kinder bekommt, kann man nicht mal eben mit Freunden in den Urlaub fahren, spontan etwas völlig Verrücktes tun, den Job kündigen und in eine andere Stadt ziehen oder sich eine Auszeit genehmigen und den Mount Everest besteigen."

„Mich musst du nicht von deinem Standpunkt überzeugen. Ich bin mit dir einer Meinung, auch wenn das mit dem Mount Everest nicht sehr verlockend auf mich wirkt." Sie nickte in Richtung Messerblock, der hinter J.T. auf der Arbeitsfläche stand. „Gibst du mir ein Messer, damit ich den Kuchen anschneiden kann?"

Wortlos stellte er die Weinflasche auf die Küchentheke, drehte sich um und nahm ein Messer aus dem Messerblock, das er ihr anschließend reichte. Gleichzeitig hakte er nach: „Du bist meiner Meinung, was das Heiraten betrifft?"

„So ziemlich." Vorsichtig halbierte sie den Kuchen, um ihn anschließend zu vierteln.

J.T. wirkte skeptisch. „Also bist du nicht versessen aufs Heiraten?"

Gayle schnalzte mit der Zunge. „Denkst du, dass nur Männer keine Lust auf eine Hochzeit haben?"

„Gehst du und nimmst den Kuchen mit, wenn ich beichte, dass ich tatsächlich so etwas denke?"

Naserümpfend schaute sie ihm ins grinsende Gesicht und widerstand dem Drang, ihm ein Stück Kuchen ins

Gesicht zu werfen, einfach weil er die Selbstsicherheit in Person war. „Nur zu deiner Info: Als mir ein Mann einen Antrag gemacht hat, habe ich Nein gesagt. Er wollte unbedingt heiraten. Ich nicht."

„Ach." Nun wirkte J.T. überrumpelt und starrte sie neugierig an, während er den Korken aus der Flasche zog. „Was ist passiert?"

Mit einer unwirschen Handbewegung erwiderte sie: „Nichts Besonderes. Was eben so passiert. Wir waren seit zwei Jahren ein Paar, unsere Familien waren befreundet, und er hielt es für an der Zeit, sich mit mir zu verloben. Aber das wollte ich nicht."

„Warst du nicht verliebt?"

„Doch, das war ich." Stirnrunzelnd betrachtete sie den Kuchen. „Aber ich war nicht so verliebt, dass ich seinetwegen mich aufgegeben hätte. Und das Gefühl hatte ich, verstehst du?"

„Was meinst du damit, dass du seinetwegen dich aufgegeben hättest?"

Sie stieß die Atemluft aus und leckte sich über die Unterlippe. „Als wir zusammenkamen, war ich gerade mit meiner Ausbildung fertig und fing mit meiner Arbeit an. Endlich konnte ich das tun, was ich immer hatte machen wollen. Und dann präsentierte er mir einen Ring. Eine Heirat hätte bedeutet, dass wir zusammengezogen wären, Kinder bekommen hätten und von seinem Einkommen gelebt hätten. Ich sah mich schon in einem Haus sitzen und Dinnerabende mit seinen Arbeitskollegen planen. Vermutlich hätte ich sogar lernen müssen, Stoffservietten auf zwanzig verschiedene Arten zu falten. Mit fünfundzwanzig wollte ich nicht mein Leben verplanen, bevor es eigentlich begonnen hatte. Ich wollte meine Unabhängigkeit nicht verlieren." Gayle schaute ihn an. „Den Job wechseln, in eine andere Stadt ziehen, verschiedene Länder besuchen, spontan sein ... Von mir aus sogar den Mount Everest besteigen. Wie wäre das möglich gewesen mit einem Ehemann, der von mir erwartet hätte, ihm den Rücken zu stärken, während er Karriere macht?"

J.T. antwortete nicht, sondern musterte sie einfach nur, bis er die geöffnete Flasche neben den Kuchen stellte. „Sieht so aus, als bräuchten wir Teller und Gläser."

Obwohl Gayle kein Fan von Kürbiskuchen war, schmeckte dieser gar nicht schlecht. Dafür war J.T.s Rotwein exzellent. Er passte perfekt zu einem gemütlichen Abend, den sie zusammen auf J.T.s bequemer Couch verbrachten, während im Kamin ein Feuer prasselte und sie beide sich zuerst eine Komödie ansahen und dann dazu übergingen, sich über Gott und die Welt zu unterhalten. Und irgendwann zwischen einer Debatte um die Vorteile von Uber gegenüber Taxis und dem Streitpunkt, ob man Kraut auf einem Hotdog aß, begannen sie sich zu küssen.

Schon als sich Gayle auf den Weg zu J.T. gemacht hatte, war ihr bewusst gewesen, dass es heute dazu kommen würde. Wahrscheinlich war sie auch deswegen hergekommen.

Dicht nebeneinander saßen sie auf der Couch. Sie hatte die nackten Füße untergeschlagen und er hatte seine

Füße auf den Couchtisch gelegt. Mit der Zeit waren sie immer enger aufeinander zu gerutscht, bis Gayle fast auf seinem Schoß saß. Dann kamen die Berührungen. Flüchtig berührte er ihr Knie. Sie tätschelte beiläufig seinen Arm. Er strich über ihre Hand. Und sie glitt mit ihren Fingern über seine Wange. Ehe sie sich's versah, hatten sie einander die Gesichter zugedreht, die sich so nah waren, dass sie seinen Atem auf ihrer Haut spürte. Tief schauten sie sich in die Augen, bis sein Gesicht immer näher kam. Das Kribbeln, das sie in seiner Nähe spürte und das ein unruhiges Ziehen in ihrem Bauch verursachte, breitete sich von ihrer Stirn bis in ihre Fußsohlen aus, als er sich erst über die Lippen leckte, dann seine blauen Augen auf ihren Mund richtete und schwer schluckte. Sein Geschmack war überwältigend, als er seinen Mund auf ihren senkte und ihr einen aufreizenden, tiefen Kuss gab, der sie dazu brachte, ihren Mund zu öffnen, um seine feuchte Zunge zu empfangen.

Sobald Gayle seinen leidenschaftlichen Kuss erwiderte und ihre Zunge an seiner rieb, vernahm sie, wie er scharf den Atem einzog. Ihre Münder aneinander fühlten sich heiß an und gaben einander alles, was sie geben konnten. Von ganz allein rutschte sie noch dichter an ihn heran, legte den Kopf schief und strich mit ihren Händen über seine Schultern.

Unter ihren Handflächen konnte sie die kräftigen Konturen seines Oberkörpers fühlen und reagierte auf die Lust in ihrem Inneren, indem sie ihn noch tiefer küsste. Zitternd wand sie sich auf ihm, als er ihren Hinterkopf mit einer Hand umfasste und mit den Fingerspitzen seiner anderen Hand federleicht über ihren Hals streichelte. Das war fast zu viel für sie.

Nach einer Ewigkeit löste er seinen nassen Mund von ihrem und bewegte ihn quälend langsam über ihre Wange und ihren Kiefer hinab zu ihrem Hals.

Mühsam holte Gayle Atem und ließ ihre Hände über seine Brust auf und ab wandern, während er damit beschäftigt war, an ihrem Hals zu saugen und sich knabbernd und küssend einen Weg bis zu ihrem Schlüsselbein zu bahnen. Beinahe wäre sie verglüht und reagierte auf die Unruhe in ihrem Inneren, indem sie sich auf die Unterlippe biss und sich rittlings auf seinen Schoß setzte. Ihre Hände vergrub sie in seinem Haar und stöhnte, als sein Mund eine besonders empfindliche Stelle gleich unter ihrem linken Ohrläppchen fand.

Seine Hände waren nicht untätig und strichen über ihre Oberschenkel, ihre Hüften und ihren Po.

„Himmel, du riechst so wunderbar", murmelte J.T. mit heiserer Stimme an ihrer Haut. Sein Atem war vor Lust ein unregelmäßiges Keuchen. Gleichzeitig zupfte er an ihrem Shirt, das er ihr gleich darauf über den Kopf zog.

Ihre Knie versanken leicht im Sitzkissen seiner Couch, als sich Gayle in die Höhe stemmte und nach dem Saum seines Shirts griff, um es ihm über den Kopf zu ziehen. Langsam ließ sie sich zurück auf seinen Schoß sinken und legte ihre Hände auf seine nackte Brust, unter denen sie nicht nur das kurze Haar spürte, das in einer feinen Spur bis zum Bund seiner Jogginghose zu sehen war, sondern auch harte Muskeln. Der schnelle Herzschlag, der dumpf gegen ihre rechte Hand pochte, sagte ihr, dass J.T. genauso wenig unbeteiligt war wie sie. Das verriet auch sein heißer Blick aus halb geschlossenen Augen, die vor Lust glühten. Von der harten Wölbung, die sich durch seine Hose gegen ihren Schritt presste, ganz zu schweigen.

„Hast du mir nicht gesagt, dass regelmäßiger Sex in einer Beziehung endet?“, neckte er sie mit kratziger Stimme und streichelte so unerträglich leicht über ihren Rippenbogen, dass sie den Rücken durchdrückte und fast verrückt vor Verlangen nach ihm wurde. Gayle wusste, wie es sich anfühlte, mit J.T. zu schlafen, und das Bedürfnis, seine nackte Haut an ihrer nackten Haut zu spüren, während er in ihr war, wuchs von Sekunde zu Sekunde.

„Und hast du wirklich geglaubt, dass ich nur wegen eines Kuchens vorbeigekommen bin?“, konterte sie mit einer Gegenfrage.

Sein Grinsen erhellte den Raum, der lediglich vom Schein des prasselnden Kaminfeuers erleuchtet wurde. Sehr vorsichtig öffnete er ihren BH, der gleich darauf irgendwo neben der Couch landete, und legte seine Hände auf ihre Taille. Nur seine Daumen rieben über ihre Haut. Millimeter für Millimeter wanderten seine Hände langsam hoch, und Gayle hielt den Atem an, weil sie seine Berührung auf ihren Brüsten, die sich schwer und voll vor Verlangen anfühlten, so sehr wollte.

Ihre Kehle war trocken, und ihre Augenlider fühlten sich heiß an, als sie J.T.s Anblick in sich aufnahm, wie er unter ihr gegen die Rückenlehne der Couch gepresst dasaß – das blonde Haar von ihren Fingern zerzaust, das Gesicht lustvoll verzogen und sein starker nackter Oberkörper förmlich hingegossen. Sie konnte nicht genug von ihm bekommen. Von seinem flachen Bauch, der breiten Brust und den starken Armen. Während seine Hände sich um ihre Brüste schlossen, legte sie ihre Handflächen gegen seine stählernen Muskeln. Sie genoss es, wie er zusammenzuckte, als sie mit kreisenden Bewegungen tiefer glitt. Gleichzeitig stieß sie einen kleinen Laut aus, der wie ein lustvolles Seufzen klang, als seine Daumenkuppen über ihre harten Nippel rieben.

Sein Blick verdunkelte sich, und Gayle war sich sicher, dass es bei ihr nicht anders war.

J.T. fixierte sie mit seinen blauen Augen, als er sich aufsetzte und dann den Kopf senkte, um erst die eine und dann die andere Brustwarze in seinen Mund zu ziehen.

Gayle warf den Kopf zurück, drückte wieder den Rücken durch, um ihre Brüste enger gegen seinen Mund zu pressen, und stöhnte auf, als er an diesen hochsensiblen Stellen ihres Körpers saugte. Erregt rutschte sie auf seinem Schoß hin und her, glitt mit ihren Händen über seinen nackten Rücken und konnte spüren, dass er mittlerweile stahlhart geworden war. Er wollte genauso sehr mit ihr schlafen wie sie mit ihm. Im Rausch ihrer Erregung konnte Gayle nicht einmal sagen, ob sie irgendetwas jemals so sehr gewollt hatte, als hier und jetzt mit ihm zu schlafen. Sie war wie losgelöst und konzentrierte sich nur noch auf die heiße Lust, die durch ihren Körper rauschte und sich in ihrer heißen Mitte sammelte.

Plötzlich ließ J.T. von ihren Brüsten ab und verschlang stattdessen wieder ihre Lippen. Er stöhnte in ihren Mund und sie tat es ihm nach.

Erst nach einigen Sekunden nahm sie wahr, dass seine Hände ihren Po umfassten und er sich mit ihr von der Couch erhob, kurz bevor er sie die wenigen Meter zum Kaminfeuer trug und dort auf den Rücken legte.

Das prasselnde Feuer hinter ihr, das weiche Fell an ihrem Rücken und der gut aussehende Mann mit der riesigen Erektion in seiner Jogginghose, der ihr die Jeans samt Höschen vom Körper zog, wirkten wie ein Softporno aus den Achtzigern. Vielleicht hätte Gayle über diesen Gedanken lachen können, wenn sie nicht splitterfasernackt vor J.T. gelegen hätte, der sich nur schwer beherrschen zu schien, sich nicht auf sie zu werfen. Das sah sie zumindest in seinem Blick, der über ihren nackten Körper wanderte.

Wohlig rekelte sie sich auf dem weichen Fell und kannte keine Scham, als er ihre Beine auseinanderschob und ihren rechten Fuß auf seine Schulter legte, bevor er sich vorbeugte und mit seinem Mund eine Spur feuchter Küsse über ihre Wade, ihr Knie und ihren Oberschenkel zog.

Erstickt hielt Gayle die Luft an, weil er der Stelle ihres Körpers immer näher kam, die sich nach seiner Aufmerksamkeit sehnte und sich lustvoll zusammenzog, als sein heißer Atem über sie strich.

Sobald er ihre feuchte Mitte fand und erst sanft und dann kräftiger an ihr saugte, koste und leckte, krallte Gayle die Hände in das kuschelige Fell unter sich, schloss die Augen und stöhnte tief. Die Hitze auf ihren Wangen stammte sicherlich nicht nur vom Kaminfeuer. Und obwohl ihr wahnsinnig heiß war, zog sich eine Gänsehaut über ihren gesamten Körper.

Lust wie prickelnder Champagner stieg in ihr hoch und vernebelte ihren Verstand. Sie wusste nicht einmal mehr, welches Jahr es war, sondern spürte nur noch seine starken Hände auf ihrem Körper und seinen Mund, der sie neckte, bis sie einen heiseren Schrei ausstieß und sich auf die Unterlippe biss.

„Warte auf mich", flüsterte er und zog sich von ihr zurück.

Während ihr der Herzschlag in den Ohren dröhnte, öffnete sie langsam die Augen und verfolgte mit rasendem Atem, wie J.T. aufsprang, aus dem Zimmer stürmte und wenige Sekunden später, mit Kondompäckchen zurückkam. Beinahe hätte sie gelacht, als er hektisch seine Jogginghose von sich warf und um ein Haar gestolpert wäre.

Dann lag er auf ihr, küsste sie wie ein Verhungernder und presste sich eng an sie. Seine Erektion drückte sich gegen ihren Bauch und seine Brusthaare kitzelten ihre Brüste, während J.T. zärtlich über die Außenseiten ihrer Oberschenkel streichelte. Wie von selbst schlang Gayle ihre Beine um seine Hüften und hob sich ihm entgegen. Sie konnte sich gerade noch beherrschen und ihm nicht in die Lippe beißen, weil sie nicht länger warten konnte.

Er konnte auch nicht länger warten.

Mit einiger Mühe rollte er das Kondom über seinen Penis, legte sich über sie und stützte sich auf einen Unterarm, während er sich in sie schob. Gayle hob sich ihm entgegen und bohrte ihre Finger in seine Schultern.

Beide keuchten vor Lust, als er sich mit langsamen Stößen in ihr vergrub und sie sich mit ihm bewegte und gegen seine Hüften schaukelte. Und dann hob er mit einer Hand ihre Hüften an, veränderte den Winkel und stieß fester zu. Gayle sah beinahe Sternchen, fluchte wie ein Eishockeyspieler und klammerte sich an ihn.

Der Rhythmus, in dem sie sich bewegten und in dem J.T. in sie hinein und heraus glitt, wurde schneller, unbeherrschter und härter. Ihre ganze zittrige Konzentration galt ihm und den Gefühlen, die er in ihr auslöste. Es war wie ein Rausch – ein lustvoller, überwältigender Rausch, der von Sekunde zu Sekunde zunahm und sie verglühen würde, wenn sie nicht kam.

Ohne es zu bemerken, raunte sie ihm schmutzige Dinge ins Ohr, die ihn vor Verlangen stöhnen ließen, während er noch härter zustieß und ihren Mund mit seinem suchte. Erst als er die gleichen schmutzigen Dinge gegen ihre Lippen flüsterte, wurde Gayle klar, was sie gerade gesagt hatte. Aber das war ihr egal. Für Verlegenheit hatte sie weder die Zeit noch den Kopf, weil sie ihr rechtes Bein hart um seine Hüfte schlang, um ihm noch näher zu kommen.

Mit jedem Stoß trieb J.T. sie näher und näher an ihren Höhepunkt.

Bevor sie wusste, wie ihr geschah, brach ein intensiver

Orgasmus über ihr zusammen und nahm ihr die Fähigkeit zu einem vernünftigen Gedanken. Sie löste sich in ihre Bestandteile auf, stöhnte seinen Namen und konnte seine Lust spüren, als er kurz darauf mit einem archaischen Laut auf ihr zusammenbrach und gegen ihre Wange keuchte.

„Gott", flüsterte sie schwer atmend, als sie wieder dazu fähig war, etwas von sich zu geben. „War es beim letzten Mal auch so?"

Mit zittriger Hand nahm J.T. ihr Bein von seiner Hüfte und rutschte vorsichtig zur Seite, bis er nicht mehr auf ihr lag, sich jedoch dicht an sie schmiegte und zu ihr hinabschauen konnte. Seine Miene war durch und durch befriedigt. Tatsächlich sah er wie ein Mann aus, der einer Frau gerade einen phänomenalen Orgasmus geschenkt hatte und nun ein Geschenk für seine großartige Leistung erwartete.

„Nein, es war nicht annähernd so gut", stimmte er ihr zu und strich ihr das feuchte Haar aus der Stirn. Auch er war verschwitzt und sein Haar stand in alle Himmelsrichtungen ab. Das gefiel ihr.

Ihr gefiel es auch, wie er sich zu ihr hinunterbeugte, ihren Körper mit seinem bedeckte und sie küsste – langsam und kurzatmig. So als könnte er sich in ihrer Gegenwart nicht beherrschen.

„Das müssen wir wiederholen."

„Da gebe ich dir völlig recht", flüsterte sie und legte ihre Hand in seinen Nacken, um sein verschwitztes Haar streicheln zu können.

11

Als er wach wurde, lag Gayle neben ihm, schnarchte leise und beanspruchte beinahe die gesamte Fläche seines Bettes. Vorsichtig presste er seinen Körper gegen ihren und schob sie auf diese Weise zurück in die Bettmitte, wo er es sich gemütlich machte, die Decke über sie beide zog und sich in aller Ruhe an sie schmiegte. Ihre Haut war weich, ihr Haar duftete nach einem wohlriechenden Shampoo und seine morgendliche Erektion fand einen komfortablen Platz direkt gegen ihren hübschen Po geschmiegt. Es gab weitaus schlechtere Arten, um einen Tag zu beginnen.

Es gab vermutlich auch weitaus schlechtere Arten, um Thanksgiving zu feiern.

Der gestrige Tag war ziemlich perfekt gewesen, wenn er daran dachte, dass Gayle ihm seinen Nachtisch in Form von Kürbiskuchen und Sex vor dem Kamin serviert hatte. Und Sex in seinem Bett. Das zweite Mal war sogar noch besser gewesen als das erste Mal. Der nächtliche Blowjob in seinem Badezimmer hatte ihm dann den Rest gegeben. Wenn er ehrlich war, hätte er gegen etwas Sex am Morgen gar nichts einzuwenden gehabt, aber da er heute viel vorhatte, hatte seine Erektion das Nachsehen.

Es war Zeit, Gayle zu wecken. Wie sich herausstellte, war dies gar nicht so einfach.

„Aufstehen", raunte er ihr zu und schob die Decke ein Stück nach unten. „Wir sind spät dran. Zack, zack!"

Sie grummelte, wandte sich von ihm ab und drehte sich auf den Bauch. Dann schlief sie übergangslos weiter, und J.T. kam in den Genuss, nicht nur ihren hübschen Hintern, sondern auch ihren nackten Rücken in Augenschein zu nehmen.

Grinsend beugte er sich vor und biss ihr zärtlich in den Nacken. „Gayle, du solltest lieber aufstehen, bevor ich deine wehrlose Lage ausnutze und ein paar wirklich versaute Dinge mit dir anstelle."

Das schien sie nicht besonders zu erschrecken. Ihr Stöhnen klang eher genervt. „Lass mich schlafen."

„Du hast genug geschlafen. Steh auf."

„Geh weg", murmelte sie und tastete nach der Decke, die er bereits vom Bett geworfen hatte.

„Es ist Black Friday." Gutmütig tätschelte J.T. ihren Po. „Zeit, um shoppen zu gehen."

„Fein." Es klang, als würde sie wieder schnarchen. „Viel Spaß."

Er verdrehte die Augen und gab ihr nun einen Klaps

auf den Hintern, der lauter und heftiger ausfiel, als er eigentlich geplant hatte.

„Au!“ Wie auf Kommando fuhr ihr Kopf in die Höhe. Empört, verschlafen und völlig zerzaust schaute sie ihn an. „Verdammt ... was ist in dich gefahren?“

„Zeit zum Aufstehen“, kommandierte er fröhlich. „In einer Stunde sind wir verabredet und nach den Strapazen der letzten Nacht brauche ich ein Frühstück, bevor wir gehen.“

„Wovon zum Teufel sprichst du überhaupt?“ Gayle sank zurück ins Bett, rieb sich über das Gesicht und tastete anschließend nach der Decke, die jedoch am Boden lag. Ihr war die Frustration deutlich anzusehen, auf diese Weise geweckt worden zu sein.

J.T. erhob sich und lief zu seiner Kommode, aus der er ein Paar Boxershorts fischte. Während er hineinschlüpfte, klärte er Gayle gut gelaunt auf: „Ich bin mit ein paar der Kids in einer Stunde bei Macy's verabredet, um shoppen zu gehen. Du solltest mitkommen, damit sie mich nicht völlig ausnehmen.“

Dieser Kommentar musste ihre Lebensgeister geweckt haben, denn augenblicklich saß sie aufrecht im Bett und starrte ihn aus großen Augen an. „Was? Du bist ... *was*?“

Selbstverständlich wusste er, wo sie der Schuh drückte, dennoch gab er sich unwissend und dankte dem Herrn, dass er ihr gestern noch nichts von der Verabredung mit den Jugendlichen erzählt hatte. Wenn sie schon gegen den Käsekuchen protestiert hatte, würde sie wegen der Shoppingtour Amok laufen. Und er war nicht so blöd gewesen, sich gestern Abend die Aussicht auf Sex selbst zu verderben.

„Heute ist Black Friday …"

„Ich weiß, dass heute Black Friday ist! Was meinst du damit, dass du mit ein paar der Kids zum Shoppen verabredet bist?"

Sehr gelassen zog er sich ein T-Shirt über den Kopf, bevor er sich zu ihr umdrehte und sein strahlendstes Lächeln aufsetzte. „Die Kids brauchen neue Jacken, neue Schuhe und einige vernünftige Klamotten, die sie anziehen können, wenn sie zum Vorstellungsgespräch für einen neuen Job gehen. Deshalb gehe ich mit ihnen zu Macy's."

Fassungslos schnappte sie nach Luft. „Du kannst nicht mit ihnen zu Macy's gehen!"

„Findest du Macy's zu altmodisch?", wollte er neugierig und unschuldig zugleich wissen. „Jody war für Forever 21, aber ich bekomme schon epileptische Anfälle, wenn ich nur an dem Geschäft vorbeigehe und in das stroboskopische Licht schaue, mit dem sie ihre Werbeanzeigen versehen."

„Jody? Könntest du mir bitte sagen, für welches Vorstellungsgespräch Jody neue Kleidung brauchen könnte? Ich kriege sie ja nicht einmal dazu, darüber nachzudenken, wieder zur Schule zu gehen!" Ihre Stimmlage schwankte zwischen Empörung und Sarkasmus. Wenigstens stand sie auf, kam auf ihn zu und drängte ihn beiseite, bevor sie in die Schublade griff und sich eines seiner T-

Shirts aussuchte, das sie sich gleich darauf über den Kopf zog.

„Jody braucht Winterschuhe und einen neuen Pullover. Außerdem wären ein Paar anständige Hosen ganz gut, wenn du mich fragst. Der Rock, den sie auf dem Ausflug getragen hat, passte doch eher zu einer Grundschülerin oder zum Straßenstrich."

Gayle stemmte die Hände in ihre Hüften und musterte ihn aufgebracht. Auf seine Straßenstrich-Bemerkung ging sie gar nicht ein. „Sie finden neue Kleidung in der Kleiderkammer, J.T."

„Hättest du in dem Alter gerne Klamotten aus einer Kleiderkammer getragen?", konterte er mit einem Stirnrunzeln.

„Darum geht es nicht ..."

„Doch. Es geht darum", widersprach er ruhig. „Die Kids wohnen in einem Heim, halten einen Käsekuchen schon für Haute Cuisine und müssen es sich gefallen lassen, dass wildfremde Menschen glauben, sie über den Haufen fahren zu können, weil sie Straßenkinder sind. Glaubst du nicht, dass es gerade für sie wichtig wäre, eine neue Jacke zu tragen, die sie sich selbst aussuchen können und die vor ihnen kein anderer Mensch getragen hat?" Sehr leise fügte er hinzu: „Hier geht es nicht um Kleidung, Gayle, sondern um Würde."

Gayles Schultern sackten hinunter und sie stieß den Atem aus. J.T. sah sofort, dass sich jeder ihrer Einwände in Luft aufgelöst hatte. „Das verstehe ich. Und es ist mehr als anständig von dir, den Kids das ermöglichen zu wollen.

Aber ich kann nicht guten Gewissens erlauben, dass du so viel Geld ausgibst und …“

„Es ist nur Geld.“

„Es ist ein Haufen Geld“, betonte sie.

Er seufzte. „Sieh es so – das Jahr ist fast vorbei und ich könnte das Geld auch an das Kastrationsprojekt tollwütiger Straßenkatzen in Nicaragua spenden. Oder es geht an das *Youth Shelter NYC*.“

„Das *Youth Shelter NYC* benötigt momentan andere Dinge dringender als neue Winterschuhe für die Kids“, entgegnete sie mit einem Brummen. „Eine der Waschmaschinen hat den Geist aufgegeben, die Handtücher müssten endlich gegen neue ausgetauscht werden und unsere Vorräte an Tampons und Kondomen gehen langsam zur Neige.“

Grinsend antwortete J.T.: „Mit Tampons kann ich nicht behilflich sein, aber irgendwo im Badezimmer müsste noch eine Großpackung Kondome stehen, die ich euch mit Freuden überlasse. Ich kann später einfach neue kaufen, wenn du darauf bestehst.“

Schnaubend verpasste sie ihm einen Schlag gegen den Arm.

„Sachte, sachte“, beschwerte er sich und rieb sich demonstrativ über den Arm. Dass er ihre kämpferische Art mochte, würde er ihr nicht auf die Nase binden.

„Und dann willst du auch noch Jody mitnehmen.“ Sie hob resigniert die Hände in die Höhe und schien keine Einwände mehr gegen die Shoppingtour zu haben. „Du weißt schon, dass sie dich wie eine Weihnachtsgans ausnehmen und mit einem Haufen Klamotten antanzen wird, die noch nuttiger aussehen werden als der Rock, den sie letztens getragen hat, oder?“

Gutmütig zerzauste er ihr Haar, zog sie an sich und tätschelte ihren nackten Hintern. „Was denkst denn du, weshalb ich dich mitnehmen will?“

Zu seiner Freude und Erleichterung ließ sich Gayle tatsächlich dazu überreden, mitzukommen. Auf diese Weise würde sie ihm später auch nichts vorwerfen können, wenn die Jugendlichen mit unpassenden Sachen zurückkommen würden. Was wusste er schon vom Modegeschmack fünfzehnjähriger Mädchen? Allein das knallbunte Make-up hatte ihn bereits überfordert.

Obwohl sie früh am Morgen bei Macy’s ankamen, war es für einen Tag wie den Black Friday vergleichsweise ruhig und leer, was vielleicht auch daran lag, dass das Geschäft bereits gestern Nachmittag geöffnet hatte und nicht einmal in der Nacht geschlossen worden war. Für Einkaufssüchtige war Thanksgiving ein echter Segen.

Auch die Kids wirkten aufgeregt, als Gayle und J.T. vor dem riesigen Geschäft, das nur ein paar Gehminuten vom Times Square entfernt war, ankamen. Sie mussten dort bereits auf sie gewartet haben und flippten bei ihrem Anblick fast aus. Keine Frage, sie konnten es kaum erwarten, endlich loszulegen.

Bevor er ihnen sagen konnte, dass sie nach Lust und Laune vorgehen sollten, kommandierte Gayle an die Teenager gewandt: „Ich möchte, dass ihr euch vernünftige Kleidung aussucht – dicke Winterjacken mit einer ordentlichen Füllung, praktische Schuhe, ordentliche Kleidung für Vorstellungsgespräche und so weiter. Außerdem solltet ihr darauf achten, euch an die Sonderangebote zu halten."

Selbstverständlich stöhnten die Jugendlichen und verdrehten die Augen, wie es J.T. in dem Alter sicherlich auch getan hätte. Er stieß Gayle in die Seite und zwinkerte der Jugendgruppe zu. „Vor allem sollt ihr Spaß haben. Tut mir nur einen Gefallen und sucht euch nichts allzu Nuttiges raus."

„Das gilt für dich, Jody", kommentierte Gayle streng. „Ich schaue mir an, was ihr aussucht, bevor es zur Kasse geht."

Keineswegs eingeschüchtert grinste Jody.

„Gayle und mich findet ihr irgendwo in den Etagen eins und zwei." Er öffnete die Tür und musste regelrecht zur Seite treten, um nicht überrannt zu werden.

„Und versucht, nichts anzustellen", brüllte Gayle ihnen hinterher.

J.T. bezweifelte, dass sie sie gehört hatten.

Als er das Geschäft betrat und die weihnachtliche Dekoration in Augenschein nahm, wusste er wieder, weshalb der Black Friday als Startschuss in die Weihnachtssaison galt. Von riesigen Nussknackern bis hin zur Weihnachtsbeleuchtung, die mehr Strom als eine Kleinstadt verbrauchen musste, war im Erdgeschoss des Kaufhauses alles vertreten, was man sich nur vorstellen konnte.

Neben Gayle schlenderte er durch die Parfümabteilung in Richtung Rolltreppen und nahm die Mischung diverser Düfte wahr, die bei vielen Menschen vermutlich zu ausufernden Migräneattacken führen konnte. Glücklicherweise verflog die Duftkomposition, als sie in die erste Etage kamen. Dort trennten sie sich, um die Truppe im Auge zu behalten. Während Gayle bei den Mädchen bleiben wollte, die sich augenscheinlich auf die Schuhabteilung im ersten Stockwerk konzentrierten, machte sich J.T. auf den Weg in den zweiten Stock, wo im hinteren Teil des Gebäudes die Männermode zu finden war.

Es dauerte eine Weile, bis er bemerkte, dass jemand regelrecht um ihn herumschlich. Bei näherer Betrachtung war es Nate, der schon wieder die viel zu dünne Jacke sowie die ausgetretenen Turnschuhe trug. Von den Hosen, aus denen er mittlerweile herausgewachsen sein musste, weil sie zu kurz waren, wollte J.T. gar nicht anfangen!

„Hey, Nate!“ Er trat zu dem Jungen, der sich hinter einem Kleiderständer voller Polohemden verborgen hatte, und lächelte ihn unverbindlich an. „Noch nichts gefunden?“, wollte er nach einem Blick auf seine leeren Hände wissen. Die anderen Jungs hatten bereits diverse Kleidungsstücke gefunden und schleppten sie mit sich herum. Wie es bei den Mädchen aussah, wollte er vermutlich gar nicht wissen.

„Ne ... nicht wirklich“, murmelte der Teenager und senkte den Blick. Er hatte irgendetwas an sich, was J.T. berührte und demütig werden ließ, weil er im Leben so viel Glück gehabt hatte.

Aufgrund von Nates zurückhaltendem Benehmen und der Erinnerung, wie er unsicher im Restaurant gesessen hatte, ohne zu wissen, wie er sich verhalten sollte, ging J.T. davon aus, dass diese Einkaufstour eine völlig neue Erfahrung für den Jungen war. Lässig schlug er ihm also vor: „Wäre es okay, wenn ich dich ein bisschen begleite, während du dir neue Sachen aussuchst? Offenbar sehe ich wie ein Verkäufer aus, weil ich ständig angesprochen werde."

Er konnte sich täuschen, aber Nate wirkte ziemlich erleichtert, als er nickte.

Geradezu behutsam ging J.T. mit Nate von einem Kleiderständer zum anderen und brachte ihn geduldig dazu, sich ein paar Kleidungsstücke auszusuchen. Der hagere Junge mit den dunkelblonden Haaren und den grünen Augen war die Zurückhaltung in Person. Ganz ernsthaft fragte sich J.T., ob Nate sich etwas ausgesucht hätte, wenn er nicht dabei gewesen wäre und er ihn nicht dazu überredet hätte, diese Hose und jenes Sweatshirt anzuprobieren. Dabei veranstaltete er diese Shoppingtour im Grunde nur wegen des Teenagers, dessen Anblick in der dünnen Jacke und den alten Turnschuhen ihm so sehr zugesetzt hatte, dass er mittlerweile ein schlechtes Gewissen empfand, wenn er vor seinem eigenen vollen Kleiderschrank stand.

J.T. wollte dem Jungen, den er so gut leiden konnte und der ihn auf eine Art berührte, die er nicht benennen konnte, etwas Gutes tun. Seit jenem Tag, als dieser Wichser von Mercedesfahrer ihn wie Abschaum behandelt hatte, ging ihm der ruhige Junge mit dem vorsichtigen Blick nicht aus dem Kopf.

Als sie an der Abteilung für Sportkleidung vorbeikamen, ertappte er Nate dabei, wie er mit sehnsüchtigen Augen die verschiedenen Shirts und Trikots diverser Sportmannschaften beäugte. J.T. blieb stehen und zwang den Jungen, der bereits ein paar Kleidungsstücke über dem Arm trug, auf diese Weise dazu, ebenfalls stehen zu bleiben. Offenbar interessierte sich Nate vor allem für die Auswahl an Footballtrikots und beobachtete einen Jungen, der seinem Dad ein Trikot der Pats unter die Nase hielt und wie ein übermütiger Welpe bettelte, um das Jersey mit der Nummer zwölf zu bekommen.

J.T. lächelte amüsiert. „Bist du auch ein Fan der Pats?"

Nate schüttelte den Kopf und deutete beschämt auf den benachbarten Kleiderständer. „Nein, ich mag die Titans."

„Tja, ich auch", antwortete J.T. ehrlich und schlenderte zu dem Kleiderständer, der ganz in Blau und Weiß gehalten war. „Was hältst du davon, dass Palmer noch immer verletzt ist?"

„Solange wir Kelly Slade haben, ist alles in Butter", fachsimpelte der Kleine und trat zu ihm. „In der letzten Saison hat er viertausendzweihundertachtundzwanzig Yards geschafft. Wenn er direkt im ersten Spiel eingesetzt worden wäre, hätte er Tom Brady locker überholt."

Sein Grinsen behielt J.T. für sich. „Was hältst du von dem neuen Runningback?"

Nate zuckte mit den Schultern. „Weiß nicht. Der Coach lässt ihn ja nicht spielen."

„Stimmt." Er zog ein Trikot mit der Nummer vierzehn

raus – Kelly Slades Rückennummer. „Wie wäre es damit? Das müsste dir passen."

Der Junge wand sich, sagte aber nichts.

„Falsche Farbe?", rätselte J.T. amüsiert.

„Falsche Nummer", erwiderte Nate verlegen.

„Welche Nummer wäre denn die richtige?"

„Die einundzwanzig", klärte Nate ihn mit belegter Stimme auf. „Blake O'Neill."

Das hätte J.T. nicht vermutet, schließlich war Blake O'Neill dafür bekannt, ein ziemlicher Draufgänger zu sein. Ein extrovertierter, muskelbepackter Footballspieler mit einer großen Klappe – das genaue Gegenteil des zurückhaltenden Nate.

„Den findest du gut?", wollte er von dem Jungen interessiert wissen und griff nach einem Trikot mit der Nummer einundzwanzig.

„Mhm." Nate nickte und erklärte leise: „Er war letztens bei Ellen DeGeneres – zusammen mit seiner Freundin. Und da wurde er überrascht, weil Ellen seine Pflegeeltern eingeladen hatte, bei denen er früher gewohnt hat, weil er ein Heimkind war. Er hat geweint. Das war irgendwie ... cool."

Jetzt verstand J.T., warum Nate für den Runningback mit der Nummer einundzwanzig schwärmte. Blake O'Neill war wie Nate – ein Junge, der bei Pflegeeltern gelebt hatte und ein Heimkind gewesen war.

Er schluckte gegen den Kloß in seinem Hals und hängte sich das Trikot über den Arm. „Ich glaube, als Nächstes sind die Winterjacken dran, Buddy."

Nach einem Ausflug in die Jackenabteilung schickte er Nate in die Umkleidekabine und erklärte dem Verkäufer, dass er alles, was dem Jungen passte, zur Kasse bringen sollte, bevor er Gayle suchte, die er vor den Umkleidekabinen in der Abteilung für Abendmoden fand. Offenbar diskutierte sie mit Jody, die ein grauenvolles rotes Etwas trug, das ihn an einen Vampirfilm aus den Neunzigern erinnerte – irgendein Streifen, in dem Vampire gegen Werwölfe gekämpft hatten. Auf jeden Fall sah der Fetzen aus, als wäre in ihm gekämpft worden. Und verloren.

Fragend hob das Mädchen ein hellblaues Ballkleid in die Höhe. Doch Gayle schüttelte rigoros den Kopf.

„Hey, ihr zwei. Was macht ihr hier Schönes?“

„Jody bildet sich ein, ein Abendkleid für die Spendengala der Ashcroft Foundation zu brauchen“, ächzte Gayle frustriert und drehte sich zu ihm um. Anscheinend hatte sie in der vergangenen Stunde nicht so viel Spaß gehabt wie er.

„Was soll ich denn sonst anziehen?“, quengelte das Mädchen. „Einen Pyjama?“

Gayle fasste sich an die Stirn. „Jody ...“

J.T. deutete auf das hellblaue Kleid mit der langen Schleppe, das Jody in die Höhe hielt. „Das sieht doch nett aus.“

„Finde ich auch! Obwohl das rote Kleid das gewisse Etwas hat.“ Abwägend schaute Jody an sich hinunter.

„Du brauchst kein Kleid“, mischte sich Gayle ein.

„Natürlich brauche ich ein Kleid!“

J.T. räusperte sich. „Wenn du das blaue nimmst, Jody, kaufe ich es dir."

Jodys begeistertes Kreischen und Gayles empörter Protest erklangen gleichzeitig. Er beachtete beide nicht, sondern wandte sich an den Kleiderständer rechts von ihm, um wie angelegentlich durch diverse Abendjäckchen zu wühlen.

„Verdammt, J.T.!" Gayle stellte sich aufgebracht neben ihn, während Jody freudestrahlend in der Umkleidekabine verschwand. „Das ist nicht dein Ernst!"

„Wieso? Das blaue Kleid ist doch ganz hübsch, und mal ehrlich: Der rote Fetzen gehört verboten, oder etwa nicht?"

„Natürlich gehört das rote Kleid verboten, aber darum geht es nicht!" Sie riss ihm förmlich eines der Jäckchen aus den Fingern. „Sie soll sich warme Winterkleidung aussuchen und kein Ballkleid, das sie nur ein Mal tragen kann. Außerdem bin ich mir sicher, dass niemand zu dieser Spendengala in einem Ballkleid mit Schleppe kommen wird."

Da war er sich gar nicht mal so sicher, schließlich hübschten sich die Frauen der gehobenen Gesellschaft gerne auf, wenn es um solche Veranstaltungen ging. „Sie ist fünfzehn, Gayle." Er schmunzelte. „Lass ihr den Spaß."

Sie grummelte.

Lächelnd trat er nah an sie heran und strich mit seinen Fingerknöcheln über ihre Wange. „Möchtest du dir auch etwas aussuchen?"

„Ts!" Sie klang nach einem Lachen. „Meine Kleidung

kann ich selbst bezahlen. Vielen Dank. Außerdem brauche ich keine neue Winterjacke."

„Wer spricht denn von einer Winterjacke?" J.T. stand so dicht vor ihr, dass er den hellbraunen Rand um ihre Iris sehen und ihre Wimpern zählen konnte, wenn er es gewollt hätte. „Da drüben hängt ein ziemlich heißes schwarzes Kleid mit einem tiefen Ausschnitt, das du zu dieser Spendengala anziehen könntest."

Gayles Lachen klang nur eine Spur nervös, als sie widersprach. „So weit kommt es sicher nicht."

„Ich hätte nichts dagegen, dich in diesem Kleid zu sehen."

Sie tätschelte gönnerhaft seine Schulter. „Das glaube ich dir gerne, aber wenn du eine Frau in diesem Kleid sehen willst, werde ich es nicht sein."

„Kein Problem. Ich sehe dich sowieso lieber nackt."

Bevor sie antworten konnte, trompetete Jody aus der Umkleidekabine: „Können wir noch nach passenden Schuhen suchen? Und vielleicht nach einem Abendtäschchen?"

Der Shoppingtrip kostete ihn trotz der Rabatte zum Black Friday ein kleines Vermögen, aber angesichts der strahlenden Jugendlichen, die stolz diverse Plastiktüten aus dem Geschäft trugen, hatte J.T. ein gutes Gefühl, dass er seine Kreditkarte derart zum Glühen gebracht hatte.

„Das hättest du wirklich nicht machen müssen", erklärte Gayle, als sie beide zwei Stunden später durch Little Italy spazierten, weil sie ihn auf ein Stück Pizza eingeladen hatte. „Es war sehr nett von dir, aber unnötig."

„Fängst du jetzt schon wieder von der Kleiderkammer an?“

„Nein, aber …“ Ratlos verzog sie den Mund und schaute ihm ins Gesicht. „Der Einkauf muss ein Vermögen gekostet haben.“

„Netter Versuch“, erwiderte er trocken. „Ich werde dir trotzdem nicht sagen, wie teuer die Klamotten waren.“

Sie brummte etwas Unverständliches. „Du bist so stur.“

J.T. schnalzte mit der Zunge und schaute ungläubig zu ihr hinab. „*Ich* bin stur? Eigentlich wollte ich dich darauf hinweisen, dass *du* stur bist. Und jetzt hör endlich auf, über den Einkauf zu reden, schließlich will ich es genießen, dass ich mit meinem Geld endlich etwas Sinnvolles angefangen habe.“

„Sinnvoll?“ Sie kicherte vergnügt. „Inwiefern ist ein Ballkleid für eine Fünfzehnjährige sinnvoll?“

Er winkte ab. „Die Fünfzehnjährige wird dir sagen können, wie sehr sie dieses Kleid brauchte.“ J.T. senkte das Kinn und atmete aus, bevor er im ernsthaften Ton erklärte: „Du musst dir keine Sorgen machen, Gayle. Der Einkauf hat mich nicht verschuldet. Dafür bräuchte es schon mehr.“

„Dann bin ich beruhigt.“

Sie bogen in eine andere Straße ab, als Gayle ihn zögernd fragte: „Lebst du eigentlich von einem Treuhandfonds?“

„Was?“ Zwischen Verblüffung und Belustigung hin- und hergerissen begegnete er ihrem Blick.

Sie schnitt eine Grimasse. „Es geht mich nichts an,

aber es interessiert mich. Damals im Restaurant hast du mir erzählt, dass du nicht in der Firma deiner Familie arbeitest und keine Karriere machen willst. Gleichzeitig kannst du dir diese riesige Wohnung leisten und mit den Kids auf Shoppingtour gehen. Von daher …“ Gayle legte den Kopf schief.

J.T. hatte nicht einmal fünf Sekunden Zeit, um zu antworten, als sie hastig einwarf: „Vergiss die Frage einfach! Das war übergriffig von mir. Tut mir leid.“

„Kein Problem.“ J.T. zuckte mit den Schultern. „Es ist ja kein Geheimnis. Nein, ich lebe nicht von einem Treuhandfonds, obwohl ich einen habe – wie auch meine beiden Brüder. Meine Großtante hat mir ein bisschen Geld vererbt, das ich investiert und gut angelegt habe. Davon lebe ich.“

„Es muss schon mehr als nur ein bisschen Geld gewesen sein“, warf Gayle trocken ein.

„Sagen wir doch einfach, dass ich *sehr* rentabel investiert habe. Geldanlagen und Investitionsmöglichkeiten sind kein Hexenwerk. Wenn man sich einigermaßen klug anstellt, ist alles möglich.“

Sie schien sich an einem Lachen zu verschlucken. „Du klingst wie mein Großvater. Aber er muss so klingen, schließlich ist er Anlagenberater. Nun ja … mittlerweile genießt er seine Rente.“

„Aha?“ Neugierig musterte er sie. „Ist das so?“

„Ja.“ Sie hob die Nase in die Höhe und verdrehte ihre Augen. „Lach nicht, aber auf meinen Namen läuft auch ein Treuhandfonds.“

„Und das sagst du mir jetzt, nachdem ich diese wahnsinnig hohe Rechnung bei Macy's bezahlt habe?"

Fröhlich stieß sie ihn in die Seite. „Du wolltest ja nicht auf mich hören! Und glaub nicht, dass ich nicht gesehen hätte, dass du Nate ein Footballtrikot gekauft hast."

„Das ist ein Männerding, davon verstehst du nichts", ächzte er und legte einen Arm um sie, um sie davon abzuhalten, ihren spitzen Ellenbogen wieder in seine Seite zu bohren, den er trotz seiner Winterjacke schmerzhaft wahrgenommen hatte. „Nate ist Fan der New York Titans. Was hätte ich denn machen sollen?"

„Ein Männerding, so, so." Sie schnaubte.

„Ich kann den Jungen verdammt gut leiden", offenbarte er. „Er hat diese Art an sich ... scheu, zurückhaltend und vorsichtig. Er tut mir irgendwie leid. Und ich werde das Gefühl nicht los, dass er verloren ist."

Er konnte sehen, dass Gayle den Atem ausstieß, bevor sie leiser und mit merkwürdig verzerrter Stimme erwiderte: „Es gibt Kinder wie Jody – Überlebenskünstler, die sich selbst behaupten können. Und es gibt Kinder wie Nate, die sich zurückziehen und zerbrechen, wenn ihnen Schlimmes wiederfährt."

J.T. wusste nicht, ob er wissen wollte, was Nate passiert war, weil Gayle in einem Tonfall gesprochen hatte, der nichts Gutes verhieß. Dennoch fragte er unsicher nach: „Ist ihm denn Schlimmes wiederfahren?"

„Ja." Sie seufzte schwer. „Seine Mom starb, als er neun war. Eine Überdosis. Sie war sein ganzes Leben lang drogenabhängig. Dann kam er in verschiedene Pflegefamilien. Auf der letzten Pflegestelle wurde er von seiner Pflegemutter verprügelt und lief anschließend weg. Bevor er bei uns landete, wohnte er einige Monate auf der Straße. Kinder wie Nate kommen auf der Straße unter die Räder."

Seine Kehle verengte sich und jede Lust auf Pizza war dahin. Natürlich hatte er gewusst, dass die Kids Straßenkinder waren, aus kaputten Familien kamen und ziemlich viel mitgemacht haben mussten, aber die Lebensgeschichte des schlaksigen Nates zu hören, der mit glänzenden Augen über Football gesprochen hatte, war mehr, als J.T. ertragen konnte. Er wollte sich nicht vorstellen, was der liebenswerte Kerl alles in seinem bisherigen Leben erlebt haben musste.

„Wie alt ist er?"

„Vierzehn."

„Verdammt." Zischend holte er Luft.

Als er vierzehn Jahre alt gewesen war, hatte sein größtes Problem darin bestanden, morgens pünktlich aus dem Bett zu kommen, bevor er komfortabel im Daimler seiner Mom zur Schule kutschiert wurde.

Es dauerte eine Weile, bis J.T. bemerkte, dass Gayle nichts mehr sagte, sondern schweigend neben ihm herlief. Tatsächlich wirkte sie regelrecht abwesend. Nachdenklich schaute er auf sie hinab. „Alles okay?"

„Ja." Ihre Stimme hatte einen zittrigen Ton angenommen. „Es ist nur ... Schon gut."

J.T. blieb stehen und hielt sie fest, damit sie nicht weiterlaufen konnte. Vorsichtig drehte er sie in seine Richtung und schaute ihr ins Gesicht, während sie ihre Augen von ihm abwendete.

„Hey, was ist los?“

Geradezu ratlos hob sie die Schultern an und ließ sie gleich darauf wieder sinken. „Es ist albern.“

„Das denke ich nicht.“

Gayle rieb ihre Lippen aufeinander, schluckte und schaute ihm zögernd in die Augen. „Ich weiß, wie egoistisch es klingen mag, denn ... denn ich bin in einem schönen Haus aufgewachsen, konnte ans College gehen und habe sogar einen Treuhandfonds.“

Er hatte keine Ahnung, was sie ihm sagen wollte. „Aber?“

„Aber ...“ Sie verzog den Mund. „Meine Mom war auch abhängig. Alkoholikerin. Vor ein paar Monaten ist sie gestorben.“ Als müsste sie das relativieren, was sie soeben gesagt hatte, sprach sie schnell weiter. „Das soll nicht bedeuten, dass ich meine Lebensgeschichte mit der von Nate vergleiche, verstehst du? Im Gegensatz zu ihm bin ich mit zwei Jahren zu meinen Großeltern gekommen und kann mich nicht daran erinnern, wie es war, mit einer abhängigen Mutter aufzuwachsen. Ich habe sie nur einige wenige Male gesehen, wenn sie trocken war und zu Besuch gekommen ist, bevor mein Großvater es irgendwann verboten hat, weil sie immer wieder rückfällig wurde. Ich *hatte* eine schöne Kindheit.“

Nur dass sie eben keine Mutter gehabt hatte, die sich um sie kümmern konnte.

Er senkte den Kopf und umfasste ihre Oberarme mit

seinen Händen, während er tröstlich murmelte: „Das wusste ich nicht."

„Woher auch?", entgegnete sie schwach. „Mit dem Thema gehe ich nicht gerne hausieren."

Und dennoch hatte sie ihm davon erzählt. „Es tut mir leid."

„Danke." Ihr Lächeln glich einer verkrampften Grimasse. „Wäre es okay, wenn wir einfach weitergehen?"

J.T. nickte und schlang einen Arm um ihre Schulter. Zwar gingen sie weiter, als wäre nichts geschehen, aber er hätte seinen beschissenen Treuhandfonds darauf verwettet, dass sie dennoch an ihre Mutter dachte. Genauso wie er.

12

„DIE ANTWORTSCHREIBEN der Einladungen sind bereits zum größten Teil zurückgekommen, und es sieht richtig gut aus. Sie müssen sich also keine Sorgen machen, dass niemand auftauchen könnte“, neckte Amy sie mit einem Augenzwinkern. „Wenn ich eines gelernt habe, seit ich zum Ashcroft-Clan gehöre, ist es, dass die High Society von New York es liebt, sich auf solchen Veranstaltungen zu zeigen und mit ihren Scheckbüchern zu wedeln. Die Gala wird ein voller Erfolg.“

„Sie können sich nicht vorstellen, wie erleichtert ich bin, das zu hören, schließlich finden in der Vorweihnachtszeit ständig irgendwelche Veranstaltungen statt.“ Gayle strich sich eine lose Haarsträhne hinter das Ohr und lehnte sich auf ihrem Stuhl zurück. Auf dem kleinen Tisch zwischen ihnen lag ein ganzer Ordner, in dem alle möglichen Papiere und Verträge zur kommenden Spendengala abgeheftet waren. Sie hatte nicht gewusst, wie umfangreich eine solche Organisation war, und konnte dankbar sein, dass eine Stiftungsmitarbeiterin den Großteil dieser Arbeit übernommen hatte. Heute – am letzten Sonntag vor der Veranstaltung am kommenden Samstag – ging es nur darum, die restlichen Kleinigkeiten zu besprechen.

Deshalb war sie nach Connecticut gefahren und saß Amy in deren Atelier, dem Wintergarten des prächtigen Hauses, gegenüber.

„Das mag schon stimmen, aber unsere Spendengala werden sich die wenigsten entgehen lassen wollen." Amy schenkte ihr einen Tee nach. „Das liegt schon allein daran, dass meine Schwiegermutter für ihre Spendenveranstaltungen berühmt ist. Wenn sie einlädt, dann kann man sicher sein, dass das Event fantastisch sein wird. Sie müssten mal dabei sein, wenn sie die Geburtstage ihrer Enkelkinder organisiert und dabei leicht eskaliert. Weder mein Mann noch ich haben etwas zu melden, wenn sie es sich in den Kopf gesetzt hat, einen halben Zirkus anzuschleppen."

Gayle lächelte, denn in ihren Ohren klang Amys Schwiegermutter wie eine sympathische Frau, die wusste, was sie wollte. „Bitte richten Sie ihr meinen herzlichen Dank aus, dass sie sich dazu bereit erklärt hat, als Schirmherrin zu fungieren."

„Ha! Als ob ich sie davon hätte abhalten können. Meine Schwiegermutter war Feuer und Flamme, als ich ihr von Ihrem Projekt und unserer Idee erzählt habe."

Das hörte sie gerne. Und es beruhigte sie, schließlich wollte sie nicht, dass sich jemand dazu verpflichtet fühlte, sich für die Spendenveranstaltung zu engagieren. Das ganze Projekt hatte mittlerweile eine solche Größenordnung angenommen, dass Gayle leicht nervös war. Es waren rund zweihundert Gäste eingeladen, mehrere Pressevertreter hatten sich angemeldet, und man munkelte, dass sogar der Kunsthändler Vito Schnabel kommen würde. Sollte der Abend in einem Desaster enden, würde sich Gayle davon nicht erholen. Sie hatte das Ganze schließlich angeleiert.

„Apropos Feuer und Flamme", warf sie an Amy gewandt ein. „Die Jugendlichen sind so aufgeregt, dass sie schon völlig vergessen haben, dass nur ein paar Tage später Weihnachten ist. Ich hoffe, dass sie sich benehmen und nicht irgendetwas Dummes anstellen."

„So einen ähnlichen Gedanken habe ich, was meinen Mann betrifft", stellte Amy kichernd fest. „Momentan hat er sehr selten abends Ausgang. Daher bete ich zu allen Mächten des Himmels, dass er nicht über die Stränge schlägt und uns blamiert."

Gayle hatte Patrick Ashcroft nur einmal flüchtig kennengelernt, als sie vor rund zwei Wochen in der Galerie gewesen war, in der die Veranstaltung stattfinden würde, aber der Respekt einflößende Geschäftsmann hatte nicht wie jemand gewirkt, der über die Stränge schlug. „Ihr Mann?"

Ihre Gastgeberin lachte fröhlich auf. „Ich weiß, er sieht

etwas nüchtern und geschäftsmäßig aus, aber glauben Sie mir, wenn ich Ihnen sage, dass er auch ganz anders sein kann. Als wir uns kennengelernt haben, hat er mich in ein einsames Strandhaus entführt und ist mit mir nachts in römische Springbrunnen gesprungen, um dort zu baden."

Gayle prustete los, denn diese Vorstellung war zu abwegig. „Entschuldigen Sie, dass ich lache ..."

„Schon gut." Amy winkte ab. „Sie können sich nicht vorstellen, wie sehr ich darauf brenne, ihm diese Geschichten vorzuhalten, wenn er anfangen sollte, Audrey Hausarrest zu geben, sobald sie in die Pubertät kommt und irgendeinen Unsinn anstellt. Wie der Vater so die Tochter." Gut gelaunt klappte sie die Mappe zu. „Ganz subtil erhält er in diesem Jahr einen Bildband zu römischen Brunnen. Hoffentlich kann er damit etwas anfangen."

„Und wenn nicht, dann können Sie ihn ja darauf hinweisen."

„Das war der Plan." Fragend legte sie den Kopf schief. „Was haben Sie in diesem Jahr zu Weihnachten vor, Gayle?"

Obwohl sie ihren Flug nach South Carolina bereits gebucht hatte, lag Weihnachten noch außerhalb ihrer Gedanken. Sie wollte erst die Spendengala über die Bühne bringen und sich dann den Kopf über die Feiertage daheim in Charleston zerbrechen. „Ich werde zu meinen Großeltern nach Charleston fliegen und drei Tage dortbleiben."

„Oh." Amy wirkte überrascht. „Das hatte ich nicht erwartet."

„Was hatten Sie denn erwartet?", wollte sie wissen und steckte ihren Terminkalender in ihre Handtasche.

Sichtlich unsicher wand sich Amy auf ihrem Stuhl. „Ich will nicht neugierig sein, aber ich hätte gedacht, dass Sie vielleicht mit J.T. zusammen Weihnachten feiern würden."

Leichte Verlegenheit stieg in ihr auf, als Amy aus dem Blauen heraus J.T. sowie ein gemeinsames Weihnachtsfest erwähnte. „Nein, ich fliege nach Charleston", antwortete sie freundlich und betont gelassen. „Soviel ich weiß, verbringt er Weihnachten in Maine."

„Mh ... sind Sie mir jetzt böse?" Sichtlich geknickt verzog Amy die Mundwinkel nach unten.

Gayle schüttelte den Kopf. „Warum sollte ich?"

„Weil ich mich in eine Angelegenheit eingemischt habe, die mich nichts angeht."

„Um ehrlich zu sein, gibt es nichts zwischen J.T. und mir, in das Sie sich einmischen könnten. Wir sind lediglich ... Freunde."

Skepsis und Neugier zeichnete sich im Gesicht der anderen Frau ab. „Sind Sie sicher? Es ist ziemlich offensichtlich, dass zwischen Ihnen beiden etwas läuft. Ich meine, J.T.s Verhalten war eindeutig, als er Sie auf dem Ausflug nach Queens begleitet hat." Bedeutungsvoll zuckten ihre Augenbrauen in die Höhe.

Diese Mimik wäre amüsant gewesen, wenn Gayle das Thema nicht derart unangenehm gewesen wäre.

„Wir sind nicht zusammen", stellte sie kategorisch fest und wusste nicht, was sie davon halten sollte, mit Amy – der Frau, die ihre Schwester und gleichzeitig diejenige war, die eine Spendenveranstaltung für das Jugendheim auf die Beine stellte – über dieses private Thema zu sprechen. Gayle wusste schließlich selbst nicht so wirklich, was zwischen ihr und J.T. seit fast zwei Monaten lief.

Sie schliefen miteinander, gingen zusammen ins Kino oder zum Essen und mittlerweile arbeiteten sie sogar miteinander, weil J.T. immer öfter im *Shelter* vorbeikam und so etwas wie eine juristische Beratungsstunde abhielt. Als einer der Jugendlichen von einer Highschool abgewiesen wurde, an der er sich beworben hatte, war J.T. mit ihm dorthin gegangen, hatte mit Paragrafen und bestehenden Gerichtsurteilen um sich geworfen und es geschafft, dass der Junge nun dort zur Schule gehen konnte.

„Verzeihen Sie, dass ich etwas gesagt habe. Es war nur so, dass ich schon länger überlegt habe, ob ich etwas sagen soll." Amy machte ein zerknirschtes Gesicht und suchte ganz offensichtlich nach den richtigen Worten. „Es steht mir nicht zu, mich in Ihr oder in J.T.s Privatleben einzumischen."

Das klang verdächtig nach einem Einwand. „Aber?"

Amy seufzte schwermütig. „Aber er will sich nicht binden. Kategorisch."

Gayles Mundwinkel zuckten, weil Amys Sorge sie einerseits rührte und andererseits amüsierte. Gleichzeitig flüsterte eine Stimme in ihrem Kopf, dass sie ausgerechnet das nicht über J.T. hatte hören wollen. Sie wusste, dass er keine Beziehung wollte. Sie wollte ebenfalls keine Beziehung eingehen. Dennoch störte es sie merkwürdigerweise, über ihn und seine Abneigung gegen feste Bindungen aufgeklärt zu werden. „Sie müssen mich nicht warnen, Amy. Ich weiß, dass er keine Beziehung eingehen will. Damit habe ich kein Problem, immerhin möchte ich mich auch nicht binden."

„Okay."

Weil sie zweifelnd wirkte, nickte Gayle und machte eine unwirsche Geste mit der Hand. „Ich bin in New York sozusagen nur auf der Durchreise, bevor ich wieder nach Südamerika gehe, um dort zu arbeiten. Eine Beziehung würde mein Leben verkomplizieren. Verstehen Sie? Ich kann J.T. gut leiden und wir haben Spaß zusammen. Mehr erwartet keiner von uns."

„Sie sehen das sehr locker."

„Ich sehe es pragmatisch", widersprach sie freundlich. „Hier in New York möchte ich mein aktuelles Projekt abschließen, das *Shelter* in guten Händen wissen und dann weiterziehen. J.T. weiß das, und deshalb kann er mich vermutlich auch so gut leiden. Ich bringe seine Zukunftspläne nicht in Gefahr."

Nachdenklich nickte Amy.

Und Gayle überlegte, ob sie weiterziehen sollte, ohne ihr gesagt zu haben, dass sie ihre Schwester war. Anfangs hatte sie die Frau einfach treffen wollen, die den gleichen

Vater hatte wie sie. Sie hatte ihre ältere Schwester sehen wollen, aber dann hatte sie Amy sympathisch gefunden und sie kennenlernen wollen. Jetzt stand sie vor der Entscheidung, ob sie ihre Schwester aufklären sollte, wer sie war, bevor sie wegzog, oder ob es besser war, ihre Verwandtschaft zu verschweigen.

Niemand außer ihr wusste, dass Amy ihre Schwester war, also konnte sie auch niemanden um Rat fragen.

Um sich nicht den Kopf zu zerbrechen, was sie tun sollte, räusperte sie sich vernehmlich. „Darf ich Ihnen eine Frage stellen, Amy?"

„Natürlich."

Gayle kniff ein Auge zu. „Ich weiß, die Frage ist ziemlich persönlich, aber ..."

„Aber?"

„Was werden Sie auf der Spendenveranstaltung anziehen?"

* * *

„J.T., altes Haus! Gut, dass ich dich erwische!" Dixons Stimme dröhnte durch den Telefonhörer. „Du wirst nicht glauben, wen ich gestern Abend getroffen habe. Rate!"

J.T. stellte das Telefon auf den Lautsprechermodus und schlüpfte in seine Jacke, während er seinem Freund erwiderte: „Für Ratespiele habe ich keine Zeit."

„Komm schon!"

Er verdrehte die Augen und warf anschließend einen Blick auf die Digitaluhr über seinem Backofen. Für ein

Telefonat hatte er wirklich kaum noch Zeit. „Keine Ahnung ... Elvis?"

Dixon schnaubte. „Sei kein Idiot! Ich war gestern Abend auf der Party eines Mandanten und habe Tony Pinkerton getroffen. Kannst du das fassen? Tony!"

Tony Pinkerton hatte er zum letzten Mal gesehen, als Dixon und J.T. mit ihm eine Kneipentour durch London unternommen hatten, was mittlerweile auch ein paar Jahre her war. Damals war sogar Stuart dabei gewesen. „Schön", entgegnete er schlicht. „Was treibt Tony so?"

„Das soll er dir selbst erzählen." Dixons Stimme war vor Aufregung nicht zu überbieten. „Wir haben gestern Abend über die guten alten Zeiten gesprochen und entschieden, dass wir mal wieder einen Männertrip nötig haben. Wie sieht's aus? Wir könnten uns in zwei Tagen in Aspen treffen und eine Runde Ski fahren. Tony kennt jemanden, der uns eine Skihütte ..."

Während Dixon weitersprach, schaute J.T. nach, ob er seine Schlüssel, sein Portemonnaie und die Tickets eingesteckt hatte, und dachte erst dann daran, dass sein Kumpel am anderen Ende der Leitung war, als dieser verstummte.

„Was?" Stirnrunzelnd schaute er zum Telefon, das auf der Küchentheke lag. „Was hast du gesagt?"

„Hörst du mir überhaupt zu?"

„Nein, eigentlich nicht", gab J.T. zu. „Ich bin gerade auf dem Sprung und muss los. Können wir später reden? Vielleicht morgen?"

„Du hast aber schon verstanden, dass du uns übermorgen in Aspen treffen sollst, oder?"

„Aspen? Was wollt ihr denn in Aspen?“

„Skifahren“, dröhnte es geradezu empört aus dem Telefon. „Du, Tony und ich! Wir können die Skihütte eine ganze Woche haben.“

Anscheinend entging J.T. etwas ganz Entscheidendes. „Ihr wollt, dass ich übermorgen nach Aspen fliege, damit wir dort eine Woche lang in einer Skihütte wohnen?“

„Ja! Wir fahren etwas Ski, gehen ganz entspannt essen und machen nachts die Clubs der Stadt unsicher. Das wird ein grandioser Männertrip.“

„Leider ohne mich“, widersprach J.T. ohne Bedauern, weil er sich denken konnte, wie ein Männertrip mit den beiden enden würde. Jeden Morgen würde ein anderer von ihnen einen Kater haben und in der Hütte bleiben, die drei würden sich nie auf ein Restaurant einigen können, und Tony würde in den Clubs ständig spurlos verschwinden, bevor er ausgerechnet mit der Frau wieder auftauchen würde, auf die Dixon bereits ein Auge geworfen hatte. „Ich kann nicht mitkommen.“

„Was?“, herrschte Dixon ihn ungläubig an. „Das kann nicht dein Ernst sein!“

„Mein voller Ernst. Ich habe zu tun“, entgegnete er und dachte daran, dass er am Donnerstag mit dem siebzehnjährigen Charlie einen Termin bei Gericht hatte, weil der aus der Vormundschaft des Jugendamtes entlassen werden wollte. Außerdem fand am kommenden Samstag die Spendenveranstaltung der Ashcroft Foundation und des *Youth Centers* statt, die er unter keinen Umständen verpassen wollte. Gayle war bereits jetzt ein nervliches

Wrack und konnte jede Unterstützung gebrauchen, die sie bekommen konnte.

„Aber …"

„Lass uns ein anderes Mal telefonieren", unterbrach er seinen Freund. „Ich habe gleich eine Verabredung und will nicht zu spät kommen."

Bevor Dixon etwas sagen konnte, hatte J.T. bereits aufgelegt und verließ seine Wohnung, um in die Lower East Side zu fahren. Seine Verabredung wartete bereits auf ihn, sprang die Treppen herunter, als sie sein Auto sah, und stieg so schnell ein, dass sie fast über ihre eigenen Füße gestolpert wäre.

„Hey, Kumpel, alles klar?"

„Ja!" Mit einem strahlenden Lächeln setzte sich Nate auf den Beifahrersitz und schnallte sich an. „Ich konnte die ganze Nacht vor Aufregung nicht schlafen. Das ist doch verrückt."

Verrückt war nur, wie sich dieser Junge über jede Kleinigkeit freute, die ihm wiederfuhr und ihm gefiel. Lächelnd betrachtete J.T. den Teenager und fuhr los, während er von ihm wissen wollte: „Hast du dein Trikot an?"

„Natürlich!" Wie ein übermütiger Welpe nickte Nate. „Ich trage es unter meiner Jacke. O Mann! Ich war noch nie auf einem Spiel, J.T. – noch nie!"

„Dann wird es auf jeden Fall Zeit", bescheinigte er gut gelaunt und fuhr mit Nate in Richtung New Jersey, wo heute das Spiel der New York Titans gegen die Atlanta Falcons stattfinden würde.

Vor ein paar Tagen hatte er die Tickets bekommen und Nate gesagt, dass er sich für heute nichts vornehmen sollte, und seither war der Junge kaum wiederzuerkennen. Gayle hatte bereits gedroht, ihm Beruhigungsmittel zu verabreichen, weil er dermaßen aus dem Häuschen war. Um diese Tickets zu bekommen, hatte J.T. sogar seine Mom angerufen, weil die mit der Mutter der Vereinseigentümerin befreundet war, und hatte letztendlich selbst mit Majory MacLachlan telefoniert, die ihn zum letzten Mal gesehen hatte, als er in der Grundschule gewesen war. Glücklicherweise hatte sich der ganze Aufwand gelohnt, und er hatte die Tickets bekommen, um die er sich bemüht hatte. Nate wusste noch nicht, dass J.T. keinesfalls stinknormale Eintrittskarten besorgt hatte.

Sobald sie am Meadowlands Stadium angekommen waren, nahm Nate alles um sich herum auf wie ein Schwamm. Von der übersprudelnden Atmosphäre angesteckt rannte er förmlich von rechts nach links und zurück, blieb an jedem Stand stehen und staunte über das beeindruckende Stadion, in dem die New York Titans ihre Heimspiele absolvierten.

J.T. war schon einige Male hier gewesen, um sich ein Spiel anzuschauen, aber die Begeisterung, die Nate aufbrachte, war ihm neu.

Weil er ihm die Freude nicht gleich nehmen wollte, begleitete er den Jungen zu jeder Aktivität, die im Außenbereich des Stadions aufgebaut worden war, um die Zuschauer zu unterhalten, stellte sich mit ihm an, wenn es darum ging, den Ball durch ein eigens aufgebautes Tor zu werfen, und machte Fotos von Nate vor dem Duplikat der Vince-Lombardi-Trophäe. Und als sie schließlich das Stadion betraten und Zugang zur Eignerlounge mit angrenzender Tribüne hatten, glaubte J.T., dass Nate gleich in Ohnmacht fallen würde, weil der erste Mensch, dem sie dort über den Weg liefen, niemand Geringeres als der verletzte Brian Palmer war.

Der eigentliche Quarterback der Titans hielt Nate die Faust hin und verschlang gleichzeitig einen Hotdog. „Go Titans!"

„Go Titans", erwiderte Nate völlig entrückt und stieß mit seiner Faust gegen die des Footballspielers, der fröhlich pfeifend in Richtung Büfett schlenderte und vermutlich keine Ahnung hatte, dass er einen vierzehnjährigen Jungen sprachlos zurückließ, der aussah, als hätte er soeben eine Erscheinung gehabt.

Stotternd erklärte Nate an J.T. gewandt: „Das ... das war ... Brian Palmer." Die letzten zwei Worte hatte er lediglich geflüstert.

„Scheint so", antwortete J.T. vergnügt. „Sollen wir uns auch einen Hotdog holen?"

„Ich glaube nicht, dass ich etwas hinunterbekomme."

Weil er derart fassungslos wirkte, musste J.T. lachen und brachte Nate dazu, seine Jacke auszuziehen und sich mit ihm an einen Tisch zu setzen, um etwas zu trinken und doch eine Kleinigkeit zu essen. Noch bevor das Spiel begann, machte Nate ihn flüsternd auf diverse Gäste aufmerksam, die sich ebenfalls in der Lounge der Titans-Besitzerin befanden, und sah sich mit großen Augen um.

Voller Ehrfurcht und verstohlen starrte der Teenager zu einer Gruppe Männer, zu der nicht nur Brian Palmer gehörte, sondern auch der bereits ausgeschiedene Julian Scott und der frühere Quarterback Mitch Cahill, der mittlerweile der General Manager des Vereins war. Als dann auch noch Teddy MacLachlan-Palmer, die Besitzerin des Vereins, zu ihnen an den Tisch kam, um sie zu begrüßen und Nate zu fragen, ob er Lust hätte, nach dem Spiel ein paar der Footballspieler kennenzulernen und sich von ihnen das Trikot signieren zu lassen, befürchtete J.T., dass der Junge vor lauter Glückseligkeit in Tränen ausbrechen könnte.

„Auch Mr. O'Neill? Könnte der auch mein Trikot signieren?"

„Blake?" Teddy MacLachlan-Palmer zwinkerte Nate vertraulich zu. „Natürlich! Den müssen wir nicht einmal fragen. Blake wird der Erste sein, der dein Trikot signieren will, schließlich ist er eine schreckliche Primadonna."

Das brachte Nate zum Grinsen.

„Danke", entgegnete J.T. und nickte der Vereinschefin zu. „Und richten Sie Ihrer Mom noch einmal herzliche Grüße aus."

Sie erwiderte das Nicken und lächelte verständnisvoll nach einem kurzen Blick zurück auf Nate. „Nichts zu danken. Wir machen das sehr gerne. Und meine Mom wird sich freuen. Genießt das Spiel."

Das taten sie, als sie auf der Tribüne saßen und das Spiel angepfiffen wurde. Von der ersten bis zur letzten Sekunde war Nate Feuer und Flamme und kaum zu bremsen. Bei Schiedsrichterentscheidungen gegen die Titans pfiff er genauso protestierend wie der Rest der Fans, und wenn die Titans einen Touchdown erzielten, zelebrierte er dies, indem er in die traditionellen Gesänge innerhalb des Stadions miteinfiel. Als die Spieler ungefähr eine Stunde nach Abpfiff sein Trikot signierten und mit ihm plauderten, konnte J.T. kaum glauben, dass es sich bei Nate um den gleichen Jungen handelte, der sich ein paar Wochen zuvor noch vor diesem hirnverbrannten Mercedesfahrer geduckt und kaum ein Wort herausbekommen hatte.

„Danke, J.T.“, erklärte er auf dem Weg zurück nach Manhattan. „Vielen Dank. Es war so toll, und ich hatte wahnsinnig viel Spaß. Mehr Spaß als jemals zuvor.“

„Das habe ich gern gemacht“, erwiderte er mit belegter Stimme. „Nichts zu danken, Kumpel.“

Nach ein paar Sekunden gab Nate zu: „Heute war der schönste Tag in meinem Leben.“

Sein Kommentar traf J.T. unvorbereitet. Er merkte, wie sich sein Brustkorb zusammenzog und sich ein ungutes Gefühl in seinem Magen ausbreitete. „Der schönste Tag in deinem Leben?“

„Ja.“ Der Junge sank ein wenig im Sitz zusammen und senkte den Kopf. „Eigentlich ... schon gut.“

„Ist alles okay, Nate?“, wollte J.T. besorgt wissen, weil die Stimmung mit einem Mal gekippt war.

„Ja, es ist nur ...“ Zögernd hielt er inne und sprach mit leiser Stimme weiter. „An dem Tag, als meine Mom einen neuen Job hatte und mir versprochen hat, nie wieder Drogen zu nehmen, da habe ich gedacht, dass es der schönste Tag meines Lebens war. Daran musste ich gerade denken.“

Darauf sagte J.T. nichts.

Er hätte auch gar nicht gewusst, was er dazu sagen sollte.

13

„Kannst du mir noch einmal dein Handy geben, J.T.? Bitte! Ich will ein paar Fotos von mir auf der Tanzfläche machen."

Weil er wusste, dass Jody keine Ruhe geben würde, bis er ihr sein Handy gegeben hatte, zog er es kommentarlos aus der Innentasche seiner Anzugjacke und reichte es dem Mädchen, das für seine Verhältnisse sogar ziemlich zurückhaltend geschminkt war, wenn man von ihrem glitzernden Augen-Make-up und den ebenfalls glitzernden Fingernägeln einmal absah.

„Danke, danke, danke!" Freudestrahlend nahm sie sein Handy entgegen und begann augenblicklich damit, ein Selfie von sich zu schießen, indem sie das Handy in die Höhe hielt, den Kopf zur Seite neigte und die Lippen zu einem Kussmund spitzte.

Die Pose hatte J.T. in den vergangenen zwanzig Minuten schon öfter an ihr gesehen. „Meinst du nicht, dass du mittlerweile genügend Selfies von dir in diesem Kleid hast? Ich fürchte, dass der Speicherplatz auf dem Handy bald kapituliert."

Sie antwortete nicht sofort, sondern lächelte kokett in die Handykamera und wirkte erst dann zufrieden, als sie mehrmals auf den Auslöser gedrückt hatte. „Ja, aber ich hatte noch kein Selfie mit Mistress KayKay im Hintergrund."

„Mit wem?"

Als Jody in typischer Teenagerüberheblichkeit die Augen verdrehte und ihn anschließend mitleidig musterte, kam sich J.T. wie ein Greis vor.

„Kennst du etwa Mistress KayKay nicht? O Maaaaaaaaaaann! Sie ist Influencerin mit drei Millionen Followern auf Instagram und einer eigenen Lippenstiftkollektion. Sie ist ja so fame!"

J.T. blinzelte und fragte sich, ob Jody gerade in eine andere Sprache gewechselt hatte. Er hatte nämlich nur eine Hälfte verstanden und musste sich den Rest zusammenreimen. Wann war er plötzlich zu einem alten Sack mutiert, der von einem Teenager wie jemand angeschaut wurde, der mit einem Bein im Pflegeheim stand?

Um sich vor Jody keine weitere Blöße zu geben, wollte er von ihr beiläufig wissen: „Wo ist eigentlich Gayle? Ich habe sie noch gar nicht gesehen." Dass es ihn regelrecht wurmte, sie seit Tagen nicht zu Gesicht bekommen zu haben, weil sie wegen letzter Vorbereitungen permanent unterwegs gewesen war, ließ er unerwähnt.

„Keine Ahnung." Jody benutzte noch immer sein

Handy und schoss ein Foto nach dem anderen. „Meinst du, dass ich einfach zu Mistress KayKay rübergehen und sie um ein gemeinsames Selfie bitten kann?“

Seinetwegen konnte Jody zu der Influencerin mit der eigenen Lippenstiftkollektion auch rübergehen und sie um einen Scheißtampon bitten, aber so direkt wollte er das dem Mädchen nicht sagen. Mit einem Anflug von Frustration drehte er sich um und wollte den Raum, der sich mit weiteren Gästen füllte, nach Gayle absuchen, als sie plötzlich auf ihn zukam.

Und er vergaß völlig, warum er gerade noch genervt gewesen war.

Normalerweise trug Gayle Jeans, band ihr Haar zu einem Pferdeschwanz und benutzte etwas Wimperntusche, womit sie deutlich weniger Aufwand betrieb, was ihr Aussehen betraf, als die meisten Frauen, die J.T. kannte. Aber heute Abend war sie von ihrer Angewohnheit abgewichen. Und wie sie das war!

Das schwarze Kleid, das sie trug, war eng, ärmellos und endete kurz über ihren Knien, was ihm einen Blick auf ihre langen, schlanken Waden ermöglichte. Lange, schlanke Waden, die ihn daran erinnerten, wie sehr er es genoss, wenn Gayle sie um seine Hüften schlang. Zudem betonte das Kleid ihre wahnsinnig schmale Taille und zeigte nur so viel Ausschnitt, dass man als Mann unruhig wurde, weil man wissen wollte, was sich unter dem Kleid verbarg. Jedenfalls ging es ihm so, obwohl er Gayle bereits einige Male nackt gesehen hatte. Am liebsten hätte er in ihren Ausschnitt hineingeschaut, während er seine Hände um ihre Taille gelegt hätte, um sie dicht an sich zu ziehen.

Dazu kam ihr wunderschönes braunes Haar, das in weichen Wellen bis auf ihre Schultern fiel und im Schein der Raumbeleuchtung glänzte. In ihrem Gesicht dominierten ihre großen, braunen Augen, die dank eines dunklen Lidstrichs verwegen wirkten und perfekt zu den roten Lippen passten.

Er konnte sich kaum an ihr sattsehen und hoffte, dass er bei ihrem Anblick nicht zu sabbern anfing, als sie in mörderisch hohen Schuhen auf ihn zukam. Irgendetwas stimmte mit seiner alten Pumpe plötzlich nicht, weil sein Herz in Rekordgeschwindigkeit zu schlagen begann.

„Hey, hast du den Rest der Kids gesehen? Ich fürchte, dass sie irgendetwas Dummes anstellen könnten, wenn niemand von uns ein Auge auf sie hat", raunte sie ihm zu, als sie neben ihn trat und Jody einen kritischen Blick schenkte. „Hoffentlich fallen sie nicht über das Büfett her, bevor die Veranstaltung überhaupt angefangen hat."

J.T. schaute sie an, kam kaum über ihren phänomenalen Anblick hinweg und sie sprach mit ihm über das Büfett?

„Hey", begrüßte er sie rau. „Ich habe dich schon gesucht."

Gayle verzog den Mund und sah dabei so heiß und niedlich zugleich aus, dass es ihm in den Fingerspitzen kribbelte, ihre Hand zu ergreifen und in eine dunkle Ecke zu bugsieren, um verdammt unanständige Dinge mit ihrem Mund zu veranstalten, bis sie beide auf ihre

Kosten kamen und sich keuchend aneinanderklammerten.

„Es tut mir leid, aber es gab noch so viel zu tun. Der Auktionator ist gerade erst angekommen und …"

J.T. unterbrach sie, indem er sie an sich zog und ihr einen heißen, feuchten Kuss gab, der ihr sicherlich zeigte, wie sehr er sie in den letzten Tagen vermisst hatte und wie fantastisch sie heute Abend aussah – und wie schwer es ihm fiel, nicht wirklich eine dunkle Ecke zu suchen.

Das Geräusch des Fotoauslösers seines Handys ignorierte er großzügig. Im Gegensatz zu Gayle, die ihre Lippen von seinen löste und über seine Schulter hinweg murmelte: „Keine Fotos, Jody."

„Aber ihr beide seid so süß, wenn ihr knutscht!"

„Verzieh dich, Jody", befahl J.T. leichthin, ohne den Blick von Gayle zu nehmen, die vorteilhaft errötete.

„Darf ich das Handy mitnehmen?", wollte die unverbesserliche Göre wissen.

„Meinetwegen kannst du es behalten, wenn du uns fünf Minuten Privatsphäre schenkst."

Das ließ sie sich nicht zweimal sagen. „Bin schon weg!"

„Dein Handy wirst du wohl nicht wiedersehen", seufzte Gayle und nagte verzagt auf ihrer Unterlippe herum.

„Ich werde es überleben." Federleicht küsste er sie auf die Lippen. „Hey."

„Hey", erwiderte sie murmelnd.

Er legte seine Hände auf ihre Hüften und befürchtete, dass er sich in Bälde blamieren würde, weil bei dieser eigentlich harmlosen Berührung schwere Lust in ihm aufstieg. „Du siehst toll aus."

„Danke." Sie lächelte ihn an.

Verschwörerisch flüsterte er ihr zu: „Ich kann es kaum erwarten, dich mit in meine Wohnung zu nehmen, dir das Kleid auszuziehen und dich dann über die Rückenlehne der Couch zu legen – nackt bis auf deine Schuhe."

An ihrer Kehle konnte er sehen, wie sie hart schluckte. „J.T. ..."

„Vielleicht sollte ich dich vorwarnen, dass ich mit dem Gedanken spiele, dir in den Nacken zu beißen, während ich komme."

„Und vielleicht sollte ich dich vorwarnen, dass ich mit dem Gedanken spiele, heute Abend zu mir nach Hause zu gehen – allein", betonte sie kühl, „falls du nicht aufhörst, mitten auf dieser Veranstaltung über deine Sexfantasien zu sprechen."

Feixend wackelte er mit den Augenbrauen, während Gayle tadelnd mit der Zunge schnalzte.

Obwohl sie sich unbeteiligt geben wollte, hätte er alles, was er besaß, darauf gewettet, dass ihr Puls bei seinen Worten in die Höhe geschnellt war. O ja, heute Nacht sollten sich seine Nachbarn lieber mit Ohropax versorgen, weil es in seiner Wohnung hoch hergehen würde. Hoffentlich hatte er noch genug Kondome daheim.

Als Gayle den Kopf hob und jemandem zuzunicken schien, ahnte J.T., dass sie ihn gleich stehen lassen würde, und freute sich darauf, dass sie diese Vernachlässigung heute Nacht wiedergutmachen würde, wenn der Spuk hier vorbei war.

„Amy winkt mir. Ich glaube, ich soll jemanden begrüßen."

„Mach das." Nur der unzähligen Gäste wegen tätschelte er nicht ihren Po. „Ich suche mal nach Patrick und rechne aus, wie lange wir hierbleiben müssen, bevor es unhöflich wirkt, wenn wir gehen."

Gayle antwortete vermutlich absichtlich nicht auf diesen Kommentar und verschwand.

J.T. schlenderte zur Bar, bestellte einen Gin Tonic und machte sich auf die Suche nach seinem Cousin, der dazu genötigt worden war, heute Abend mitzukommen, obwohl er unter einem Jetlag und einer Erkältung zu leiden hatte. Patrick würde er sicherlich sein Leid klagen können, dass er ebenfalls lieber woanders wäre – und zwar in Begleitung einer gewissen braunäugigen Frau.

Gerade als er seinen Cousin entdeckt hatte, der am anderen Ende des Raumes stand, und auf ihn zugehen wollte, wäre er beinahe mit einer Frau zusammengestoßen, die mit einem Glas Orangensaft vor ihm auftauchte.

„Entschuldigen Sie bitte, ich ..." Er erstarrte.

Der Frau mit dem prallen Babybauch und den blonden Locken ging es nicht anders. Ihre Augen weiteten sich, als sie ihm ins Gesicht sah.

J.T. hatte das Gefühl, dass ihm jemand in den Magen geboxt hatte.

Niemals hätte er damit gerechnet, dass ausgerechnet Kim auf dieser Veranstaltung auftauchen würde. Kim, deren schwangerer Bauch aussah, als würde er jeden Moment platzen, und die ihm in den letzten Monaten regelrecht im Nacken gesessen hatte. Beim Anblick der Rundung unter ihrem Kleid wurde J.T. anders zumute, denn augenblicklich musste er daran denken, dass sehr bald ihr Stichtag war. Das wusste er so genau, weil es zu einem Vaterschaftstest kommen würde, sobald das Baby geboren sein würde. In den letzten Monaten hatte er den Gedanken an ihre Schwangerschaft und den Vaterschaftstest von sich geschoben und regelrecht verdrängt, aber bei ihrem Anblick wurde ihm die harte Realität bewusst. Panik kroch an seiner Wirbelsäule hoch.

Nein, er konnte nicht der Vater sein. Das war lächerlich. Er hatte ein Kondom benutzt. Er hatte immer ein Kondom benutzt.

Aber Kondome können reißen, ohne dass man es bemerkt, flüsterte eine uneingeladene Stimme in seinem Kopf.

„J.T.? Was tust du hier?“, wollte sie von ihm mit hoher, ängstlicher Stimme wissen und schaute sich um, als wollte sie nicht mit ihm gesehen werden.

J.T. versteifte sich und holte schwer Luft. „Was ich hier tue?“, wollte er ungläubig wissen. „Das ist zufälligerweise eine Spendenveranstaltung der Stiftung *meiner* Familie. Die Frage lautet doch eher, was du hier tust.“

Kim war keine gute Schauspielerin, daher wusste J.T., dass ihr Erschrecken echt war, als sie zusammenzuckte und bleich wurde. „Das ... das wusste ich nicht. Eine Freundin hat mich mitgenommen.“

Dummerweise glaubte er ihr.

Wie von selbst wanderte sein Blick zurück zu ihrem schwangeren Bauch, der ihn einerseits in Panik versetzte und ins Schwitzen brachte und der ihn andererseits gegen seinen Willen faszinierte. Bittere Magensäure stieg in ihm auf und verätzte seine Kehle. Einem vorbeieilenden Kellner übergab er sein Glas Gin Tonic. Vermutlich wäre es keine gute Idee gewesen, unter diesen Umständen das Zeug zu trinken, auch wenn das Bedürfnis immer größer wurde, sich bis zur Besinnungslosigkeit zu betrinken, um zu vergessen, in welcher Bredouille er steckte.

Ohne darüber nachzudenken, fragte er sie: „Wie geht es dir?"

Ihre Augenbrauen zuckten in die Höhe. Sichtlich nervös entgegnete sie: „Ganz gut. Vor ein paar Wochen war ich im Krankenhaus, weil mein Blutdruck zu niedrig war, aber ... aber jetzt geht es mir wirklich gut."

Also hatte ihr Anwalt nicht gelogen, dass sie im Krankenhaus gelegen hatte. Plötzlich schämte sich J.T., weil er ihr unterstellt hatte, die Geschichte erfunden zu haben, um ihn in ein schlechtes Licht zu stellen. Er kam sich wie das letzte Arschloch auf der Welt vor.

„Das freut mich."

„Danke." Sie lächelte schwach. „Ich hatte erst Angst, dass der niedrige Blutdruck für das Baby gefährlich sein könnte, aber die Ärzte sagen, dass es ihr gut geht."

Ihr?

Ein Mädchen.

Die Eröffnung, dass das Baby ein Mädchen war, glich einem weiteren Schlag mitten in die Magengrube. Seine

Kehle war staubtrocken, als er den Mund öffnete, ohne überhaupt zu wissen, was er sagen sollte.

„Hör mal, J.T." Kim knetete nervös ihre Hände. „Ich werde meiner Freundin sagen, dass es mir nicht gut geht und sie mich nach Hause bringen soll. Chuck und ich wollen es noch einmal miteinander versuchen, und wenn er hören sollte, dass du und ich uns getroffen haben, könnte er wütend werden."

„Chuck?" Er blinzelte verwirrt. „Dein Ex Chuck? Der Basketballspieler?"

Sie nickte. „Als ich im Krankenhaus lag, kam er zu Besuch und ... nun ... wir haben uns ausgesprochen." Hilflos zuckte sie mit den Schultern. „Er hat mich mit diesem Groupie betrogen, ich habe ihn daraufhin mit dir betrogen, und uns beiden tut leid, was wir getan haben. Jetzt lassen wir es langsam angehen, und das will ich nicht vermasseln, weil du und ich uns über den Weg gelaufen sind."

J.T. hörte kaum noch, was sie sagte. Heiser fragte er nach: „Soll das heißen, dass ich nicht der Vater bin?"

Sie stockte.

„Wenn dein Ex und du wieder zusammen seid, musst du nicht länger behaupten, dass das Baby von mir ist", warf J.T. ein und hoffte, nicht zu eindringlich zu klingen. Die Nachricht, dass Kim und ihr Ex wieder ein Paar waren, war die vermutlich schönste Nachricht, die er jemals erhalten hatte. Wenn sie ihren Ex doch noch heiraten würde, hatte sie keine Veranlassung mehr, auf seine Alimente zu spekulieren und ihn als den Vater ihres Babys ausgeben zu wollen. Sein Problem löste sich gerade in Wohlgefallen auf und er konnte ...

„Nein, J.T.“, antwortete sie leise und mit einem Anflug von Wehmut. „Dass Chuck und ich wieder ein Paar sind, bedeutet nicht, dass ... dass du nicht der Vater sein kannst. Die Möglichkeit besteht durchaus.“

Er runzelte die Stirn. „Aber wir haben verhütet. Immer.“

Etwas zuckte in ihrem Gesicht. „Chuck und ich auch.“

Scheiße.

Kim presste die Lippen aufeinander und flüsterte angespannt: „Ich hoffe sehr, dass Chuck der Vater ist, aber ich ... ich weiß es wirklich nicht. Es tut mir leid, J.T.“

* * *

Als Gayle wach wurde, lag J.T. nicht mehr neben ihr im Bett.

Ein Blick auf die Uhr, die auf seinem Nachttisch stand, sagte ihr, dass es nicht einmal sechs Uhr morgens war – viel zu früh für ein Wochenende und für den Morgen nach einer Spendenveranstaltung wie der gestrigen, die erst nach Mitternacht beendet gewesen war. Eigentlich war Gayle davon ausgegangen, bis weit in die Vormittagsstunden zu schlafen, aber jetzt war sie wach, vermisste J.T. und fragte sich, weshalb er in den letzten Stunden derart unruhig geschlafen hatte.

Müde erhob sie sich und schlüpfte in eine von J.T.s

Jogginghosen sowie in eines seiner Sweatshirts, weil ihr ziemlich kalt war.

Obwohl es im Schlafzimmer stockfinster war, war die restliche Wohnung hell erleuchtet, als sie in den Flur ging und anschließend das Wohnzimmer betrat. Sie fand J.T. in der Küche, in der er auf einem der Barhocker an der Küchentheke saß und in eine Kaffeetasse starrte. Der Anblick hatte etwas Befremdliches an sich und passte ganz und gar nicht zu J.T., der nicht der Typ dafür war, mitten in der Nacht über einer Tasse Kaffee zu brüten. Eigentlich war er umgänglich, stets gut gelaunt und konnte so gut wie nie ernst sein. Jedoch wirkte er nun wie ein Mann, der kurz davorstand, gegen seinen Willen in den Krieg geschickt zu werden.

Bereits gestern Abend war er wie verwandelt gewesen. Nicht einmal eine Stunde, nachdem er sie vor Dutzenden fremden Menschen leidenschaftlich geküsst und ihr heißen Sex versprochen hatte, sobald sie in seine Wohnung kommen würden, war er in sich gekehrt gewesen. Den ganzen Abend über hatte er so viel Begeisterung ausgestrahlt, als hätte er gerade erst eine Darmspiegelung ohne Narkose hinter sich.

Gayle wusste nicht, was mit ihm los war. Sie wusste nur, dass er sich komisch benahm und dass es nicht zu dem heißen Sex gekommen war, den er ihr versprochen hatte.

„Kannst du nicht schlafen?“

„Hm?“ In Gedanken versunken schaute er auf, als sie

die Küche betrat. Offensichtlich hatte er sie nicht gehört und sie hatte ihn beim Nachdenken gestört.

Einem Impuls nach schlang sie die Arme um sich und kam ein paar Schritte näher. „Es ist fast noch mitten in der Nacht. Ist alles okay?“

J.T. lächelte schwach, auch wenn das Lächeln seine Augen nicht erreichte. „Sicher.“

„Willst du allein sein?“, fragte Gayle leise und deutete hinter sich. „Soll ich wieder ins Bett gehen?“

„Nein, bleib ruhig hier.“ Wie eine Einladung klang seine Antwort zwar nicht, aber Gayle folgte ihr, indem sie sich ebenfalls einen Kaffee einschenkte und sich dann ihm gegenüber an die Küchentheke setzte.

„Die Spendenveranstaltung war ziemlich erfolgreich“, erklärte J.T. unvermittelt und lehnte sich ein Stück zurück. „Ich war erstaunt, für wie viel Geld diese Skulptur des Künstlers aus Chicago versteigert wurde.“

Auch wenn sie sich darüber wunderte, dass J.T. mit ihr in aller Herrgottsfrühe über die gestrige Versteigerung sprechen wollte, zeigte sie es ihm nicht und erwiderte im unverfänglichen Ton: „Das habe ich auch gedacht. Natürlich will ich mich nicht beschweren. Die Spenden kommen wie gerufen und werden das Jugendheim eine sehr lange Zeit über Wasser halten.“

„Heißt das, dass von nun an auch mal ein Käsekuchen für die Kids drin sein wird?“

Angesichts seiner ruhigen, leicht amüsierten Stimme fühlte sich Gayle augenblicklich besser und spürte, wie ihr warm wurde, als seine Augen einen sanften Ausdruck annahmen. „Ich denke, dass sich das einrichten lässt."

„Jody wird es dir danken. Und Nate sowieso."

„Apropos Nate."

„Was ist mit ihm?" Neugierig sah er auf.

„Ich habe es dir bisher noch nicht sagen können, aber was du für ihn am letzten Sonntag getan hast, war einfach wundervoll."

Seine Wangen röteten sich und er wirkte verlegen, als er den Blick senkte. „Das war doch nichts ..."

„Doch, das war es", behauptete Gayle fest. „Für ihn war dieser Tag etwas ganz Besonderes, und du hast dir wahnsinnig viel Mühe gemacht, um ihm das zu ermöglichen."

„Es war nur ein Telefonanruf, Gayle."

„Für Nate war es die Welt." Warum sie plötzlich so gerührt war und mit den Tränen kämpfen musste, wusste sie nicht. Diese Rührseligkeit passte so gar nicht zu ihr. „Du weißt ja nicht, wie viel es ihm bedeuten muss, dass es jemanden wie dich gibt, der sich für ihn einsetzt und ihm eine solche Freude macht. Völlig uneigennützig. Jetzt erfährt er endlich, dass es nicht nur Menschen gibt, die ihm Böses wollen oder denen er egal ist."

J.T. starrte auf seine Hände, mit denen er die Kaffeetasse umfasst hielt, und stieß den Atem aus, den er anscheinend angehalten hatte. „Er hat mir ein bisschen von seiner Mom erzählt. Ich wusste nicht, was ich sagen sollte. Und ich habe mich geschämt", fügte er leise hinzu.

„Wieso?"

Als müsste er nach den richtigen Worten suchen,

schaute er an die Zimmerdecke. „Ich weiß auch nicht genau. Vielleicht weil ich – nach gesellschaftlichen Standards gemessen – ziemlich privilegiert zur Welt gekommen bin und mir noch nie Sorgen darum machen musste, wie ich meinen Strom, meine Miete und mein Essen bezahlen kann. Kinder wie Nate haben Sorgen, von denen ich keine Ahnung habe und die sie nicht haben sollten."

Mit leiser Stimme protestierte sie: „Deshalb musst du dich aber nicht schämen."

„Doch, irgendwie schon." Zögerlich schaute er sie an und verzog dann den Mund zu einer grimmigen Miene. „Bisher musste ich nie für irgendetwas arbeiten, Gayle. Ich musste mich nicht einmal sonderlich anstrengen, um durchs Jurastudium zu kommen, weil meine Erzeuger mir einen ziemlich hohen Intelligenzquotienten mit auf den Weg gegeben haben", erklärte er ohne einen Anflug von Arroganz. Viel eher klang er über seinen hohen Intelligenzquotienten gar nicht glücklich. „Andere mussten sich ein Bein ausreißen, um annähernd die gleichen Noten wie ich zu bekommen, während es mir ziemlich egal war, wie meine Prüfungen liefen, weil ich sowieso nicht vorhatte, etwas mit meinem Abschluss anzufangen. Ich habe alles als selbstverständlich erachtet. Und dann gibt es Jugendliche wie Nate oder wie Jody, die bisher ein verdammt beschissenes Leben hatten und unbedingt zur Schule gehen wollen, um etwas aus sich zu machen. *Das* beschämt mich."

Seine Aussagen berührten sie, weil sie sah, wie ernst es

ihm war. Gayle wollte nicht abgedroschen klingen. als sie nachdenklich erwiderte: „Niemand muss sich für seine Geburt schämen. Meine Familie besitzt auch Geld."

„Aber du arbeitest als Entwicklungshelferin", warf J.T. ein. „Und hier in New York engagierst du dich dafür, Jugendlichen ein Zuhause zu geben und ihnen eine Zukunft zu ermöglichen. Schau doch nur, was du mit dieser Spendenveranstaltung erreicht hast, indem du dich dafür eingesetzt hast, dass das *Shelter* von der Ashcroft Foundation unterstützt wird."

Bei seinen Worten durchzuckte sie ein Anflug schlechten Gewissens, denn sie hatte einen Hintergedanken gehabt, als sie um einen Termin bei Amy Ashcroft gebeten hatte. Ja, sie war auf der Suche nach einer Stiftung gewesen, die dem Jugendheim finanziell helfen konnte. Aber vor allem hatte sie ihre Schwester kennenlernen wollen.

Weil J.T. sie noch immer mit diesem ernsthaften und beinahe selbstgeißelnden Blick ansah und weil sie endlich mit jemandem reden musste, schluckte sie schwer und gestand ihm heiser: „Um ehrlich zu sein, wollte ich aus einem ganz speziellen Grund bei unserem Projekt von der Ashcroft Foundation unterstützt werden."

„Der da wäre?"

Gayle schaute auf ihre Hände und wusste nicht, wie sie anfangen sollte, ihm das Chaos zu schildern, in dem sie sich gefühlsmäßig befand. „Als meine Mom starb, fand ich in ihrem Nachlass einige Papiere – vor allem Briefe und Formulare. Eines davon besagte, dass mein Vater ein gewisser Benjamin Spencer war. Bis damals wusste ich nichts über meinen Vater. Nicht einmal einen Namen. Eigentlich war es mir egal, wer er war, und ich wollte die Sache auf sich beruhen lassen, aber ..." Hilflos zuckte sie mit den Schultern. „Ich weiß auch nicht. Meine Mom kannte ich nicht und ich wusste so gut wie nichts über sie. Und da stand ich plötzlich und hielt ein Formular in den Händen, das mir sagte, wer mein Vater war. Vielleicht ... vielleicht wollte ich einfach nur wissen, woher ich kam."

„Du hast nach ihm gesucht." Das war keine Frage, sondern eine Feststellung.

„Ja." Wieder schluckte sie. „Aber er war schon vor Jahren gestorben." Ihr Lächeln musste wie ein kläglicher Versuch aussehen, denn ihre Gesichtsmuskeln fühlten sich seltsam steif an. „Wie es aussah, haben sie sich bei den Anonymen Alkoholikern in Indiana getroffen. Offenbar hatte er, ein Jahr bevor er meine Mom kennenlernte, seine Ehefrau bei einem Autounfall verloren und war dadurch zum Alkoholiker geworden." Sie ballte ihre Hände zu Fäusten und wich seinem Blick aus. „Er war Anwalt und hatte eine kleine Tochter von sechs Jahren, die zu ihrer Großtante nach North Carolina kam, als er sich nicht mehr um sie kümmern konnte." Zögerlich schaute sie auf. „Ein Mädchen namens Amy, das ... das später Kunst studierte und nach Rom zog."

Sie hatte mit Überraschung, Fassungslosigkeit und sogar mit Unglauben gerechnet, aber J.T. blieb ziemlich ruhig und gelassen. Er nickte lediglich nachdenklich, musterte sie und entgegnete leichthin: „Das ergibt Sinn."

Hatte sie sich etwa verhört? „Wie bitte?“

„Jetzt verstehe ich, weshalb du dich in Amys Nähe immer wie ein ferngesteuerter Roboter benimmst und nervös wirst. Sie weiß es nicht, richtig?“

„Nein, sie weiß es nicht“, antwortete sie nach ein paar Sekunden und erkannte ihre eigene Stimme kaum wieder.

J.T. stellte die Frage, vor der sie sich fürchtete und die sie gleichzeitig erwartet hatte. „Warum nicht?“

„Ich ... ich weiß nicht“, offenbarte sie wahrheitsgemäß. „Eigentlich wollte ich sie nur ... kennenlernen, und dann ... dann haben wir Zeit miteinander verbracht.“

„Ganz genau. Ihr kennt euch mittlerweile.“

„Davon kann keine Rede sein, J.T.“, warf sie leise ein. „Im Grunde bin ich eine Unbekannte.“

„Du bist ihre Schwester.“

„Halbschwester“, präzisierte sie. „Ich bin ihre Halbschwester, und soviel ich weiß, hatte sie keine Bindung zu ihrem Vater. Zu *unserem* Vater. Wir sind Fremde. Vermutlich würde es sie nicht einmal interessieren, wenn sie es wüsste.“

Skeptisch zog er eine Augenbraue in die Höhe und fragte trocken: „Glaubst du das wirklich?“

Nein, das tat sie nicht.

„So wie ich Amy kenne, würde sie es unbedingt wissen wollen.“

Wie sollte sie ihm sagen, dass genau das ihr Problem war?

14

„Die Probe werde ich Ihnen entnehmen, sobald Dr. Howard anwesend ist, um als unabhängiger Zeuge den ordnungsgemäßen Verlauf des Vaterschaftstests zu bestätigen. Wie Sie vielleicht schon wissen, werde ich lediglich eine Probe Ihrer Mundschleimhaut entnehmen, Mr. Ashcroft, die anschließend in unser Labor geschickt wird. In ein paar Tagen wird Ihrem Anwalt das Testergebnis mitgeteilt."

J.T.s Anwalt befand sich momentan nur ein paar Meter entfernt im Wartezimmer der Arztpraxis, in der heute seine Probe für den anstehenden Vaterschaftstest entnommen wurde. Eigentlich hatte ihn Stuart mit in den Untersuchungsraums begleiten wollen, in dem es grauenvoll steril roch, aber J.T. hatte abgelehnt. Für den Fall, dass ihm vor lauter Aufregung und Panik schlecht wurde oder er in Ohnmacht fiel, wollte er keinen Zeugen dabeihaben. Ein bisschen seelische Unterstützung wäre ganz nett gewesen, denn seit das Baby geboren worden war und J.T. auf den heutigen Termin gewartet hatte, war er ziemlich neben der Spur. Schlaf hatte er in der letzten Nacht so gut wie nicht gefunden.

Er kam sich wie ein Idiot vor und wollte nicht wissen, was die Laborassistentin von ihm dachte, die seine Mutter hätte sein können und gerade dabei war, ein Paar Handschuhe überzustreifen.

J.T. vermied es, ihr bei den Vorbereitungen zuzuschauen, und wischte seine nass geschwitzten Handflächen an seiner Hose ab, während er sich fragte, warum er zum Teufel auf diesem winzigen Hocker hatte Platz nehmen müssen, der so tief eingestellt war, dass sich J.T. wie ein Kindergartenkind vorkam. Vermutlich wollte man es den armen Schweinen, die hier antreten mussten, um eine Speichelprobe abzugeben, so unbequem wie möglich machen, um sie dafür zu bestrafen, dass sie so verantwortungslos gewesen waren, Sex ohne Verhütung gehabt zu haben.

Nur hatte J.T. verhütet.

Sollte er wirklich der Vater des kleinen Mädchens sein, dessen Namen er nicht einmal kannte, dann fragte er sich, wie er jemals wieder Sex haben sollte, ohne in Panik zu verfallen, dass auch das aktuelle Kondom reißen könnte. Er würde nie wieder unbeschwert mit einer Frau schlafen können.

Aber das war zurzeit seine geringste Sorge.

Sollte der Vaterschaftstest positiv ausfallen, würde sein Leben im Chaos enden. Er sah vor seinem inneren Auge bereits, wie sich Stuart mit Kims Anwalt traf, um über Alimente zu verhandeln, Sorgerechtsvereinbarungen festzulegen und über Besuchsrechte zu diskutieren. Und er würde es seiner Familie erzählen müssen. Allein die Erinnerung an Weihnachten, als er zwischen seinen Verwandten wie auf heißen Kohlen gesessen und sich gefragt hatte, wie sie reagieren würden, wenn er ihnen im Ernstfall mitteilen müsste, dass er Vater geworden war, hatte ihn wahnsinnig gestresst. Vor allem für seinen ältesten Bruder wäre diese Nachricht der ultimative Beweis dafür, dass J.T. ein verantwortungsloser Idiot war, der nichts aus seinem Leben machte und nicht erwachsen wurde.

Außerdem würde er es Gayle sagen müssen.

Das bereitete ihm die meisten Magenschmerzen.

Momentan hätte er ihr mit dem größten Vergnügen den Hals umdrehen können, weil sie ihn in dem Wissen nach Maine hatte fahren lassen, dass sie zu Weihnachten zu ihren Großeltern flog, obwohl sie krank geworden und in New York geblieben war. Wenn er gewusst hätte, dass sie zu Hause geblieben war, um sich auszukurieren, dann wäre er erst gar nicht nach Maine gefahren, sondern hätte sich um sie gekümmert. Zusätzlich war er ziemlich angepisst, dass sie heute Abend ihre Großeltern treffen würde, ohne ihn gefragt zu haben, ob er mitkommen wollte.

Gut – im Grunde war er erleichtert, dass er ihren Großvater und ihre Großmutter nicht kennenlernen musste, weil solche Treffen immer einen offiziellen Anstrich besaßen, den es zwischen Gayle und ihm nicht gab. Dennoch wurmte es ihn, dass Gayle anscheinend nicht einmal darüber nachgedacht hatte, ihn mitzunehmen. Es wurmte ihn sogar gewaltig.

„So, Mr. Ashcroft!“ Die Tür ging auf und ein leicht untersetzter Arzt erschien federnden Schrittes. „Mein Name ist Dr. Howard, und ich bin heute hier, um die ordnungsgemäße Probenentnahme Ihrer Mundschleimhaut zu bezeugen. Haben Sie noch Fragen?“

Außer der Frage, was er in seinem früheren Leben verbrochen haben musste, um hier zu landen?

Er schüttelte den Kopf.

„Gut. Dann fangen wir doch gleich an.“

Nach weniger als drei Minuten konnte J.T. den Untersuchungsraum verlassen und lief wie betäubt in Richtung Wartezimmer, in dem Stuart auf ihn wartete und ihn mit einem durchdringenden Blick begrüßte. In stummer Übereinkunft sprachen sie erst, als sie das Gebäude verlassen hatten und sich zu Fuß auf den Rückweg begaben.

„Sollen wir einen Happen essen gehen? Ich muss erst in zwei Stunden im Büro sein.“

J.T. verzog den Mund. „Sei mir nicht böse, aber ich fürchte, dass ich kotzen muss, wenn mir jemand Essen unter die Nase hält.“

„Schon verstanden.“

Anstatt zu antworten, brummte J.T. lediglich etwas Undefinierbares.

Stuart wartete einen ganzen Häuserblock, bis er wissen wollte: „Willst du darüber reden?“

„Nicht wirklich.“ J.T. versenkte die Hände in den Taschen seiner Jacke. „Die Situation ist einfach ... beschissen.“

„Denk dran: Wie groß ist die Wahrscheinlichkeit, dass ein Kondom gerissen ist?“

Wollte Stuart ihn etwa aufmuntern? „Die Wahrscheinlichkeit ist bestimmt genauso groß wie die Wahrscheinlichkeit, dass eines der Kondome gerissen ist, die Kim und Chuck verwendet haben.“

Sein Cousin, der von J.T.s Begegnung mit Kim auf der Spendengala vor wenigen Wochen wusste, gab zu bedenken: „Sie kann dich in diesem Punkt angelogen haben.“

Das glaubte J.T. nicht, hatte aber keine Lust, mit Stuart ausgerechnet hier und jetzt darüber zu diskutieren. „Tu mir einen Gefallen und benutze keinen Anwaltsslang, wenn du mich anrufst, um mir das Ergebnis zu sagen“, bat er Stuart, als sie nebeneinander an einer roten Ampel stehen blieben. „Ich werde meinen Cousin brauchen, wenn ich der Vater sein sollte, um mich betrinken zu gehen. Wenn wir später ausgenüchtert sind, kannst du wieder Anwalt sein. Vorher nicht.“

„Schon notiert.“

„Scheiße.“ Er senkte den Kopf. „So war das nicht geplant.“

„Ich denke, dass so etwas nie wirklich geplant ist.“

J.T. kniff die Augen zusammen. „Du weißt, wie ich das meine.“

„Ja, tue ich.“ Sein Cousin klopfte ihm begütigend auf

die Schulter. „Es wird schon werden. Mach dich nicht verrückt."

„Leichter gesagt als getan." Er schauderte und widerstand dem Drang, sich über das Gesicht zu fahren. So fühlte es sich also an, wenn man Muffensausen bekam.

„Wirst du es Gayle sagen? Immerhin seht ihr euch schon eine Weile."

„Frag mich etwas Leichteres." Als die Ampel auf Grün sprang, setzte er sich in Bewegung.

„Wenn es etwas Ernstes zwischen euch beiden ist, sollte sie es wissen."

„Es ist nichts Ernstes", erwiderte er und dachte daran, dass sie ihn ihren Großeltern nicht vorstellen wollte. „Wir haben nur Spaß."

* * *

NICHT HEUTE!

Gayle warf entschlossen die Tüte der Drogerie in die unterste Schublade ihres Schreibtisches und schloss diese vehement, während sie sich dazu zwang, nicht weiter über das nachzudenken, was sich in der Tüte befand. Nicht heute! Heute hatte sie keine Zeit und vor allem keinen Kopf für ... *das*. Wenn sie den heutigen Tag überstanden hatte, konnte sie anfangen, sich Gedanken darüber zu machen, aber bis dahin hatte sie andere Sorgen. Ein Bauinspektor war für den Nachmittag angesagt, einer der Jugendlichen bekam heute die Mandeln entfernt und dann stand auch noch das Abendessen mit ihren Großeltern an.

Hastig nahm sie einen Schluck ihres Ingwertees und hoffte, dass sich ihr Magen von dem Zeug beruhigen würde, das sie zurzeit fast literweise trank. Ihre Großeltern würden heute Abend sicherlich in irgendein Restaurant gehen wollen, das eine ellenlange Weinkarte vorweisen konnte, und sie wusste wirklich nicht, wie sie erklären sollte, dass sie sich lieber an ihren selbst gebrauten Ingwertee hielt. Allein bei dem Gedanken wurde ihr schon wieder übel.

Sie vergrub das Gesicht in ihren Händen und stützte ihre Ellenbogen auf der Schreibtischplatte ab, während sie den Atem ausstieß.

Sie konnte nicht schwanger sein. Sie durfte es nicht.

Es war physiologisch völlig unmöglich, schließlich benutzten sie Kondome. Jedes verdammte Mal hatten sie ein Kondom benutzt!

Vermutlich hatte sie sich irgendeinen Virus eingefangen, der ihr morgendliche Übelkeit bescherte, sie müde machte und ihren Hormonhaushalt so durcheinanderbrachte, dass sie seit mehreren Wochen überfällig war. Das musste die Erklärung sein! Gayle war nicht zwangsläufig schwanger, nur weil sie alle Symptome einer Schwangerschaft aufwies.

Beinahe hätte sie gelacht.

Scheiße.

Wem machte sie denn etwas vor?

Schon zu Weihnachten hatte sie geahnt, was mit ihr los

war, als sie sich jeden Morgen übergeben hatte und ihr so übel gewesen war, dass sie es für besser gehalten hatte, nicht in ein Flugzeug zu steigen, sondern zu Hause geblieben war. Den Test schob sie jetzt schon seit Tagen vor sich her, obwohl er nur eine Formsache war.

Sie war schwanger.

Und sie hatte keine Ahnung, was sie tun sollte.

Langsam lehnte sie sich in ihrem Sessel zurück und fuhr sich mit der Zunge über ihre trockenen Lippen. So war das nicht geplant gewesen. Über Kinder hatte sie sich noch keine Gedanken gemacht, schließlich war sie erst achtundzwanzig Jahre alt und hatte einen Job, der sie meistens nicht länger als sechs Monate an einem Ort bleiben ließ. Außerdem war sie in keiner festen Beziehung. Und wenn sie ein Kind bekommen wollte, brauchte sie den Vater des Kindes an ihrer Seite.

Sie dachte an J.T. und malte sich aus, wie er reagieren könnte, wenn sie ihm erzählte, dass sie anscheinend zu den glücklichen Verlierern gehörten, denen ein Kondom gerissen war. Er war ein lustiger Zeitgenosse – ein liebenswerter Kerl, mit dem man Spaß haben konnte und der sich für die Kids im Jugendheim einsetzte. Aber Gayle glaubte nicht, dass er begeistert sein würde, wenn sie ihm von ihrer Schwangerschaft erzählte.

Gayle wusste, dass J.T. nicht an ihrer Seite bliebe, wenn sie ein Kind von ihm bekommen würde. Er hatte ja nicht einmal gefragt, ob er heute Abend mitkommen sollte, wenn sie ihre Großeltern traf! Stattdessen war er völlig unbeteiligt gewesen und hatte ihr einen schönen Abend gewünscht. Er wollte ihre Großeltern gar nicht kennenlernen, weil dazu aus seiner Sicht kein Anlass bestand. Für ihn war sie offenbar nur die Frau, mit der er zurzeit schlief und Spaß haben konnte. Nicht die Frau, deren Großeltern man treffen wollte und mit der man eine Beziehung einging.

Ein Mann, der sich vorstellen konnte, mit einer Frau ein Baby zu bekommen, hätte anders auf ein vermeintliches Abendessen mit ihren Großeltern reagiert.

Wie hatte er es vor einigen Wochen formuliert?

Wie kann man mit Anfang dreißig alles aufgeben, was man schätzt, weil man sein restliches Leben mit nur einer Person teilen will? Wenn man verheiratet ist und Kinder bekommt, kann man nicht mal eben mit Freunden in den Urlaub fahren, spontan etwas völlig Verrücktes tun, den Job kündigen und in eine andere Stadt ziehen oder sich eine Auszeit genehmigen und den Mount Everest besteigen.

Gayle hatte ihre Antwort, wie er auf ihre Schwangerschaft reagieren würde.

15

Ein schweigsameres Abendessen hatte er bislang selten erlebt.

J.T. erinnerte sich flüchtig an ein Essen mit seinen Eltern, als er ungefähr sechzehn gewesen sein musste und am gleichen Tag in der Schule mit einem Joint erwischt worden war, woraufhin seine Eltern beim Direktor antanzen durften und er für zwei Tage vom Unterricht suspendiert wurde. Das abendliche Essen war eine ziemlich zähe und stumme Veranstaltung gewesen. Und sein heutiger Abend mit Gayle stand dem merkwürdigerweise in nichts nach.

„Gibst du mir den Parmesan?", fragte er sie und beobachtete, wie sie von ihrem Pizzastück abließ, auf dem sie lustlos herumgekaut hatte, um ihm die Dose mit dem geriebenen Käse zu reichen, den er auf seinem Pizzastück verteilte, auch wenn er keinen großen Hunger hatte. Seit er vor fünf Tagen den Vaterschaftstest gemacht hatte, bekam er kaum etwas runter.

Sogar Silvester war ziemlich bescheiden und deprimierend ausgefallen. Eigentlich hatte er geplant, mit Gayle zu feiern und sie auszuführen, aber dann hatte sie kurzfristig abgesagt und es mit ihrem Job begründet. Und als er angeboten hatte, ebenfalls im Jugendheim zu bleiben und dort mit ihr zu feiern, war sie nicht darauf eingegangen, was ihn wiederum verärgert hatte. Also hatte er das Thema nicht mehr erwähnt und eigentlich vorgehabt, allein auf eine Party zu gehen.

Aus seinem Plan war nichts geworden, weil er einfach keine Lust darauf gehabt hatte, allein um die Häuser zu ziehen, während das zu erwartende Testergebnis wie ein Damoklesschwert über ihm hing und Gayle sich seltsam und beinahe abweisend verhielt.

Gott, das Jahr hatte beschissen angefangen.

Er wurde das Gefühl nicht los, dass er sein Leben in ein komplettes Chaos gestürzt hatte, ohne zu wissen, was er falsch gemacht hatte. Sein Verhältnis zu Gayle war das beste Beispiel.

Aus unverfänglichem Sex, sehr viel Spaß und mächtig Herzklopfen sowie Gesprächen, die ihn innerlich berührt hatten, war etwas geworden, was sich seit Tagen verkrampft anfühlte. Irgendwie waren sie beide nicht mehr sie selbst und tanzten wie auf Eierschalen umeinander herum. Dass sie heute in seine Wohnung gekommen war, hatte ihn sogar ein bisschen überrascht, weil er den Eindruck hatte, dass sie ihm aus dem Weg ging.

Und er war noch immer angepisst, dass sie ihn nicht einmal gefragt hatte, ob er ihre Großeltern hatte kennenlernen wollen.

Mittlerweile kannten sie sich seit fast drei Monaten. J.T. hatte mehr Zeit mit ihr verbracht als mit jeder anderen Frau, die er bislang kennengelernt hatte, und dennoch hielt sie es nicht für nötig, ihn zu fragen, ob er beim Abendessen mit ihren Großeltern dabei sein wollte.

„Die Pizza ist gut. Antonio's?“, murmelte sie plötzlich.

Er schüttelte den Kopf. „Amore mio.“

„Amore mio?“

„Ist ein neuer Laden“, antwortete J.T. stoisch. „Ich dachte, den sollte man eventuell ausprobieren. Sah ganz nett aus, als ich letzte Woche dran vorbeilief.“

„Mhm. Gut.“

Dafür, dass ihr die Pizza angeblich schmeckte, zeigte sie nur wenig Begeisterung. Auch seine Begeisterung hielt sich in Grenzen. Aber mit der Pizza hatte dies nichts zu tun, denn die war wirklich ziemlich gut.

Während Gayle bedächtig ein Stück von ihrer Pizzakruste abbiss und dabei gedankenverloren vor sich hinstarrte, musterte J.T. sie und fragte sich, was mit ihr los war. Er kannte Gayle nicht als schweigsame und distanzierte Frau, die sich beim Essen zurückhielt und einen nervösen Eindruck machte, sobald man mit ihr Augenkontakt aufnahm.

„Ist bei dir alles okay?“

Seine Frage musste sie erschrocken haben, weil ihr Kopf nach oben schoss und sie ihn mit weit aufgerissenen Augen ansah. „Was ... was meinst du?“

J.T. runzelte die Stirn. „Ich wollte wissen, ob bei dir alles in Ordnung ist? Du wirkst so abwesend. Gibt es ein Problem im Jugendheim?“

„Nein, im Jugendheim ist alles okay. Keine Probleme.“

„Aha.“ Er legte sein halbes Stück Pizza zurück auf seinen Teller. „Was ist es dann?“

„Nichts.“

„Es kann nicht nichts sein“, behauptete er. „Irgendetwas stimmt doch nicht. Geht es um deine Großeltern?“

„Was sollte denn nicht mit meinen Großeltern stimmen?“ Nun runzelte sie die Stirn.

„Ich weiß es nicht.“ J.T. zuckte mit den Schultern. „Sag du es mir.“

Unsicher lachte sie und wich seinem Blick aus. „Meinen Großeltern geht es fabelhaft, J.T. – Grandma engagiert sich im Verein der Rosenzüchter und Grandpa konnte sein Handicap verbessern. Alles beim Alten.“

Er roch Lunte und hatte gleichzeitig das Gefühl, dass sie ihn aufs Glatteis führen wollte. „Falls du es noch nicht bemerkt haben solltest, aber ich bin nicht dämlich. Was ist los?“

Gayle erstarrte und stieß ihren Atem zischend aus, bevor sie zögernd ihren Teller von sich schob und die Hände auf die Tischplatte legte. Ein ungutes Gefühl machte sich in ihm breit.

„Du hast recht.“ Ihre Stimme vibrierte. „Ich ... ich muss

dir etwas sagen, was ich schon seit ein paar Tagen vor mir herschiebe."

Ihre sichtliche Anspannung machte ihn nervös. „Okay." Erst jetzt fiel ihm auf, dass sie irgendwie blass wirkte. Was auch immer sie ihm sagen wollte, musste sie sehr beschäftigen.

„Und zwar ... es ist so. Ich ..."

Genau in diesem Moment begann sein Handy ohrenbetäubend laut zu klingeln und rutschte vibrierend über die Marmorplatte der Küchentheke. Stuarts Name leuchtete im Display auf. Dass sein Cousin ihn heute Abend anrief, konnte nur eines bedeuten.

Die Testergebnisse waren da.

Da seine Kehle wie zugeschnürt war, war seine Stimme heiser und kratzig, als er an Gayle gewandt erklärte: „Entschuldige, aber der Anruf ist wichtig. Ich muss da drangehen."

Er wartete nicht auf ihre Erwiderung, sondern griff nach dem Handy und erhob sich von seinem Hocker. Während er sich ein paar Schritte entfernte, sackte ihm das Herz in die Hose.

Tatsächlich zitterten seine Finger, als er den Anruf annahm. „Stuart?"

„Hey, J.T., das Labor hat mir soeben die Testergebnisse geschickt ..."

„Muss ich mich setzen?", unterbrach er seinen Cousin, während sein Herz zu rasen begann.

„Nur wenn du unbedingt willst", dröhnte Stuarts Stimme gut gelaunt durch die Leitung. „Laut genetischem

Code kannst du ganz unmöglich der Vater sein. Eine Vaterschaft ist ausgeschlossen.“

Er schloss die Augen und öffnete sie gleich darauf, weil ihm ein wenig schwindelig war. „Sicher? Ist das sicher?“

„Absolut sicher. Du bist nicht der Vater.“ Stuart lachte leise. „Vermutlich sollte ich dir gratulieren.“

„Danke ... für alles. Ich ...“ Er hielt inne und atmete durch. „Das ist fantastisch, Stuart.“

„Kims Anwalt müsste die Laborergebnisse auch soeben erhalten haben. Ich werde ein kurzes Schreiben aufsetzen und dann ist der Spuk vorbei.“

Mit schwerer Zunge antwortete er: „Dafür schulde ich dir was.“

„Ich werde dich dran erinnern.“ Es klickte und Stuart hatte aufgelegt.

J.T. starrte für ein paar Sekunden auf sein Handy und merkte, wie ihm ein ganzer Felsbrocken vom Herzen fiel.

„Ist irgendetwas passiert?“ Gayles fragende Stimme drang an sein Ohr.

Er drehte sich zu ihr um. Fast hätte er vergessen, dass sie noch hier war. „Nein, alles bestens. Das war nur Stuart.“

„Und was wollte er? Irgendwie klang es ernst.“

J.T. steckte sein Handy in die Hosentasche und ging zurück zur Küchentheke, an der Gayle saß und ihn aufmerksam betrachtete. Er war so verdammt erleichtert, dass er beinahe schwebte. Und plötzlich hatte er Lust, feiern zu gehen und eine ganze Flasche Champagner auf einmal zu trinken.

Er war nicht der Vater.

Er war nicht der Vater!

Die Visionen von vollen Windeln und einem Kindersitz in seinem Sportwagen, die ihn in letzter Zeit verfolgt hatten, lösten sich in Luft auf. Zurück blieb pure Zufriedenheit darüber, dass sich in seinem Leben nichts ändern würde.

Er winkte ab und setzte sich ihr gegenüber an die Theke. „Nur ein kleines Missverständnis, das sich in Wohlgefallen aufgelöst hat."

„Ein kleines Missverständnis? Wenn es nur ein kleines Missverständnis war, weiß ich nicht, warum du plötzlich so erleichtert aussiehst."

„Weil ich es bin." J.T. griff nach einem Stück Pizza und biss herzhaft zu.

Weil Gayle ihn noch immer skeptisch betrachtete und er keinen Grund kannte, weshalb sie nichts von dem Vaterschaftstest wissen sollte, zuckte er mit den Schultern und wischte sich mit einer Papierserviette über den Mund. Immerhin hatte er nichts falsch gemacht – er hatte niemanden betrogen und hatte ordnungsgemäß verhütet. Wer sollte ihm schon Vorwürfe machen?

„Stuart hat mich in den vergangenen Monaten vertreten. Als mein Anwalt in einer Vaterschaftsklage", fügte er ruhig hinzu. „Gerade eben wollte er mir mitteilen, dass das Testergebnis da ist und dass ich nicht der Vater bin."

Nun gut – vielleicht hätte er nicht so direkt mit der Sprache herausrücken sollen. Gayle starrte ihn nämlich regelrecht schockiert an und sagte kein Wort.

„Es war keine große Sache“, bemühte er sich, die Angelegenheit klarzustellen.

„Wie bitte?“, krächzte sie. „Keine große Sache?“

„Die Mutter des Kindes und ich haben vor ungefähr zehn Monaten ein paar Tage miteinander verbracht. Ganz unverbindlich und ohne Absichten. Wir hatten nichts Ernstes am Laufen. Und wir haben immer verhütet.“ Es war ihm wichtig, das zu betonen. „Als sie schwanger wurde, behauptete sie, dass ich der Vater wäre und dass ein Kondom gerissen sein musste.“ J.T. wollte nicht selbstgefällig klingen, konnte sich jedoch nicht verkneifen, zu erwähnen: „Ich *wusste* die ganze Zeit, dass das Baby nicht von mir war. Wenn mit einem der Kondome etwas nicht in Ordnung gewesen wäre, hätte ich es gewusst. Das Baby konnte ganz unmöglich von mir sein.“

Ihre Reaktion fiel merkwürdig aus. Sie grollte nämlich förmlich: „Und da konntest du dir sicher sein?“

Was sollte denn diese Frage? „Natürlich konnte ich sicher sein!“

„Aha.“ Das kam schneidend.

Er legte den Kopf schief und verstand nicht, was mit ihr los war. „Hör zu, Gayle. Das ist vor deiner Zeit passiert …“

„Das habe ich schon verstanden!“

Verdammt, warum war sie bloß derart sauer? „Der Test ist negativ ausgefallen. Nichts ändert sich bei mir. Alles geht weiterhin seinen Gang“, entgegnete er, damit sie wieder runterkam.

„Ja, ich weiß! Das Baby ist nicht von dir. Es konnte ganz

unmöglich dein Kind sein. Dein Leben bleibt so, wie es ist. Nichts verändert sich."

Verwirrt über ihren verbalen Angriff runzelte er die Stirn. „Ja, nichts verändert sich!"

„Schön!"

„Verdammt noch mal, was ist das Problem, Gayle?"

„Das Problem ist, dass dein Verhalten das Allerletzte ist." Wie von der Tarantel gestochen sprang sie von ihrem Hocker auf, nahm ihren Teller und ging zum Abfalleimer, um dort ihre Pizza zu entsorgen.

„Streiten wir uns gerade tatsächlich über diesen Vaterschaftstest?" Ungläubig beobachtete er, wie sie den Teller in die Spülmaschine steckte. Es hätte ihn nicht gewundert, wenn sie ihn an die Wand geworfen hätte, weil sie derart aufgebracht wirkte. „Hast du nicht verstanden, dass ich nicht der Vater des Babys bin? Ich habe nichts falsch gemacht!"

„Wenn du dir das einreden willst ... Nur zu!"

„Ich muss mir das nicht einreden, weil es zufälligerweise stimmt! Ich habe nichts falsch gemacht", wiederholte er, indem er jedes einzelne Wort betonte.

„Und was hättest du getan, wenn es dein Kind gewesen wäre?"

Dann hätte er sich zuerst einmal besinnungslos besoffen. „Darüber muss ich nicht nachdenken, weil es nicht mein Kind ist. Können wir jetzt endlich das Thema wechseln?"

„Nein, können wir nicht!"

„Was zum Teufel ist eigentlich mit dir los?"

„Du besitzt keinerlei Verantwortungsgefühl“, warf sie ihm aus dem Blauen heraus vor. „Verpflichtungen ignorierst du einfach und denkst nur an dein eigenes bequemes Leben …“

„Von welchen Verpflichtungen sprichst du bitte?“ Wut breitete sich in ihm aus, während Gayle noch immer mit dem Rücken zu ihm stand. Sie hatte einen Nerv getroffen, weil sie nicht die erste war, die ihm diesen Vorwurf machte und davon sprach, dass er kein Verantwortungsgefühl besaß. Nur wollte er ihr nicht den Triumph gönnen, indem er ihr zeigte, dass ihr Kommentar ihn wurmte. „Ich ignoriere keine Verpflichtungen, weil ich mir erst gar keine Verpflichtungen aufhalse! Es ist verdammt noch mal meine Entscheidung, wie ich mein Leben führe.“

Sie drehte sich zu ihm um. Ihre Wangen waren mittlerweile knallrot geworden. „Und was hättest du getan, wenn der Vaterschaftstest positiv ausgefallen wäre?“

„Er ist aber nicht positiv ausgefallen“, konterte er mit nicht zu überhörender Wut in der Stimme. „Und das ist ein Grund zur Freude, wenn du mich fragst. Es war nämlich ganz sicher nicht mein dringendster Wunsch, mein Leben an die Wand zu fahren, weil ich von einer Frau ein Kind bekomme, mit der ich ein paarmal unverbindlichen, bedeutungslosen Sex hatte!“

Sie wich zurück und umklammerte die Arbeitsplatte hinter sich mit ihren Händen.

Weil sie getroffen wirkte, machte er einen Schritt auf sie zu und streckte seine Hand nach ihr aus. „Gayle …“

„Ich werde bald zurück nach Südamerika gehen“,

unterbrach sie ihn und vereitelte seinen Versuch, sich ihr zu nähern. „Um genau zu sein, gehe ich nach Peru, um dort in einem Entwicklungshilfeprojekt zu arbeiten."

Verständnislos sah er sie an. „Wie bitte?"

„In ein paar Wochen werde ich gehen."

„Moment." J.T. schüttelte verwirrt den Kopf. Gleichzeitig drückte jemand seinen Brustkorb zusammen. „Ich verstehe nicht ... Du verlässt New York?"

„Ja, schon bald. Meine Arbeit ist hier getan", erläuterte sie mit belegter Stimme.

Seine Schultern fielen kraftlos hinab. „Wolltest du mir davon erzählen, als mein Telefon geklingelt hat?"

Zögernd gab sie zu: „Ja."

Seine Gedanken stoben in alle Richtungen und seine Gefühle waren ein absolutes Chaos. Die Vorstellung, dass Gayle wegziehen könnte, gefiel ihm ganz und gar nicht. Und noch weniger gefiel ihm, dass sie diese Entscheidung längst gefällt hatte, ohne ihn darüber überhaupt zu informieren. Sie hatte keinen Ton darüber verloren!

Aufgebracht schob er das Kinn nach vorn. „Hast du mir nicht gerade noch vorgeworfen, dass ich kein Verantwortungsbewusstsein besitze? Wie nennst du dann das, was du hier abziehst?"

Gayle schnappte nach Luft. „Was?!"

Herrisch verschränkte er die Arme vor der Brust. „Mit deinem Verantwortungsbewusstsein kann es ja nicht weit her sein, wenn du das Jugendheim so einfach im Stich lassen und verschwinden kannst!"

„Ich lasse niemanden im Stich, sondern übergebe

meine Aufgaben an eine Nachfolgerin, sobald diese eingestellt worden ist." Trotzig kniff sie die Augen zusammen.

„Bullshit! Was, denkst du, werden Jody, Nate und die anderen sagen?"

„Sie werden eine andere Betreuerin haben, die sich um sie kümmern wird. Und ich werde mich um ein neues Projekt kümmern, denn das ist mein Job." Mit einem abfälligen Schnauben fügte sie hinzu: „Warum erkläre ich dir das überhaupt – du weißt ja nicht, was es bedeutet, einen Job zu haben."

J.T. knirschte mit den Zähnen. „Wow, Gayle, jetzt hast du es mir aber gegeben! Ich bin beeindruckt."

Kommentarlos stieß sie sich von der Küchenarbeitsfläche ab und marschierte auf ihre Tasche zu, die auf einem der Barhocker lag. Ohne ein Wort zu sagen, griff Gayle nach ihr und ging anschließend in den Flur. J.T. folgte ihr, während er befürchtete, dass dies hier etwas Endgültiges war.

„Wo gehst du hin, verflucht noch mal?", verlangte er mit einer Mischung aus Wut und Besorgnis zu wissen. „Wir streiten uns! Du kannst nicht einfach gehen."

„Du siehst doch, dass ich das kann." Mit abgehackten Bewegungen schlüpfte sie in ihre Jacke hinein. „Ich will dir nicht im Weg stehen, schließlich habe ich das Gefühl, dass du heute Abend feiern willst, dass du dein Leben nicht an die Wand gefahren hast!"

Er raufte sich das Haar. „Schon kapiert! Du bist sauer – meinetwegen! Aber könntest du dir bitte die Jacke ausziehen, damit wir diesen Scheiß aus der Welt schaffen können, Gayle. Das ist doch lächerlich."

Sie schüttelte den Kopf. „Wozu noch reden? Es ist alles gesagt worden ..."

„Sei nicht so scheißstur", brach es aus ihm raus.

„Das hat nichts mit Sturheit zu tun", behauptete sie und schulterte ihre Tasche. „Die Sache zwischen uns hatte von vornherein ein Verfallsdatum, und das haben wir überschritten."

„Du machst Schluss?"

Sie zog ihre Augenbrauen zusammen. Ihre Miene wirkte kühl und abweisend. Gleichzeitig glänzten ihre Augen auf eine verdächtige Art und Weise. „Um Schluss machen zu können, müsste man eine Beziehung geführt haben. Aber das haben wir nicht. Du willst nur unverbindlichen, bedeutungslosen Sex ohne Verpflichtungen haben."

„Und was willst du?"

„Ist das nicht egal?" Sie klang müde.

J.T. war es auch müde, sich für etwas rechtfertigen zu müssen, von dem er nicht einmal wusste, was es war. Vermutlich nahm seine Stimme deshalb einen härteren Klang als beabsichtigt an, als er erwiderte: „Wenn das so ist – du weißt ja, wo die Tür ist."

TEIL II

KAPITEL 1

„HALLO?"

„Spreche ich mit J.T. Ashcroft?"

„Ja, das tun Sie." Stirnrunzelnd öffnete er seine Autotür und klemmte sich gleichzeitig das Handy zwischen Ohr und Schulter, weil er die Akten, die er gerade noch aufs Autodach gelegt hatte, schnell ins Innere verfrachten wollte, bevor ein Windstoß sie wegfegen konnte. Leider herrschte in Jugendamtsakten das blanke Chaos mit unzähligen nicht abgehefteten Formularen, die es nicht zu verlieren galt. Da vom anderen Ende der Leitung keine Erwiderung kam und er die grimmige Männerstimme nicht erkannte, wollte er mit einem Anflug von Ungeduld wissen: „Dürfte ich fragen, wer dort spricht?"

„Quentin Stanley Keaton", erscholl es barsch. „Gayles Großvater."

J.T. stockte und hob automatisch den Kopf, wobei ihm

das Handy beinahe hinuntergefallen wäre. Mit der rechten Hand griff er hastig danach und presste es an sein Ohr. Mit jedem Anruf hätte er gerechnet, aber nicht mit diesem! Er kannte den Mann überhaupt nicht, und mit Gayle hatte er zum letzten Mal gesprochen, als sie wutentbrannt aus seiner Wohnung gestürzt war und ihm Beleidigungen an den Kopf geworfen hatte. Das war über zwei Monate her. Seither herrschte zwischen ihnen Funkstille. Und selbst wenn er sie hätte sprechen wollen, worüber er nicht einmal sicher war, dass er es wollte, hätte er sie wohl kaum erreichen können, immerhin befand sie sich mittlerweile in Peru.

Sobald er daran dachte, dass sie sich zurzeit in Südamerika befand, beschlich ihn ein ungutes Gefühl, das seinen Magen zusammenkrampfen ließ. „Mr. Keaton", fragte er ihren Großvater eindringlich, „geht es Gayle gut?"

„Natürlich geht es ihr nicht gut", entgegnete der andere Mann zornig. „Genau deswegen rufe ich doch an! Und es war verdammt schwierig, an Ihre Nummer zu kommen. Ich musste ein paar Beziehungen spielen lassen, um Ihnen den Marsch blasen zu können, junger Mann."

Litt Gayles Großvater etwa unter geistiger Verwirrung?

J.T. wusste nicht, wie er das eben Gehörte sonst hätte erklären können.

„Äh ..."

„Es interessiert mich nicht, was zwischen Ihnen und meiner Enkelin vorgefallen ist, aber ich erlaube nicht, dass Sie sich aus Ihrer Verantwortung stehlen. Das ganze Theater habe ich mir lange genug angeschaut und jetzt ist damit Schluss. Ich verlange, dass Sie in dieser Situation das Richtige tun, Mr. Ashcroft. Und zwar jetzt, bevor meine Enkelin noch auf weitere dumme Ideen kommen kann."

Verständnislos senkte er den Kopf, während ihn ein ungutes Gefühl beschlich. Seine Hand, die noch immer auf den Akten ruhte, ballte sich automatisch zu einer Faust. „Mr. Keaton, ich fürchte, ich verstehe nicht, was Sie meinen."

Offenbar schnaubte der andere Mann abfällig. „Natürlich verstehen Sie, was ich meine! Seit über zwei Monaten ist sie nun schon bei uns in Charleston, und Sie haben es bisher nicht ein einziges Mal für nötig gehalten, sich nach ihr zu erkundigen."

J.T. war durcheinander. Er war sogar entsetzlich verwirrt, als er an ihr letztes Gespräch dachte, in dem sie ihm regelrecht an den Kopf geworfen hatte, dass sie nach Südamerika gehen würde. Nur wenige Tage später war sie bereits abgereist – ohne ihn noch einmal gesprochen zu haben. „Was macht sie denn in Charleston? Sie hat mir erzählt, dass sie nach Peru gehen wird!"

„Peru? Denken Sie wirklich, dass ich es erlaubt hätte, sie in ihrem jetzigen Zustand nach Peru gehen zu lassen!"

In ihrem jetzigen Zustand?

Der Schock traf ihn wie ein Blitz. Scharf zog er den Atem ein. „Mr. Keaton, ich ..."

„Eigentlich ist es Ihre Aufgabe, dafür zu sorgen, dass meine Enkeltochter auf sich aufpasst und sich schont, Mr. Ashcroft. Sie sind der Vater des Babys, auch wenn Sie offenbar glauben, dass Sie diese Tatsache ignorieren können. Aber ich kann nicht einfach ignorieren, dass Sie meine schwangere Enkeltochter sitzen gelassen haben und sich weder um sie noch um das Kind kümmern wollen."

Einen Augenblick lang hörte J.T. nur ein Rauschen in seinem Kopf, während sein Magen zu Boden sackte. Unfähig zu einem klaren Gedanken starrte er vor sich hin, blinzelte und öffnete den Mund, um etwas zu sagen. Nur kam kein Ton heraus.

Gayle war schwanger?

Sein Schweigen nahm ihr Großvater zum Anlass, seine Tirade fortzuführen. „Sie sind kein Teenager mehr, dem man verzeihen kann, sich in dieser Situation nicht richtig zu verhalten! Sie sind erwachsen und müssen zu den Konsequenzen Ihres Handelns stehen. Deshalb verlange ich, dass Sie Verantwortung übernehmen und ..."

Er unterbrach ihn. „Sie erwartet tatsächlich ein Baby?"

„Als ob Sie das nicht schon längst wüssten!"

J.T. schluckte schwer. „Ich hatte keine Ahnung, Mr. Keaton."

„Wollen Sie mir etwa weismachen, dass Sie nichts von der Schwangerschaft wussten?"

„Ja, von dem Baby höre ich gerade zum ersten Mal", entgegnete er mit mühsamer Beherrschung.

Das ließ den anderen Mann für ein paar Sekunden verstummen, bevor er skeptisch erklärte: „Gayle hat ihrer Großmutter und mir gesagt, dass Sie kein Interesse an dem Kind haben und dass sie Sie aus diesem Grund verlassen hat."

Abrupt drehte sich J.T. um und biss die Zähne zusammen, während er erzürnt auf das Autodach starrte. Und ob er Interesse daran hatte, dass sie ein Kind von ihm bekam! „Mr. Keaton, Gayle hat mir keinen Ton darüber gesagt, dass sie schwanger ist! Bis vor einer Minute hatte ich keine Ahnung! Verflucht, ich dachte, sie wäre in Peru!“ Er atmete schwer. „Denken Sie, ich hätte mich in dem Wissen zurücklehnen und Däumchen drehen können, dass sie sich an einem Hilfsprojekt in einem Entwicklungsland beteiligt, während sie mit meinem Baby schwanger ist?“

Die Verwirrung war Gayles Großvater anzuhören. „Aber warum hat sie uns dann erzählt, dass Sie von der Schwangerschaft wüssten?“

„Ich weiß es nicht“, erwiderte er und schwor sich mit düsterer Stimmung, dass er es herausfinden würde. So schnell wie möglich. „Mr. Keaton?“

„Ja.“

„Wären Sie so freundlich, mir Ihre Adresse zu geben?“

„Bedeutet das, dass Sie herkommen wollen?“

J.T. spürte, wie seine Miene versteinerte. „Ja, sobald wir auflegen, buche ich einen Flug.“

KAPITEL 2

Er hatte nicht gewusst, dass er mitten in die Vorbereitung einer Party hereinplatzen würde. Und er hatte ebenfalls nicht gewusst, dass Gayle als kleines Mädchen eine riesige Zahnlücke besessen hatte, die mit einer Zahnspange gerichtet worden war. Aber anhand der vielen Fotos, die Gayle in allen Entwicklungsstufen zeigte, erfuhr er so allerhand über die Frau, die nach einem gewaltigen Streit aus seinem Leben verschwunden war und ihn nicht darüber aufgeklärt hatte, dass sie von ihm schwanger war.

Ein Muskel zuckte in seiner Wange, wenn er darüber nachdachte, dass sie bereits im vierten Monat war und ihm nichts gesagt hatte.

J.T. hatte von ihrem Großvater erfahren müssen, dass er Vater wurde.

Von ihm hatte er auch gehört, dass es Gayle im vergangenen Monat so schlecht gegangen war, dass sie für ein paar Tage ins Krankenhaus gekommen war, damit die massive Schwangerschaftsübelkeit behandelt werden konnte. Auch das nahm er ihr übel, weil er hätte da sein müssen, als es ihr so schlecht ging.

Verdammt, was dachte sie nur von ihm? Dass es ihm egal war, wenn sie mit seinem Kind schwanger war und ins Krankenhaus kam?

J.T. war wütend. Wütend auf sich, dass er nicht schon während ihres Streits begriffen hatte, was los war. Wütend auf sie, dass sie ihm sein Recht verweigert hatte, von ihrer Schwangerschaft zu erfahren. Und wütend auf eine Situation, derentwegen er im Arbeitszimmer ihres Großvaters saß und darauf wartete, dass sie nach Hause kam, während er dem älteren Mann gegenübersaß, der ihn skeptisch und abwägend betrachtete.

Einzig über die Nachricht, dass sie ein Baby bekam, war er nicht wütend. Er war nervös, aufgeregt und besorgt, aber nicht wütend. Anders als noch vor ein paar Monaten, als ihm mitgeteilt wurde, dass er seine Ex geschwängert haben sollte, war er nicht aufgebracht, panisch und fühlte sich hinters Licht geführt. Und anders als bei Kim wusste er, dass Gayles Baby von ihm war.

Es klopfte an der Tür zum Arbeitszimmer, woraufhin sich J.T. augenblicklich aufrichtete und den Kopf nach hinten drehte, weil er damit rechnete, dass Gayle den Raum betrat. Stattdessen steckte die Haushälterin den Kopf herein und berichtete zögernd: „Mr. Keaton, es tut mir leid, aber Miss Keaton bestand darauf, in ihr Zimmer zu gehen, als sie gerade nach Hause kam und ich ihr mitteilte, dass Sie sie zu sprechen wünschen.“

„Danke, Greta." Der ältere Mann winkte erschöpft ab. „Es hätte mich auch gewundert, wenn sie ein einziges Mal das tut, was man ihr sagt."

Von ganz allein zuckten J.T.s Mundwinkel. Sobald Greta die Tür geschlossen hatte, räusperte er sich: „Mir müssen Sie nichts von Gayles Sturheit erzählen. Die ist mir hinreichend bekannt. Wenn es Ihnen nichts ausmacht, mache ich mich auf die Suche nach ihr." Er erhob sich, ohne eine Antwort abzuwarten. „Es passt mir nämlich nicht, Männchen zu machen und auf sie zu warten."

Er konnte sich täuschen, aber in den Augen des älteren Mannes funkelte so etwas wie Wohlwollen. „Greta kann Ihnen den Weg zeigen."

Als J.T. nur wenige Minuten später Gayles Schlafzimmer betrat, registrierte er zuerst, dass sie im angrenzenden Badezimmer sein musste, hinter dessen geschlossener Tür Wasserrauschen zu hören war. Und dann registrierte er das Innere des Zimmers, das wie eine Zeitreise war, denn es wirkte mit seinen Postern an den Wänden und den Plüschtieren in den Regalen wie das Zimmer eines Teenagers, wenn man von dem geschmackvollen Cocktailkleid einmal absah, das an der Außentür des Kleiderschrankes hing.

Weil er nicht wusste, wie lange Gayle brauchen würde, bis sie fertig war, entschied er sich dazu, auf sie zu warten. Und das tat er auf ihrem Bett, indem er sich auf der bunten Patchworkdecke ausstreckte und die Arme hinter dem Kopf verschränkte. Tatsächlich dauerte es eine ganze Weile, bis sie endlich aus dem Badezimmer trat und sich gedankenverloren das nasse Haar nach hinten strich. J.T. merkte, wie er automatisch den Atem anhielt und einen verwirrenden Mix aus Ärger, Verlangen und Aufregung empfand. Wie von selbst suchten seine Augen nach einem Anzeichen dafür, dass sich unter dem hellgrauen Handtuch, in das sie sich gewickelt hatte, tatsächlich eine Rundung verbarg.

Von Schwangerschaften hatte er keine Ahnung und konnte deshalb nicht sagen, ob man nicht schon etwas unter dem dicken Frotteehandtuch hätte sehen müssen. Am liebsten hätte er ihr das Handtuch weggezogen und sie nackt auf das Bett gelegt, um sie genau anzusehen und … ein paar Dinge mit ihr zu tun, von denen er in den vergangenen zwei Monaten pausenlos geträumt hatte. Gleichzeitig würde er ihr am liebsten den Hals umdrehen.

Ihr erstickter Schrei, sobald sie ihn sah, riss ihn aus seinen Gedanken heraus.

Mit schreckgeweiteten Augen starrte sie ihn an. Ihre Stimme war lediglich ein Krächzen. „Was zum Teufel tust du hier?"

Er unterzog sie einer kühlen Musterung, während er es genoss, dass das Überraschungsmoment auf seiner Seite war. „Das wollte ich eigentlich dich fragen, Gayle. Ich dachte, du wärst in Peru."

Darauf ging sie gar nicht ein, sondern runzelte die Stirn. „Wie bist du hierhergekommen?"

„Mit dem Flugzeug", erwiderte er beiläufig und erntete ein Schnauben, während sie die Arme vor ihrer Brust verschränkte.

„Was tust du hier in meinem Schlafzimmer, verdammt noch mal? Ich kann mich nicht erinnern, dich eingeladen zu haben!"

J.T. lächelte leicht. „Und ich kann mich sehr wohl daran erinnern, in dein Schlafzimmer eingeladen worden zu sein. Sogar mehrmals."

Sie tastete nach ihrem Handtuch, als wollte sie sichergehen, dass es noch nicht hinabgefallen war. „Für jemanden mit einem überdurchschnittlichen IQ stellst du dich wie ein Idiot an. Es ist lange her, dass du in meinem Schlafzimmer willkommen warst."

„So lange auch wieder nicht", relativierte er feixend.

„Das hier ist Charleston und nicht New York", machte Gayle ihn auf das Offensichtliche aufmerksam. „Was willst du hier?"

Leichthin erwiderte J.T.: „Mit dir reden." Es machte ihm Spaß, sie noch ein bisschen zappeln zu lassen und zu sehen, wohin sich dieses Gespräch entwickelte.

„Zwischen uns ist alles geklärt."

„Dein Großvater hat mich angerufen." Über seinen freundlichen Tonfall war selbst er überrascht.

Gayle zuckte merklich zusammen und verzog nervös den Mund. „Wie bitte?"

„Wir hatten ein Gespräch."

Mit viel zu hoher Stimme hakte sie nach: „Worüber?"

„Über dich. Über mich." Und dann fügte er hinzu: „Über uns."

„Es gibt kein Uns."

„Ja, das hattest du mir bereits bei unserem letzten Gespräch sehr deutlich gemacht."

Sie wirkte wütend. Fein – dann hatten sie beide wenigstens eines gemeinsam. „Dass du nach Charleston gekommen bist, ändert nichts, J.T."

Darauf ging er nicht ein. „Wieso bist du nicht in Peru?"

„Das geht dich nichts an."

J.T. erhob sich vom Bett und registrierte mit einem Hauch Befriedigung, dass sie einen Schritt zurückmachte und mit nervöser Miene seinem Blick auswich. „Komisch. Das denke ich nämlich doch."

Es war zu offensichtlich, dass sie ihm nicht ins Gesicht sehen wollte. Vermutlich starrte sie deshalb seinen Hals an, als er dicht vor ihr stehen blieb. „Hör zu. Ich habe keine Ahnung, weshalb dich mein Großvater angerufen hat. Mein Leben geht ihn nichts an. Nur sieht er das nicht ein und ist verbohrt und schrecklich stur ..."

Mit trockener Stimme warf er ein: „Dann seid ihr ja schon zu zweit."

Ah! Endlich hob sie den Blick, um ihn mit funkelnden Augen anzusehen. „Und du hättest nicht herkommen sollen! Könntest du jetzt gehen, damit ich mich umziehen kann? Unten findet nämlich gleich eine Party statt."

Als ob er das nicht bemerkt hätte. „Eine Party klingt doch nett."

„Du bist nicht eingeladen!"

„Deine Großeltern werden sicherlich nichts dagegen haben, wenn ich bleibe."

Gayle stieß einen frustrierten Laut aus. „Was willst du

damit bezwecken? Wir haben Schluss gemacht, J.T. – vor Wochen! Wieso bist du jetzt hier, wenn ich dich vorher nicht interessiert habe?"

Plötzlich lag Anspannung in der Luft. Anstatt sie zu schütteln, wie er es gerne getan hätte, verlegte er sich darauf, betont ruhig zu erwidern: „Oh – ich war sehr interessiert an dir, aber ich dachte, dass du in Peru wärst und nicht bei deinen Großeltern in Charleston." J.T. stieß seinen Atem aus. „Und zudem hatte ich nach unserem letzten Gespräch das Gefühl, dass *ich* dich nicht interessiert habe, immerhin hast du einfach entschieden, weiterzuziehen."

Gayle schnappte nach Luft. „Bullshit! Du legst dir alles so zurecht, wie du es willst."

„Kommt dir das nicht bekannt vor?" Er machte einen weiteren Schritt auf sie zu. „Ich bin wenigstens hier, während du jedes Mal wegläufst, sobald dir etwas nicht passt oder es schwierig wird."

„Wie kannst du ...?"

„Ich habe doch recht, nicht wahr?"

„Nein, hast du nicht!"

Er zog eine Augenbraue in die Höhe. „Was ist mit Amy? Wenn du nicht, wie du behauptest, wegläufst, sobald es schwierig ist, wirst du sicherlich mit ihr geredet haben. Weiß sie mittlerweile, dass du ihre Schwester bist?"

Unsicherheit flackerte in ihrem Blick auf. „J.T. ..."

„Du hast es ihr immer noch nicht gesagt." Er war fassungslos und spürte, dass er von Sekunde zu Sekunde wütender wurde. „Du hast Amy noch immer nicht gesagt, dass du ihre Schwester bist. Nein, du hast einfach das Weite gesucht.“ Er schob das Kinn nach vorn. „Und mir hast du erst gar nicht die Chance gegeben, auf deine Schwangerschaft zu reagieren!“

Der Schock war ihr anzusehen.

J.T. war es völlig egal. Grimmig senkte er den Kopf. „Du hast nichts gesagt, sondern hast deine Sachen gepackt! Du bist einfach gegangen, ohne mir zu erzählen, dass du schwanger bist! Wie nennst du das?“

Sie öffnete den Mund, aber sie sagte nichts. Und J.T. wollte ihr nicht die Chance geben, irgendeine faule Entschuldigung oder Ausrede zu finden, sondern fuhr bitter fort: „Wenn mich dein Großvater nicht angerufen hätte, um mich zur Rede zu stellen, dass ich mich aus meiner Verantwortung stehle, wüsste ich noch immer nicht, dass du ein Baby von mir bekommst!“

Auf ihrem Gesicht waren widerstreitende Gefühle zu erkennen. Wut, Panik, Unsicherheit. Anscheinend entschied sie sich für Wut, weil sie voller Sarkasmus antwortete: „Willst du nicht lieber auf einen Vaterschaftstest warten? Wer weiß, ob es überhaupt von dir ist, schließlich verhütest du doch immer! Wenn dir ein Kondom gerissen wäre, hättest du es schließlich bemerkt“, wiederholte sie spöttisch die Worte, die er damals von sich gegeben hatte, als es um den Vaterschaftstest an Kims Baby gegangen war.

Er knirschte mit den Zähnen und umfasste ihre nackten Oberarme mit seinen Händen. „Ich weiß, dass es von mir ist. Lass den Unsinn, Gayle!“

„Wieso bist du überhaupt hier?“ Sie wollte anscheinend tough und hart wirken, weil sie den Kopf in den Nacken warf. Aber ihr zitterndes Kinn verriet sie. „Willst du wirklich dein Leben an die Wand fahren, weil du von einer Frau ein Kind bekommst, mit der du ein paarmal unverbindlichen, bedeutungslosen Sex hattest?“

J.T. zuckte zusammen. „Das habe ich nie gesagt!“

„Doch, das hast du!“

„Aber du warst damit nicht gemeint!“ Beinahe hätte er sich die Haare gerauft. „Was ich damals über Kim gesagt habe, hatte rein gar nichts mit dir zu tun! Du und ich – das ist eine völlig andere Situation.“

„Das ist richtig.“ Sie machte sich von ihm los. „Ich will nämlich nichts von dir. Keinen Vaterschaftstest. Keine Alimente. Keine Unterstützung. Mir geht es fabelhaft.“

„Dein Großvater ist da anderer Meinung.“

Gayle verengte die Augen. „Er hatte kein Recht, dich anzurufen!“

„Stimmt, du hättest mir Bescheid geben müssen! Aber das hast du nicht.“

„Sobald das Baby auf der Welt gewesen wäre, hätte ich dich informiert“, murmelte sie unsicher und sah beiseite.

„Danke – zu gütig!“, schnappte er aufgebracht und glaubte ihr kein Wort. Allein die Vorstellung, dass er von dem Baby vielleicht niemals erfahren hätte, ließ finstere Wut in ihm aufsteigen. Gayle hatte ihm nichts gesagt! Statt mit ihm zu reden, hatte sie die Bemerkungen, die er über Kim hatte fallen lassen, als Vorwand genommen, einfach zu verschwinden und ihn im Dunkeln zu lassen.

Was hatte sie denn erwartet zum Teufel? J.T. hatte mit Kim kein Kind bekommen wollen, weil sie ihm rein gar nichts bedeutet hatte! Die Sache mit Kim war nichts gewesen – nur ein Fick. Kim hatte das gewusst und er hatte es gewusst. Und als der Vaterschaftstest negativ ausgefallen war, war er erleichtert gewesen. Jeder Mann wäre erleichtert gewesen! Aber das hatte nichts darüber ausgesagt, wie er reagiert hätte, wenn Gayle ihm von ihrer Schwangerschaft erzählt hätte. Gayle war für ihn keine bedeutungslose, x-beliebige Frau, mit der er einfach nur schlafen wollte.

Wie konnte sie die beiden völlig verschiedenen Situationen nur miteinander vergleichen, ihre Schlüsse daraus ziehen und ihm dann auch noch einen Strick aus allem drehen wollen?

„Gut! Dann weißt du es jetzt. Mehr gibt es dazu nicht zu sagen."

J.T. konnte hören, dass er knurrte, kurz bevor er explodierte. „Ich habe auch Rechte, verdammt noch mal! Wenn du mit meinem Kind schwanger bist, muss ich das erfahren! Und ich will wissen, wenn du ins Krankenhaus kommst, weil es dir nicht gut geht. Ich will alles wissen, und ich will mitentscheiden, was das Baby betrifft! Du kannst mich nicht einfach ausschließen."

„Du hast mir überhaupt nichts zu sagen!"

Er griff nach ihrem Handgelenk und zog sie an sich. „Glaub ja nicht, dass du eine Wahl hast."

„Lass mich los", wütete sie und wollte sich von ihm losreißen.

Das Einzige, was sie damit bezweckte, war, dass sich das Handtuch löste und lautlos zu Boden segelte, wo es liegen blieb.

Sofort erstarrte J.T. und betrachtete ihren nackten Körper– frisch geduscht, samtweich und eindeutig schwanger. Es war noch nicht viel zu sehen, aber etwas war zu sehen. Eine winzige, perfekte Rundung, deren Anblick ihm den Angstschweiß auf die Stirn trieb und gleichzeitig seine Brust vor Stolz anschwellen ließ.

„Sieh nur, was du angerichtet hast“, empörte sich Gayle.

„O ja, ich sehe es“, entgegnete er heiser, ohne die Augen von ihrem nackten Bauch zu nehmen.

„Das meinte ich nicht!“ Gayle schaffte es, seine Hand von ihrem Handgelenk zu lösen, und bückte sich, um das Handtuch aufzuheben. „Geh einfach, J.T.!“

„Nein, ich ...“

„Ich will allein sein.“ Gayle holte zittrig Luft. „Bitte.“

Obwohl ihm seine Instinkte dazu rieten, bei ihr zu bleiben und die Probleme aus der Welt zu schaffen, und obwohl er sie gerne berührt hätte und ihren Bauch einfach nur weiter ansehen wollte, nickte er widerstrebend. „Okay. Morgen ...“ Er schluckte schwer. „Wir reden morgen.“

KAPITEL 3

Gayle hatte die Cocktailparty geschwänzt.

J.T.s Auftauchen und ihre Auseinandersetzung hatten ihr gestern nach einem anstrengenden Tag im Büro den Rest gegeben. Sie hätte nie und nimmer eine Cocktailparty überstanden, ohne in Tränen auszubrechen. Falls sich ihre Großeltern darüber ärgerten, dass Gayle gestern auf ihrem Zimmer geblieben war und die Tür abgeschlossen hatte, um ihre Ruhe zu haben, ging das allein auf ihr Konto, schließlich war es ihr eigener Großvater gewesen, der J.T. angerufen hatte.

Sie wusste nicht, woher er seine Nummer hatte, und es ärgerte sie maßlos, dass sie ihm im Zustand furchtbarer Übelkeit, grauenvoller Müdigkeit und überwältigender Hilflosigkeit seinen Namen genannt hatte. Dass ihr Großvater aktiv werden und J.T. aufstöbern könnte, hatte sie nie für möglich gehalten.

Die letzte Nacht war grauenvoll gewesen, weil sie

schlaflos in ihrem Bett gelegen und das Gespräch, das sie mit J.T. geführt hatte, Satz für Satz seziert hatte. Gayle wusste, dass sie sich wie eine Oberzicke verhalten hatte, aber sie war nicht darauf vorbereitet gewesen, ihn in ihrem Zimmer zu sehen. Außerdem hatte ihr das Konglomerat zwischen ihm und ihrem Großvater nicht gefallen – die beiden taten so, als wäre sie ein hilfloses Weibchen, das ohne männliche Unterstützung nicht zurechtkommen würde.

Diese Überheblichkeit, die auch J.T. an den Tag gelegt hatte, war der Grund gewesen, weshalb sie gestern derart auf ihn losgegangen war. Vielleicht hatte sie ihn auch nicht merken lassen wollen, wie sehr sie ihn in den vergangenen Wochen vermisst hatte und wie sehr sie sich gestern danach gesehnt hatte, sich einfach nur an ihn zu schmiegen. Er sollte nicht wissen, dass sie seit ihrem Weggang aus New York häufig darüber nachgedacht hatte, ihn anzurufen und ihm von dem Baby zu erzählen. Allein die Vorstellung, dass es ihm egal sein könnte und dass er sich weder für das Baby noch für sie interessierte, hatte sie davon abgehalten, zum Telefonhörer zu greifen.

Gayle wusste selbst, dass es nicht richtig war, ihm bislang nichts von ihrer Schwangerschaft gesagt zu haben.

Vielleicht hätte sie darüber erfreut sein sollen, dass er hier in Charleston aufgetaucht war, sobald er die freudige Nachricht vernommen hatte, dass er Vater wurde. Aber wer sagte ihr, dass er sich nicht dazu gezwungen fühlte, weil ihr Großvater Druck gemacht hatte?

Und dann gab es noch diese eine Stimme, die ihr nachts durch den Kopf gespukt war.

Ihretwegen war er nicht zurückgekommen, sondern wegen ihrer Schwangerschaft.

Über all das konnte und wollte sie nicht mit ihm reden. Stattdessen konnte sie mit ihrem Großvater reden und ihm bei dieser Gelegenheit den Kopf waschen. Sie fand ihn im Esszimmer, wo er am Frühstückstisch saß und die Zeitung las. Da außer ihm niemand anwesend war, setzte sie sich zu ihm, ignorierte die leichte Übelkeit, die beim Anblick des Frühstücksspecks in ihr aufstieg, und goss sich etwas Tee ein.

„Du hast J.T. angerufen, Grandpa?", begann sie ohne Einleitung.

„Irgendjemand musste es ja machen." Er sah nicht einmal von seiner Zeitung auf.

Das Buttermesser neben ihrem Teller wirkte verlockend. Einen kurzen Moment überlegte Gayle, es nach ihrem Großvater zu werfen, entschied sich dann jedoch dafür, grimmig zu erwidern: „Niemand muss irgendetwas machen! Das ist allein meine Angelegenheit. Ich regele das selbst."

„Danach sah es aber nicht aus."

„Grandpa, das geht dich nichts an!"

Er schenkte ihr einen langen Blick. „Es geht mich sehr wohl etwas an, wenn meine Enkeltochter mit einem Kind schwanger ist, das allem Anschein nach keinen Vater bekommen hätte, wenn der Erzeuger nicht von mir informiert worden wäre."

Anstatt einen Schluck Tee zu nehmen und zu hoffen, dass sich ihr Magen beruhigte, ballte sie die Hände zu Fäusten. Die Überheblichkeit ihres Großvaters regte sie tierisch auf. „Was J.T. und ich miteinander zu regeln und zu besprechen haben, ist unsere Sache. Du hast dich nicht einzumischen."

„Das sehe ich anders." In aller Seelenruhe schlug er eine Seite um. „Du brauchst für dich und das Kind einen Versorger. Und da dieser dank deiner Sturheit nicht anwesend war, fiel es mir zu, dafür zu sorgen, dass alles seine Richtigkeit hat."

Es verschlug ihr förmlich den Atem. Sie lebten immerhin nicht mehr in den Fünfzigerjahren! „Ich brauche keinen Versorger", herrschte sie ihn an. „Ich kann mich sehr gut allein um ein Kind kümmern."

Ihr Großvater legte die Zeitung beiseite und runzelte die Stirn, als würde er an etwas Unerfreuliches denken. „So ein ähnliches Gespräch habe ich vor fast dreißig Jahren mit deiner Mutter geführt, als sie mit dir schwanger war. Sie behauptete auch, dass sie allein ein Kind versorgen kann. Aber das konnte sie nicht. Wir mussten dich aufziehen. Nun sind deine Großmutter und ich zu alt, um unser Urenkelkind großzuziehen."

Seine Worte trafen sie. Und sie schmerzten, obwohl Gayle wusste, dass keine böse Absicht hinter ihnen stand. Ihr Großvater wollte sie nicht verletzen. Er war lediglich ehrlich. „Ich bin nicht wie meine Mutter", widersprach sie ihm mit einem Kloß im Hals. „Ich bin keine Alkoholikerin, Grandpa."

„Nein, das bist du nicht. Aber was ist mit deinem Job?“

Sie atmete durch und fragte so gelassen wie möglich: „Was soll mit ihm sein?“

„Abgesehen von der Tatsache, dass du momentan keinen hast?“

„Ich arbeite im *CharlestonsChildCare.*“

„Ehrenamtlich“, betonte er. „Geld verdienst du damit nicht.“

„Aber das werde ich wieder, sobald es mir besser geht und ich einen neuen Job gefunden habe.“

„Und wo? Vielleicht in Peru?“

„Schon möglich“, entgegnete sie und klang selbst in ihren Ohren ziemlich schnippisch. Gleichzeitig rebellierte ihr Magen, als wollte er ihr mitteilen, dass er keine Lust auf dieses unerfreuliche Gespräch am frühen Morgen hatte.

Ihr Großvater schüttelte rigoros den Kopf. „Du kannst ein kleines Kind nicht mit in die abgelegensten Orte dieser Welt nehmen, in denen es kaum medizinische Versorgung und kein sauberes Trinkwasser gibt. Von einer adäquaten Schulbildung ganz zu schweigen. Wer soll sich deiner Meinung nach um dein Kind kümmern, wenn du irgendwo auf der Welt Entwicklungshelferin spielst? Deine Großmutter und ich werden es nicht tun.“

„Das habe ich schon verstanden“, erwiderte sie dumpf und biss anschließend die Zähne zusammen. „Vielen Dank für eure Unterstützung“, fügte sie sarkastisch hinzu.

„Ich zeige dir nur deine Optionen auf, mein Kind. Deine Großmutter und ich werden nicht ewig leben. Du musst verstehen, dass du Unterstützung benötigst, wenn du das Kind großziehen willst."

Sie bemerkte, dass sie neben ihrer Wut einen Hauch Resignation verspürte. Ihr Großvater verstand sie nicht. Er wollte sie nicht verstehen. „Aber ich benötige nicht zwangsläufig J.T.s Unterstützung."

Eindringlich musterte er sie. „Darum geht es nicht, Gayle. Es ist seine Pflicht, dich zu unterstützen. Er ist der Vater, also muss er sich um dich kümmern. Außerdem braucht das Kind seinen Vater."

Das war so furchtbar archaisch, dass sie am liebsten geschrien hätte. „Grandpa, ich bin eine erwachsene, unabhängige Frau, die über ihr Leben allein bestimmt. Ein Mann muss sich nicht um mich kümmern. Ich kümmere mich selbst um mich und um das Baby."

Sein Gesicht verhärtete sich. „Als ich von deiner Mutter wissen wollte, wie sie für sich und für ein Baby sorgen wollte, hat sie ganz ähnlich wie du geantwortet. Sie wollte deinen Vater nicht heiraten und keine Unterstützung annehmen. Was kam dabei raus? Sie begann wieder zu trinken. Als sie schwanger war, habe ich den Fehler gemacht, mich nicht einzumischen und nicht darauf zu pochen, dass sie gut versorgt war. Aber das wird mir nicht noch einmal passieren, Gayle."

„Grandpa ..." Sie hielt inne und versuchte sich zu beruhigen, indem sie sich sagte, dass ihr Großvater es gut meinte und eine Parallele zwischen ihr und ihrer Mutter sah, die es nicht gab, ihm jedoch große Sorgen zu machen schien. Daher klang sie relativ geduldig, als sie

KAPITEL 4

ALS J.T. AUFTAUCHTE, war es kurz vor zwölf. Gayle saß im Garten ihrer Großmutter auf einem Gartenstuhl und war nicht überrascht, als sie ihn kommen sah. Eigentlich hatte sie ihn schon viel früher erwartet. Gleichzeitig hatte sie sich gefragt, ob er überhaupt wiederkommen würde. Nach ihrem Streit vor zwei Monaten hatte er sich schließlich nicht mehr bei ihr gemeldet.

Das hatte sie ebenfalls nicht, also durfte sie es ihm eigentlich nicht vorwerfen. Dennoch tat es weh, dass sie ihm derart egal gewesen war.

Im Gegensatz zu gestern war sie heute nicht wütend. Sie war müde und sie wollte nicht mit J.T. sprechen. Das Gespräch mit ihrem Großvater hatte ihr gereicht. Momentan hatte sie permanent das Gefühl, dass jeder ihr sagen wollte, was sie zu tun und was sie nicht zu tun hatte. Sie war erwachsen und fällte ihre eigenen Entscheidungen, auch wenn diese nicht immer die klügsten waren.

„Hier bist du." J.T. blieb vor ihrem Gartenstuhl stehen und stellte sich direkt in die Sonne. Heute war ein schöner Tag mit Sonnenschein und angenehmen Temperaturen um die siebzehn Grad, weshalb Gayle nach draußen geflüchtet war, um nachzudenken. Leider kam sie nicht dazu. „Kann ich mich setzen?"

Weil direkt hinter seinem Kopf die Sonne schien, musste sie blinzeln, als sie ihm ins Gesicht sah und bemerkte, dass auch J.T. nicht vor Glück strahlte.

„Ich will mich nicht streiten", stellte sie kategorisch fest.

„Wer sagt dir, dass ich das will?" Wie selbstverständlich setzte er sich in den benachbarten Gartenstuhl und lehnte sich zurück.

„Läuft es nicht darauf hinaus? Du bist sauer, ich bin sauer und schon streiten wir uns." Sie schloss für einen Moment die Augen. „Darauf habe ich keine Lust."

„Glaub mir, Gayle, ich bin nicht von New York nach Charleston geflogen, um mich mit dir zu streiten."

„Stimmt", versetzte sie trocken. „Du bist hier, um Mandalas zu malen."

Er lachte leise. Gayle musste sich auf die Innenseite ihrer Wange beißen, um ihre Mundwinkel davon abzuhalten, amüsiert zu zucken.

„Wie geht's dir?"

„Small Talk, J.T.?"

„Nein", widersprach er fest. „Ich will nur von der Mutter meines Kindes wissen, wie es ihr geht, weil sie müde aussieht und etwas blass um die Nase ist."

„Ich bin okay.“ Gelassen deutete sie auf die Thermosflasche, die auf dem kleinen runden Tisch neben ihr stand. „Ingwertee hilft ganz gut gegen die Übelkeit.“

„Schön.“

J.T. neben sich zu wissen und nur darauf zu warten, dass er anfing, über ihre Schwangerschaft zu reden oder ihr Vorwürfe zu machen, ließ eine nervöse Anspannung in ihr aufsteigen. Sie wusste ja selbst nicht, wie sie beide hier im Garten ihrer Großeltern gelandet waren. Was als unverbindlicher Sex angefangen und sich für sie irgendwann vertraut angefühlt hatte, hatte im Chaos geendet. Sie war achtundzwanzig Jahre alt, ihr Leben war auf den Kopf gestellt worden, und sie hatte keine Ahnung, wie es weitergehen sollte.

Und zu allem Überfluss musste sie damit umgehen, dass der Mann, den sie liebte, sich dazu verpflichtet fühlte, neben ihr zu sitzen und sich über ihren Gesundheitszustand zu informieren, weil ihr Großvater ihn angerufen und am Telefon zur Schnecke gemacht hatte. So hatte es nicht laufen sollen.

Irgendwann zwischen dem Moment, als J.T. im Jugendheim die Wände gestrichen hatte, und zwischen der Nacht, in der sie ihm von ihrer Mutter erzählt hatte, war es um sie geschehen. Gayle wusste nicht, wann genau sie sich in ihn verliebt hatte, aber sie wusste, dass aus unverbindlichem Sex etwas Tieferes geworden war. Für sie.

In seiner Nähe hatte sie sich entspannen und glücklich sein können. Sie hatte ihm Dinge anvertraut, die sonst niemand wusste, und sie war sich bewusst gewesen, dass er sie verstand. Nachdem sie durch den Tod ihrer Mom und durch die Erkenntnis, wer ihr Vater gewesen war, das Gefühl verloren hatte, sich selbst zu kennen, war Gayle in seiner Gegenwart immer sie selbst geblieben. J.T. hatte ihr Selbstvertrauen gegeben.

Von Anfang an hatte Gayle gewusst, dass J.T. nichts Festes wollte. Er war nicht die Sorte Mann, der heiraten und sesshaft werden und Kinder bekommen wollte. Stattdessen schätzte er seine Unabhängigkeit. Das war okay gewesen, bis sie begonnen hatte, in ihm mehr zu sehen als nur einen unverbindlichen Flirt. Irgendwann hatte sich Gayle danach gesehnt, aus der Unverbindlichkeit etwas Verbindliches zu machen – lange bevor sie herausfand, dass sie schwanger war.

Und an dem Abend, als sie ihm von dem Baby erzählen und ihm sagen wollte, dass sie ihn liebte und mit ihm zusammen sein wollte, hatte er von jenem Vaterschaftstest angefangen. J.T. hatte gesagt, dass er sein Leben nicht an die Wand fahren wollte, weil er mit einer Frau bedeutungslosen, unverbindlichen Sex gehabt hatte. Natürlich war Gayle klar gewesen, dass er nicht sie gemeint hatte. Es ging um eine andere Frau. Und das hatte er auch gesagt.

Er hatte aber auch nicht gesagt, dass sie für ihn viel mehr war als nur unverbindlicher Sex oder dass er Gefühle für sie hatte. Dass er sie liebte.

Unglücklicherweise hatte Gayle die ganze Zeit geahnt, dass ihre Gefühle nicht erwidert wurden. Nur weil sie sich in ihn verliebt hatte, hieß das nicht, dass auch er sich in sie verliebt hatte. Während sie dazu bereit war, einen Schritt weiterzugehen, bedeutete ihm seine Freiheit und seine Unabhängigkeit mehr als eine Beziehung zu ihr. Oder etwa nicht? Um das herauszufinden, hätte sie die Karten auf den Tisch legen müssen. Aber das hatte sie nicht gewollt.

Es war so viel einfacher gewesen, sich in Wut zu flüchten, einen Streit zu provozieren und zu gehen, anstatt ihm zu sagen, was wirklich los war. Gayle wollte neben ihrem Herzen nicht auch noch ihren Stolz verlieren.

Es war, als hätte J.T. einen ähnlichen Gedanken gehabt. „Warum hast du es mir nicht gesagt?"

Sie legte die Hände in den Schoß. „Ich wollte es dir sagen."

„Aber du hast es nicht."

„Ja." Ihre Kehle verengte sich. „Das habe ich nicht. Gerade als ich es dir sagen wollte, klingelte dein Telefon und du bekamst das Ergebnis des Vaterschaftstests", erklärte sie ruhig, auch wenn sie innerlich angespannt war.

„Scheiße."

„Ja." Gayle stieß den Atem aus. „Danach konnte ich es nicht mehr sagen."

„Das sehe ich anders. Du hättest mir von dem Baby erzählen müssen."

Sie biss die Zähne aufeinander und erinnerte ihn: „Du meintest, dass du von vornherein wusstest, dass es nicht dein Kind sein konnte, weil du immer verhütet hattest und bemerkt haben müsstest, wenn ein Kondom gerissen wäre.

Was hätte ich daraufhin erwidern sollen, J.T.? Wir haben auch immer verhütet."

„Das sind zwei völlig verschiedene Paar Schuhe."

„Du warst froh, dass du nicht der Vater warst."

„Ja, und das bin ich noch immer. Aber jener Vaterschaftstest und dieses Baby haben nichts miteinander zu tun."

Ihre Brust zog sich zusammen. Gayle wollte von ihm hören, dass er sich über das Baby freute, dass er sie liebte und dass er mit ihr zusammen sein wollte. Aber nichts davon sagte er. Nicht einmal annähernd.

„Du hast selbst gesagt, dass man mit einunddreißig zu jung ist, um sein restliches Leben zu planen." Sie vergrub die Finger in ihren Oberschenkeln. „Mit einem Baby ist dein restliches Leben verplant. Vielleicht habe ich deshalb nichts gesagt. Weil ich wusste, dass ein Baby nicht in dein Leben passt."

J.T. versteifte sich sichtlich neben ihr. „Aber das habe ich zu entscheiden. Nicht du."

„Was ist mit deiner Unabhängigkeit? Deiner Spontaneität?"

„Und was ist mit deiner?", lautete seine Gegenfrage. Sie war froh, dass er keinesfalls vorwurfsvoll klang. „Dir war deine Unabhängigkeit schließlich wichtig."

Gayle rieb ihre Lippen aufeinander und verknotete ihre Finger ineinander. „Die kann ich mir nicht mehr leisten. Nicht mit einem Baby."

„Das gilt auch für mich."

„Tut es nicht“, konterte sie leise. „Ich zwinge dich zu nichts, J.T.“

Er antwortete erst nicht, sondern saß schweigend neben ihr. Als er sprach, klang er neugierig. „In deine Lebensplanung gehörte kein Baby, Gayle. Du hättest dich gegen die Schwangerschaft entscheiden können.“

„Ich habe daran gedacht“, gestand sie ruhig.

„Tatsächlich?“ Auch jetzt klang er nicht vorwurfsvoll, sondern lediglich interessiert.

Sie nickte. „Ja, ich habe darüber nachgedacht, ob ich es nicht bekommen soll. Ungefähr eine halbe Stunde lang – noch bevor ich das endgültige Testergebnis hatte. Aber es war keine Option. Ich will dieses Baby.“

„Danke.“

Irritiert schaute sie ihm ins Gesicht. „Wofür?“

„Dafür, dass du dich für das Baby entschieden hast.“

Gayle holte tief Luft. „Was ich gerade gesagt habe, war ernst gemeint. Ich zwinge dich zu nichts. Du bist zu nichts verpflichtet.“

Die meisten Männer in seiner Situation hätten vermutlich über dieses Angebot frohlockt, aber J.T. runzelte düster die Stirn. „Hast du schon darüber nachgedacht, dass du mich nicht von dieser *Pflicht* entbinden kannst? Es ist mein Kind, Gayle, und dafür bin ich verantwortlich.“

Wieso hatte er nicht einfach sagen können, dass er sich um das Baby kümmern *wollte*? Jetzt gerade wollte sie nicht Zeuge werden, wie er sein Pflichtgefühl und Verantwortungsbewusstsein entdeckte.

„Ich will dieses Baby“, wiederholte sie. „Willst du es denn auch?“

„Natürlich will ich das.“

„Sag die Wahrheit“, bat sie ihn leise. „Ich weiß, wie du über das Thema gedacht hast. Du magst eine andere Frau und ein anderes Kind gemeint haben, als du davon sprachst, dein Leben gegen eine Wand zu fahren, aber ...“

„Das hätte ich nicht sagen sollen. Es war unsensibel und nicht wahr. Ich war nur so wütend. Und ich hatte das Gefühl, dass du mich nicht verstanden hast, dass ich froh darüber war, nicht der Vater von Kims Kind zu sein.“

„J.T., willst du denn Vater werden?“ Der Kloß in ihrem Hals ließ ihre Stimme vibrieren. „Willst du ein Leben lang für ein Kind verantwortlich sein? Immer zur Stelle sein?“

„Ich will dich nicht anlügen, Gayle.“ J.T. schob seine Hände in seine Jackentaschen und streckte die Beine von sich. „Als Vater habe ich mich nie gesehen, weil ich nicht über Kinder nachgedacht habe. Aber das bedeutet nicht, dass mir dieses Kind egal ist. Oder dass ich nicht froh bin, dass es dieses Baby gibt. Ich will mich um das Baby kümmern. Ich will ein guter Dad sein und nicht einer, der nie da ist.“

Das war nicht das, was sie hatte hören wollen. Aber es war besser als nichts, denn sie glaubte ihm, was das Baby betraf.

„Wie geht es jetzt weiter?“

Hilflos zuckte sie mit den Schultern. „Ich weiß es nicht.“

„Willst du hier in Charleston leben?“

Augenblicklich zuckte sie innerlich zusammen, weil die Vorstellung, mit ihrem Baby in der unmittelbaren Umgebung ihrer Großeltern zu wohnen, ziemlich erschreckend war. Ihre Grandma wäre entzückt und hilfreich und ihr Grandpa würde sie an den Rand eines Amoklaufs bringen. „Nein“, erwiderte sie. „Das will ich nicht.“

„Du kannst mit dem Kind nicht allein nach Peru gehen“, warf J.T. ein.

„Das weiß ich. Ich bin schließlich keine Idiotin“, konterte sie erschöpft.

„Wie wäre es, wenn du wieder nach New York ziehen würdest?“, schlug J.T. vorsichtig vor. „Ich lebe in New York.“

„Ich weiß, dass du in New York lebst, J.T.“ Gayle verdrehte die Augen.

Er brummte. „Wenn das Baby da ist, möchte ich mich kümmern. Ich will es aufwachsen sehen. Dafür muss es in meiner Nähe sein.“

Darüber wollte sie jetzt nicht nachdenken. „Bis das Baby geboren wird, haben wir noch Zeit. Um meinen Wohnort kann ich mich in ein paar Monaten kümmern.“

J.T. schnaubte. „Und was ist mit deiner Schwangerschaft? Mit den Arztterminen, Ultraschalluntersuchungen, Geburtsvorbereitungskursen und Säuglingserstehilfeseminaren? Ich muss dabei sein.“

Verwirrt und überrascht musterte sie seine Miene. Er meinte es ernst. „Du kannst ja hier ins Gästezimmer einziehen“, schlug sie ihm vor.

Offenbar war J.T. nicht zu Scherzen aufgelegt, da er

ernst den Kopf schüttelte. „Ich kann nicht nach South Carolina ziehen."

„Warum nicht? Die Footballsaison ist schließlich vorbei."

Er schnitt eine Grimasse. „Sehr komisch, Gayle. Nein, darum geht es nicht. Ich habe die Vormundschaft für Nate beantragt. Das Jugendamt und das Gericht bearbeiten bereits den Fall. Deshalb kann ich nicht einfach für längere Zeit aus New York verschwinden. Ich muss in der Stadt bleiben."

Wenn er ihr erzählt hätte, dass er sich für das Präsidentenamt beworben hätte, wäre sie nicht überraschter oder fassungsloser gewesen. „Du willst Nates Vormund werden?"

„Ja, der Anwalt räumt mir sehr gute Chancen ein. Die Anhörung ist vermutlich in ein paar Monaten."

Sie konnte noch immer nicht glauben, was sie da hörte. „Du hast einen Anwalt?"

„Einen sehr guten – spezialisiert auf Vormundschaften und Adoptionen. Stuart hätte ich einen so wichtigen Fall nicht anvertraut." Er grinste leicht. „Schließlich kenne ich die Ergebnisse seiner Klausuren an der Uni."

„J.T. ..."

„Komm zurück nach New York", bat er sie unvermittelt. „Es ist mir wichtig, die Schwangerschaft mitzuerleben."

„Ich habe keine Wohnung in New York", erinnerte sie ihn.

„Dann zieh zu mir."

Gayle zog die Augenbrauen in die Höhe. „Ich soll zu dir ziehen? Wir haben Schluss gemacht."

„Wir haben uns gestritten. Ein Streit bedeutet nicht gleich, dass man Schluss macht."

Sie verschränkte die Arme vor der Brust und murmelte: „Das ist über zwei Monate her. Wieso hast du nicht angerufen, wenn es nur ein Streit war?"

„Du hättest auch anrufen können."

Seufzend schüttelte sie den Kopf. „Wir haben uns getrennt, J.T. Es hat einfach nicht funktioniert."

„Eigentlich dachte ich, dass das zwischen uns gut funktioniert hat, Gayle."

„*Das zwischen uns* war Sex", betonte sie, als müsste sie es sich selbst einreden. „Wir hatten etwas Unverbindliches, J.T. – unverbindliche Geschichten funktionieren in den meisten Fällen gut, solange es nur um Sex geht. Jetzt geht es um ein Baby."

Dass er ihr nicht widersprach, störte sie.

Und dass er nicht weiter darauf einging, verletzte sie. „Zieh trotzdem zu mir, Gayle. Wenigstens so lange, bis du dir eine eigene Wohnung gesucht hast. Ich habe ein Gästezimmer, wie du weißt."

Was hätte sie darauf schon sagen sollen?

„Okay. Ich überlege es mir."

KAPITEL 5

Wie ein Idiot hatte er überlegt, Blumen zum Flughafen mitzubringen.

Letztendlich hatte er sich dagegen entschieden, jedoch einen frühlingshaften Blumenstrauß zu Hause auf den Wohnzimmertisch gestellt, weil er hoffte, dass die Blumen Gayle gefallen würden, wenn er sie in seine Wohnung brachte.

Vor Nervosität war ihm ein bisschen schlecht, da er sie seit einem Monat nicht gesehen hatte. Seit seinem Flug nach Charleston waren vier Wochen vergangen, in denen sie lediglich telefonisch Kontakt gehabt hatten, auch wenn J.T. mehrmals vorgeschlagen hatte, sie in South Carolina zu besuchen. Gayle hatte ihn gebeten, es nicht zu tun, und darauf beharrt, Abstand zu brauchen, um *nachzudenken*.

Als er schon geglaubt hatte, beim nächsten Mal Amok zu laufen, nach Charleston zu fliegen und sie sich über die Schulter zu werfen, sobald sie ihn abwimmelte und davon sprach, *nachdenken zu müssen*, hatte Gayle plötzlich eingelenkt. Es war erst ein paar Tage her, dass sie ihn angerufen und gefragt hatte, ob es okay sei, wenn sie nach New York käme und für die nächste Zeit in seine Wohnung zog.

Okay?

Es war mehr als okay, dass sie zu ihm nach New York kam! Wochenlang hatte er sie geradezu gedrängt, Charleston zu verlassen und zu ihm zu ziehen. Ausgerechnet jetzt würde er keinen Rückzieher machen, wenn sie endlich so weit war, auf ihn zuzugehen. Sie beide konnten ihre Probleme nicht lösen, wenn sie nicht zusammen waren.

Wie sollte er Gayle davon überzeugen, dass er Verantwortung übernahm und für sie und das Baby da sein wollte, wenn sie nicht bei ihm war?

Und wie sollte er ihr klarmachen, dass sie beide zusammengehörten, wenn sie keine Zeit miteinander verbrachten?

J.T. hatte in den letzten Wochen oft darüber nachgedacht, was er wollte, und auch darüber, was er nicht wollte. Noch vor wenigen Monaten war er der felsenfesten Überzeugung gewesen, dass er keine Beziehung und erst recht keine Familie wollte. Es war ihm wichtiger gewesen, unabhängig zu sein, keine Verantwortung zu haben und sich treiben zu lassen. Dann war er Gayle begegnet, und alles hatte sich geändert, ohne dass er es anfangs bemerkt hatte. Die Veränderung war schleichend gekommen.

Zuerst war da die Tatsache gewesen, dass sie ihn angezogen hatte – nicht nur körperlich, sondern auch geistig.

J.T. hatte sich dafür interessiert, was sie sagte und was sie dachte. Bald dafür, was sie fühlte. Sie war wichtig für ihn geworden.

Dann war er von ihrem Job fasziniert gewesen und von der Arbeit im Jugendheim, bis er selbst begonnen hatte, sich dort nützlich zu machen. Das Gefühl, mit seinem Wissen und seinem Talent helfen zu können und gebraucht zu werden, war für ihn völlig neu gewesen. Auch die Erkenntnis, etwas Wertvolles zu leisten. Es gefiel ihm, Verantwortung zu übernehmen und sich für seine Schützlinge einzusetzen. Deswegen hatte er auch die Vormundschaft für Nate beantragt. J.T. hatte etwas Sinnvolles tun und sich um den Jungen, der noch nie einen Menschen in seinem Leben gehabt hatte, der sich für ihn einsetzte, kümmern wollen.

Ebenso wollte er sich um Gayle kümmern. Und um das Baby.

Um *sein* Baby.

J.T. wollte dem Baby ein Vater sein. Es reizte ihn nicht mehr, spontan in den Urlaub zu fahren, seine Unabhängigkeit zu genießen und sich treiben zu lassen. Stattdessen hatte er gelernt, dass es Wichtigeres im Leben gab. Er wollte seinem Kind ein guter Vater sein und mit der Frau sein Leben teilen, in die er sich verliebt hatte.

Auch das hatte er in den letzten Wochen herausgefunden, als er Gayle immer wieder gebeten hatte, nach New York zu kommen. Er liebte sie und wollte sie bei sich haben. Und er war sich sicher, dass es ihr ähnlich ging, auch wenn sie sturer als eine ganze Horde Esel war. Das, was sie miteinander geteilt hatten, war nicht nur unverbindlicher Sex gewesen, sondern war sehr viel tiefer gegangen. Ihm war bewusst geworden, dass Gayle und er längst eine Beziehung geführt hatten, auch wenn keiner von beiden dies zugegeben hätte. Heute wusste er, dass er sie längst geliebt hatte, als sie sich im Streit getrennt hatten. J.T. hatte nur nicht verstanden, dass es Liebe war, weil er niemals zuvor auch nur ansatzweise Ähnliches für eine Frau gefühlt hatte.

Vor ihr hatte es keine Frau gegeben, die in ihm das Bedürfnis geweckt hatte, ihr den Hals umzudrehen und sie gleichzeitig fest an sich zu ziehen, um zu verhindern, dass ihr etwas zustieß. Oder die ihn nur ansehen musste, sodass er sich kaum beherrschen konnte, nicht über sie herzufallen und schmutzigen, versauten Sex mit ihr zu haben, während er zärtlich Liebe mit ihr machen wollte.

Automatisch hielt J.T. den Atem an, als er sie in der Menge anderer Passagiere entdeckte, die die Ankunftshalle betraten und dort abgeholt wurden.

Sein Herz begann zu rasen, als sich ihre Blicke begegneten und Gayle ihm ein vorsichtiges Lächeln schenkte, das er prompt erwiderte. Er musste an sich halten, keinen Sprint einzulegen, als sie einen Gepäckwagen durch den Bereich schob, der den Passagieren vorbehalten war, weil er endlich zu ihr kommen wollte. Nein, er lief gemäßigten Schrittes auf sie zu, sobald sie den frei zugänglichen Bereich der Ankunftshalle erreicht hatte und vor ihm stehen blieb.

„Hi."

„Hi“, erwiderte er und beugte sich zu ihr hinunter, um sie auf die Wange zu küssen. Lieber hätte er sie an sich gezogen und richtig geküsst – tief, feucht und leidenschaftlich. „Wie war dein Flug?“

„Gut“, murmelte sie und spielte nervös mit dem Kragen ihres Mantels herum. „Ich hoffe, du musstest nicht zu lange warten. Wir hatten etwas Verspätung beim Abflug.“

Gemessen daran, dass er einen Monat darauf gewartet hatte, von ihr zu hören, dass sie zurück nach New York käme, war die Verspätung von ein paar Minuten ein Klacks gewesen. „Überhaupt nicht.“ Er lächelte schief und betrachtete den Gepäckwagen.

Das war leichter, als sie anzustarren und darauf zu warten, dass sich ihr Frühlingsmantel wundersamerweise öffnete. Zu gerne hätte er gesehen, ob sie schon runder geworden war als noch vor einem Monat. Sie war nun fast im fünften Monat, und er fragte sich, wie sie mittlerweile aussah. Wie sollte er sich das auch nicht fragen, wenn er ständig an ihren nackten Anblick denken musste, als sie in ihrem früheren Kinderzimmer das Handtuch verloren hatte?

„Es scheint, als hättest du mehr Kram dabei als beim letzten Mal“, bemerkte er, während er ihre Koffer musterte und an die wenigen Habseligkeiten dachte, die sie in dem winzigen untervermieteten Apartment aufbewahrt hatte.

„Das ist nicht nur mein Zeug“, erwiderte sie mit zurückhaltender Miene und angespanntem Blick. „Meine Großmutter hat bereits haufenweise Babykleidung gekauft, die den gesamten Platz in zwei Koffern beschlagnahmt."

„Das war nett von deiner Großmutter." War er ein Schlappschwanz, weil er die Babykleidung unbedingt sehen wollte?

„Sie ist kaum zu bremsen", murmelte Gayle und strich sich eine Strähne ihres braunen Haares zurück, das länger war als vor ein paar Monaten. Generell hatte sie sich ein wenig verändert, weil sie etwas an Gewicht zugelegt hatte, ihr Gesicht unmerklich runder geworden war und ihre Haut regelrecht strahlte. Außerdem kam sich J.T. wie ein Perverser vor, weil er nur zu gerne gewusst hätte, ob ihre Brüste größer geworden waren. Unter dem Mantel konnte er nichts erkennen.

„Sollen wir?", fragte er, weil er nicht länger mit ihr in der Ankunftshalle des Flughafens stehen und über die Beschaffenheit ihrer Brüste nachdenken wollte.

Während er den Gepäckwagen nach draußen schob und das nächstgelegene Parkhaus anpeilte, dachte er angestrengt über ein unverfängliches Gesprächsthema nach. Jedoch fiel ihm nichts ein.

Im Gegensatz zu Gayle, die nach Luft schnappte und misstrauisch von ihm wissen wollte, als er den Kofferraum eines Geländewagens öffnete: „Was ist das?"

„Was ist was?"

„Das Auto", erläuterte sie ungeduldig. „Ist das etwa deines?"

„Ich habe es nicht gestohlen, wenn du mich das fragen willst", antwortete er und beförderte gleichzeitig den ersten Koffer in den Wagen hinein, wobei er hoffte, sich keinen Leistenbruch zuzuziehen.

„Wo ist dein Sportwagen?“

„Verkauft.“ Er griff nach dem nächsten Koffer und stemmte ihn in die Höhe. „Für die Stadt ist der Wagen unpraktisch, aber Fahrten nach Connecticut oder auch nach Maine sollten dafür umso bequemer vonstattengehen. Außerdem passt problemlos ein Kinderwagen in den Kofferraum.“

Als sie nichts sagte, drehte J.T. den Kopf zurück und bemerkte ihren zweifelnden Blick. Er ahnte, worüber sie nachdachte. Nur sagte sie nichts.

Schweigend packte er die restlichen Koffer in den Wagen und öffnete anschließend die Beifahrertür, damit Gayle einsteigen konnte. Als sie den Mantel aufknöpfte, bevor sie einstieg, und J.T. die Rundung ihres schwangeren Bauches unter dem gestreiften Shirt zu sehen bekam, wurden seine Knie weich. Mit zitternden Händen schloss er die Autotür, bevor er den Gepäckwagen beiseiteschob.

Das hier durfte er nicht vermasseln!

Er musste Gayle zeigen, dass es ihm ernst war und dass er in der Lage war, sich um sie und um das Baby zu kümmern. J.T. durfte nicht zulassen, dass sie wieder ging.

* * *

Er hatte seinen Sportwagen verkauft.

Sogar ein paar Stunden nach ihrer Ankunft in New York, als sie unter der Dusche stand, dachte Gayle noch immer daran, dass J.T. seinen Sportwagen verkauft hatte. Stattdessen fuhr er einen Geländewagen – einen familientauglichen Geländewagen, der nun in der Tiefgarage des Wohnhauses stand und den Platz des rasanten Flitzers mit sechshundert PS übernommen hatte. Obwohl sein neues Auto ein Geländewagen war, schrie er förmlich nach einer Familienkutsche. Eigentlich fehlte nur noch ein Aufkleber an der Heckscheibe, auf dem drei Strichmännchen abgedruckt waren.

Vater, Mutter, Kind.

Himmel, das Baby war noch nicht auf der Welt und J.T. fuhr eine Familienkutsche. Sie hatten noch ein paar Monate, bis es so weit sein würde. Bei diesem Gedanken streichelte Gayle zärtlich über ihren Bauch, der sich von Tag zu Tag mehr zu runden schien. Das Baby wurde immer realer, und seit die grauenvolle Morgenübelkeit verschwunden war, konnte sie es richtig genießen, schwanger zu sein. Trotz der verzwickten Situation mit J.T. freute sie sich auf das Baby.

Dass sie sich letztendlich dazu entschieden hatte, zurück nach New York zu gehen, hatte mehrere Gründe.

Zum einen hatte sie es einfach nicht länger im Haus und in der unmittelbaren Nähe ihres Großvaters ausgehalten, der darauf gepocht hatte, dass sie das Richtige tat, nach New York ging und J.T. heiratete. Es war egal gewesen, wie oft sie ihm erklärt hatte, dass eine Heirat überhaupt nicht zur Debatte stand und dass J.T. dieses Thema gar nicht angeschnitten hatte – ihr Grandpa hatte immer wieder davon angefangen. Außerdem war es mit der Zeit befremdlich geworden, in ihrem alten Kinderzimmer zu schlafen. Gayle war es gewohnt, auf eigenen Beinen zu stehen und sich selbst um ihr Essen, ihr Toilettenpapier und ihren Müll zu kümmern. Bei ihren Großeltern fühlte es sich dagegen so an, als wäre man Urlauber in einer Pension, in der abends eine kleine Schokoladentafel auf dem frisch gemachten Bett lag.

Zum anderen hatte es einfach keinen Sinn mehr gemacht, J.T. auf Abstand zu halten und ihre Probleme nicht zu klären, indem sie sich ihn vom Leib hielt. Er hatte mehrfach betont, dass er sie in der Schwangerschaft unterstützen und dabei sein wollte. Es war nicht fair, ihm das zu verweigern, weil sie ihre Gefühle ihm gegenüber nicht im Griff hatte und etwas hinterhertrauerte, was sie beide geteilt hatten. Wenn er wirklich ihre Schwangerschaft miterleben wollte, hatte sie kein Recht, dazu Nein zu sagen.

Noch traute sie dem Frieden nicht.

Er musste ihr beweisen, dass es ihm ernst war, bevor das Baby kam. Ein paar Monate hatte sie noch Zeit, in denen sie sich ansehen konnte, ob J.T. tatsächlich Verantwortung für das Baby übernehmen wollte. Wenn er dazu bereit war, würde sie ihm nicht im Weg stehen, denn sie wollte, dass ihr Kind das hatte, was ihr nie vergönnt gewesen war – eine Mutter *und* einen Vater. Ihr Baby verdiente Eltern, die sich um es kümmerten und es versorgten. Deshalb war sie nach New York gekommen – damit ihr Kind einen Vater hatte. Gayle hoffte nur, dass J.T. nicht in den nächsten Monaten auf die Idee kommen würde, dass ihm seine Unabhängigkeit doch wichtiger war als seine Verantwortung dem kleinen Lebewesen gegenüber, das momentan so groß wie eine Paprika war.

Während sie also in den kommenden Monaten beobachten konnte, ob er zu seinem Wort stand, würde sie sich in Ruhe um eine eigene Wohnung kümmern, ihre Wunden lecken und mit ihm eine Abmachung treffen, was das Sorgerecht, Besuchszeiten und Feiertagsregelungen betraf.

Gayle drehte das Wasser ab, trat aus der Dusche und begann sich abzutrocknen, während sie sich im Gästebadezimmer umsah und überlegte, wie merkwürdig es gewesen war, als J.T. ihre Koffer in das Gästezimmer getragen hatte. Natürlich hätte sie nicht bei ihm in seinem Schlafzimmer schlafen wollen, schließlich war sie nicht hier, um dort weiterzumachen, wo sie vor drei Monaten aufgehört hatten, dennoch hatte es einen schalen Beigeschmack hinterlassen, wie es zwischen ihnen stand.

Nachdem sie sich umgezogen hatte und in bequeme Yogahosen sowie ein schlichtes T-Shirt geschlüpft war, fand sie ihn in der Küche, wo er vor dem Kühlschrank stand und ratlos hineinsah.

„Was tust du da?“

„Ich überlege, was wir kochen können. Du musst hungrig sein.“

Das war sie in der Tat. Augenblicklich begann ihr Magen zu rumoren und sie daran zu erinnern, dass der ständige Hunger der letzten Wochen es geschafft hatte, dass sie deutlich an Gewicht zugenommen hatte. „Wir müssen nicht extra kochen. Pizza wäre völlig okay."

„Pizza?" Er sah sie an, als hätte sie vorgeschlagen, Babyeidechsen zu verspeisen.

„Ja, Pizza", erwiderte Gayle leichthin und ignorierte, dass J.T. in absoluter Faszination ihren Bauch betrachtete, der sich unter ihrem T-Shirt abmalte.

Es machte sie unruhig, mit welcher Intensität er die kleine Kugel ansah, weil sie augenblicklich eine prickelnde Gänsehaut an sich wahrnahm, die sie überwältigte und heiße Sehnsucht in ihrer Mitte aufsteigen ließ. Auch ihre Kehle wurde trocken, was sie an die vielen Sexträume der letzten Tage erinnerte. Man hätte meinen sollen, dass Schwangere Gelüste nach Essen hatten, aber nicht nach Sex. Pausenlos nach Sex.

„Isst du denn Pizza?"

Gayle verdrängte den Gedanken an heißen, verschwitzten Sex und konzentrierte sich lieber auf heiße, fettige Pizza. „Natürlich esse ich Pizza!"

„Auch in der Schwangerschaft?" Unsicher rümpfte er die Nase.

Sie schnaubte, verdrehte die Augen und öffnete die oberste Schublade, in der er die Speisekarten diverser Lieferdienste verwahrte. Als sie den Flyer in die Hand nahm, auf dem in großen Buchstaben Amore mio stand, hätte sie fast geseufzt, schließlich war der Abend, an dem J.T. dort eine Pizza bestellt hatte, in einem Streit geendet. Aber die Pizza war gut gewesen, sagte sich Gayle tröstlich.

„Nummer fünfzehn." Sie drückte ihm nach einem

kurzen Blick auf das Angebot die Karte in die Hand. „Mit Pilzen, Anchovis und Spinat."

„Interessante Mischung. Sind das Schwangerschaftsgelüste?"

Er hatte ja keine Ahnung, worauf sie wirklich Gelüste hatte!

Gayle blieb ihm eine Antwort schuldig und setzte sich vor den Fernseher, während er ihre Bestellung telefonisch aufgab, und musste es sich dann gefallen lassen, dass er sich zu ihr setzte. In unnatürlichem Schweigen schauten sie eine Wiederholung einer Krankenhausserie, die schon vor Jahren abgesetzt worden war, und warteten auf die Pizza. Nachdem diese endlich geliefert worden war, aßen sie ebenso schweigend und beäugten sich mit einem Anflug von Unsicherheit über die Küchentheke hinweg.

J.T.s Vorschlag, dass sie sich ausruhen sollte, während er sich um den Abfall und das wenige Geschirr kümmerte, ignorierte sie und räumte die Spülmaschine ein.

„Wie läuft der Antrag auf Vormundschaft für Nate?"

J.T. reichte ihr ein Glas. „Sehr langsam. Es steht noch kein endgültiger Termin für die Anhörung fest, aber der Anwalt ist guter Dinge."

„Wie geht es Nate?"

„Ganz gut, wenn man davon absieht, dass er in seiner Highschool mit ein paar Idioten zu tun hatte, die ihm das Leben schwer machen wollten. Offenbar hat Jody das geregelt. Hoffentlich kehrt dort jetzt ein bisschen Ruhe ein, weil er einiges an Stoff nachzuholen hat. Ich habe ihm einen Privatlehrer besorgt, der ihm in seiner Freizeit hilft, die letzten zwei Schuljahre aufzuarbeiten, damit er nicht zu sehr hinterherhinkt."

Das waren so viele Informationen auf einmal, dass Gayle nicht wusste, mit welcher Frage sie beginnen sollte. Sie hatte ja nicht einmal gewusst, dass Nate wieder zur Schule ging. „Nate besucht die Schule?"

„Ja, die St. Francis in der Upper East Side. Eine katholische Privatschule mit sehr fähigen und verständnisvollen Pädagogen. Nate hat dort einen Platz bekommen und geht regelmäßig hin. Ich schätze, es gefällt ihm sehr gut, wieder die Schule zu besuchen, nur gab es da zwei oder drei Jungen, die anfingen, sich über ihn lustig zu machen. Das hat ihn ziemlich fertiggemacht. Du weißt ja, wie er ist."

Die Zuneigung, die J.T. für Nate empfand, war deutlich zu hören und verursachte ein warmes Gefühl in ihrer Brust. „Und inwiefern hat Jody das Problem geregelt?" Sie sortierte das Besteck in die Besteckablage der Spülmaschine und sah ihn unterdessen immer wieder neugierig an.

„Seit Jody ebenfalls dort zur Schule geht, kommt niemand mehr auf die Idee, Nate zu schikanieren, weil sich die Jungen nicht mit Jody anlegen wollen. Sie ist schließlich älter und ... mal ehrlich ... wer will sich mit Jody anlegen?" Er verdrehte die Augen. „Gegen dieses Mädchen hat doch niemand eine Chance."

„Entschuldige." Fassungslos starrte sie ihn an. „Wiederhole das bitte noch einmal – Jody geht zur Schule? *Unsere* Jody?"

J.T. legte den Kopf zur Seite. „Wenn du mit unserer

Jody das blonde Mädchen mit der großen Klappe und dem Hang zu abenteuerlichen Make-up-Experimenten meinst, das im Besitz meines alten Handys ist, dann: ja. Jody geht wieder zur Schule."

„Aber ..." Noch immer fassungslos schüttelte sie den Kopf. „Wie ist das denn passiert? Ich habe mir die Zunge blutig geredet, dass sie wieder zur Schule gehen muss, aber Jody hat nie, aber auch wirklich nie, darauf reagiert."

„Ah." Er lächelte zufrieden und ein kleines bisschen selbstgefällig.

Misstrauisch kniff sie die Augen zusammen. „Wie hast du sie bestochen?"

„Gar nicht." Er war die absolute Unschuld.

Gayle schnaubte, weil sie ihm nicht eine einzige Sekunde abkaufte, das Mädchen nicht mit irgendetwas bestochen zu haben. „J.T."

Er verdrehte die Augen. „Du hast deine Tricks, ich habe meine. Und mein Trick bestand darin, eine alte Freundin anzurufen und sie um einen Gefallen zu bitten, bevor ich Jody eingepackt habe und mit ihr in die Redaktion von *Catwalk* gefahren bin."

Jetzt war sie erst recht misstrauisch. „Eine alte Freundin?"

„Ja." Nun wirkte er vergnügt. „Eine Schulfreundin meiner Cousine, die den Babysitter für Stuart und mich gespielt hat, als wir zehn Jahre alt waren. Mittlerweile ist Nicole die Chefredakteurin von *Catwalk* – dem Modemagazin. Was hast denn du gedacht?"

Ihre Wangen glühten, weil er sie dabei erwischt hatte,

wie sie eifersüchtig geworden war. „Ich kenne das Magazin. Und was hat Jody damit zu tun?"

Er grinste noch immer, erklärte jedoch leichthin: „Jody durfte dort zwei Wochen lang ein Praktikum machen, war bei Fotoshootings dabei, lernte Designer und Models kennen und half mit, einen Artikel für die neuesten Modetrends zu schreiben."

„Moment mal ... Jody hat ein Praktikum bei *Catwalk* gemacht?!"

„Ja, und alle waren begeistert von ihr. Sie war überpünktlich, motiviert, engagiert und brachte sich überall ein." Nun strahlte er vor Stolz, und Gayle merkte, dass ihr ebenfalls vor Stolz die Tränen kamen – diese Schwangerschaftshormone schlugen ständig zu. „Nicole sagte ihr, dass sie jederzeit bei ihnen einen Job bekäme, wenn sie einen guten Highschoolabschluss macht und dann zum College geht. Seither ist sie von der Idee besessen, Modejournalistin zu werden, und geht wieder zur Schule. Nicht einen Tag hat sie bislang geschwänzt."

Diese Neuigkeit musste Gayle erst einmal sacken lassen, denn Jody war ein wahnsinnig schwieriger Fall gewesen, was ihre bisherige Schulkarriere betroffen hatte. Um ehrlich zu sein, war Gayle sprachlos. Und sie war J.T. dankbar, dass er genau das Mittel gefunden hatte, um Jody davon zu überzeugen, wie wichtig es war, einen Schulabschluss zu machen.

Außerdem war sie durcheinander und verwirrt, wie viel Aufwand J.T. in Kauf nahm, um den Jugendlichen zu helfen. Für Käsekuchen und einen Shoppingtrip bei

Macy's zu zahlen, war eine Sache, aber Jody einen Praktikumsplatz zu verschaffen, Nate einen Privatlehrer zu besorgen und die Vormundschaft für den Jungen zu übernehmen, war etwas ganz anderes. Dafür, dass er vor ein paar Monaten behauptet hatte, seine Unabhängigkeit zu schätzen, engagierte er sich über alle Maßen.

Sie dachte immer noch über diese Entwicklung nach, als sie sich von ihm verabschiedete und ins Bett gehen wollte. Weil sie so in Gedanken versunken war, bekam sie erst mit, was J.T. vorhatte, als er dicht vor ihr stand, sie an sich zog und zärtlich auf den Mund küsste.

Gayle war überrascht und erwiderte automatisch den sanften Kuss, der ihr Herz schneller schlagen ließ und eine tiefe Sehnsucht in ihr weckte, sobald sie ihn schmecken konnte. Es wäre so einfach gewesen, sich fallen zu lassen und das zu nehmen, was J.T. ihr geben wollte. Sex – ohne dass Gayle wusste, was er für sie empfand, ob er sich ihr gegenüber nur verpflichtet fühlte und wie lange sie auf ihn zählen konnte. Aber nur Sex war ihr nicht genug. Sie wollte mehr, als er vermutlich zu geben bereit war.

Nein, sie konnte sich nicht mehr ohne Weiteres auf ihn einlassen und auf gut Glück mit ihm schlafen. Auf lange Sicht war es besser, Abstand zwischen sie beide zu bringen. Sie hatte sich einmal in ihn verliebt und spüren müssen, wie sehr er sie verletzen konnte. Wenn sie sich ein zweites Mal auf ihn einließ und zwangsläufig verletzt wurde, würde es ihr das Herz brechen.

Das konnte sie sich nicht leisten. Nicht jetzt, wenn sie

ein Baby erwartete. Mittlerweile ging es nicht mehr nur um sie.

Daran wurde sie auch erinnert, als sie spürte, wie er zögernd und vorsichtig seine Hand auf ihren Bauch legte.

„Das ist keine gute Idee“, flüsterte sie und entzog ihm langsam ihren Mund.

„Warum nicht?“, fragte er heiser nach.

„Weil es die Angelegenheit zwischen uns nur verkomplizieren würde, J.T.“ Sie schüttelte den Kopf und legte die Hände gegen seine Brust, um ihn langsam zurückzuschieben. Gleichzeitig machte sie einen Schritt rückwärts. „Wir können nicht wieder miteinander schlafen und glauben, dass es uns nicht beeinflusst.“

„Was meinst du ...?“

„Bitte.“ Sie presste die Lippen aufeinander und wollte nicht hören, was er zu sagen hatte. Gayle war sich nämlich nicht sicher, dass sie ihm standhalten könnte, wenn er sie mit Worten umschmeichelte, die sie vielleicht hören wollte. „Ich bin müde und sollte ins Bett gehen. Gute Nacht, J.T.“

Dass er sie nicht zurückhielt, erleichterte und enttäuschte sie zugleich.

KAPITEL 6

„Was ist damit gemeint, wenn hier steht: *Schreibe eine Erörterung zu dem Thema Handy in der Schule*?"

J.T. hob den Kopf und schaute über seine Schulter zurück zu Nate, der am Schreibtisch im Büro des Jugendheims saß und sich an seinen Hausaufgaben versuchte. Er selbst suchte im Schrank nach der Akte eines Mädchens, die er für ein Gespräch mit der Mitarbeiterin des Jugendamtes und mit der Mutter der Sechzehnjährigen brauchte, die seit ein paar Wochen im *Youth Center* lebte und wieder nach Hause ziehen wollte.

Er lächelte, weil Nate in seiner Schuluniform sehr ernst und förmlich wirkte, und antwortete leichthin: „Das bedeutet, dass du Argumente für und gegen den Gebrauch von Handys in der Schule finden sollst."

„Argumente?"

„Ja." Er zog eine Akte aus dem Schrank und sah, dass es nicht die richtige war. „Warum ist es sinnvoll, wenn

Schüler ein Handy in der Schule benutzen. Und warum ist es nicht sinnvoll, ein Handy in der Schule zu benutzen."

Nate runzelte die Stirn. „Lehrer finden es nie gut, wenn man mit einem Handy zur Schule kommt! Alle verbieten es bei uns an der Schule."

„Dann solltest du eine besonders schlüssige Erörterung schreiben, damit du deinen Lehrer vielleicht umstimmen kannst. Solange du gute Argumente parat hast, kannst du sogar einen Republikaner dazu bringen, die Demokraten zu wählen. Das war der Lieblingsspruch meines Professors an der Uni." Zufrieden seufzte er auf, als er die Akte fand. „Und vergiss die Beispiele nicht, um deine Argumente zu untermauern. Wenn Geschworene Beispiele lieben, tun es Lehrer auch." Nun ja, er hoffte es.

„Woher weißt du alles darüber?"

J.T. drehte sich schmunzelnd um. „Feldforschung, Kumpel. Ich musste mir schon als Kind Argumente ausdenken, wenn ich mit meinen Brüdern oder mit meinen Eltern gestritten habe. Und ich brauchte bessere Argumente als sie, um sie zu entkräften."

Nate seufzte frustriert. „Das klingt anstrengend."

„Aber es lohnt sich." Mehr sagte J.T. nicht dazu, um ihn nicht auf dumme Ideen zu bringen oder ihm Flausen in den Kopf zu setzen, schließlich wollte er sich nicht selbst das Wasser abgraben, wenn es irgendwann darum gehen sollte, wann Nate abends zu Hause sein sollte. „Was macht der Matheunterricht?"

„Ich hasse Mathe. Aber Biologie macht Spaß."

Beinahe hätte J.T. ein Würgen ausgestoßen, weil er

wusste, dass Nates Biologieklasse in der letzten Woche Frösche seziert hatte. Das war ihm schon zuwider gewesen, als er selbst in der Highschool gewesen war.

„Und Französisch?“

Nun machte Nate ein Gesicht, als hätte er besagte Frösche essen müssen. „Ich hasse Französisch noch mehr als Mathe. Ich weiß nie, wie ich die Vokale aussprechen muss, und alles klingt gleich“, beschwerte er sich. „Wozu braucht man überhaupt diese Sprache?“

„Um Mädchen zu beeindrucken.“ J.T. nickte ihm zu. „Glaub mir, Mädchen sind hin und weg, sobald du Französisch mit ihnen sprichst. Sogar wenn sie nichts verstehen.“

Das Räuspern, das von der Tür her erklang, erkannte er sofort wieder.

Gayle stand im Türrahmen und hatte die Augenbrauen in die Höhe gezogen. Gleichzeitig zuckten ihre Mundwinkel. „Tauscht ihr hier Flirttipps miteinander aus?“

„Eigentlich machen wir Hausaufgaben“, widersprach J.T.

„Dann haben sich die Hausaufgaben anscheinend grundlegend geändert, seit ich meinen Abschluss gemacht habe.“ Sie gluckste, was dazu führte, dass er das Lächeln erwiderte und Erleichterung verspürte. In den vergangenen Tagen waren sie nämlich förmlich umeinander hergeschlichen und hatten dabei eine furchtbare Anspannung an den Tag gelegt, die ihn fast in den Wahnsinn getrieben hatte. Ein bisschen Lachen und ein paar Scherze würden ihnen guttun.

„J.T. hat mir gerade erzählt, wie ich Argumente

benutzen muss, damit ich meinen Lehrer dazu bringe, Handys in der Schule zu erlauben."

J.T. verdrehte die Augen und legte die Akte auf den Schreibtisch. „Tatsächlich habe ich dir erklärt, wie man eine Erörterung für die Schule schreibt."

„Ja, das auch." Nate grinste schelmisch.

„Und diese Erörterung schreibt sich nicht von allein."

„Okay." Keinesfalls eingeschüchtert zückte der Junge seinen Kugelschreiber und lehnte sich über den Schreibtisch, um etwas in seinen Collegeblock zu schreiben.

„Wenn du fertig bist, frage ich dich noch Französischvokabeln ab", prophezeite J.T., während er Gayles Ellenbogen umfasste und sie aus dem Büro führte, das noch im letzten Jahr ihres gewesen war und zurzeit von allen Mitarbeitern benutzt wurde.

„Im Büro kann er konzentrierter arbeiten als oben in seinem Zimmer", erklärte er ihr, obwohl sie nicht gefragt hatte. „Dort sind auch die anderen Kinder, die hin und wieder Krach machen oder Musik hören."

Gayle nickte. „Du sprichst Französisch?"

J.T. stockte kurz, bevor er nickte und die Tür zum Aufenthaltsraum öffnete, damit sich Gayle dort hinsetzen konnte. Dabei vermied er es, allzu offensichtlich auf ihren Bauch zu schauen. In den letzten Jahren hatte er in seiner Familie permanent mit schwangeren Bäuchen zu tun gehabt, als Barbara und Amy alles Menschenmögliche getan hatten, um die Bevölkerungspopulation zu vergrößern, aber erst jetzt entdeckte er die Faszination dieser Rundungen. Als er Gayle vor wenigen Abenden geküsst und dabei eine Hand auf ihren Bauch gelegt hatte, war es um ihn geschehen gewesen. Es war ein erhabenes Gefühl gewesen, das ihn mitten ins Herz getroffen hatte. Seither kämpfte er gegen den Drang an, immer wieder hinzufassen.

„Schuld war die hübsche Französischlehrerin“, gab er offen zu. „Eigentlich hätte ich den Kurs nicht belegen müssen, weil ich schon Spanisch hatte, aber ich wollte die Lehrerin beeindrucken. Als ich rausfand, dass die Lehrerin einen Freund hatte, habe ich trotzdem weitergemacht, weil es seine Vorteile hatte, der einzige männliche Schüler in einem Kurs voller hübscher Mädchen zu sein, die von mir Nachhilfe wollten.“

Gayle gluckste. „Wieso wundert mich diese Geschichte nicht?“

„Du kennst mich einfach zu gut.“ Er trat an den Klapptisch heran, auf dem man Kaffee und Tee fand, und goss ihnen beiden einen Becher Tee ein, obwohl er das Zeug auf den Tod nicht ausstehen konnte. „Womit hast du dir die Zeit vertrieben, während ich im Büro war?“

Sie nahm ihm einen Becher ab. „Ich habe ein bisschen mit Donna geplaudert, Jody getroffen und mir die renovierten Zimmer angesehen, die erst vor Kurzem fertiggeworden sind. Hier wurde tolle Arbeit geleistet.“ Gayle nahm einen Schluck Tee.

„Ja, ich weiß. Die Räume machen viel mehr her. Ganz davon abgesehen, dass die Kinder in den letzten Monaten bestätigt haben, dass die Räume sehr viel wärmer waren als zuvor. Das kommt von der besseren Isolierung und den neuen Heizungen."

Gayle senkte den Blick. „Das habe ich auch schon gehört. Zu dumm, dass ich nicht hier war, um es mit eigenen Augen zu sehen."

„Der nächste Winter kommt bestimmt."

„Mhm. Da wir schon beim Thema sind – Donna hat mich gefragt, ob ich mich ein bisschen nützlich machen könnte, weil sie momentan unterbesetzt sind. Das kommt mir sehr gelegen, da ich unbedingt eine Beschäftigung brauche." Sie seufzte und stellte ihren Becher beiseite. „Ich denke, ich könnte morgens ein paar Stunden herkommen und die liegen gebliebenen Aufgaben abarbeiten. Die Buchhaltung muss ein Desaster sein."

Obwohl er bereits geahnt hatte, dass Gayle sich irgendwie hier hatte nützlich machen wollen, schließlich hatte sie darauf gepocht, ihn heute zu begleiten, behagte es ihm nicht wirklich, dass sie wieder arbeiten wollte. Immerhin waren die ersten Schwangerschaftsmonate kein Zuckerschlecken gewesen, wenn er sich daran erinnerte, was ihr Großvater ihm erzählt hatte. Er wollte nicht, dass sie sich überanstrengte. Gayle jedoch etwas verbieten zu wollen, war bedrohlicher, als einem Erschießungskommando gegenüberzutreten.

„Okay." Nachdenklich verzog er den Mund. „Übermorgen habe ich vormittags einen Termin bei Gericht, aber am Freitag könnte ich dich herfahren."

„Wovon sprichst du?"

J.T. begegnete ihrem entgeisterten Blick. „Morgen

könnte ich dich fahren. Und am Freitag auch, aber übermorgen ..."

„Wer sagt, dass du mich fahren musst?"

„Und wie willst du sonst herkommen?"

„Mit der U-Bahn. Du erinnerst dich: Linie F."

„Du bist schwanger", stellte er fest und erntete prompt einen gespielt ungläubigen Blick.

Gayle gluckste auf. „Herrje, du hast recht! Jetzt begreife ich, weshalb ich nicht mehr in meine Hosen passe und diese Gelüste auf Erdbeereis mit Schokoladensauce habe."

„Das ist nicht komisch, Gayle. Dir könnte in der U-Bahn irgendetwas passieren. Man könnte dich schubsen, du könntest die Treppen hinunterfallen ..."

Seine Sorge schien sie urkomisch zu finden. „Außerdem kann ich endlich den Sitz benutzen, der schwangeren Frauen vorbehalten ist. Mir wird schon nichts passieren."

„Ich fahre dich trotzdem."

Sie verdrehte die Augen. „Wenn es dich glücklich macht. Und jetzt erzähle mir lieber, was du bei Gericht machst. Hat das etwas mit diesem Jungen zu tun, von dem mir Donna gerade erzählt hat?"

* * *

„Es sieht alles genau richtig aus. Ich messe vierundzwanzig Zentimeter, kann die Wirbelsäule erkennen und sehe nichts Auffälliges. Schön ausgebildete Gliedmaßen und alles am rechten Platz. Für die zwanzigste Woche ist das Baby sehr gut entwickelt."

Erleichtert schaute Gayle auf den Monitor, auf dem sie das Baby sehen konnte und verfolgte, wie sein Herz schlug. Von Mal zu Mal sah es für sie mehr wie ein richtiges Baby aus.

„Möchten Sie das Geschlecht des Babys wissen?", fragte ihre Ärztin nach und fuhr mit der Sonde des Ultraschallgeräts auf Gayles Bauch herum.

Fragend suchte Gayle J.T.s Blick, der neben der Liege auf einem Hocker saß und ebenfalls fasziniert auf den Monitor starrte. Bisher hatte er keinen einzigen Ton von sich gegeben, sondern geradezu ehrfürchtig gelauscht, während die Ärztin Gayle untersucht und beim Ultraschall jede Kleinigkeit des Babys gezeigt und dabei erklärt hatte.

Für ihn war das alles völlig neu, denn es war der erste Untersuchungstermin, bei dem er anwesend war, schließlich hatte sich Gayle vorher in Charleston medizinisch betreuen lassen und war zu den Terminen allein gegangen. Dass er sie nun begleitete, fühlte sich richtig an. Sie wollte nicht allein warten und sich fragen müssen, ob alles okay war, während niemand bei ihr war. Und J.T. hatte unbedingt mitkommen wollen.

Den ganzen Tag über war er seltsam angespannt gewesen – als litte er unter Lampenfieber, und auch jetzt wirkten seine blauen Augen nervös und unsicher, als sie sich ansahen.

„Willst du wissen, was es wird?“ Gayle atmete durch und schenkte ihm ein aufmunterndes Lächeln.

Er nickte ernst und begann anschließend ebenfalls zu lächeln. „Ja, das möchte ich. Und du?“

Sein Lächeln und sein warmer Blick waren für die Schmetterlinge in ihrem Bauch verantwortlich. „Ich auch.“

„Sind Sie sich einig?“

„Ja, das sind wir“, antwortete Gayle.

„Dann kann ich Ihnen ja sagen, dass es ein Mädchen wird.“

„Ein Mädchen“, flüsterte J.T. und klang wie der Gewinner der Glückslotterie, während er auf den Monitor schaute und dabei unglaublich gerührt aussah. Anstatt ebenfalls den Monitor anzusehen, starrte Gayle ihn an und war glücklich darüber, wie sehr er sich freute. Und sie selbst war ebenfalls glücklich, dass es ein Mädchen und gesund war. Bislang war das Baby als ein neutrales, gesichtsloses Wesen erschienen, das sie immer nur *es* genannt hatte. Aber nun begann das Baby in Gayles Kopf Formen anzunehmen, ein kleines Individuum, das plötzlich eine eigene Identität entwickelte – es war nicht länger *es*, sondern es war eine *sie*.

„Herzlichen Glückwunsch“, verkündete die Ärztin fröhlich.

J.T. atmete tief aus. „Himmel, es wird ein Mädchen! Jetzt sollte ich wohl anfangen, mich bei allen Vätern zu entschuldigen, denen ich schlaflose Nächte bereitet habe, und dafür beten, dass mir so etwas später nicht passiert.“

Obwohl er eher mehr zu sich selbst als zu ihnen

gesprochen hatte, begannen sowohl Gayle als auch die Ärztin vor Lachen zu prusten.

Der Moment war so bezaubernd, dass Gayle nicht anders konnte, als ihn zärtlich anzulächeln und massives Herzrasen zu bekommen, als er das Lächeln ebenso zärtlich erwiderte, bevor er ihre Hand in seine nahm und einen Kuss auf ihre Fingerknöchel drückte. Sie fühlte sich ihm verbunden und teilte mit ihm das Erlebnis, das Geschlecht des Babys zu erfahren. Ab sofort wussten sie, dass sie Eltern eines Mädchens wurden, und das verband sie.

Leider begann ihre Ärztin gleich darauf, sie um eine Urinprobe zu bitten, und der schöne Augenblick war vorbei.

Emotional war Gayle ziemlich geschafft, als sie beide kurz darauf die Praxis verließen und sich auf den Weg nach Hause machten. Glücklicherweise hatte sie J.T. überreden können, das Auto in der Tiefgarage zu lassen und stattdessen mit der U-Bahn zu fahren. Er war nämlich noch immer ziemlich besorgt, was dieses Thema betraf, auch wenn Gayle mittlerweile ein paarmal mit den öffentlichen Verkehrsmitteln zum Jugendheim gefahren war.

Als sie an einem Geschäft für Babykleidung und Babyzubehör vorbeikamen, war es J.T., der sie davon überzeugte, einen Blick hineinzuwerfen. Er war sogar ziemlich penetrant und ruhte nicht eher, bis sie beide das Geschäft betreten hatten.

Gayle staunte nicht schlecht, als sie die riesige Auswahl an Babykleidung, Babywickeltischen, Babysitzen,

Babytragen und allem anderen bemerkte, das offenbar überlebenswichtig war, wenn man ein Kind bekam. Ein wenig überfordert sah sie sich um und fragte sich, ob man tatsächlich dies alles brauchte, um ein Kind versorgen zu können. Sie hatte beispielsweise keine Ahnung gehabt, dass man Windeln nicht in einen normalen Mülleimer werfen konnte, sondern einen extra Windeleimer benötigte!

Beim Blick auf das Preisschild lächelte Gayle müde und fragte sich, ob es wirklich die Entwicklung des Babys etwa beeinträchtigte, wenn man keinen Windeleimer für zweihundert Dollar verwendete ...

Anstatt sich um Windeleimer Gedanken zu machen, inspizierte J.T. – typisch Mann – die elektrische Wippe, die eher wie ein futuristisches Raumfahrtobjekt aussah. Außerdem kostete sie nur erheblich weniger als ein Projekt der NASA.

„Schau dir mal die vielen Funktionen an", schwärmte er. „Es gibt acht unterschiedliche Bewegungsvarianten und zehn Intensitätsstärken. Außerdem besitzt die Wippe eine Vibrationsstufe, die das Kind beruhigen soll. Und als besonderes Extra spielt sie diverse Klänge wie Regengeräusche, einen Herzschlag und so weiter."

Gayle war sich nicht ganz sicher, ob er tatsächlich über eine Wippe sprach. J.T. war offensichtlich mit sehr viel mehr Begeisterung bei der Sache als sie, weil er eine Verkäuferin mit Fragen zum perfekten Autositz löcherte, bevor sie sich ein paar im Geschäft aufgebaute Kinderzimmer ansahen. Eigentlich war Gayle davon ausgegangen, einen Strampler zu kaufen und dann wieder zu gehen. Nun waren sie bereits eine Stunde hier.

„Die Einrichtung gefällt mir." J.T. deutete auf eine Ansammlung zueinanderpassender Möbelstücke, die komplett in Weiß gehalten und mit niedlichen Schnitzereien versehen waren. Neben einem kleinen Schrank, einer Kommode und einem Wickeltisch waren ein Schaukelstuhl und ein Kinderbett aufgebaut worden. „Die anderen Kinderzimmer sind irgendwie ... kitschig."

Da musste sie ihm recht geben, denn die anderen ausgestellten Kinderzimmer waren entweder in Pink, Blau oder Gelb gehalten und wirkten ramschig.

„Oder gefällt dir das pinke Kinderzimmer?" Alarmiert schaute er sie an, versuchte dabei jedoch leichthin zu klingen, als wolle er sie nicht verschrecken, sollte ihr dieser pinke Albtraum tatsächlich gefallen.

Gayle schenkte ihm einen langen Blick. „Ernsthaft? Denkst du, ich wäre ein Fan pinker Kindermöbel?"

„Es wird ein Mädchen", betonte er. „Mädchen mögen pink."

Das war so ein Klischee, dass sie konterte: „Dein Bruder ist schwul. Mag er deshalb etwa die Village People?"

„Wer mag die nicht?" J.T. grinste. „Du solltest dir meine Tanzperformance ansehen, sobald *Macho Man* läuft. Da kann ich einfach nicht an mich halten."

Sie wollte ernst bleiben, konnte es jedoch nicht, als J.T. mitten in dem Babygeschäft plötzlich begann, mit den Hüften zu wackeln und mit den Schultern zu kreisen.

Besonders komisch waren die irritierten Blicke der anderen Kunden, die unsicher zu ihnen rübersahen, als J.T. auf der Stelle Tanzbewegungen machte und Gayle lauthals lachen musste.

„Jetzt fehlt dir nur noch Indianerschmuck auf dem Kopf und du könntest mit den Village People auf Tour gehen."

„Ich glaube, ich entscheide mich lieber für den Motorradcop. In den engen Lederhosen kämen meine Beine sicherlich gut zur Geltung." J.T. zwinkerte ihr zu, bevor er etwas ernster wurde und damit aufhörte, mit den Hüften zu wackeln. „Da du schon meinen Bruder erwähnst ..."

„Was ist mit ihm?"

„Mir fällt gerade ein, dass meine Mom in einer Woche Geburtstag hat und ich nach Maine fahren möchte. Weil die Fahrt ungefähr fünf Stunden dauern wird, hieße das eine Übernachtung bei meinen Eltern."

„Kein Problem." Sie winkte ab. „Fahr ruhig und mach dir keine Sorgen. Ich komme zwei Tage ohne dich aus."

„Nein, Gayle." Er fuhr sich durch sein Haar. „Du hast mich missverstanden. Eigentlich möchte ich dich gerne mitnehmen."

Gayle holte tief Luft – ganz und gar nicht von seiner Idee angetan. „J.T. ..."

„Es würde mir viel bedeuten. Meine Eltern möchten dich kennenlernen. Ganz besonders meine Mutter, die schon ziemlich aus dem Häuschen ist, dass sie Großmutter wird."

Sie schluckte schwer. „Du hast es ihnen bereits gesagt?“

Während er nickte, schob er die Hände in seine Hosentaschen. „Ja, gleich, als ich aus Charleston wiederkam.“

„Ich weiß nicht“, murmelte sie.

„Bitte, Gayle. Mir ist es wichtig, dass du meine Familie kennenlernst und dass sie dich kennenlernt.“

Wie konnte sie ihm diese Bitte abschlagen? „Okay. Ich komme mit.“

„Danke.“ Erleichtert strahlte er sie an, bevor er sich wieder in Richtung Kinderzimmer drehte und auf die geschmackvolle weiße Einrichtung deutete. „Was sagst du also zu diesen Möbeln? Die würden perfekt in das Zimmer mit dem Billardtisch passen, wenn ich ihn ausgeräumt und gestrichen habe. Wir müssten uns nur für eine Farbe für die Wände und die Stoffe entscheiden.“

Gayle schlug ihm vor, noch ein bisschen weiter nach anderen Möbeln Ausschau zu halten, weil sie es nicht übers Herz brachte, ihn daran zu erinnern, dass sie nicht ewig in seiner Wohnung leben würde und das Baby woanders ein Kinderzimmer haben würde.

KAPITEL 7

J.T.s Elternhaus war ein wunderschönes Anwesen auf dem Land mit einer beeindruckenden Auffahrt, einem riesigen Garten und einem alten Baumbestand. Und vor allem wirkte es gemütlich und sogar recht bodenständig mit der Einrichtung im Landhausstil sowie der Holzoptik, auch wenn man auf den ersten Blick sah, dass die Besitzer des gepflegten Hauses Geld besitzen mussten. Außerdem war es weitläufig.

Gayle vermutete zudem, dass es in der oberen Etage einige Gästezimmer geben musste, weil das Haus so groß war. Trotzdem wurde sie zusammen mit J.T. in dessen altem Zimmer einquartiert.

Weil sie nicht wusste, was er seinen Eltern über sie beide erzählt hatte, und weil sich seine Mom vor Freude überschlug, sie kennenzulernen, sagte sie nichts zu ihrer Schlafstätte und ruhte sich stattdessen für zwei Stündchen in J.T.s altem Bett aus, nachdem sie in Maine angekommen waren. Die lange Fahrt im Auto hatte sie erschöpft, auch wenn er sie mit lustigen Anekdoten zu seinen Brüdern und seinen Eltern unterhalten hatte.

Als sie nach ihrem Mittagsschlaf wieder nach unten ging und sich zu J.T. und seiner Mom in den Wintergarten gesellte, lernte sie gleich darauf seinen Dad kennen – einen etwas zurückhaltenden Mann, dem J.T. wie aus dem Gesicht geschnitten war, wenn man seine blauen Augen außer Acht ließ, die er von seiner Mom geerbt haben musste.

Sowohl seine Mom als auch sein Dad benahmen sich ihr gegenüber sehr freundlich und gaben ihr sofort das Gefühl, willkommen zu sein. Seine Mom war auch diejenige, die sie durchs Haus führte und ihr letztendlich Kinderfotos zeigte, auf denen J.T. in diversen Entwicklungsstufen zu sehen war. Mit dem Foto, auf dem er ungefähr fünfzehn Jahre alt gewesen sein musste und sich Gel in die Haare geschmiert hatte, weil es in spitzen Stacheln vom Kopf abstand, würde sie ihn ewig aufziehen, beschloss sie amüsiert. Es war tröstlich, dass auch J.T. als Teenager ein paar Modesünden begangen hatte, schließlich wirkte er heute mit Anfang dreißig einfach zu perfekt.

In seinem dunklen Anzug, den er abends zum Familienessen angezogen hatte, sah er blendend aus. Absolut perfekt.

Und Gayle ertappte sich nicht nur dabei, wie sie ihn lechzend anstarrte, sondern auch dabei, dass sie erleichtert war, ein festliches Kleid eingesteckt zu haben, das sie anziehen konnte. Mittlerweile war ihr Bauch nicht mehr zu übersehen, und das Kleid war nicht nur für diesen Anlass passend, sondern auch so bequem, dass sie darin problemlos den ganzen Abend überstehen konnte.

Sobald sie seine Brüder kennenlernte, war es interessant, die Dynamik zwischen den Geschwistern zu beobachten.

Zu ihr waren sein ältester Bruder Mitchum und sein anderer Bruder Caleb freundlich, höflich und vor allem unverbindlich. Während J.T.s Eltern und insbesondere seine Mom sehr herzlich waren und sich offen über ihre Anwesenheit und über ihre Schwangerschaft freuten, wirkten seine Brüder eher abwartend und skeptisch. Gayle konnte es ihnen nicht verübeln, dass sie sich anscheinend erst ein Bild von ihr machen wollten, bevor sie ein Urteil fällten, schließlich brachte ihr kleiner Bruder eine wildfremde Frau mit nach Hause, die von ihm im fünften Monat schwanger war. In dieser Situation wäre sie auch skeptisch gewesen.

Gayle versuchte sich nicht anmerken zu lassen, dass sie auf ein positives Urteil hoffte und ihrerseits die beiden Männer musterte. Um in Klischees zu sprechen, musste sie zugeben, dass Caleb ganz anders wirkte, als sie sich J.T.s schwulen Bruder vorgestellt hatte. Für einen schwulen Mann war er ziemlich unnahbar und fast schon geschäftsmäßig, als er sich bei ihr nach ihrem Job erkundigte und Small Talk betrieb. Nüchtern war vermutlich der richtige Begriff, um ihn zu beschreiben. Bei ihm konnte sie sich ganz und gar nicht vorstellen, dass er mitten in einem

Babygeschäft eine Tanzeinlage einlegen und die Hüften kreisen lassen würde.

Auch J.T.s ältester Bruder war das genaue Gegenteil eines unbeschwerten Spaßvogels. Tatsächlich machten beide einen eher langweiligen Eindruck.

Über einem Wildkräutersalat mit pochierten Birnen und marinierten Pilzen unterhielten sich Mitch und Caleb mit ihrem Vater über Lieferschwierigkeiten spezieller Maschinenteile und der damit verbundenen Auswirkung auf die Produktion der Triebwerke.

Über einer Portion Safranrisotto mit gebratenen Garnelen drehte sich das Gespräch der drei Männer um eine Konkurrenzfirma, die ihre Produktionsstätten ins Ausland verlegen wollte, um Kosten zu sparen und günstigere Preise anbieten zu können.

Und über einem Rinderfilet mit grünen Bohnen und Rotweinschalotten diskutierten sie das Für und Wider einer Fusion zweier Airlines.

Selten hatte sich Gayle derart gelangweilt. Sie war durch ihren Großvater nervtötende Gesprächsthemen zuhauf gewohnt, aber der heutige Abend überstieg ihre Erfahrungen um Längen. J.T.s Mom machte nicht den Eindruck, besonders überrascht oder erzürnt darüber zu sein, dass sich das Gespräch ausschließlich um ein einziges Thema drehte: das Familienunternehmen. Dabei war es ihr eigener Geburtstag, der heute gefeiert wurde! Es saßen immerhin sechs Menschen am Tisch, doch nur drei bestritten das Gespräch, das sich um Themen drehte, die die anderen drei Anwesenden nicht interessierten.

Erst beim Dessert ergriff das Geburtstagskind das Wort und wechselte das Thema, indem J.T.s Mom auf ein geplantes Gartenfest zu sprechen kam. Ein Gartenfest war allemal besser als die mechanischen Komponenten einer Flugzeugturbine. Vielleicht brauchten die drei Männer auch eine Auszeit, um von dem Himbeersorbet zu probieren, das ihnen aufgetischt worden war.

Mittlerweile hatte Gayle das Gefühl, dass zumindest J.T.s Brüder mit der Wahl ihrer Diskussionen dafür sorgten, dass J.T. außen vor blieb und ausgeschlossen wurde. Dafür dass sie ihren Vater jeden Tag sahen und mit ihm zusammenarbeiteten, beanspruchten sie ihn nämlich ziemlich offensiv und gaben ihrem jüngeren Bruder kaum Gelegenheit, sich mit seinem Dad zu unterhalten, obwohl der ihn nur selten sah.

Das machte Gayle aus einem unerfindlichen Grund wütend.

Seine Mom bemerkte Gayles Stimmung offenbar nicht, weil sie ihr mit funkelnden Augen erzählte: „J.T. kann dir bestätigen, dass wir dieses Gartenfest schon seit über zwanzig Jahren feiern. Und bislang hatten wir immer das schönste Wetter schlechthin. Im Garten bauen wir Zelte sowie Sonnensegel auf, machen ein Barbecue und engagieren eine Band. Die ganze Familie und alle Freunde sind jedes Jahr dabei. Wir haben sogar einen Bekannten, der nur wegen des Gartenfestes extra aus Spanien kommt."

Sie zwang sich zu einem Lächeln. „Das klingt ganz zauberhaft."

„Wir veranstalten es traditionell am letzten Wochenende im Mai.“ Die ältere Frau legte den Kopf zur Seite und nickte entschlossen. „Du musst in diesem Jahr dabei sein, Gayle, und alle Freunde und Familienangehörigen kennenlernen. Sie werden es sicherlich nicht erwarten können, dich zu treffen.“ Sie seufzte entzückt. „Und im nächsten Jahr wird bereits das Baby auf der Welt sein, wenn wir unsere Gartenparty veranstalten. Dann müsst ihr auch kommen.“

Wann hatte sich der Themenwechsel zu einer harmlosen Gartenparty dahingehend entwickelt, dass gerade ihre nächsten Jahresplanungen entschieden wurden? „Äh …“

„Mom“, warf auch J.T. ein. „Ganz ruhig mit den jungen Pferden.“

„Aber ihr müsst zumindest in diesem Jahr kommen“, beschied seine Mutter. „Denk dran: das letzte Wochenende im Mai. Am besten wäre es, wenn ihr die ganze Woche hier sein könnt, damit wir uns besser kennenlernen können.“

Gelassen nippte er an seinem Weinglas und erwiderte anschließend leichthin: „Ich weiß nicht, Mom, ich muss schauen, ob ich in jener Woche Termine habe.“

Auf seinen Kommentar hob sein ältester Bruder den Kopf. „Termine?“ Mitchums Lächeln und sein Blick hatten etwas Überhebliches an sich, das Gayles Nackenhaare zu Berge stehen ließ. „Lässt du dir einen neuen Fernseher liefern, um deine Videospiele in Ultra HD zu erleben?“

Unter der Tischplatte ballte Gayle die Hände zu

Fäusten und warf J.T. einen verstohlenen Blick zu. Er war die Lässigkeit in Person und wirkte keinesfalls beleidigt durch den Kommentar seines Bruders.

„Mein Fernseher hat bereits Ultra HD“, informierte er ihn freundlich. „Für Videospiele und Sportübertragungen sehr zu empfehlen, wenn du es genau wissen willst, Mitchum. Aber bei Pornos würde ich eher nicht dazu raten – es gibt halt Dinge, die muss man nicht in Maximalauflösung sehen.“

Sein Bruder grinste.

Seine Mom stieß einen schockierten Laut aus. „J.T.!“

„Videos, Sportübertragungen und Pornos – bei diesem straffen Zeitplan kann ich verstehen, dass du erst in deinen Terminkalender sehen musst, bevor du weißt, ob du zu Moms Gartenparty herkommen kannst.“ Mitchum lächelte äußerst freundlich.

„Mitchum, also wirklich“, brummte sein Dad und auch seine Mom schnalzte tadelnd mit der Zunge.

„Ich unterhalte mich mit meinem Bruder lediglich über seine Zeiteinteilung.“

„Nein, du suchst Streit“, widersprach sein Dad. „Lass es gut sein.“

Mitchum machte eine lässige Handbewegung. „Dad, ich bin nur neugierig. Sein Terminkalender scheint sogar voller zu sein als meiner.“

„Natürlich ist mein Terminkalender voller als deiner – ausschweifende Partys, mehrtägige Besäufnisse und feuchtfröhliche Urlaubstrips bedürfen detaillierter Planung. Die langen Pokernächte nicht zu vergessen“, warf

J.T. nachlässig ein. „Manchmal dauern sie mehrere Tage. Es ist schwer zu sagen. Man verliert irgendwann jegliches Zeitgefühl."

„Das würde jedem passieren, der sonst nichts zu tun hat." Mitchum nickte mit geheucheltem Verständnis.

Blinzelnd schaute Gayle zwischen J.T. und seinem Bruder hin und her, denn obwohl ihre Mienen sehr freundlich und geradezu fröhlich waren, war die Spannung zwischen ihnen deutlich zu fühlen. Und auch der Rest der Familie bemerkte es. Caleb verdrehte die Augen, sein Dad kniff den Mund zusammen und seine Mom war vor Zorn regelrecht rot angelaufen.

„Können wir das Thema wechseln?" Das kam von Caleb, wofür Gayle ihm dankbar war, bis er mit einem Seufzen fortfuhr: „Wir alle wissen, dass J.T. keine Lust hat, zu irgendetwas produktiv beizutragen, was mit Arbeit zu tun hat. Das müssen wir nicht bei jedem Aufeinandertreffen thematisieren."

„Ich sehe das anders", widersprach J.T. ihm gutmütig. „Ich trage sehr wohl dazu bei, dass es bei Familienessen ein Thema gibt, das sich nicht um *Ashcroft Aerospace* dreht – nämlich meine Unproduktivität. Das ist auch eine Leistung."

Gayle starrte ihn ungläubig von der Seite an und verstand nicht, warum J.T. dieses Spiel mitspielte und ständig mit einer flapsigen Bemerkung antwortete, anstatt seinen Brüdern zu sagen, dass sie die Klappe halten sollten.

Warum erzählte er seiner Familie nicht, was er in letzter Zeit alles leistete?

Er lag schließlich nicht auf der faulen Haut, sondern kümmerte sich um die Jugendlichen des *Youth Shelters*, wälzte Jugendamtsakten und vertrat ein paar seiner Schützlinge vor Gericht! Sie wusste, was er in den vergangenen Monaten in die Wege geleitet hatte, um den Kids zu helfen, und dass er sich für sie einsetzte – unentgeltlich!

Und dann gab es auch noch Nate, um dessen Vormundschaft er sich bemühte.

„Falls ihr es vergessen habt, aber heute ist nicht nur mein Geburtstag, sondern wir haben auch noch einen Gast bei uns am Tisch", zischte nun J.T.s Mom in die Runde. „Ich will also nicht hier sitzen und mir anhören müssen, wie ihr schon wieder aufeinander losgeht."

„Du hast recht, Mom." Mitchum stieß mit zerknirschter Miene die Atemluft aus. „Entschuldige. Das war nicht unsere Absicht."

„Ja, Mom." J.T. lächelte schwach. „Uns tut es leid."

Nun lächelte seine Mom, wenn auch sichtlich angespannt. „Gut. Warum reden wir nicht über etwas Erfreulicheres? Gayle, habt ihr schon einen Namen für das Baby?"

Während alle Augen auf sie gerichtet waren, wurde der Drang allmächtig, J.T. wie eine Löwenmutter zu verteidigen. „Nein, den haben wir noch nicht." Sie holte tief Luft. „Aber um auf das vorherige Thema zurückzukommen: J.T. sollte euch erzählen, womit er sich in den vergangenen Monaten beschäftigt hat und womit er sich die Nächte um die Ohren haut."

„Gayle“, raunte er ihr warnend zu.

„Was denn?“ Abrupt drehte sie sich zu ihm um und ignorierte seinen starren Gesichtsausdruck. „Wenn du nichts sagst, mache ich das! Deine Familie kann ruhig erfahren, was du Großartiges im *Youth Shelter* leistest und was die Jugendlichen dir zu verdanken haben.“

Er sagte nichts. Niemand sagte etwas. Gayle sah sich um und entdeckte vier ahnungslose Gesichter, die J.T. mit einer Mischung aus Verblüffung und Skepsis betrachteten. J.T. selbst erwiderte düster Gayles Blick. Ihm war es offenbar alles andere als recht, dass sie das Wort ergriffen und sich für ihn eingesetzt hatte.

Das hielt Gayle jedoch nicht davon ab, fortzufahren: „Ich finde es nicht in Ordnung, dass deine Brüder auf dir herumhacken und sich über deinen Terminkalender lustig machen, während du deine Freizeit dafür opferst, Kinder und Jugendliche vor Gericht zu vertreten, ihnen Praktikumsstellen vermittelst und für sie Plätze an Privatschulen suchst. Vielleicht solltest du erzählen, dass du obdachlosen Jugendlichen eine kostenlose Rechtsberatung anbietest, und berichtest deiner Familie, dass du gestern zwei Stunden lang ein Gespräch mit dem Jugendamt und der Staatsanwaltschaft hattest, um einem vierzehn Jahre alten Jungen zu helfen, der halb verhungert Essen gestohlen hat und deshalb angeklagt wurde.“ Sie kam erst richtig in Fahrt. „Und bei dieser Gelegenheit sollten sie auch von Nate erfahren!“

„Nate?“ Seiner Mutter war die Fassungslosigkeit über Gayles Worte anzuhören. „Wer ist Nate?“

„Und was meint sie mit einer kostenlosen Rechtsberatung? Praktizierst du wirklich als Anwalt?“ Sein Vater saß kerzengerade am Tisch.

„Soll das etwa heißen, dass du mittlerweile arbeitest?“ Caleb hatte die Augenbrauen in die Höhe gezogen.

Mitchum stand der Mund offen, bevor er heiser sagte: „Warum hast du nichts gesagt?“

Ein Muskel zuckte in J.T.s Wange und seine Stirn hatte sich in Falten gelegt. Er rang sichtlich mit sich und wirkte wütend und resigniert zugleich. Gayle ahnte, dass ein großer Teil seiner Wut ihr galt, obwohl sie nicht verstand, weshalb er nicht stolz auf das war, was er tat, und es seiner Familie nicht erzählte.

Als er endlich das Wort ergriff, klang seine Stimme wie ein Knurren. „Ja, ich arbeite, wenn ihr es so nennen wollt – ich vertrete die Jugendlichen des *Youth Centers NYC* kostenlos als Anwalt. Das hat sich irgendwann ergeben.“

Wieso wunderte es Gayle nicht, dass J.T. derart untertrieb, was seine Arbeit betraf?

„Es hat sich ergeben?“

J.T. zuckte mit den Schultern. „Gayle arbeitet dort, und ich war ein paarmal dort, um sie zu sehen. Dabei habe ich mitbekommen, wenn es Probleme gab, bei denen nur ein Anwalt helfen konnte. Von daher ...“ Er stieß den Atem aus.

„Und wer ist jetzt Nate?“, wollte seine Mom wissen.

* * *

Als J.T. sein Zimmer betrat, erwartete er, dass Gayle bereits schlief, weil sie schon vor über einer Stunde ins Bett gegangen war, während er sich noch mit seinen Brüdern und seinem Dad einen Drink genehmigt hatte. Auch seine Mom war längst verschwunden und hatte sie zu viert allein gelassen. Zum ersten Mal seit ziemlich langer Zeit hatte er mit seinen Brüdern und seinem Dad ein richtig nettes Gespräch geführt, in dem es um Football und diverse Kinofilme gegangen war. Dafür hatte es lediglich ein angespanntes und unangenehmes Abendessen gebraucht, bei dem Gayle ihn mit Zähnen und Klauen verteidigt hatte, als würde sie Mitchum jeden Moment die Augen auskratzen, wenn er noch ein schlechtes Wort über ihn verlieren sollte. Wenn er nicht selbst derart aufgebracht gewesen wäre, hätte er es vermutlich lustig finden können.

Mitchum hatte es tatsächlich lustig gefunden, wie er ihm gerade noch verraten hatte. Sein Bruder hatte wirklich einen merkwürdigen Sinn für Humor.

Sobald J.T. die Tür öffnete und sah, dass das Zimmer noch hell erleuchtet war, Gayle mit dem Rücken gegen das Kopfteil des Bettes lehnte und in einem Buch las, ahnte er, dass die kommende Nacht kein Zuckerschlecken werden würde. Er hatte gehofft, dass sie schon schlief. Erstens wollte er eine Diskussion über den Abend bei seiner Familie vermeiden und zweitens bereitete ihr Anblick ihm ziemliche Höllenqualen.

Innerlich fluchte er und fragte sich, was mit ihm los war. Sie war schwanger und erwartete sein Kind. Einer werdenden Mutter sollte man einen Tee bringen, sie in eine warme Decke wickeln und ihr die Füße massieren. Jedenfalls passierte das immer in Filmen. Wenn er Gayle ansah, wollte er ganz andere Dinge mit ihr anstellen. Dinge, die nichts mit einer harmlosen Fußmassage oder einem gemütlichen Abend am Kamin mit einem Tee zu tun hatten. Und dass sie ein winziges Top mit dünnen Trägern trug, aus dessen Ausschnitt ihre mittlerweile beachtlichen Brüste hervorquollen und unter dem sich ihr rundlicher Bauch abzeichnete, ließ ihn befürchten, an einer schmerzhaften Erektion zu sterben, weil es zu einem irreparablen Blutstau kommen könnte.

Sie war warm, weich und wunderschön, und J.T. hätte sie gerne an sich gezogen und nicht mehr losgelassen. Vom Sex einmal abgesehen.

„Du bist noch wach?“ Er schloss die Tür.

Gayle senkte das Buch, bis es in ihrem Schoß lag. Sie in seinem alten Zimmer und seinem Bett zu wissen, ließ ihn beinahe in Schweiß ausbrechen. Als Teenager hatte er sich oft vorgestellt, hier mit einem Mädchen eine Nacht zu verbringen, aber er fürchtete, dass die Realität mit seinen Pubertätsfantasien nicht viel zu tun hatte.

„Ich bin nicht sehr müde nach dem zweistündigen Nickerchen am Nachmittag.“

Er brummte und schlüpfte aus seiner Anzugjacke, die er über seinen alten Schreibtischstuhl hängte „Du solltest schlafen. Es war ein langer Tag.“

„Bist du wütend?“

Für ihn war es leichter, wütend auf sie zu sein, als sich

nach ihr zu sehnen, also schnaubte er auf und starrte sie grimmig an. „Sagen wir doch einfach, dass ich nicht sehr glücklich über deine Einmischung bin."

„Einmischung?"

„Ja!" Er ließ sich auf den Stuhl fallen und beugte sich vor, um die Schuhe auszuziehen. „Du hättest meiner Familie nicht erzählen dürfen, dass ich im Jugendheim als Anwalt arbeite, Gayle."

Sie schnappte nach Luft. „Wie bitte?"

J.T. nickte fest und schlüpfte aus den Schuhen sowie den Socken und stand wieder auf. „Du hattest kein Recht dazu."

„Kein Recht? Moment mal", fuhr sie ihn mit Erstaunen und Zorn in der Stimme an. „Du schleifst mich stundenlang bis nach Maine, weil du willst, dass ich deine Familie kennenlerne, aber ich darf ihnen nicht sagen, dass du als Anwalt arbeitest?"

Scheiße, sie hatte recht, und er benahm sich wie ein Idiot.

Vermutlich war er wirklich ein Idiot, weil er seit dem Moment in einem selbst erschaffenen Höllenfeuer brannte, in dem er sie vom Flughafen abgeholt und in sein Gästezimmer einquartiert hatte. Er liebte sie, wollte mit ihr zusammen sein und konnte es kaum erwarten, mit Gayle und dem Baby eine Familie zu haben, aber sie bestand auf Distanz. Wie konnte man sich nur so sehr nach einer Frau sehnen, die anscheinend nicht das für ihn fühlte, was er für sie empfand?

„Was ich beruflich mache, geht niemanden etwas an.

Verdammt noch mal.“ Er steigerte sich in seine Wut hinein, obwohl es albern war. „Es war nicht deine Sache, es meiner Familie zu sagen.“

„Aber du hast nichts gesagt, J.T.“, betonte sie aufgebracht. „Du hast Mitchum ja regelrecht angestachelt, dich durch den Kakao zu ziehen, und dich selbst in keiner Weise verteidigt!“

„Niemand muss mich verteidigen!“

„Sei kein Baby!“

Er verengte die Augen. „Was würdest du denn dazu sagen, wenn ich Amy anriefe und ihr sagen würde, dass du ihre Schwester bist?“

Gayle richtete sich auf und sah ihn scharf an. „Das ist etwas völlig anderes.“

„Findest du?“ Er knöpfte sein Hemd auf. „Glaub mir, wenn ich mich in deine Angelegenheiten einmischen würden, dann wärst du ordentlich sauer. Zu Recht!“

Sie holte tief Luft und verschränkte die Arme vor der Brust. „Glaubst du, ich könnte einfach am Tisch sitzen und zuhören, wie Mitchum über dich herzieht, und dann nichts sagen, obwohl ich vor Stolz fast platze?“ Gayle schüttelte den Kopf. „Ich bin so verdammt stolz auf dich, J.T., und deine Familie sollte es auch sein. *Deshalb* habe ich etwas gesagt. Wenn du jetzt weiterhin deswegen sauer bist, ist das dein Problem, aber nicht meines.“

Seine Hand verharrte in der Luft, nachdem er den letzten Knopf seines Hemdes geöffnet hatte. Blinzelnd und mit leicht geöffnetem Mund sah er sie an. „Du bist stolz auf mich?“

Stirnrunzelnd erwiderte sie seinen Blick. „Natürlich bin ich stolz auf dich, du Idiot! Wie könnte ich denn nicht stolz auf all das sein, was du für das Jugendheim und die Kinder dort tust?"

Seine Arme fielen hinab und seine Wut verpuffte. „Gayle ..."

„Himmel!" Von jetzt auf gleich riss Gayle ihre Augen auf und presste ihre Hand gegen ihren Bauch. „Es bewegt sich", flüsterte sie mit einem Anflug von Fassungslosigkeit. „Das Baby bewegt sich."

Vor Erleichterung wurde ihm schlecht, schließlich war er ein paar Sekunden lang vom Schlimmsten ausgegangen. Sobald sie auffordernd die Hand nach ihm ausstreckte, saß er gleich darauf neben ihr und ließ es sich gefallen, dass sie seine Hand nahm und diese gegen die Stelle drückte, an der er die Bewegungen des Babys spüren konnte.

Mit angehaltenem Atem tastete er vorsichtig über die gestraffte Bauchdecke und lachte vor Entzücken leise auf, als er tatsächlich spürte, wie sich das Baby bewegte. Seine Brust fühlte sich eng an, gleichzeitig war ihm vor Glück ganz schwindelig. Es war das Normalste auf der Welt, sein Gesicht gegen Gayles Gesicht zu schmiegen, gleichzeitig über ihren Bauch zu streicheln und sie zu küssen, sobald sich ihre Münder wie zufällig berührten. Der Kuss war süß und voller Sehnsucht. Und sie erwiderte ihn.

Doch dann flüsterte sie gegen seine Lippen: „Das sollten wir nicht tun, J.T."

„Warum nicht?" Er rieb seine Nase gegen ihre Schläfe

und drückte einen federleichten Kuss auf ihre zarte Wange.

„Weil ich keine Verpflichtung sein möchte", entgegnete sie verzagt.

Langsam lehnte er den Kopf zurück und schaute ihr in die braunen Augen, die ihn unglücklich ansahen. „Wer sagt, dass du eine Verpflichtung bist?"

Gayle schluckte schwer. „Das weiß ich doch."

J.T. zog seine Augenbrauen zusammen. „Das musst du mir erklären."

Zögernd tätschelte sie ihren Bauch und wich seinem Blick aus. „Ohne das Baby wäre ich nicht hier."

Er verstand noch immer nur Bahnhof. „Gayle. Was zum Teufel willst du mir sagen?"

„Ist das nicht offensichtlich? Wir sind kein Paar, J.T., wir sind nur zwei Menschen, die Eltern werden."

An ihm lag es sicherlich nicht, dass sie kein Paar waren! Und das wollte er ihr auch sagen, als sie mit betrübter Stimme fortfuhr: „Vielleicht hätten wir uns gar nicht wiedergesehen, wenn ich nicht schwanger geworden wäre und mein Grandpa dich nicht angerufen hätte. Wir hatten unverbindlichen Sex und keine Beziehung. Du bist nur zurückgekommen, weil mein Großvater von dir verlangt hat, Verantwortung zu übernehmen. Du *musstest* zurückkommen."

„Ich musste gar nichts, Gayle." Er hatte das Gefühl, dass sein Kopf gleich zersprang. „Denkst du etwa, dass ich Angst vor deinem achtundsiebzig Jahre alten Großvater hatte und deshalb mit wehenden Fahnen nach Charleston gekommen bin? Herrgott, der Mann benutzt ein Sitzkissen gegen seine Hämorrhoiden!“ Fast hätte er sich das Haar gerauft. „Ich kann mir Furchterregenderes vorstellen.“

„Aber ...“

„Ich musste nicht nach Charleston fliegen. Ich *wollte* es“, stellte er klar.

Ihr Kinn zitterte. „Wir bekommen ein Baby. Du willst nur das Richtige tun.“

„Natürlich will ich das Richtige tun! Du und ich gehören zusammen.“

Es war, als hätte sie nicht verstanden, was er gemeint hatte, da sie seufzte. „Du fühlst dich mir und dem Baby gegenüber verpflichtet.“ Es klang nicht wie ein Vorwurf. „Deshalb bist du zurückgekommen, lässt mich in deiner Wohnung leben und hast mich mit zu deinen Eltern genommen. Du willst Verantwortung übernehmen, was lobenswert ist, mir aber wehtut, weil es dir um das Baby geht.“

J.T. verstand plötzlich, was alle Welt meinte, wenn sie von schwangeren Frauen sprachen, die durch ihre Hormonschübe durchdrehten und den Sinn zur Realität verloren. Ein solches Exemplar saß direkt neben ihm.

Mit aller Geduld, zu der er fähig war, erwiderte er und betonte dabei jedes Wort: „Nein, es geht mir nicht nur um das Baby ...“

„J.T. ...“

„Lass mich ausreden“, bat er sie und knirschte gleichzeitig mit den Zähnen. „Wenn Kim ein Baby von mir bekommen hätte, dann wäre es mir nur um das Baby gegangen! Ich hätte Alimente bezahlt, das Kind besucht und mit ihm die Ferien verbracht, wenn es älter gewesen wäre. Kim und ich hätten uns lediglich auf Schulaufführungen und an den Geburtstagen des Kindes gesehen, weil das nicht zu vermeiden gewesen wäre. Aber ich wäre Kim nicht bis nach Charleston hinterhergeflogen, hätte sie nicht in meiner Wohnung leben lassen und sicherlich wäre sie nicht mit zum Geburtstag meiner Mom gekommen." Er stieß die Atemluft aus. „Herrgott, das Baby kommt erst in vier Monaten zur Welt! Wenn es mir nur um unsere Tochter ginge und nicht um dich, dann würde mir schon etwas einfallen, mit dem ich mir meine Zeit vertreiben könnte, als um dich herumzuschleichen und zu hoffen, dass du mir noch eine Chance gibst und irgendwann meine Gefühle erwiderst."

Ihre Augen weiteten sich. Sie sagte jedoch nichts.

Weil sich seine Kehle wie zugeschnürt anfühlte, war seine Stimme ein raues Krächzen. „Habe ich dir noch immer nicht bewiesen, dass es mir ernst ist? Ich will, dass wir zusammen sind. Du und ich. Was muss ich noch tun, damit du bei mir bleibst?"

Langsam und unsicher legte Gayle ihre Hand auf seine Wange. „Du könntest mir sagen, was das für Gefühle sind, die du für mich empfindest."

„Ich liebe dich", flüsterte er, ohne zu zögern. „Von Anfang an."

Ihre Augen wurden feucht und ihr Mund verzog sich zu einem breiten Lächeln. „Und das sagst du erst jetzt?"

Empört öffnete er den Mund, aber Gayle ließ nicht zu,

dass er etwas erwidern konnte, weil sie ihn küsste. Tief, leidenschaftlich und ehrlich. Und J.T. küsste sie zurück, als würde sein Leben davon anhängen.

„Ich liebe dich auch“, verkündete sie leicht atemlos, als sie Ewigkeiten später den Kuss beendete. „Falls du daran gezweifelt hast.“

„Baby, ich schwöre, das werde ich nie wieder.“ Zufrieden zog er sie eng an sich.

KAPITEL 8

„Soll ich pathetisch werden?“

„Pathetisch?“ Gayle schaute zu Amy hoch, die sich über den runden Gartentisch beugte und den Apfelkuchen anschnitt, den J.T. und sie mitgebracht hatten. „Was meinst du mit pathetisch?“

Amy grinste sie an. „Wer hätte gedacht, dass du und J.T. eine Beziehung führen und Eltern werden würdet, als wir beide im letzten Jahr diesen ersten Termin hatten, um über das *Youth Center* zu sprechen? Ich fand dich von Anfang an sympathisch, aber dass wir nun irgendwie miteinander verwandt sein werden, hatte ich damals nicht vermutet.“

Gayle erwiderte das Lächeln, auch wenn sich Nervosität in ihrer Magengrube bemerkbar machte. Vielleicht war es auch das Baby, das für das Sodbrennen der letzten Wochen und den ständigen Drang zu pinkeln verantwortlich war. Wahrscheinlicher war es jedoch, dass es ihre innere Anspannung war. J.T. hatte ihr nämlich das Versprechen abgenommen, Amy endlich die Wahrheit zu sagen. Und er hatte recht. Wenn sie es noch länger hinauszögerte, würde Amy wütend werden. Wenn sie es nicht schon war, sobald sie es erfuhr.

Ob heute der richtige Tag für dieses Geständnis war, wusste Gayle nicht.

Es war ein Sonntag, der Frühling stand in voller Blüte und die Kinder spielten im Garten. Patrick und J.T. beaufsichtigten die Rasselbande, während Amy und Gayle auf der Terrasse saßen. Die fragenden Blicke, die Gayle immer wieder von J.T. auffing, sagten genug.

Wenn sie nicht langsam mit der Sprache herausrückte, würde sie es nie tun.

Ihre Finger zitterten, als sie über ihren Sieben-Monats-Bauch streichelte, tief Luft holte und dann an Amy gewandt offenbarte: „Ich fürchte, ich war nicht ganz ehrlich zu dir, Amy."

„Inwiefern?" Nur mäßig neugierig blickte sie kurz hinab zu Gayle, bevor sie die Kuchenstücke auf kleine Teller legte.

„Was unseren damaligen Termin betrifft. Im Grunde wollte ich gar nicht über das *Youth Center* mit dir sprechen. Ich ... ich wollte dich kennenlernen."

Amy lachte amüsiert auf. „Willst du mir jetzt nach all diesen Monaten verraten, dass du ein leidenschaftlicher Bewunderer meiner Bilder bist?" Die Vorstellung schien ihr derart abwegig, dass sie fröhlich kicherte.

„Nein." Gayle verschränkte ihre zitternden Finger

miteinander. „Ich wollte dich kennenlernen, weil wir beide den gleichen Vater haben. Du und ich. Wir sind ... Schwestern."

In dem Moment, in dem sie die Bombe platzen ließ, war sie zugleich erleichtert und panisch. Erleichtert darüber, dass es endlich raus war, und panisch darüber, wie Amy reagieren würde.

Mit angehaltenem Atem verfolgte sie, wie Amy erschrocken den Kopf nach oben riss, kreidebleich wurde und zurücktaumelte. Und dann ließ sie sich nicht sehr damenhaft auf ihren Stuhl fallen. Gayle war froh, dass sie mit ihrem Geständnis gewartet hatte, bis Amy das Messer zur Seite gelegt hatte.

Beide starrten sich an und sagten nichts. Lediglich fröhliches Kindergeschrei war zu hören, das sie beide nicht beachteten.

„Sag das noch einmal", bat Amy sie mit unnatürlich hoher Stimme.

Ihr Gehirn war wie leergefegt. Stotternd entgegnete Gayle: „Dein Vater ... Benjamin Spencer ... war auch mein ... Vater."

„Mein Dad ..." Ihre Stimme brach.

„Ja", bestätigte sie zittrig.

„Wir haben denselben Vater?"

Gayle konnte lediglich nicken.

„O Gott! Das ... das wusste ich nicht." Amy schlug sich eine Hand vor den Mund.

„Ich ... ich habe es nach dem Tod meiner ... meiner Mom herausgefunden. Ihm bin ich nie ... nie begegnet."

Schockiert holte Amy Luft und sah aus, als wäre ihr ein Gespenst über den Weg gelaufen. „Ich weiß nicht, was ich sagen soll", flüsterte sie beinahe abwesend.

„Ich auch nicht." Gayle spürte erst jetzt, dass ihr Nacken vor lauter Anspannung schmerzte. „Als ich … ich herausfand, dass ich eine … Schwester habe, wollte ich dich treffen. Ich wollte dich einmal sehen, aber dann …" Gleich würde sie in Tränen ausbrechen, sie ahnte es. „Aber dann wollte ich dich kennenlernen. Richtig … kennenlernen."

Auch Amys Augen schwammen in Tränen. „Gayle … warum hast du nichts gesagt?"

„Ich weiß es nicht." Eine Träne rollte über ihre Wange und dann noch eine. „Ich kann es dir wirklich nicht sagen. Du … du warst so nett, und ich kam mir wie ein Eindringling vor. Und dann … dann dachte ich, dass du böse sein könntest, weil ich nie etwas gesagt habe."

„Natürlich bin ich böse." Sie klang jedoch alles andere als böse und wischte sich schniefend über die Augen. „Da habe ich eine Schwester und weiß davon nichts!"

„Du musst nicht …" Sie unterbrach sich, weil sie wirklich nicht wusste, was sie sagen sollte.

„Ich muss was nicht?"

„Mich gernhaben", flüsterte Gayle unsicher. „Nur weil wir verwandt sind, sollst du dich zu nichts gezwungen fühlen."

Amy schob ihren Stuhl in Gayles Nähe und griff nach ihren Händen. „Sei froh, dass es noch neu für mich ist, eine Schwester zu haben, sonst würde ich dir jetzt eine scheuern“, wisperte sie erheitert und gerührt zugleich. „Wieso soll ich dich plötzlich nicht mehr gernhaben? Ich habe dich schon lange sehr gern, und jetzt bist du zusätzlich meine Schwester. Gayle, ich freue mich. Unglaublich.“ Amys Blick wurde weich. „Du musst mir alles erzählen. Ich will alles wissen.“

Erleichterung breitete sich in ihr aus. „J.T. hat gesagt, dass du dich freuen würdest.“

„J.T. wusste es?“

Wieder nickte sie.

„Dieser ...“ Glucksend verzog sie das Gesicht. „Wieso habe ich das Gefühl, dass ich es als Letzte erfahre?“

„Alles okay bei euch?“

Fast gleichzeitig sahen sie auf zu J.T., der an ihren Tisch getreten war und sie beide mit einem Anflug von Besorgnis musterte.

„Ja, alles in Ordnung“, beruhigte Gayle ihn.

Amy dagegen funkelte ihn gespielt böse an. „Du wusstest also, dass sie meine Schwester ist, und hast mir nichts gesagt?“

Unbehaglich schien er sich zu winden. „Das war Gayles Angelegenheit, Amy. Ich wollte mich nicht einmischen.“

„Nun, mein Lieber, im Gegensatz zu dir habe ich kein Problem damit, mich in Gayles Angelegenheiten einzumischen, und da sie meine Schwester ist, steht es mir zu, dir den Kopf zu waschen, weil du noch keine Anstalten gemacht hast, ihr beim Renovieren des Kinderzimmers zu helfen, wie ich vor ein paar Tagen von Stuart gehört habe.“

J.T. zuckte zusammen und beschwerte sich bei ihnen beiden: „Fuck! So war das nicht abgemacht! Keine Verbrüderung gegen uns Männer!“

Amy legte ihren Arm um Gayle und kicherte voller Genugtuung. „Das ist keine Verbrüderung, sondern eine Schwesternschaft, J.T., und du bemühst dich lieber darum, meine Schwester glücklich zu machen, damit du es nicht mit mir zu tun bekommst.“

Selten hatte Gayle schönere Worte gehört.

Nur wenige Stunden später verabschiedeten sich Gayle und J.T. von der Familie und wollten Connecticut in Richtung New York verlassen, um nach Hause zu fahren. Erst als J.T. auf einem Parkplatz hielt, bemerkte Gayle, dass es das *Carl's* war – das Restaurant, an dessen Bar sie sich kennengelernt hatten.

„Lust auf eine Cola?“ Er zwinkerte ihr zu und stellte den Motor ab.

Gayle musste lachen, weil sie sich daran erinnerte, wie er ihr vor etwas mehr als einem halben Jahr eine Cola hatte ausgeben wollen, bevor sie ihn mit dem Versprechen auf Schokokekse in ihr Hotelzimmer gelockt hatte. Sie schnallte sich ab. „Wenn ich zusätzlich zu der Cola auch ein Sandwich bekomme, bin ich einverstanden. Ich habe Hunger.“

„Das war mir klar.“

Wie ein perfekter Gentleman führte er sie in das Restaurant, ließ die Bar jedoch links liegen und peilte einen der freien Tische an. Als sie an den Plätzen vorbeikamen, an denen sie nebeneinandergesessen hatten, senkte Gayle lächelnd den Kopf, denn zwei Teenager saßen dort, steckten die Köpfe zusammen und teilten sich einen Milchshake. Das sah ganz nach einem Date aus.

„Die Lady hätte gerne ein Clubsandwich mit einer Cola. Für mich nur eine Cola, Carl", bestellte J.T. für sie beide, als sie an ihrem Tisch saßen und auf der Holzbank dicht nebeneinandersaßen.

„Ich fühle mich so nostalgisch", verriet Gayle ihm und legte ihre Hand auf seinen Oberschenkel. „Jetzt fehlen eigentlich nur noch deine schlechten Anmachsprüche und ich fühle mich wieder wie die unbeschwerte, unschuldige Entwicklungshelferin von damals."

„Unbeschwert. So, so." Er schnaubte verächtlich. „Und was das Unschuldig betrifft, sind wir beide unterschiedlicher Meinung. Eine unschuldige Entwicklungshelferin hätte mich niemals mit dem Versprechen auf Schokokekse in ihr Hotelzimmer gelockt, um dort schändliche Dinge mit mir zu treiben."

Sie lachte und begann eher unbewusst, seinen Oberschenkel zu streicheln.

Mittlerweile konnte sie sich nicht mehr vorstellen, ohne ihn zu sein. Und sie war glücklich. Glücklicher als jemals zuvor. Sie wohnten zusammen, würden in wenigen Monaten ein Baby bekommen und verbrachten gemeinsam Zeit im *Youth Center*, auch wenn J.T. damit begonnen hatte, zusätzlich in einer Kanzlei zu arbeiten, die Pro-bono-Fälle von Jugendlichen wie Jody und Nate übernahm. Und was Nate betraf, war der Anhörungstermin auf den nächsten Monat angesetzt worden. Alles sah wundervoll aus.

„Ich habe nachgedacht“, begann J.T. langsam.

„O nein.“ Gayle grinste. „Sätze, die so beginnen, enden meistens mit einer Hiobsbotschaft.“

„Still, du Frechdachs.“ Er seufzte und legte seine Hand auf ihre, die auf seinem Oberschenkel verharrte. „Das hier ist ernst.“

„Jetzt bin ich ja beruhigt.“ Sie stupste seine Schulter mit ihrem Kinn an und schmiegte sich anschließend an seine Seite. „Soll ich das Fluchtauto fahren?“

„Du machst es mir nicht leicht, oder?“

„War es denn abgemacht, dass ich dir etwas leicht machen soll?“ Sie gluckste, nickte Carl dankbar zu, als er zwei Colagläser auf den Tisch stellte, und griff nach einem Glas. Bevor sie einen Schluck nahm, wollte sie von J.T. wissen: „Worum geht es denn?“

„Wenn du es genau wissen willst, denke ich daran, dir gerade einen Antrag zu machen.“

Vor Schreck stieg ihr die Cola in die Nase, was zu einem furchtbar peinlichen Niesanfall führte.

„Wunderbar.“ J.T. reichte ihr eine Serviette und begann dröhnend zu lachen. „Ich hatte Angst, du könntest Nein sagen. Dass dir stattdessen nur eine zuckerhaltige Flüssigkeit aus der Nase läuft und du dir die Lunge aus dem Leib hustest, ist doch glatt eine gute Neuigkeit.“

Gayle versuchte, ihn böse anzustarren, während sie hustend und würgend damit beschäftigt war, das Unheil zu beseitigen. „Das ist nicht komisch!“

„Doch, das ist es. Es wird ein Spaß sein, das später unserer Tochter zu erzählen."

Als sie sicher war, dass alle Spuren ihrer Erniedrigung weggewischt waren, schaute sie wieder zu J.T. Erst jetzt wurde ihr richtig klar, was er soeben von sich gegeben hatte. Sie schluckte schwer. „Hast du das ernst gemeint?"

„Dass ich unserer Tochter von deiner Reaktion erzählen werde?"

„Nein." Sie gab ihm einen kleinen Klaps gegen den Oberarm. „Das ... *andere*."

„Definiere das andere."

„J.T.", zischte sie ihm zu, während ihr Herz rasant zu schlagen begann. „Hast du es ernst gemeint, dass du mir einen Antrag machen willst? Hier und jetzt?"

„Wo sonst?" Zärtlich strich er ihr eine Haarsträhne zurück, und Gayle erinnerte sich daran, dass er dies damals ebenfalls gemacht hatte. Was bei der früheren Gelegenheit vermutlich ein ausgeklügelter Schachzug gewesen war, um sie ins Bett zu bekommen, war heute eine liebevolle Geste. Das sah sie in seinem Blick, der offen war und bis in sein Herz reichte.

„Natürlich will ich dich heiraten. Ich liebe dich, Gayle."

„Dann frag mich", flüsterte sie und rückte wieder näher an ihn heran.

Er strahlte. „Möchtest du mich heiraten?"

Sie schlang ihm die Arme um den Hals. „Unter einer Bedingung."

Misstrauisch rümpfte er die Nase. „Die da wäre?"

„Wofür in Gottes Namen steht J.T.?"

Seine Schultern sackten ein Stück nach unten. „Wirklich? Das willst du wissen?"

„Wie kann ich einen Mann heiraten, dessen Namen ich nicht kenne?", fragte sie ihn schelmisch.

„Okay." Er stieß den Atem aus und murmelte düster: „J.T. steht für Jocelyn Thackeray."

„Wie bitte?"

Er verdrehte die Augen. „Jocelyn Thackery – nach dem amerikanischen Künstler Nathaniel Jocelyn und dem britischen Schriftsteller William Makepeace Thackeray. Meine Mom ..."

Gayle konnte nicht länger an sich halten und begann zu lachen. „*Das* ist dein Name? Jocelyn Thackeray Ashcroft?"

„Egal, welchen Witz du jetzt auch erzählst, ich kenne sie alle." J.T. musterte sie intensiv. „Wie sieht es aus? Würdest du einen Mann heiraten, der Jocelyn Thackeray Ashcroft heißt?"

„Ja, ich will." Sie küsste ihn und flüsterte glücklich an seinen Lippen: „Solange ich dich weiterhin J.T. nennen darf ..."

EPILOG

„Eine neue Wohnung?" Jodys Mund verzog sich verächtlich, kurz bevor sie wieder eine Grimasse schnitt und die zehn Monate alte Emmy anlächelte, die das Lächeln erwiderte und vor Vergnügen gurgelte, während sie auf dem Schoß des Teenagers saß. Keine Frage, der Lieblingsmensch des blonden Mädchens mit den blauen Augen war eindeutig Jody. Manchmal fragte sich Gayle, ob sie eifersüchtig sein sollte, wenn ihre Tochter lauthals protestierend auf ihrem Arm saß und unbedingt zu Jody wollte, sobald diese den Raum betrat. Dann aber beobachtete sie jedes Mal, wie Jody und Emmy miteinander kuschelten oder sich aneinanderschmiegten, und war versöhnt. Die beiden Mädchen waren wie Schwestern. Und Schwestern hatten ein besonderes Band zueinander. Das hatte sie im vergangenen Jahr mit ihrer eigenen Schwester erlebt.

„Was hast du gegen eine neue Wohnung?", wollte sie von dem Mädchen wissen, das es sich auf der Couch gemütlich gemacht und die Füße an den Körper gezogen hatte, damit Emmy aufrecht auf ihrem Schoß sitzen konnte, die fasziniert das Mienenspiel des Teenagers verfolgte. Vielleicht betrachtete Emmy auch lediglich Jodys kunstvolles Make-up, das heute aus blauer Wimperntusche, kräftigem Rouge und glitzerndem Lippenstift bestand.

Gayle war währenddessen damit beschäftigt, einen Kuchen zu backen, und schaute hinüber ins Wohnzimmer, in dem Jody mit Emmy spielte. Nate war an diesem Nachmittag noch beim Karateunterricht und J.T. vertrieb sich die Zeit damit, am Esstisch zu sitzen und Jodys Matheaufgaben zu kontrollieren. Obwohl sie in Mathe ziemlich gut war und den Stoff, den sie verpasst hatte, in Rekordzeit aufgeholt hatte, kam sie dennoch oft hierher, damit J.T. einen Blick drauf werfen konnte. Sie kam auch häufig vorbei, um Gayle beim Kochen zu helfen, auf Emmy aufzupassen oder um mit Nate Schach zu spielen. Kurzum: Jody schien sich bei ihnen sehr wohlzufühlen.

Und sie fühlten sich alle sehr wohl, wenn Jody bei ihnen war. Auch wenn es eine Herausforderung war, mit zwei Teenagern und einem Kleinkind nicht die Oberhand zu verlieren.

„Ich habe gar nichts gegen eine neue Wohnung. Aber meiner Meinung nach müsst ihr auf euren Geisteszustand untersucht werden, wenn ihr aus dieser großartigen Bude wirklich ausziehen wollt."

„Danke, Schätzchen", erklärte J.T. mit unverkennbarer Zuneigung und schaute von ihren Aufgaben auf. „Was wäre der Tag, wenn mich ein Teenager nicht in die Klappsmühle verfrachten will?“

Besagter Teenager schüttelte tadelnd den Kopf. „Klappsmühle? Also wirklich, J.T., das ist ein pejorativer Begriff für eine psychiatrische Klinik! Den solltest du nicht verwenden.“

„Pejorativ“, echote J.T. amüsiert. Auch Gayles Mundwinkel zuckten.

„Pejorativ bedeutet abwertend“, belehrte sie ihn. „Solltest du als Rechtsverdreher eigentlich wissen.“

„Rechtsverdreher ist auch ein pejorativer Begriff“, erinnerte J.T. sie mit einem Lachen in der Stimme. „Was zum Teufel lernt ihr in der Schule bloß?“

Geradezu listig entgegnete sie: „Es ist eine katholische Schule, was bedeutet, dass sie uns weder den Gebrauch von Kondomen noch die Evolutionstheorie lehren. Vielleicht sollte ich lieber abgehen.“

„Keine Chance“, warf Gayle gut gelaunt ein. „Du bleibst auf der Schule und machst deinen Abschluss. Deal bleibt Deal, richtig?“

„Ja, schätze schon“, murrte Jody und tat so, als würde sie Emmys Hand anknabbern, was das Mädchen lauthals aufkreischen und giggeln ließ.

„Und was die Sache mit den Kondomen betrifft, kann dir Gayle sicherlich an einer Banane demonstrieren, wie das geht. Das musst du nicht von ein paar Nonnen lernen.“

„O Mann, J.T.“ Jody schüttelte abgeklärt den Kopf. „Hallo? Ich bin schon sechzehn.“

„Hallo?“ Er ahmte ihren Tonfall nach. „Ich bin schon

zweiunddreißig und hätte früher lieber an einer Banane üben sollen, bevor ich …"

„Ah!" Das Mädchen kreischte los. „Kopfkino! *Das* will ich nicht wissen! Du bist schon alt, und Alter-Leute-Sex ist pervers."

Gayle brach angesichts von J.T.s fassungsloser, empörter Miene in lautes Lachen aus. Jody konnte es nicht wissen, aber Sex mit J.T. war alles andere als Alter-Leute-Sex. Das behielt sie jedoch lieber für sich und presste sich eine Hand gegen den Mund, um ihren Mann nicht auszulachen, der von seinem Platz am Esstisch aus mit gerunzelter Stirn zu Jody schaute. „Zweiunddreißig ist nicht alt!"

„Du bist doppelt so alt wie ich."

„Aber nicht alt."

„Kommt auf die Perspektive an." Sie grinste fröhlich. „Und was die Bananen betrifft, sollen die Jungs doch an ihnen üben."

„Du solltest dich nicht darauf verlassen, dass Jungen wissen, wie sie ein Kondom sachgemäß verwenden", erklärte J.T. und schaltete augenblicklich in den Modus eines besorgten Vaters. „Als aufgeklärtes Mädchen musst du selbst dafür Sorge tragen, dich zu schützen."

„Wie kannst du die Worte *Kondom* und *sachgemäß* in einem Satz verwenden? Das ist voll creepy!"

„Creepy? Könntest du bitte so reden, dass wir dich auch verstehen?"

„Dafür dass du behauptest, nicht alt zu sein, benimmst du dich aber so."

Gayle gluckste auf und verfolgte, wie sich die beiden

im Spaß anfunkelten, bevor sie sich gegenseitig an den Kopf warfen, wie kindisch der andere war, und schließlich doch über die Matheaufgaben sprachen, bevor J.T. den Fernseher anschaltete und die beiden ihrer großen Leidenschaft frönten: *Say Yes to the Dress*.

Jody und J.T. waren verrückt nach der Fernsehsendung, in der Bräute auf die Suche nach dem perfekten Hochzeitskleid gingen. Gayle dagegen ertrug die enervierende TV-Show stoisch und war froh, dass sie ihr eigenes Hochzeitskleid völlig unkompliziert und ohne diverse Nervenzusammenbrüche an einem einzigen Tag zusammen mit Amy ausgesucht hatte.

„Wieso sagt ihr niemand, dass das Kleid sie fett aussehen lässt?“, beschwerte sich Jody. „Und sieht sie das selbst nicht? Oder ist der Spiegel defekt?“

„Keine Ahnung.“ J.T., der mittlerweile Emmy übernommen hatte, die friedlich auf seiner Brust eingeschlafen war, zuckte vorsichtig mit den Schultern. „Ich finde den Tüll am schlimmsten. Das sieht aus wie eine billige Baiserhaube. Hat die Frau etwa geschlafen, als der Geschmack verteilt wurde?“

Gayle ließ den Kopf in den Nacken fallen. „Hey, ihr Lästerschwestern, es geht nur um Hochzeitskleider. Wenn ihr mal so weit seid, euch eines auszusuchen, werde ich euch daran erinnern, was ihr ständig vorm Fernseher vom Stapel gelassen habt.“

Die beiden lachten und machten damit weiter, die Modepolizei zu spielen.

Als der Kuchen im Ofen war, gesellte sich Gayle zu ihnen

auf die Couch und musste angesichts der drei lächeln. Emmy lag auf ihrem Dad und schnarchte selig, während Jody neben ihm saß und vertrauensvoll zu ihm aufsah, als er irgendetwas sagte. Jetzt fehlte eigentlich nur noch Nate, der sich in den vergangenen Monaten von einem schüchternen Jungen zu einem Teenager gemausert hatte, der aus sich herausging und Freunde fand. Er hatte eine tolle Entwicklung hinter sich, die Gayle stolz machte. Auf alle vier war sie wahnsinnig stolz und merkte, wie sich ihre Kehle vor Rührung verengte.

„Ihr meint das doch nicht ernst mit der neuen Wohnung, oder?"

Gayle schaute über Jodys Kopf hinweg zu J.T., der sanft lächelte.

„Wieso? Hast du etwas dagegen, wenn wir umziehen?", wollte Gayle leichthin wissen.

„Eigentlich nicht, aber ..." Nicht sehr überzeugt schaute das Mädchen auf ihre Finger. „Eure Wohnung ist so schön! Und ich bin in ein paar Minuten bei euch, wenn ich die Linie F nehme. Das ist total praktisch. Vielleicht liegt die neue Wohnung weiter weg, und dann kann ich euch nicht mehr so oft besuchen kommen."

„Darüber würde ich mir an deiner Stelle keine großen Sorgen machen." J.T. tätschelte zärtlich Emmys Rücken.

Mit düsterer Miene fragte Jody nach: „Warum wollt ihr überhaupt umziehen?"

„Diese Wohnung hier wird ein bisschen klein."

„Klein?" Der Teenager schnappte nach Luft. „Ihr habt massig Platz! Nate und Emmy haben beide ein eigenes

Zimmer, dabei ist Emmy noch ein Baby. Wieso soll die Wohnung plötzlich zu klein ..." Als hätte sie eine Eingebung, starrte sie Gayle an und blinzelte heftig. „Bekommst du wieder ein Baby?"

„Nein." Nun musste sie grinsen und schüttelte den Kopf. „Nein, kein neues Baby."

„Aber dann verstehe ich nicht ..."

„Schätzchen." Gayle unterbrach sie sanft und legte den Kopf schief, um sie liebevoll zu mustern und eine Hand auf ihre Wange zu legen. „J.T. und ich würden dich gerne fragen, ob du nicht auch bei uns wohnen möchtest. In der neuen Wohnung hättest du dein eigenes Zimmer und Mrs. Nelson vom Jugendamt würde uns unterstützen, damit wir die Vormundschaft für dich bekommen. Falls du das möchtest."

„Auch wenn es bedeutet, dass du mit uns alten Leuten zusammenwohnen müsstest." Das kam von J.T. und war als Scherz gedacht.

Die knallharte Jody, die immer einen flotten Spruch auf den Lippen hatte, brach urplötzlich in Tränen aus und schlug beide Hände vor ihr Gesicht.

Gayle hatte so etwas bereits geahnt, als die Lippen des Mädchens zu zittern begonnen hatten. Sie zog sie an sich und streichelte ihr beruhigend über den Rücken.

J.T.s Gesicht zuckte ebenfalls verdächtig. Seit er Vater einer Tochter geworden war, hatte er sich zu einem waschechten Softie entwickelt. Dafür liebte sie ihn noch mehr als vorher.

„Darf ich wirklich bei euch wohnen?“ Jody klang nach einem Schluckauf.

„Ja, das darfst du, wenn du willst“, versprach Gayle ihr weich.

„Natürlich will ich.“ Sie schniefte. „Unbedingt.“

Mit einem Glücksgefühl in der Brust zog sie den Teenager eng an sich.

„Dann werden Emmy und ich Schwestern sein“, raunte Jody außer sich.

„Aber das seid ihr doch schon längst“, murmelte Gayle und hob den Kopf, um ihren Mann anzusehen, der schniefte und dabei lächelte.

Sie wusste, dass er genau das Gleiche gesagt hätte.

NACHWORT

Ich weiß, dass ihr lange auf diesen Roman warten musstet, und ich hoffe, dass ihr sehr viel Spaß beim Lesen hattet. Die Idee zu J.T.s und Gayles Geschichte entstand bereits vor über zehn Jahren - lange bevor ich mein erstes Buch veröffentlicht habe. Bis die Geschichte zu Papier gebracht wurde und bis sie perfekt war, dauerte es demnach eine kleine Weile.

Das Schöne am Schreiben ist, dass man völlig unerwartet neue Figuren entdeckt, die sich fast schon unbemerkt hinzuschleichen und dann so viel Strahlkraft besitzen, dass man sie nicht mehr hergeben will. In diesem Roman ging es mir mit Jody so, die ganz sicher nicht ihren letzten „Auftritt" in einem meiner Bücher hatte.

Falls ihr Lust habt, eine Rückmeldung, Rezension oder Buchbesprechung zu „Nur ein Hauch" abzugeben, würde ich mich sehr freuen. Ich lese Rezensionen zu meinen

Büchern unglaublich gerne und bin immer dankbar für Kritik.

Wenn ihr über neue Bücher, Veranstaltungen, Gewinnspiele und vieles mehr informiert sein möchtet, könnt ihr mir gerne folgen.

Ich freue mich, von euch zu hören!
Alles Liebe
Eure Poppy

Poppy J. Anderson

ANKÜNDIGUNG

SpringBreak gehen auf große Deutschland-Tour!

Rockstar Love – ein Song für Alexis
(14. März 2019)

Rockstar Love – ein Song für Holly
(18. April 2019)

Rockstar Love – ein Song für Sloane
(16. Mai 2019)

Rockstar Love – ein Song für Piper
(13. Juni 2019)

Stay tuned!

36515247R00247

Printed in Poland
by Amazon Fulfillment
Poland Sp. z o.o., Wrocław